No.001

我要上学

红刺北 著

中国友谊出版公司

我也是天之骄子。不过是天生地养，还捡垃圾的骄子。

CONTENTS 目录

■ ■ ■

达摩克利斯军校百年没出厉害的人物，
大概是在等我吧。

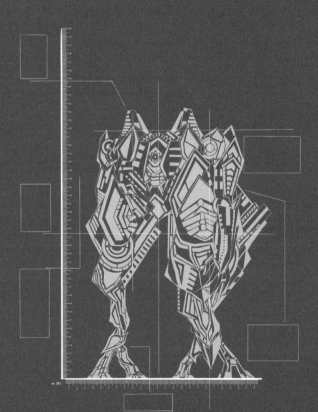

Weekly plan

Mon. 捡垃圾 ✓

Tue.

Wed.

Thur.

Fri.

Sat.

Sun. 捡双倍垃圾！！！

第一章

砸锅卖铁

第 1 章

灰败阴暗的破旧建筑，散发着潮湿发霉气味，时不时有流窜而过的蛇鼠，仔细看，却能见到角落躺着一个小孩。

周围安静异常。

卫三身上盖着一条破旧脏污的被子。水泥剥落的天花板，钢筋裸露在外，总让人有随时会坍塌的错觉。

"滴答——"一滴混着泥味的污水滴在她的脸上。

"……"

卫三眼睛都没睁一下，裹着被子滚到角落最里面，躲过上面的水滴，继续睡觉。

凌晨四点，角落的闹钟突然响起，卫三伸手按下去。

"咔——"闹钟腿断了。

她骤然清醒过来，抓了抓乱成鸡窝的头发，拿起闹钟和它的腿看了看——还好，可以修。

卫三把被子卷巴卷巴，堆在稍微干净一点的角落，这才去旁边从一堆破铜烂铁中翻出一个大袋子，走出废弃大楼。

她要去捡垃圾。

一个月前，卫三从一个吃喝不愁的高级工程师变成什么垃圾都吃的七岁孤儿，醒过来的时候，一只硕大老鼠就蹲在她脸旁边，想啃她。

小孩是发高烧离开的，再醒过来就变成了工程师卫三。

她脑海中有小孩的记忆。这孩子小时候被同样在附近垃圾场生活的哑巴老人捡着养大，前不久老人死了，只剩下她一个人。原先住的地方被附近的人占了，小孩手足无措，只能找到这么栋废弃快倒塌的楼栖身，每天去垃圾场翻垃圾找吃的，但饥饿和一场突如其来的高烧要了小孩的命。

卫三到底是个成年人，花了一晚上接受现实，第二天继续去垃圾场翻垃圾吃。

不吃她就会饿死。

这一个月卫三用搜集起来的垃圾废铁做了一辆三轮车，她把破旧的大袋子放在后面，一路哐当骑过去。垃圾飞车凌晨两点准时倾倒，四点过去，是为了躲避成人。

垃圾场附近有上百个人，都靠着捡垃圾而活。成年人先翻一轮，没有爹妈的小孩只能最后找，否则捡到好东西被抢是小事，主要会被打，被打死都有可能；也不能在太阳出来后捡，不然垃圾场味道过于刺鼻，会出事。

等到了垃圾场，果然没什么人了，新来的一车垃圾也被翻得差不多，很难找到什么可入口的吃食。

卫三冷静下来，深吸一口气："呕——"

她忘记这是垃圾场了。

她拖着大袋子，踏进垃圾堆内，小心不让自己陷下去，这里时常有人不小心陷进去。前几天她翻垃圾时就发现有人陷进去，最后窒息而亡。

那种市面上可以回收的金属，大多数也被成人先捡完了，卫三蹲在垃圾山上慢慢翻着，看到有意思的东西就往袋子里扔，倒也忘记了饥饿。

卫三守着一处翻，找到支碎试管，底部还有滴粉色液体。她拿起来嗅了嗅，眼前一亮，是营养液！

她立刻举起来往嘴里倒，倒了半天，那滴营养液才从试管壁上滑下来。

卫三回味了一会儿，是草莓味的营养液。

那种饿久了昏昏沉沉的感觉，顿时消散一些。

营养液是个好东西，容易饱腹，可惜只有一滴。

要是能翻到半支营养液，她一天都不用饿肚子了。

刚这么想，头顶突然有一道强光射下来，卫三抬头看去，是垃圾飞车。

奇怪，垃圾飞车一般凌晨两点来，现在已经凌晨四点多，怎么还会有垃圾飞车过来？

不等卫三多想，又有一辆垃圾飞车出现在垃圾场上空，她立刻拖着袋子往下跑。这些垃圾飞车根本不会关注下方有没有人，直接倾倒下来，一年总要砸死些人。

等卫三躲在垃圾场边上，这才看清上方盘旋的垃圾飞车，足足有五辆，旁边还有一辆小型飞行器。

那辆小型飞行器前方窗口不停闪着白光，那种频率，让卫三想起自己世界里的媒体记者用的相机。

下一秒，五辆垃圾飞车打开底板，无数大箱子落在垃圾场内，小型飞行器的光闪得更频繁了。

垃圾飞车倒完这些后，便和小型飞行器一起离开了。

卫三等了一会儿，这才快速爬上去，想知道那些箱子里是什么东西。

不用看，她已经闻到了，是营养液的味道！

刚才从垃圾飞车上摔下来，底下一层箱子已经被砸破了，营养液的味道开始飘出来，混着垃圾场的臭味，形成有些诡异的香臭味。

卫三从口袋摸出一支自己做的手电筒，照在箱子上，伸手扯掉封条，不由得倒吸一口气——全是崭新的营养液。

她连续开了几个箱子，里面也都是营养液。

这种情况，很像是销毁问题食品。

不知道这些营养液有什么问题，卫三还是立刻抱着完好的箱子塞进自己大袋子内，足足塞了三大箱，然后拖着袋子去找自己的破烂三轮车，把三箱营养液码在车上，再把车推进树丛中藏好，才又朝垃圾场狂奔。她重复刚才的行为，抱着营养液放在车上，等到第三个来回，已经有其他捡垃圾的人陆续过来抢营养液了。

那些人第一时间便掰开管口，将营养液倒进嘴里。

"真是营养液！好喝！"

"快，快抢！"

卫三继续搬营养液，饿得头晕眼花时便拿了两支倒进口中，顿时感觉胃部暖洋洋的，那股被饿得绞痛的感觉慢慢消失。

她没有再喝，一直搬到三轮车装不下，这才推着车出去，准备回去。

有点多。

卫三咬着牙骑着三轮车嘎吱嘎吱一路回去，得找个机会，把三轮车做成电动的，只不过之前一直没在垃圾场捡到自己要的配件。这个世界的能源和她的世界的能源有很大不同，可惜小孩只有和老人日复一日地在垃圾场翻垃圾的记忆。

回到那栋无人住的破烂建筑，卫三慢慢把营养液搬进去，整整齐齐码在墙边，一共十二箱。她看着它们，内心很满足。

她终于不用再饿肚子了。

这一个月，她饿得连思考都变得缓慢了很多，每天满脑子都在想吃食。

卫三比原身小孩要痛苦得多，小孩从小没见过好东西，她不一样，在原来的世界，美食无数。人一饿，脑子里全是各种食物，越想越饿，当初去捡垃圾吃，她心理建设都做了无数遍。

坐在地上歇了一会儿，卫三决定继续去垃圾场搬营养液。

五大车营养液不是个小数目，即便以垃圾场为生的人都在，依然抢不完。因此，今天垃圾场内格外和谐，每个人都忙着搬营养液。

卫三来回四趟，这次不顾太阳恶劣，从凌晨到天黑，搬来整整四十八箱，口袋里还塞满了零散的营养液。

晚上她还给自己加餐，喝了一支水果味营养液和一支蔬菜味的营养液，这一个月萦绕不去的饥饿感终于消失。她把闹钟腿修好，这才躺下休息。

一觉睡到凌晨四点，闹钟照旧响起，卫三翻身起来，精神好了不少，准备继续去垃圾场。这回的目标不完全是营养液，而是凌晨两点倾倒的垃圾。

一过去，垃圾场还有不少人，但他们的注意力全在营养液上面，没有人再去翻垃圾。

卫三这次只搬了三箱，因为营养液慢慢减少，后面几个成人已经开始划分区域，不让他们搬，她便放弃了，转而去翻垃圾。

她想找些有用的材料做点东西。

翻了一个多小时，眼看太阳快出来了，卫三这才起身离开，骑着破三轮一路回去。

回到住处，卫三蹲在一个木盒子前，手拂过一排营养液，顿时感觉自己富有至极。

她现在都能挑营养液口味了。

卫三选了支草莓味的营养液，小心翼翼地喝了一小口，好喝。

虽然她已经有几十箱营养液，但还是要省着点喝，至少在她找到生存之道前。

填饱肚子之后，卫三把袋子里那些东西整理出来，最后看了看自己的全部家当，决定去外面走一趟。

以前老人在的时候，可以捡到废品去卖。小孩的记忆中老人时常会往北走，说是去城内卖金属废品。

过去一个月了，又得了这么多营养液可以填饱肚子，卫三想要进城去看看。

她把自己那辆破三轮车重新修整了一遍，还用从垃圾场捡来的废油润了润链条和轴承，保证明天可以顺利进城。

第二天，卫三把自己洗干净，便吭哧吭哧地骑着破三轮往北走，大概骑了五个小时才看见城市。

这么远，难怪老人不带着小孩一起。

她歇了口气，从做的布包里拿出一支营养液喝完，恢复力气后才继续往前骑。

这是卫三来到这个世界第一次见到还算正常的人，除天空上偶尔飞来飞去的交通工具和路边各种逼真的虚拟广告，这里几乎和她所在的世界没什么区别。

"近日，通选公司一批营养液被查出元素缺失，对人体无益……已处理。"

卫三听到右前方上方一个虚拟屏上正在播放类似新闻的声音。被主持人所说的话吸引，她抬头看去，正好看见屏幕上放的几张照片。

正是她这一个月去的垃圾场，几辆垃圾飞车正在不断地倾倒。

卫三挑眉，她在一张照片角落看到了自己，小小的、黑黑的一团，除了一双大眼睛，其他地方瘦得可怜。

——像个小僵尸。

不过她从刚才的信息中了解到一件事：营养液缺失关键营养元素，对人体无益，但也无害。

现在最关键的是填饱肚子，至于营养不营养的，卫三暂时还没办法奢望。

卫三只顾看虚拟屏，却不知周围已经有人频频朝她看。

一个七岁小孩骑在一辆奇怪的会动的烂铁上，怎么看怎么奇怪。

第 2 章

卫三一路看广告看得津津有味，从里面得到了不少信息。

比如这世界居然还有卖机甲的。这种东西在她的世界还在研发中，没想到这里已经可以拿出来卖了。

她本行也是这个方向，不过搞这个得花很多钱，不知道现在的世界怎么样。

"喂，你这是什么东西？"

卫三慢慢骑着三轮车看广告，背后突然有个小孩声音响起，她开始以为不是和自己说话，直到一个白净小胖子挡在她车面前，扬着下巴重新问了一遍。

小胖子穿得不错，左右还有两个保镖一样的成人护着，看起来地位不低。

没等到卫三回复，小胖子自己上前左摸摸右摸摸，小声嘀咕："这是什么新款机甲？"

卫三抬头看了看天空中的飞行器，又打量大街上走路的行人：这个世界应该已经没有三轮车这种落后的交通工具了。

小胖子指着卫三背后的车厢问："你这后面干什么的？"

"装东西，也可以载人。"卫三耐心解释道。这小孩看着比大街上的人有钱，指不定可以捞一笔。

卫大工程师当年年纪轻轻就拉到不少项目，离不开她的忽悠能力。

小胖子奇怪道："载人？你这背后又没有座椅。"

"上来直接坐就行。"

"我试试。"小胖子话才落地，旁边的保镖便把他举了上去。

小胖子站上去之后不知道该坐哪儿，后面太脏。

卫三往后瞥一眼，拍了拍三轮车的横栏："扶好。"

小胖子试探着握住前面的横杠，刚握好，前面的人便吭哧吭哧地踩着脚底下的两个方形小板，这奇怪的东西就开始动了起来。

两个保镖："……"这奇怪东西的速度委实太慢了。

站在三轮车的后车厢上，看着街道缓慢后移，小胖子伸出手杵了杵前面的卫三的背："欸，你这个东西挺好玩的。"

"想要？卖给你。"卫三道。

三轮车而已，只要有材料她还可以再做。

小胖子犹豫了一会儿："多少星币？"他刚从材料市场出来，星币所剩无几。

"你觉得这个值多少？"卫三反问。

小胖子真诚道："给你五百星币怎么样？"

刚刚卫三一路广告看下来，发现右下角都会标出商品价格，一盒十二支的营养液要两百星币，小胖子一双鞋是什么大师设计，刚才广告里说了要一万星币，典型的有钱人家的孩子。

"五百？不卖。"卫三停下三轮车，拉手刹，扭头看小胖子，"这三轮车你在其他地方见到过？整座……城市就我这一辆。"

卫三还不知道这里的地名。

小胖子长得圆润白净，卫三觉得只要后面两个保镖不上来干预，她一定能忽悠小胖子一笔。

"你这个造型是奇特，但……"小胖子撇嘴，"材料普通，完全没有加游金，和机甲根本扯不上关系。你这东西没什么用，我买回去就是图个新奇，五百星币都算多了。"

卫三："？"

这话完全不像是一个七八岁小孩能说出来的，现在世界的小孩这么不好骗？

"当然不是机甲，这个三轮车其实是用来辅助长高的。"卫三扫了一眼小胖子的腿，一本正经道，"如果经常蹬三轮车，你的腿就会变长，长此以往，人也会变高。"

小胖子奇怪地看向卫三："为什么长高要蹬这个？打一针基因改善剂就可以了。"

卫三："……"科技发达真好。

"这个三轮车是你做的？"小胖子问。

卫三点头："五千给你，少了不卖。"这小胖子一点都不好糊弄，她也不想再浪费时间。

小胖子的目光落在三轮车的焊接处，他一眼就看出这车是用各种零碎金属拼接出来的，材料很烂，但手艺很好，几乎能称得上艺术。

"我多给你五百星币，五千五，我们交个朋友。"小胖子话锋一转。

卫三瞥向小胖子，这小孩从一开始就在试探。

"我叫金珂，也是预备机甲师。"小胖子真诚道。

也？

看样子，这位小少爷以为她是预备机甲师。

"游金""预备机甲师"……这些新奇的词在卫三脑中不断萦绕。

"成交。"

小胖子从三轮车上灵活地跳下来，低头点开自己手腕上的光脑："你账户号，我转给你。"

卫三撩开自己衣袖，手腕上干干净净的，没有任何东西。

金珂眼神顿时变得微妙，这年头没有光脑的人只有两种：一种是亡命之徒，另一种则是穷得连光脑都买不起的。

他们3212星属于联邦星际中最贫瘠的垃圾星，连个名字都没有的那种，仅仅有个编号。即便如此，在3212星买不起光脑的人也寥寥无几，在这个世界，没有光脑寸步难行。

卫三这个年纪不像是亡命之徒，看年纪倒像是亡命之徒生出来的孩子。

"在哪儿可以买光脑？"卫三回想小孩的记忆。老人是有光脑的，可惜没教过小孩，小孩完全没有概念，直接把老人埋了。

金珂眼睛转了转："我可以带你去买。"

最后三轮车被一个保镖带走了，金珂带着卫三坐悬浮公交去买光脑，一路上给她解释各种东西。

"预备机甲师就是机甲师的预备生，如果十六岁测出来的感知达到军校的标准就可以去读这个专业，毕业后就可以成为机甲师了。"金珂比了个大拇指，"机甲师就是设计和修理机甲，特别赚钱！"

卫三表面冷静，内心已经翻滚着：我就喜欢这种和原来世界专业息息相关，又特别赚钱的专业！

她当即决定，未来要走的就是机甲师这条路。

路上卫三瞥了眼斜对面正在对妈妈撒娇哭着要这要那的小孩，再看着还在叭叭的金珂，明白了。

不是这个世界的孩子早熟，是金珂早熟。

小屁孩表面憨憨的，心思却深得很，似乎对她完全不好奇，偏偏每次说的话都在解释给她听。

空中悬浮公交飞得很快，不一会儿就到了，他们下车，金珂领着卫三去商场。

这商场和卫三原来世界的完全不同，布满白色柜台和各种虚拟屏，满满科技感。

卫三看着一个柜员对顾客笑了笑，转身从背后空荡荡的地方拉出一个大型架子，上面摆满了商品，周遭人对此见惯不怪。

她一路看过来，心中有了数：大概是类似空间折叠的技术。

金珂在一个柜台前停下："到了。"

卫三仰头问柜员："最便宜的光脑是哪一款？"

柜员闻言，拿出两款："这个新款三千星币，还有最后一个旧款，只要两千五。"

卫三选了两千五的旧款，金珂付好钱，帮着她绑定资料，输入个人信息。

"姓名：卫三，年龄：七岁"

金珂指了指另一项："这里可以设置光脑 ID 和光脑声音。"

卫三想了想，在 ID 处输入四个字。

"嘀——"

一道柔和的电子男音响起："认证成功，用户 ID：暗中讨饭。"

柜员嘴抽了抽："……"

旁边金珂十分上道，当即把剩下的三千星币转给了卫三。

两人出来后，卫三问金珂："怎么成为预备机甲师？"

"先进入预备学校，到十六岁学校会统一测试感知，到时候就可以进军校学习。"金珂歪头想了想道，"我们 3212 星只有一所预备学校，就叫 3212 学院。这段时间正好可以报名入学，你可以去看看，说不定以后我们就是同学了。"

金珂撞了撞她手臂，悄声问："你父母让你上学吗？"

卫三："？"

"别装了，没有光脑的只有那些要隐瞒身份的人，你总不能穷到买不起光脑吧。"金珂挤眉弄眼。

"我确实是穷到买不起光脑。"

"真的吗？我不信。"

金珂相信自己的眼光，一个穷得买不起光脑的人哪里会做什么三轮车？卫三只有可能是隐藏身份的人，指不定是什么高手亡命天涯，躲到了他们 3212 星，卫三一定就是高手的孩子！

他可是看完《那个无名星球出身的男人》《逃犯范·迪伦成名史》的人，里面就是这种桥段！

卫三正要问另一个问题，之前离开的保镖赶过来："小少爷，咱们该回家了。"

"我走了，有时间联系。"金珂只能挥手告别她。

等他离开，卫三并未马上走。她蹲在角落研究光脑，光脑功能和手机差不多，一会儿就全部摸熟了。

第一个查的是游金，原来这是一种机甲专用金属，延展性和抵御性极强，被发现之初便一直用于军工，后应用到机甲上，也是近百年来才向民众开放交易渠道。卫三看了解释，对游金这种金属产生了极大的兴趣。

不过卫三早上从垃圾场附近出发，到现在已经下午三点，她的三轮车也卖了，现在走路回去，估计得明天才能到。

或许会有交通工具去垃圾场那边，她打开光脑搜索搜公交路线，发现有条9 号线会经过垃圾场，早上五点和下午五点各有一趟，一趟十星币。

还有时间，卫三又搜了搜去 3212 学院的空中悬浮公交，能去的路线很多，她立刻坐上公交去学院，打算去那边看看情况。

……

3212 学院门口人不少，各种带着小孩的家长挤在通知栏前面，卫三仗着自己个头儿小，从空隙中钻进去，来到通知栏前，发现今天就是报名截止日期。

还未看完，卫三便被挤了出去。

卫三担心耽误时间，没有再进去，打量周围环境，发现学院门口有两张报名桌，每张桌子后坐着一个老师，面前都排着长队。

她越过队伍走到一个报名处，老师旁边立了一个虚拟牌子："A 字班一学期学费五千星币。"

卫三："……"

今天就是截止日期，她完全凑不齐五千星币。

不过……A 字班一学期五千，其他班学费不一样？

卫三转头去看另外一处，果然见到不同的字样："B 字班一学期学费一千星币，期末考试过后，酌情发放五千～两万星币。"

学费这么低，那 B 字班应该是差班，不过表现好了还能拿奖学金挣回本，卫三当即走到队尾排队，决定就报这个班！

等了一个小时，终于轮到卫三。

报名处的老师抬头左看看右看看，没见到大人，目光才落在卫三身上："报名？"

卫三点头。

老师扯出一张报名表："在上面填完资料。"

等卫三填完后，老师再一次问道："你确定来 B 班？"

"确定。"卫三坚定地点了点头。

差班不要紧，只要有学上。

卫三已经开始幻想自己期末测试过后拿到最高奖学金，再也不用为学费发愁的场景。

"明天开学，早上六点准时到校。"老师把卫三的报名表收录好，说完后示意下一位。

卫三回到那栋废弃大楼，利用光脑开始了解这个世界，才发现原来有三大热门职业，分别是指挥、机甲师、机甲单兵。

星历 3701 年爆发一场虫兽潮，差点毁灭整个联邦，五十年后机甲横空出世，人类终于得到喘息余地；直到 4001 年，鱼青飞设计出初代飞跃机甲，开启了新纪元。

这一年被称为阿瑞斯时代。

自此联邦开启反抗之路，一直到现在，除了以百年为节点爆发的虫兽潮会棘手一点，其他时间联邦大多过着平静的生活。

卫三一时着迷于这个世界的历史背景，忘记查 3212 学院的资料，等到第二天过去报到，傻眼了。

第 3 章

早上五点的公交，从垃圾场到 3212 学院只要十分钟，速度极快。

卫三到时，天还没亮，学校门口没什么人，一直到五点半，人才渐渐多起来。

一直到六点，老师准时从里面出来。

"所有人排成十队，跟着我进去。"

队伍很长，卫三估计有五六千学生到场。

一阵骚动后，队伍终于排好，老师的目光在这群学生身上轻飘飘地打转，随即转身："跟上。"

老师带他们走到学校操场才停下，操场主席台上另有九位老师在等着他们。

十位老师站在一排，低声讨论了一会儿，中间一个老师站出来正对着学生们发言："欢迎大家来到 3212 学院，从今天开始，你们即将迎来痛苦的提升之路。"

卫三仰头看着主席台上的十位老师，有点走神：这个世界的老师好像过于精神挺拔，个个儿腿长腰直，放她那个世界，像极了当兵的人。

"我不知道你们当中有多少人在学期末过后还活着，所以请你们珍惜每一次训练，也许能救你们一命。"老师严厉的目光从左移到右，"校方出于人道主义，每学期期末会根据你们伤势的轻重发放星币，如果不幸身亡，两万抚恤金会发放到各位父母手中。"

卫三："？？？"

她怎么听着这么不对劲呢？

预备机甲师不就是学怎么认识材料，为以后设计修理机甲奠定基础，怎么还扯上生死了？听老师的意思，她昨天看到的五千到两万星币也不是奖学金。

卫三突然有种不好的预感。

老师发言很短，很快每个老师都领着一队人离开，带着学生们去领校服。

卫三跟着队伍走，领完校服，趁着换校服之际，打开光脑查 3212 学院的资料，一目十行看完所有信息后："……"

3212 只有这一所预备学校，专门培养预备机甲师和预备机甲单兵，B 班是预备机甲单兵，A 字班才是预备机甲师。

……她报错了班。

预备机甲单兵的伤亡率和弃学率向来居高不下，入学有五六千人，等一个学期过后，能减少到三千人。除去伤亡人数，每一个学期过去都会有相当多的学生熬不住，退学转去普通学校，所以预备机甲单兵班学费会低一点，期末伤势严重的还会发放星币。

卫三盯着光脑半天，现在转专业不可能，她补不齐钱。如果退学，明年再报，她昨天交的学费，学校依然不退还。

还是先混一个学期，等她找到赚钱之道再想转专业的事，一千星币不能浪费。

老师巡视过来，看见还没换好校服的卫三，皱眉："这么长时间在干什么？赶紧换上。"

卫三立刻关了光脑，去换衣间把校服换上。

等他们这队人全部换上校服后，老师眼睛一抬："所有人绕着学校跑二十圈。"

3212 学校面积不小，他们还是小孩，一圈跑下来人都累傻了，更不用说二十圈了。

到第三圈的时候，卫三头晕眼花的毛病又出来了，她饿了。

"都给我打起精神来，我们 B 字班不像 A 字班有积分，搞场测试就记一次分，唯一的标准就是期末测试后，你们还活着。"老师慢悠悠地跟在后面，"活着知道吗？现在每多跑一圈，将来你存活的概率就高一点。"

这么跑了六圈后，队伍明显分出不同：前面有几十个学生一直没放慢脚步，最后面百来号人已经开始走了。

卫三夹在中间喘着气跑，偶尔抬头朝前看，那些学生身体素质未免太强了。

到了第十圈，老师站在最前面，手里抱着不知道从哪儿弄来的箱子："这里有营养液，大概有五十份，先到先得。"

卫三一听，精神为之一振，无形中加快脚步。夹在中间的学生也有不少和她一样，速度突然提了上来。

卫三咬着牙往前冲，不光为了营养液，她想留下来，学费不能浪费，留在这儿才有机会学与机甲师有关的知识，所以一定要跑完二十圈。

"三十、二十九……还有最后十份，后面的人加油了。"老师优哉游哉道。

卫三太阳穴处突突跳着，她前面还有十二个人，只要超过两个人并一直保持下去，就能拿到最后一支营养液。

……

"还有三……"老师刚说出口，又有学生赶了过来，"最后一支了。"

离前面的人还有五十米，眼看要跑到老师那里，卫三抹了一把汗，咬牙冲了过去，终于超过前面的人，拿到最后一支营养液。

她边跑边将营养液倒进嘴里，一喝下去，就发现这个营养液和她从垃圾场捡来的问题营养液不一样。这营养液一下肚，那种能量充沛的感觉顿时盈满全身。

卫三觉得自己还可以再跑十圈。

抢到营养液的五十位学生是最先完成任务的，但二十圈跑下来，直接瘫在地上。

卫三不由得感叹生存令人坚强。想当年在原来的世界，工作过后，她能坐着就不站着，能躺着绝不坐着，如今才七岁居然能跑这么远。

开学第一天在跑步中度过，到他们放学时间还有不少学生没有跑完二十圈，老师只是挥手："下课了，没完成的人也可以走。"

卫三一看时间，刚过五点，她错过了公交。

这个世界也可以打车，还是飞车，就是价格贵了点，卫三想了想决定先去材料市场看一看。

材料市场顾名思义就是卖各种材料的地方，卫三原本想着买点材料做个电动车，可以自由回去，结果到那儿一看，发现全是自己不认识的材料。

几家店看下来，卫三终于发现这个世界的能源是什么——灰晶。

灰晶是联邦开采出来的一种能源，可以直接供给机甲，普通家庭用不了，只能用一种叫晶卡的东西，里面是处理过的灰晶。

一张薄薄的卡片里面蕴含了能源，可以供给各种工具。晶卡内的能源用完后，还可以充值，这有点像卫三原先世界的电。

卫三花了六百星币买了一张晶卡，晶卡内余额五百块，她打算用这个给电动车提供能源；还买了一把焊接枪，她之前用的是老人留下来的，性能不够好。

把整条材料街逛完，认识各种新奇材料后，已经到了晚上十点，卫三走出巷口，发现一家卖机甲的店，不由得走了进去。

店内装修十分富丽堂皇，但里面只摆了三架机甲，卫三仔细看了看，三架机甲类型各不相同，都很好看，只是……据她在光脑上查到的资料显示，机甲是用来战斗的，这三架机甲完全看不出来哪个地方可以用来攻击虫兽。

她把心中想法说了出来，旁边也在看机甲的客人笑了："小孩，这是观赏型机甲，不是战斗型机甲，军方的机甲可不会拿到市面上卖。"

原来如此。

卫三又在这家店逗留了一会儿，这三架机甲一架比一架贵，最便宜的都要五百万星币。不过游金本身价格贵，一克便需要十万星币，机甲这么贵也就不足为奇了。

从店内出来后，卫三花了五十星币打车回去，一晚上没睡，终于做出来一个简易版"电动车"，第二天一大早就骑着这车去学校了。

刚到学校门口，一辆飞行器从她头顶掠过停下，金珂从里面出来，冲她挥手："卫三。"

"你这又是什么车？"金珂围着她的电动车转了一圈，"卖吗？"

卫三："五万星币。"

"算了。"金珂瞅着她车后座，"这里可以坐吧？你带我进校呗。"

"一趟五百星币。"

"我们不是朋友吗？"

"我穷。"

金珂抬手转给卫三五百星币，一屁股坐在她后面："好了。"

看着这奇怪的东西动起来，比之前的三轮车快多了，金珂越发坚定地认为卫三是高人的孩子，这车八成也是高人所做。

上次的三轮车被金珂的家庭老师拆了，没什么精巧的结构，还要靠人力才能动起来，也就是图个稀奇，老师说没什么研究价值，这个估摸着也差不多。

"我在 A1 班，你在哪个班？"金珂问前面骑车的卫三。

"B5。"

金珂愣住："B 字班？你不是预备机甲师吗，怎么成预备机甲兵了？"

"不行？"卫三冷静反问。

要不是为生活所迫，谁还不是个预备机甲师。

"行，预备机甲兵也挺好。"

两人分开，卫三找到自己班级，寻了个空位坐下，不知道今天学什么。

老师还是那个老师，上课铃一响，他站在讲台上把课程表放了出来。

卫三看完后，心中拔凉拔凉的：负重跑、格斗、匕首运用……全部是体修，就一天是文化课。

她一个柔弱的前工程师学这些干什么？

……

在 3212 学院上了大半个月课后，卫三觉得自己的赚钱之道遥遥无期，老师布置的任务一天比一天重，每天放学，她手脚都在抖，一回到破楼就睡着了，根本无心想其他的。

更重要的一件事是她听说 A 字班月考还没开始，已经有两百多位学生主动转学去普通学校，因为买不起材料。

一名合格的机甲师，是用无数金钱堆积出来的，寻常人家根本负担不起。

这下，卫三更不可能转专业了，不过好在学校图书馆不分区，B 字班的人也可以去借与机甲师相关的书籍。

作为一个前顶级工程师，卫三决定暂时先这样，她可以自学。

她得找个时间问问金珂，他们上课学什么。

"今天要教你们如何猎杀，很可惜我们 3212 星太穷，支付不起全息模拟器，所以麻烦各位把自己面前的同学当成猎物，记得运用上节课教的手段。输了不惩罚，赢了……"老师随后微微一笑，"没有奖励。"

哨声一响，卫三面前的人立刻冲过来横腰抱住她，想要将她摔在地上。

这要是摔下去，她得在床上躺个十天半个月，虽然学校治疗舱半个小时就能让人活蹦乱跳，但她没钱用啊！

兄弟，对不住了。

卫三连退两步，抓住对方的手，用力一拉，反身背摔，这还不算完，要让对方彻底失去动作能力，她只能卸了他的手。

场上不乏哀号声，受伤严重的立刻被送往医务室。

等对手认输后，卫三直起身，心中凄凉：这暴力的预备机甲兵。

第 4 章

七年过去，卫三还是那个一贫如洗的卫三，压根没有找到什么致富之道。

这个世界科技发达程度非常高，卫三会做的东西，在这边基本没有市场。第一次进城卖掉三轮车，完全是因为金珂好奇，后面金珂说什么都不吃她那套。更过分的是偶尔在学校想蹭点金珂的甜点，这位总是一脸"我懂"的高深莫测表情，然后抱着吃食走远了。

因为年纪小，也不能去店里打工，她靠着周末四处给人修家用机器才勉强度日。

不过因为一般家用机器都能保修，所以她维修范围有限，挣的钱也少得可怜。这还是她费尽心思才找到的"工作"。

每个学期的学费，加上每天吃喝以及"电动车"的能源，日子过得紧巴巴的，卫三也就没有从垃圾场附近那栋废弃大楼离开，只是添了点二手家具，改善居住环境。

饶是这样，卫三也没有放弃自学成为机甲师。图书馆里所有与机甲相关的书都被她看完了，买不起材料实操，她便在脑海中模拟。

"这里。"金珂站在家门口朝卫三挥手。

卫三是过来帮金珂他妈修八音盒的，说是淘来的古董，响几天就没用了。

"可以修。"卫三接过来看了看，道。

金珂抬手要转钱给卫三，被她拦了："打五折。"

"太阳从西边出来了？"

"有个要求，你前几天看的那本书借我看两天。"图书馆里的书卫三都看完了，新书又买不起，这个世界的书都极贵。

"行。"金珂重新输入星币。

卫三修八音盒的时候，金珂在旁边设计机甲关节，这是他下次大考的作业。

"轴承选错了。"卫三朝他那边瞟了一眼，低头将拆开的八音盒重新组装起来，随口道。

金珂一顿："书中是这么说的。"

卫三"啧"了一声，手下动作却飞快："我看你平时挺能变通，一到机甲身上就傻了，说不定指挥更适合你。"

她只是随口一说，金珂却将手里还未成形的机甲关节放下："你说得对，机甲师可能不适合我。"

将最后一枚螺丝拧好，卫三打开开关，八音盒立刻响起音乐。

卫三吹了声口哨："好了。"

她扭头看向金珂："你刚才说什么？"

金珂霍然起身："我决定去读指挥专业！像我这么聪明的人，不可能没有成就。"

卫三瞅他一眼："3212学院没有这个专业。"

"3212星没有，但是其他大星肯定有，我要搬家转学。"金珂立刻对外面喊他爸妈。

"怎么了？"金家夫妻进来问。

"爸妈，今天我们就搬家去柳极星，我想去读指挥专业。"

"啊？"金爸愣了一会儿点头，"好，你想去就去。"

七年前卫三第一次碰见金珂的时候，他家还是专门负责处理3212星上垃圾的传统公司，在这个3212星算小富家庭。结果这些年在金珂带领改革下，金家走出3212星，据说已经掌握联邦三分之一垃圾处理的业务，并且还有扩张的趋势，富得流油。

虽然金珂一如既往地抠。

相比之下，还是成人灵魂的卫三简直弱爆了。

"那我去收拾东西。"金妈准备转身走。

"妈，不用，我们现在就走，还赶得上星舰，东西到那边再买。"金珂豪气道，这七年他一直在死磕机甲师，靠着过目不忘的记忆力才勉强跟上学习进度，居然没想明白自己或许更适合指挥。

他们一家人说走就走，飞行器已经在空中等着。

"我走了，你保重。"金珂情深义重地握着卫三的手，"我知道，你留在这儿一定是有原因的，我们有缘再见。"

金·脑补王者·珂：高人一家隐姓埋名在3212星，我不能戳破。

卫三："？？？"

卫三就这么眼睁睁地看着金珂一家坐着飞行器离开，挥一挥手不带走一片云彩，也没有留下一个星币。

金珂的离开，没有太影响卫三穷困潦倒的生活，就是少了一个说话的人。她不是真正的十四岁小孩，金珂早慧，和他相处没有什么代沟。

"上午的群战我看了。"老师站在最前面捂着胸口，"我很伤心啊！一个个招式没有招式，被隔壁班打得抱头鼠窜，你们狼狈的样子妙啊，妙到校长找我谈话。"

他从最前面开始点学生批评。

"你搞什么？被两个人围住就动弹不得了？"

"打班上同学的劲儿呢？我看隔壁班的人打你打得很爽嘛。"

"我李皮带了这么多届学生，你们这届绝对是最差劲的，打个群架就慌了神，以后用机甲怎么办？"

"隔壁班都打不过，别说去军校了，我看你们去挑粪还差不多。"

老师批评了一圈，话锋一转："不过卫三上午表现不错，下手相当黑，我喜欢。"

卫三站立挺直，目光落在前面同学的后脑勺上，双手交叉背在身后，不为所动。

果然，下一秒李皮走了过来，伸出一根手指用力杵她肩膀："隔壁班四个人被你弄到医疗室，在治疗舱躺了半个小时，本来我很开心。但你实力再不提升，脑子再好也没用！"

七年过去，他们班从原先的几百号人，到现在已经不足一百人。卫三现在成绩在班级算是中上游，按照老师经验划分，毕业那场测试，她可能在 B 级上下浮动。还有两年她就能从 3212 学院毕业，到时候测试感知，B 级及以上就能报军校，如果感知达到 A 级则可以进入五大军校。

他们现在每天的训练都是为了提升感知，根据老师所说，身体素质越好，一般感知等级越高。

李皮一直都觉得卫三不只是这个实力，偏偏卫三保持水平技术一流，上不上下不下的技巧拿捏得死死的，所以他时常针对卫三。

看着卫三一副油盐不进的模样，李皮就烦，干脆挥手："都给我滚回教室看书。"

一放学，卫三就骑着她的"宝马"回去，这几年她把车速一提再提，现在从学校到住处只要半个小时。

政府在垃圾场附近安置救济房，供以捡垃圾为生的人居住，他们每月只需要缴纳少量星币。原先卫三这具身体的主人就一直和哑巴老人在那边住，不过后面被人占了。

现在卫三有钱支付也没办法住，政府规定每个人只能租一间房子，但救济房太小，她经常弄点便宜材料练手，压根放不下，倒不如这废弃大楼来得自在。现在她不光打理出卧室，还有一个专门的工作室，虽然只是用塑料膜隔出来的。

附近那些人并不会往这边来，似乎在忌惮什么，卫三没和他们来往过，也不清楚，反正乐得自在，就是这边蛇鼠虫蚁多了点，不过她已经处理过了。

将车篮里的材料拿出来，卫三快步朝工作室走去。

她准备做个迷你机甲练手，游金买不起，就买了和它性能类似的油金，从名字便能听出来这是个冒牌货。即便如此，卫三也攒了相当长的时间，才买了一小坨。

机甲的知识全部掌握在联邦政府手里，在未入军校前，普通光网上根本找不到什么有用的东西，卫三这七年把 3212 学校图书馆内的书都看完了，做机甲的水平也只有预备机甲师这么高。

好在卫三在原先世界有极深的机甲的理论基础，只是在那边缺乏像游金这种特别的物质材料，因此今天她才要做个迷你机甲，不光有完整机甲模样，还能攻击。就是金钱有限，估计她做出来也就十几厘米高，真迷你机甲。

坐在桌子前，卫三低头把做好的机甲外壳快速组装起来，这些顺序深深刻在她脑海中，闭着眼睛都能组装好。最重要的一部分在左手上，她花了一年时间做成的激光枪，可以穿透普通金属和枪，不过对游金无效。

等把所有东西组装好后，卫三抱着机甲走出工作室，按下控制开关，让迷你机甲对准墙壁开了一枪。

激光枪打在墙上，瞬间就出现一个洞。

卫三低头继续按了一下，墙上又出现一个洞，等再按的时候，迷你机甲的枪已经没反应了。

卫三"啧"了一声，才开两枪，激光能源就不够了。

这贫困潦倒的生活一眼望不到头。

她叹了口气，转身准备回工作室。

"咔嚓——"

听见细微声音的卫三："……"

不是吧？两个洞而已，墙应该不会倒才对。

刚自我安慰完的卫三，立刻听见无数"咔嚓"声，随即背后那面墙轰然倒地，整栋废弃大楼的地板都在震动，溅起的灰尘呛得她直咳嗽。

卫三抬起手臂捂住口鼻，扭头往后面看去，这一看，浑身的冷汗顿时冒了出来。

——墙背后有个约五米高的红眼怪兽。

那一瞬间，卫三想起一个词——"虫兽"。

这东西有点像变异放大版的狼，喘着粗气，红得滴血的眼睛死死盯着卫三。

来不及想为什么这种东西会出现在这里，卫三撒腿就跑，然而那变异兽很快就追了上来。

听着背后传来的破空声，卫三骤然停下，本能地就地滚了一圈，成功躲开攻击，却不料下一秒变异兽另一爪挥来，她躲闪不及，背部被划伤。

卫三来不及感觉痛苦，拼命朝工作室跑，抓到一把刀。

此刻变异兽已经逼近，卫三退无可退，在它探头咬过来时，瞄准时机，借墙跳起，将刀刺进变异兽的眼睛。

"吼——"

变异兽对着卫三大吼一声，腥臭味迎面扑来，爪子用力将卫三拍飞。

卫三感觉自己浑身的骨头都快断了，试图起来，却失败了，只能躺在地上，眼睁睁地看着变异兽过来。

早知道会有今天，当初训练的时候就该多用心，卫工程师罕见地后悔了。

变异兽再次探头咬来，就在卫三以为自己要命丧它口时，变异兽的脑袋突然整个掉了下来，溅了她一身血。

卫三："……"

呸，这玩意的血真的很臭！

第5章

卫三先是被沾了一身灰尘，现在又被溅了满脸的血，加上腹部三道极深的爪痕，躺在地上和死了没什么区别。

这时一架冷银色机甲飞过来，停在变异兽附近，随后从里面跳出来一个金发少年。他朝变异兽这边瞥了一眼，见到躺在地上的卫三，并未有所反应，像是上位者见到一只快死去的蚂蚁，无动于衷。

"这里可能有灰晶。"

又是一个驾着机甲来的少年，和刚才穿着战斗服的金发少年不同，他目光清平，乌色长发披在身后，像最上等的软缎，肤色似霜如玉，形状极美的唇瓣却透着一抹苍白。

要不是现在躺在地上动弹不得，卫三得吹声口哨，赞一句"好一个美少年"！

卫三扫一眼便清楚，前面那个人的机甲是一架真正的战斗机甲，后面这位的机甲攻击力应该不强，但防御力极强。

3212星连观赏型机甲都少得可怜，当年那家店摆出三架机甲，七年过去，也只卖出去一架。

这两个绝对不是3212星的人。

金发少年走到一处，砸开墙，从里面掏出一块拳头大小的灰晶放进腰包中："难怪它跑到这里。"

"该走了。"乌发少年淡淡道。

"我以为星兽有多厉害，不过如此。"

"幼崽状态，战斗力不足成年状态的两成。"

金发少年瞥向光脑，拿出手帕擦了擦手："那边在找我们。"

两人重新进入机甲离开，自始至终没在意躺在地上受重伤的卫三。

卫三很想晕过去，但是周围太臭了。

求救的念头在脑中转了一遍，卫三咬牙拨通老师李皮的光脑。

"啥玩意儿？"

李皮一接通光脑，就看见地上躺着一个血淋淋的人，口音都下意识冒了出来。

"老师，喀……救命。"

"卫三？你在哪儿？怎么回事？"

卫三撑着一口气报出地址，最后还是晕了过去，不知道是失血过多昏迷还是被臭晕的。

"醒了？"

卫三一睁开眼就见到老师坐在旁边，缓了一会儿神，下意识地伸手摸自己腹部。

"没留疤。"李皮没好气道，"平时不知道你胆子这么大，居然敢一个人住在那种地方。"

卫三从治疗舱中坐起来："那种地方不要钱。"

"钱重要，还是命重要？"李皮问她，"你觉得那栋大楼为什么被废弃了？"

卫三摇头。

"虽然现在联邦太平，但偶尔某处还是会出现少数星兽，那栋大楼当初建造的时候就发生过一起星兽攻击事件，所以直接被废弃了。"说起这件事，李皮脸色不太好看。

"出现过星兽的地方，就会被废弃？"

"有能力保护自然不会废弃，你觉得我们3212星有这个实力？"李皮皱眉，"不过，当年是兽潮，所以才会有头星兽冲破防护进入3212星，怎么这次突然会有星兽出现？"

卫三跨出治疗舱，身上的伤已经消失，除了残存在记忆中的痛，现在已经没有任何感觉。她转了转手臂："我看见两个和我差不多年纪的人驾驶战斗机甲。"

"原来如此……难怪那头星兽已经死了。"李皮眉心皱得厉害，咬牙道，"又是这帮人的游戏。"

"什么游戏？"

李皮强忍怒气："在入军校前，有些有权势的富贵子弟会找星兽放在荒星上练手，说是实战。但那帮人对荒星的定义和我们不同，而且根本不顾及小星上人的死活。"

卫三想起金发少年的眼神，倒没觉得老师哪里说错了。

"当年我朋友一家就是这么被毁掉的。"

"3212星以前也发生过这样的事？"卫三诧异地问道。

"我不是3212星人。"李皮撩起眼皮，"你在治疗舱泡了七天，一共七万星币。"

卫三："！"

李皮满意地看到自己学生脸上像被打碎的调色盘一样变来变去，轻飘飘道："这钱我帮你垫付了，如果期末测试你能拿到第一，就不用你还了，否则……从今天开始算利息，一直到你还我为止。"

"老师，这不太好吧，您这么英明神武，一看就不缺那点利息钱。"卫三心都在滴血，七万星币还要加上利息，她两年都不用过了。

"一想到学生水平不行，我就缺那点利息钱。"李皮伸手用力杵卫三，"我不是还给你一个选择，居然压根不考虑？没出息！"

"拿第一太难了。"卫三一直都觉得自己很柔弱，每次测试半途，就有头晕眼花的毛病。

李皮盯着卫三半晌，忽然正色道："这次你幸运没死在虫兽爪下，以后呢？只有自己拥有实力，才能保证不被伤害。"

卫三顿时想起腥臭星兽将自己逼得走投无路，想起冷银机甲抬手间便斩杀那头星兽。那种绝对的力量，没有人不向往。

"我……尽量。"

"是一定。"李皮瞅了眼卫三，"那栋建筑倒得差不多了，没法住人，正好我那儿空出来一间房，毕业之前你到我那儿住。"

最后，卫三收拾几件衣服，带着她的小电驴在李皮家住下了。

工作室那些材料她没取回来，能学到的都学会了，尤其在见到真正的机甲后，知道再练下去也没有什么益处。

"这是你师娘。"李皮前一秒还虎着脸，下一秒见到门内女人立刻露出一个憨笑。

"师娘好。"

温柔女人连忙招呼卫三进来："房间我已经收拾好了，如果睡得不舒服，记得和师娘说。"

李皮已经不管卫三了，闻着屋内的饭菜香，径直走到饭桌前："今天的菜怎么这么丰盛？"

"小卫第一天来，尝尝师娘的手艺。"女人帮着卫三拿下手中的背包，走到李皮旁边拍掉他的手："等小卫一起吃。"

李皮："……"怎么感觉搬起石头砸了自己脚呢？

卫三放完东西后，坐在饭桌前，下意识咽了咽口水。她实在是太穷了，之前一直省吃俭用买材料，从来到这个世界起，到现在一直都喝最便宜的营养液，没吃过一粒米。当年从垃圾场捡来的几十箱问题营养液，她喝了小半年才喝完，一滴都没有浪费。

她都快忘记饭菜是什么滋味了。

"这一餐得要好几百星币。"卫三换算成营养液，够她喝一个月了。

李皮抬手扒拉卫三脑袋："掉钱眼里了？赶紧吃。"

师娘立刻瞪着李皮："别碰小孩脑袋。"

师娘不停往卫三碗里夹菜："小卫，你敢开吃，你老师别的不行，一日三餐还吃得起。"

卫三也不客气，大胆吃，第一口吃到阔别已久的米饭，简直要热泪盈眶。

谁能想到她一个顶级工程师会沦落到现在这个地步。

"吃完饭，待会儿跟我一起绕着河道跑十圈。"饭吃到一半，李皮忽然开口。

卫三一口饭噎在喉咙："？"

"你需要加强训练。"

"先让小卫吃饱饭。"师娘把最后一块肉夹到卫三碗里，"要不要师娘再做一盘？"

卫三咽下饭："师娘，不用。"

最后卫三一个人把米饭包圆了，连菜都不用，李皮坐在旁边，看得嘴角直抽搐。

这些年他完全不知道卫三的情况，毕竟按理说穷到她这种地步，说话行事总会受到一点影响，例如自卑、畏畏缩缩。但这位打从入学起一直自信得很，压根看不出来，加上在学校又穿着统一服装，李皮还以为她家境不错。

"吃饱了？"

卫三摸了摸肚子："饱了。"

在屋内坐了一会儿，卫三就被带着出去跑步。

自这天起，李皮开始每天放学回来给卫三"开小灶"，加强训练。

卫三原本以为自己不行，结果不知道是不是因为每天都被师娘喂得饱饱的，头晕眼花的毛病居然逐渐好了。

这营养一跟上来，卫三便开始抽条了。

"小卫？"师娘难得见卫三还没起来，不由得站在外面敲门，"再不起来要迟到了。"

半天没听见声音，师娘只能去找备用钥匙，一打开门就见到卫三蜷缩着身体，抱着自己一条腿，满头冷汗。

"怎么了这是？"师娘着急得团团转。

没想到生长痛会来得这么剧烈，刚才差点没喘过气来，卫三咬牙拉住师娘的手："师娘，我没事，生长痛而已。"

又这么疼了十分钟左右，卫三才缓过神来。

"晚上我剁点骨头来，熬汤给你喝。"师娘心疼地擦掉卫三额头上的汗，她和李皮没有孩子，对这些事没什么经验，也没见过有谁生长痛痛成这样的，床单都被汗打湿了，"是不是经常这么痛？"

"没。"卫三起身，"师娘，我得去学校了。"

卫三抽条太快，一个月不到就要换一次衣服，李皮看着十分高兴，觉得她身体素质在变强。

"上次训练，做得不错，保持这个状态，期末考试绝对可以。"李皮拍了拍卫三肩膀，"如果毕业测试你感知能拿到 A 级，就能去五大军校，那里是另一个世界。"

"你老师当年的梦想就是去五大军校。"师娘在一旁笑道。

卫三抬头看李皮："老师感知多高？"

"B 级。"李皮有些骄傲又有些怅然，"当年我先是进入军校，后来被选入十一军区……不过后面受伤没进去。"

这是卫三第一次听见老师提及军区的事，下意识地问："受伤？"

"中途遇见小型虫兽潮，为了救人，手废了。"李皮长出一口气，骄傲地说，"我进军区就是为了保护人民，那天我做到了。"

卫三还在替老师感伤，下一秒李皮的巴掌就呼了过来："你每天都要给我认真训练，争取进入五大军校，听见没！"

"我觉得我就是 B 级的料子。"卫三打内心深处觉得自己不是一个擅长打架的人。

师娘在一旁捂着嘴笑："那天小卫把隔壁班第一名按在地上揍的时候可一点不像。"

隔壁班那位去年就找关系去大星上测过感知，据说确认了 A 级。

能打败 A 级的只有 A 级。

第 6 章

"这次期末测试会比以前难，但……这不是最难的。"李皮看着对面站着的学生，这些孩子可以说是他看着长大的也不为过，从七岁到十五岁，几百人剩下几十人，"毕业感知测试前那场才是，好好完成这次期末测试，开学我在这儿等着你们所有人，希望大家都能顺利毕业，拿到属于自己的入学资格。"

期末测试时，学校会把学生带到 3212 星边缘森林，这里的生物虽不是虫兽，也不及虫兽攻击力十分之一二，却极适合考核学生。老师每学期末经过商讨之后，会在边缘森林划出一段范围，让学生狩猎，每个人手中只有一把匕首，是死是活全靠实力。

每升一个年级，进入森林的范围都会加大，危险指数直线上升。

老师们各自动员完自己班级的学生后，便带着他们去往边缘森林。

"所有人记住，老师人手不够，能不能及时救你们，完全靠运气，所以……现在有想退出的还来得及。"B 字班年级主任环视一圈道。

无人动，这么多年下来，还留在这里的学生，没有一个是心性不稳的。

"既然如此，3212 学院第 108 届第十六次期末考试正式开始！"

随着发令枪响，所有学生立刻如同潮水般涌进边缘森林，每个人都想早点完成任务。

老师划定范围，学生在此范围内狩猎成功便可以出来，不过其中总有各种不定的风险。首先是猎物实力不定，谁也不知道自己会碰上什么；其次即便成功狩猎，回程也照样有碰上其他野兽的可能性。

卫三快速进入边缘森林，她向来惜命，十六次期末考试，基本上靠着各种走位避免受重伤，她穷，躺不起治疗舱。

边缘森林表面看起来一派祥和，连空气都比城市的要清新不少，然而自学生进来后，惨叫声就从来没有停过。

哪怕他们这些人已经来这里考过十六次。

今天于边缘森林的野兽而言，是一次进食的好机会。

卫三单手握着匕首，快步穿过一片荆棘，植物上的刺不断划破训练服。她连眼睛都不眨一下，相比其他地方，人和野兽都不太愿意经过这里，所以走这片荆棘地，危险程度会降到最低，还可以伺机捕猎。

因为穷，卫三习惯性地想要选择最省钱的方案。

在荆棘地穿梭，卫三耳朵忽然动了动，她停下来，侧头朝外看去：一头花豹在附近打转。

未等下一步动作，那头花豹已经跃到荆棘附近，对着卫三这处嘶吼。

卫三闭了闭眼睛，花豹闻到了她的血。她试图继续往前冲，外围的花豹立刻跟上。

烦死了，还以为会有好运气，碰见什么容易对付的猎物，结果现在她成了猎物。

卫三深呼吸一口气，停下来，趁花豹还未反应过来，从另一处跳出来，就地一滚，卸掉冲击力。

"吼——"

花豹喉咙间发出兴奋的嘶吼声，立刻朝卫三扑来。

见过虫兽的卫三自然不会怕一头花豹。她没有躲开，只是避开花豹的前肢，往下一滑，整个人都在花豹腹部以下，就在花豹想要往后退一步，抓住这个猎物时，猎物不见了，而身上一重。

卫三滑进花豹腹下后，直接滚到旁边，翻身骑在花豹身上，一只手抓住它的头，另一只握着匕首的手在它脖子一划。

血像喷泉一般射涌而出，花豹一声悲鸣堵在喉咙里，未发出便轰然倒地。

卫三从花豹身上起来，期末测试完成了一半，现在剩下的是如何成功将猎物带出去。

血腥味会引来其他野兽，她还要扛着这么重的花豹返回。

卫三摸了摸口袋，没带营养液，她饿了。

这段时间被师娘的手艺养刁了胃口，再加上经常被师娘塞各种小点心，她都快把营养液的味道忘干净了，更别提带了。

摸了摸肚子，卫三认命地扛起两百多斤的花豹，一路往回狂奔。

"你们干什么？"

卫三顶着头晕眼花的感觉，咬牙一路狂奔，结果路过一片空旷地带，传来一道熟悉的声音，是班上的同学。

"你的猎物挺好的，借我用用。"

"滚开！"

卫三翻了个白眼，脚步一转，朝空旷地带快步走去，将肩上的花豹扔在地上："我的猎物借你用用怎么样？"

空旷地带站着七八个人，被围在中间的是卫三的同学，其他都是隔壁班的人，领头那个坐在远处一棵树下，脚边是一头死了的狮子。

这些人见到卫三齐刷刷地往后退了一步。

卫三的同学从地上起来，拖着自己的猎物往卫三那边靠，指着隔壁班的人："这帮人自己没本事完成任务，合伙抢我们的猎物。"

自己辛辛苦苦完成任务，消耗体力不算，还受了伤，结果这帮人来抢猎物，不是没人抵抗，但隔壁班领头的人就在旁边看着，一有不对就出手，被抢的人已经不是一个两个了。

隔壁班没人敢出声，眼睛不断往远处树下的那个人身上瞟。

终于树下那人起身走了过来："卫三，我劝你不要多管闲事。"

卫三"啧"了一声，上上下下打量对方，亲切问候："吴德，你腰伤好了？"

他就是隔壁班那个据说是 A 级却被她压着打的人。

泰吴德："……"浑身又开始隐隐作痛。

卫三叹口气："大家就在隔壁，平时抬头不见低头见。这样，你们把猎物全留下来，我就放你们走。"

她口气大得理所当然，泰吴德被气笑了："卫三，就凭你们两个对付我们这么多人？"

卫三转了转手腕，抬眼："不然呢？"

泰吴德正要对跟班使眼色，冷不丁一个拳头挥到面前，他本能地躲开，还不待庆幸，另一个拳头随即捶中他的头，直打得他脑袋发蒙。

"泰哥！"跟班们不由得慌乱喊道。

卫三抢占先机，把泰吴德捶到地上，压根没给他反应的时间："泰哥？我把你打成猪哥行不行？"

连续被重击，泰吴德几近昏迷，昏迷前心想：浑蛋，这卫三简直不是人，一拳下来他人都废了。

"泰哥！！！"

跟班们见泰吴德轻轻松松就晕了过去，个个吓得小脸煞白。

卫三被这帮人的鬼哭狼嚎吵得越来越头晕，不由得冷眼朝他们看去。

"……"

跟班们犹如被无形的手捏住脖子，顿时不敢出声，过了一会儿，一个看着比较机灵的跟班瞅着卫三，试探着改口："猪、猪哥？"

这一下，马上提醒了这帮人，很快空旷地带又响起了一阵哭号声："猪哥——"

卫三："……"

"哪些是你们抢来的？"卫三瞥了眼这些人的猎物问。

跟班们齐刷刷地把猎物递到卫三面前，抬起泰吴德就跑，连泰吴德自己的猎物都没来得及带走。

"你帮我联系一下那些被抢了猎物的人，我先走了。"卫三扛起自己的猎物，继续往回赶，她感觉自己快晕了。

卫三跑得飞快，运气也还算不错，回去的路上没碰见其他野兽，顺利离开边缘森林。

"老师，这是我的猎物，编号 B510816429。"卫三将猎物扔在负责统计的老师面前，说完这句就溜了。

因为考试，有些小商贩会在森林不远处的安全区摆摊卖东西。卫三饿得受不了，闻着热腾腾的各种吃食，咽了咽口水，找了一圈才找到卖便宜营养液的商贩。

掰开盖子，卫三就着四处飘溢的香气，小口小口珍惜地喝着营养液。

一排营养液下肚，她头晕眼花的毛病才算好了点。

唉，什么时候她才能实现营养液自由？！

卫三如今已经不幻想自己发财致富的梦了，在成为一名真正的机甲师前，她可能会一直这么穷困潦倒。

算算时间，那边差不多结束了，卫三这才恋恋不舍地离开安全区，往边缘森林入口那边走去。

大部分学生已经出来，统计老师面前也堆满了各种猎物。卫三过去的时候，李皮正好拎着两个重伤的学生出来，在旁边候着的医务人员立刻将学生抬进移动医疗车内治疗。

"108 届第十六次期末测试到此结束，恭喜所有通过测试的学生，下学期我们再见，希望所有人都能在毕业测试中取得自己想要的成绩。"年级主任发表完讲话就带着老师和受重伤的学生离开了。

其他学生纷纷松了一口气，往安全区走去。

期末考试一结束，压力暂时消失，学生们见到安全区的各种好吃好玩的，自然会忍不住诱惑。

"卫三……刚才谢谢你。"之前的同学赶上来道谢。

"顺手而已。"卫三嗅着空气里的味道，不着痕迹地咽了好几次口水。

她买不起，闻闻味道也是好的。

泰吴德在森林中被卫三打晕后，好半天才醒过来，因为必须重新去捕猎，差点错过时间，导致考试未通过，好在最后一秒赶到了。

"想吃什么自己拿，我请客。"泰吴德对跟班们淡淡地说。

"谢谢猪、泰哥。"跟班们纷纷去买自己想吃的东西。

"泰哥，这烤串贼好吃！你尝尝。"

泰吴德接过跟班递过来的烤串，并没有吃。他对这些兴致缺缺。作为 A 级，他将来是要去五大军校的人，势必要表现得和平常人不一样。

不过……一想到卫三那个狗东西也有可能是 A 级，会去五大军校，泰吴德心里就憋得慌。

"吴德，好巧啊。"卫三见到泰吴德，主动上前热情打招呼。

听见这熟悉的声音，泰吴德浑身一僵："！"他好怕啊！

卫三转到泰吴德面前："我看你拿着烤串半天，怎么不吃？"

泰吴德很想拿出 A 级的气势，说一句"关你屁事"，但在森林里被卫三揍怕了，怂道："冷了，不太好吃。"

卫三摇头："你这样浪费不好。"

神经病啊！关你屁事！

泰吴德在心中呐喊，面上强撑着，憋屈道："那、那我现在吃了。"

卫三伸手拦住，拍了拍他肩膀，真诚道："吴德，别为难自己，大家都是同学，不如今天我就替你解决了这苦楚。"

泰吴德：……浑蛋，原来看上了我的烤串！

泰吴德将烤串塞进卫三手里，十分上道："我觉得那个摊子上的东西也不太好吃，卫三同学尝尝？"

"是吗？不好吃的东西拿出来卖，这可不行。"

"不如卫三同学替广大同学解决了这问题。"

"当然可以，舍己为人一向是我奉行的准则。"

泰吴德：放你的意大利屁！

"呵呵，卫三同学就是和我们普通人境界不一样。"

说话间，卫三和泰吴德哥儿俩好地走向下一个摊位。

第 7 章

期末测试排名是按照出来的顺序排的，卫三虽耽误一点时间，但出来的时候依然是第一，师娘知道后做了一顿大餐犒劳她。

"我也辛苦这么长时间。"李皮不无忌妒地说。

"多大的人了？"师娘瞪了李皮一眼，随后又对卫三露出温柔的笑："小卫多吃点，正在长身体呢。"

卫三点头："谢谢师娘。"

吃完饭后，卫三转了一笔钱给李皮，说是生活费。

李皮没拒绝："放假也不能懈怠，下学期才是最关键的。"

"知道。"

放假两个月，卫三除了要完成李皮布置的作业，剩下的时间都花在上门维修上。李皮知道她要挣钱，并不阻拦，反而有时会给她介绍生意，比如同僚家要维修什么，便推荐卫三过去。

别人会修的不会修的，卫三都会修，一来二去，找她的人越发多，才一个月，她已经赚了六千多星币。

"这么快就修好了？"一位老师家属看着自己的家用电器问。

"嗯，您看看。"卫三摘下手套。

对方把所有功能试了一遍，惊奇地说："我怎么感觉比新买的还好用？"

"我做了一点调整。"

"要是你会修机甲就好了。"老师家属自言自语道。

卫三心中一动："修机甲我也会一点。"

"真的？我有个朋友，她家的机甲坏了，又着急用，店家说只能送到大星上去修，一来一回，时间上来不及，有能力修的那几位老师又去大星上交流了，这几天发愁得很。"

卫三点头："我可以试试。"

老师家属立刻联系朋友，说明这件事，对方显然也顾不上谁来修，连声说"好"。

"这是她家的地址。"

卫三扫了一眼，不陌生，金珂以前就住那儿，3212星上的富人区。

搭车赶到那家去，卫三看着门牌号，在一家门口停下，然后按响门铃。

"来了。"

门一开，里外的人都愣住了，随后里面的人"啪"的一声把门重新关上。

卫三："……吴德，是你家要修机甲？"

泰吴德在自己家底气十足："关你什么事！"

卫三："我来修机甲。"

泰吴德："放屁！"

卫三："你不开门，那我走了。"

泰吴德犹豫了一会儿，在里面喊他妈，让她联系刚才的阿姨，问清楚上门维修的人叫什么名字。

"你阿姨说是叫卫三。"泰吴德妈妈的声音隐隐约约传过来。

泰吴德不信！卫三一定是想上门打我！

卫三抬手敲门："哎，开不开门？不开我真走了。"

泰吴德隔着门喊："你一个预备机甲单兵怎么可能会维修机甲？整个3212星都没什么人会。"

卫三叹气："生活不易，多才多艺。"

泰吴德犹豫了："你真会修？"

卫三："会。"

最后泰吴德把门打开一条缝："你真不是上门来打我的？"

"我为什么还要上门打一个手下败将？"

泰吴德：好有道理，我竟无力反驳。

"进来吧。"

卫三跟着泰吴德去他的训练室，一架机甲摆放在最中央。

"原来那架机甲被你家买走了。"卫三挑眉，之前材料市场有一家卖机甲的店，七年过去只卖掉了一架。

泰吴德骄傲地说："我将来可是要去五大军校的人，当然要先用上机甲。"

卫三爬上机甲，进入驾驶室，有一点震撼，这是她第一次见到真实机甲内部，即便只是观赏型机甲。

"卫三，你行不行？"泰吴德在下面喊。

"第一次修机甲，给我点时间。"卫三探头出来道。

泰吴德："！"

"我就知道你不会修！卫三，你给我下来！"

卫三不为所动，试探性把所有按键按了一遍。

"啊——！卫三，你下来！"泰吴德看着时不时颤颤巍巍的机甲，泪水都心疼得飙了出来，"要倒了！！！"

感受了一遍机甲，卫三打开舱门跳下来，拿着扳手对准泰吴德："吵死了，闭嘴。"

泰吴德哽咽一声，委委屈屈地闭嘴。

她在下面转了一圈，找到引擎所在，敲了敲："这是观赏型机甲，估计还是最差的那种，你平时用的时候一直超负荷，能坚持到现在才坏也算你运气好。"

泰吴德闻言探头："你……真懂啊？"

卫三懒得回他这句："维修预算多少？"

"三十万星币。"

卫三："……你家真有钱。"

泰吴德连忙道："三十万是机甲的，你要真能修好，维修费另算。"

"不用，钱全部用在机甲上。"卫三从引擎盖上跳下来，"维修费就算了，上次你请我吃烤串抵了。"

"啊？"

卫三瞥向泰吴德："身上有钱吗？"

"有。"

"跟我去一趟材料市场。"

两人去材料市场买了一堆材料回来，其中游金花费最多，但也只有几克而已。他们前前后后花了大概七十万星币，泰吴德还向他妈要了钱。

"你真的能修好吗？"泰吴德心里直打鼓，七十万星币对他而言也不是一笔小钱。

"能不修好？材料都买了。"

泰吴德："……"他就是鬼迷心窍才会信了卫三的鬼话。

"放心，开学前一定帮你修好。"

虽然接了修机甲的活儿，但其他事也没落下，卫三每天抽出时间去泰吴德家中。

泰吴德胆战心惊地看着自己的机甲被拆得稀碎，每天晚上入睡前都要后悔信了卫三的话。

观赏型机甲对感知等级没有要求，因此攻击力等于零，七十万星币听着很多，其实也只能改造机甲外壳的硬度以及引擎，这还是卫三压缩了引擎材料，才只花了七十万。

改造机甲外壳的事，卫三放在最后，先是把坏了的引擎修好，加大动力源。

"咔——"

卫三将引擎装好，起身对着咬指甲的泰吴德道："试试。"

泰吴德指着机甲："你壳子都没装上去！"

"放心，不会散架，先试试行不行。"

泰吴德战战兢兢地爬上机甲室，试探性动了动："咦？"机甲真能动了。

他操控机甲在训练室走了一圈，喜出望外："它好了！"机甲还比以前更灵活。

"行了，先下来，我把机甲外壳改一改，再装上去。"卫三对这种机甲已经没什么太大的新鲜感，里面操控室简陋得可怜，压根不能发动攻击，偶尔进去操控这机甲散散步还差不多。

泰吴德从里面出来，兴奋地说："你从哪儿学来的技术？厉害！"

卫三已经戴好手套，熔化游金，这种材料太贵，她打算在机甲关节处加入游金，其他地方就算了。

等到开学前一天，卫三终于把泰吴德的机甲改造完，他操控机甲在外面溜达一圈，下来看卫三的眼神都不一样了。

"卫三，以后我罩……"在她眼神扫过后，泰吴德立马改口，"我、我们是兄弟！"

卫三没放在心上，能拿机甲练手，已经是一件高兴的事。

……

"嗞——"

天还没亮，卫三就满头大汗地蜷缩在床上，抱着腿倒吸一口冷气。

她又抽筋了。

熬了好半天，卫三才缓过来，脸色苍白，半靠在墙上。

在原来的世界，她发育期从来没这么疼过，如今时不时就抽筋。

卫三个子抽条抽得快，肉没跟上来，浑身瘦得跟麻秆一样，哪怕师娘天天大鱼大肉补着。

擦掉额头上的汗，卫三从房间出来，正好撞上李皮。

"开学第一天，这么不精神。"李皮瞅了瞅卫三，"又抽筋了？"

"没事。"

李皮皱眉："平时多吃点，待会儿我让你师娘多做点好吃的。"

吃完早饭后，李皮捎着卫三一起去学校。

新学期开始，第一天氛围便和以往不太一样了。

"你们没听说？这个学期我们有机会碰机甲了。"

"机甲？！是我想的那个吗？"

"当然了，我们学院有一架机甲，专门给毕业这一届学生练手，每周都会上。"

卫三听着同学们议论纷纷，她还不知道这事，李皮没和她提起过这件事。

等第一节课前，课程表出来后，所有人都振奋了——真的有机甲实操课！

一上午过去，所有 B 字班互通消息，知道哪个班最先上机甲课，心中的羡慕都快溢出来了，他们也想早点见到真正的机甲。

卫三也很激动，因为据说学校的是战斗型机甲。

中午回去吃饭时，卫三没忍住向李皮打听这件事。

李皮撩起眼皮看了她一会儿："确实是战斗型机甲。"

卫三没出声，等着他后句。

下一秒李皮道："是很多年前的 B 级机甲，现在基本上已经淘汰了。"

卫三心道"果然如此"，在听见每个班都有一架机甲可以练手时，她就觉得有点不对，什么时候学校变得这么有钱了。

李皮正色看着卫三："假如……你能进五大军校，这个机甲对你而言，没有什么太大的帮助。A 级和 B 级有着天壤之别，人是这样，机甲也是这样。"

"能先熟悉机甲总归是好事。"卫三笑了笑道。

李皮点头，随后又问："我听说你帮泰家修好了机甲？"

"嗯。"

"小卫什么时候学会修机甲的？"师娘端着菜上桌，好奇地问道。

卫三有点不好意思道："其实……以前我想报预备机甲师的，贪便宜报错了专业。"

李皮："……"难怪卫三前几年一直吊车尾，各种训练点到为止，相当敷衍。

"真难为你了。"李皮冷哼一声。

……

隔壁班第一个上机甲实操课，一到课间，不少和隔壁班关系好的人跑去问他们什么感受。

卫三他们班和隔壁班向来不和，倒没什么人过去，但防不住隔壁班来回走动炫耀，站在门口大声和其他人讨论描述机甲。

"隔壁的泰吴德过来了。"

"肯定也是来炫耀的，服了，迟早我们也要接触机甲，他们得意什么？"

泰吴德左手一把烤串，右手一盒切块水果，大摇大摆地走进来，环视一圈，成功引起班内人的怒目。

"卫三！"泰吴德蹿到卫三面前，把水果放在她桌上，烤串递过去，"吃吗？"

"有事？"卫三嗅了嗅味道，这烤串看起来比之前还好吃的样子。

泰吴德"嘻"了一声，讨好道："大家都是朋友，这罪孽深重的东西，你帮我解决怎么样？"

"有事说事。"卫三接过烤串咬了一口，摇头，"这东西罪孽太深重了。"

泰吴德咳了一声："是这样的，以后咱们不都得学机甲实操嘛，我想着大家一起互相交流技巧，强强联手。"

他想着卫三连机甲都会修，机甲实操一定不会差。

卫三咬着烤串，抬眼看他："互相交流可以，强强联手就算了。"

第8章

轮到卫三他们班上机甲实操课时，卫三内心也很激动，这是她第一次接触真正的战斗型机甲，虽然只是一个被淘汰的B级机甲，但也不可能不激动，尤其卫三内心深处是个机甲狂热爱好者。

"首先，大家先来认识机甲的几个主要部分，便于以后操作。"李皮指了指那架灰绿色机甲，介绍外部机甲几个部位，随后又打开光脑，将机甲内部操作室投影出来。"操作室一般由头部连接和手动操作相互控制，这也意味着感知高低和手速快慢是评价一位机甲单兵的两大重要因素。"

所有人屏息听着李皮讲解，生怕漏了一个字。

"……都记清楚了吗？"李皮介绍完后，不知道点了什么，机甲舱突然打开，"说再多不如你们自己去体会，现在按照学号一个一个来，每人十五分钟实操时间，108009号上来。"

他们的学号是按照届数＋当年开学第一次站队顺序来排的，考试时再往中间加次数，转学和死亡的学生学号虽不用了，但其他人依然用原来的学号。

所有人羡慕地看着108009号最先上去，不过很快明白过来机甲操作并不是一件简单的事。十五分钟过去，108009号才勉强让机甲迈出了一只脚，下来的时候汗流浃背。

"还行，第一次就能让它动。"李皮夸了一句。

众人还以为李皮是在安慰，结果学生陆陆续续上去，下来的人个个像冲刺跑了十几公里一样，满身大汗，偏偏机甲基本上没怎么动过。

几十个学生一个个上去实操，从一大早到晚上，能让机甲动一动的人寥寥无几，而这寥寥无几的人基本上都是每次测试的前几名，等级在B级以上，有可能冲A级的学生。

"108429号上来。"李皮目光落在最后一个学生身上。

卫三上前一步，快速爬进机甲舱。

底下学生这时候打起精神，睁大眼睛，准备看卫三能控制机甲到什么程度。

虽然前几年卫三成绩一般，但去年一年表现出色，连隔壁班的泰吴德都被她压着打，很难不让人期待。

"据说泰吴德第一次实操的时候，控制机甲在操场走了一圈。"

"走一圈？！他这么变态？"

"毕竟感知是 A 级，在操控 B 级机甲上有等级优势。"

"卫三应该比泰吴德要强。"

"那肯定。"

……

卫三坐在驾驶座上，戴好头盔，两边太阳穴顿时能感受到电流穿过。她扫过面前的操控板，刚才李皮说的每个按键作用都熟记在心，她试探地按了一遍，机甲偶尔会张开手臂转化成刀刺或炮弹筒。

这些动作并不稀奇，前面的同学都试了一遍。

卫三闭了闭眼，脑中在分解这个机甲的构造，有些东西不太能想明白，如果能拆了这架机甲就好了。

卫三遗憾地睁开眼睛，随后试图控制机甲往前走。

"哎，动了动了。"

眼尖的学生指着机甲的一只脚激动地说"卫三果然厉害"。

李皮见状，脸上立刻带起笑容，然而下一秒笑就僵在脸上。

"砰——"

卫三连人带机甲倒在地上了。

场内一片寂静，所有人："……"

过后，终于有人出声："哈哈，这动作幅度比所有人都大，应该是很厉害的意思。"

其他人："……"卫吹大可不必。

李皮皱眉强制打开驾驶舱，就看见卫三倒在里面，没有一点动静。

"卫三，卫三！"

"啊？"

卫三迷迷糊糊中听见有人喊自己，下意识回答。

"你先出来。"李皮脸色沉得难看，见到卫三这样，心中不免有不好的猜测。

他带了这么多学生，不是没见过感知低但身体素质强的人，但卫三……他不希望发生这样的事。

卫三昏昏沉沉地爬出来，扭头看着倒地的机甲，回头对李皮道："老师，抱歉。"

"你怎么回事？"李皮问。

卫三摸了摸刚才撞到的头，又摸了摸肚子："有点饿了。"

今天第一次上实操课，从大早上到晚上，所有人都津津有味看着试练，连厕所都舍不得去上，更别提去吃饭了。

李皮："……"

他深深吸了一口气，转身看着其他学生："都去吃饭，吃完饭还想看卫三操作的人就过来。"

说完李皮扯着卫三往外走。

带着卫三进了一家饭店，李皮喊了一桌子菜。

"老师，买营养液方便还便宜。"卫三不太情愿地说，况且这一桌子菜的价格够师娘做好几顿。

"废话这么多。"李皮心中有几种猜测来回跳动，他看着卫三严肃地说，"吃饱饭，待会儿再去试试。"

"哦。"

一大桌子菜上来后，李皮基本没有动过，只说："你吃，吃得下全吃了。"

卫三没有多想，尽情吃饭，把桌上的饭菜一扫而光后，满意地打了一个饱嗝。

李皮和卫三回到训练场时，所有学生早已经到齐了，都想再看看卫三操控机甲。

卫三吃饱饭，头也不晕眼也不花了，重新进入机甲舱内，控制机甲起身。

"噢——"

在场学生不由得齐声喊了起来。

这已经不是控制机甲动的问题，而是刚才机甲起身，先是双臂撑在地上做支点，随后跪在地上慢慢起来，做出这一系列动作需要的是平衡。

这就是天赋，这就是感知高低区别。

卫三绝对是 A 级！

李皮看着开始走动的机甲，面色复杂。

十分钟后，卫三从里面出来。

同学们立刻围上来，恭喜的恭喜，问技巧的问技巧，卫三回了几个，被李皮喊停了。

"今天是第一次实操，所以每个人都来了，但下周班内的学生会分批次上实操课，这样每个人操作时间都能延长。好了，都先回家。"

学生散了之后，李皮拍了拍旁边等着的卫三："走了。"

回去洗漱之后，卫三正准备睡觉，被李皮喊住，他欲言又止地看着卫三。

"老师？"

"卫三，我觉得你以后说不定可以在五大军校取得成绩。"李皮说这话时，目光有些复杂。

他一直都期待卫三能够进去五大军校，但也仅此而已。五大军校，对任何一个普通人而言都是可望而不可即的事，能进去已经是天大的荣幸，更不用说里面有多少能人。

卫三理所当然地说："老师，你放心，如果我进了五大军校，一定会拿好成绩。"

卫三作为一个研究员，最大的特点便是认真后会一直坚定不移地努力。

李皮失笑，是他低估了卫三的信心。

"老师我曾经有幸近距离见过一次五大军校的学生比赛，那些人……"李皮摇了摇头，"'天之骄子'这个词就是为他们量身定做的。"

卫三撇嘴："我也是天之骄子。"不过是天生地养，还捡垃圾的骄子。

李皮："行了，你厉害，早点睡觉。"

等卫三关上门休息，李皮回卧室和妻子说悄悄话。

"以后饭菜多做点，我怀疑卫三一直都没怎么吃饱。"

"小卫没吃饱？"师娘从床上坐起来，"怎么回事？"

李皮叹气："我看她身体营养一直没跟上，今天机甲实操，刚上去人就晕了，吃饱饭才动得了。"

第一次脑部介入机甲控制器会消耗大量精神感知，所以基本不存在越级控制机甲的可能，因为人一上去就会发生像卫三今天晕倒的情况，严重的还会伤到神智。

这也是李皮当时见到卫三倒地，一下子脸色变得难看的原因，他以为卫三感知过低，现在看来，分明是身体供能不足。

师娘心疼地说："难怪小卫这么瘦，她也不告诉我。"

"她平时饭量大，你我都没想到。"

卫三不知道他们谈论了什么，但从第二天开始，每顿饭菜的量明显多了起来，师娘还经常塞东西让她带在身边吃，再加上泰吴德隔三岔五地上供，不对，是请她帮忙消灭罪孽。

所以在毕业这一年，卫三过得有滋有味，头晕眼花的频率开始减少，身上都长了点肉，总算看着和正常少年差不多，不再瘦得那么吓人。

"你昨天那个动作怎么做到的？"泰吴德将一盒蛋糕推过去，讨好地看着卫三。

他问的是昨天卫三控制机甲在 A4 纸上剪出一朵花的操作。

3212 学院的 B 级机甲很一般，型号老旧，因为穷，学校也出不起能源，让学生练习攻击招式，何况大部分学生连机甲都操控不好。

泰吴德原先自己就有一架机甲，虽只是观赏型机甲，但有了经验，再加上又是 A 级感知，机甲的跑跳动作，都能完成得很好。

前不久，他还控制机甲跳了支舞，那关节律动，连老师都惊了。这控制机甲的精细程度，学院里没有老师能做到，毕竟 3212 学院还没有 A 级感知的老师。

但要在 A4 纸上剪花这操作，泰吴德做不到，机甲手太大，纸又太薄。

"就那样做呗。"卫三咬了一口蛋糕，"控制手指，再保持平衡。"

泰吴德闻言从后面又掏出一盒吃食放在卫三面前。

卫三打开看了看，满意地合上盒子："行，下节课教教你。"

只剩下最后一个学期，各班顶尖的学生全部被挑出来重新组了一个实操班，单独用一架机甲。

卫三现在算和泰吴德一个班。

"还有几个月就要测感知，你紧张吗？"泰吴德问卫三。

"有点。"卫三对这件事的了解仅仅有个大概。

泰吴德想了想认真地说："你比我强，还能这么快控制战斗型机甲，肯定是 A 级。"

"大概。"

第二天，卫三进机甲舱后，把光脑打开录像，让外面的泰吴德看清楚自己的动作，操控板复杂，各种按键组合需要自己摸索，她比其他人更了解机甲运作，所以学东西会更快。

"看清楚了？"卫三下来后问。

"看清了。"泰吴德没急着上去，反而扯着卫三手臂，"我们应该练机甲对抗。"

卫三瞥了眼他的手，等泰吴德松开后才道："对抗意味着起码要两架机甲，我们只有一架轮流训练的机甲。"

泰吴德点头："我知道，你能把我家那架机甲改一改，拿到学校来训练对抗吗？"

卫三"啧"了一声："你这么看得起我？"

泰吴德心一横："只要你能做到，我什么条件都答应你。"

泰吴德大伯生活在大星上，经常和他爸在通信时炫耀自己孩子，总说一些今天学校又有什么训练之类的话。他以前烦，后来觉得能从大伯口中得到一些消息也不错。

他家在 3212 星还算有钱，但也只是在 3212 星上而已，就连转到大星上学都做不到。要在稍微大一点的星球上学，首先得支付一大笔钱才可以定居，后面还有一系列巨额费用，泰吴德只能留在 3212 星。

现在面临毕业，泰吴德是一定会去五大军校的，但很多大星上学校的课程，他没有学过，他父母都着急得很。

"如果要完全改造，我需要拆一架机甲。"卫三用下巴点了点面前的机甲。

"拆、拆机甲？"泰吴德结结巴巴地问，他明明是要卫三改造出这样的机甲，她现在居然说要拆一架这个机甲？！

"拆了我再装回去，保证不损坏机甲。"

作为一个前顶级工程师，将拆卸的东西完好无损地装回去是基本的职业素养。

泰吴德盯着前面的机甲挣扎半晌，最后咬牙道："我试试，尽量争取学校同意。"

第9章

事情比泰吴德想象中要容易。

校方一开始听见要借一架机甲给学生拆，自然一口回绝，说绝不可能，就这么几架机甲，学校都要紧巴巴地用着，怎么可能舍得借？

后来泰吴德请他爸一起去学校，说要把家中那架机甲捐出来，但那是架观赏型机甲，所以才想要拆开学校一架战斗型机甲研究学习，然后把家里那架改造成一样的战斗型机甲。

学校犹豫了。

如果真改造成功，那3212学院就多了一架机甲，只是如果没改造成功，甚至拆坏了学校里一架机甲，又得不偿失。

校方犹豫过后，提出另一个方案，同意借出一架机甲，但拆机甲和改造机甲的人要换成学校老师。

泰吴德不同意："学校哪个老师可以把观赏型机甲改造成战斗型机甲？"

他刚才只说把机甲带回去让他家请来的机甲师改造，没说这个人是卫三。

最后校方折中双方意见，虽同意交给泰吴德，但学校会派老师当助手。

校方鸡贼得很，一来老师可以在旁边帮忙，以防出问题；二来如果泰家那个机甲师真有这个本事，老师在旁边说不定可以学到什么。

泰吴德兴冲冲地在光脑上联系卫三，说自己已经搞到学校的机甲。两人一合计，决定每天晚上作业。

机甲运到泰家的当晚，卫三就把学校机甲拆了，而旁边来当助手的两个老师见到卫三，眼珠子都快瞪出来了。

望着卫三熟练的拆卸动作，有个老师犹豫地问道："你不是B字班的学生吗？"

卫三点头说"是"，手下的动作半点没慢，小心翼翼地将几个主部件拿出来，果然比观赏型机甲的复杂许多，甚至可以说是两个完全不同的系统。

她原本以为很快就能改造出来，现在看来至少需要一个月才能做好。

"战斗型机甲的引擎市面上很难买到，有也是天价，改造基本不可能。"另一个老师看着卫三把那些零件拆出来道。

卫三正好抱起引擎往旁边桌子走去，闻言回道："不买，我看能不能做出来。"

两位老师互相对视一眼，脸上都是掩盖不住的失望和嘲意。

原本见这个学生动作熟练，说不定真懂什么，现在一听这话，显然她压根就不了解机甲，引擎是那么好做出来的吗？

卫三不知道也不在乎两个老师在想什么，连夜拆卸学校机甲，任何能拆的地方都没放过，十米高的机甲变成一堆一堆的零件。

"我给你一张采购清单，上面的东西全部买过来。"卫三写了一个小时，把所有要的零件全部写在上面，递给泰吴德。

泰吴德伸手接过来一看，吓了一跳，这张清单两米长，不得买到倾家荡产？

他再仔细一看，心下又骂了一声。

这清单上每一个零件，小到螺丝，大到金属关节，每一项后面都标注了购买地址和价格。

卫三是变态吗？

泰吴德把清单捞起来，看着最后面的价格总计，不由得"咦"了一声，全部的价格居然只有两百万星币，而且里面有十克游金，意味着这么多零件只要一百万星币。

两百万星币当然多，尤其在3212星上，但如果真能改造出来一架战斗型机甲，那些钱简直是毛毛细雨。

"今天先到这里，你这两天把清单上的材料买齐。"卫三指了指一堆堆零件，"这里不要乱碰。"

"好。"

回去后，卫三和李皮打招呼，说接下来一个月晚上她不一定会回来。

李皮上下打量她："你真能改造机甲？"

校方现在还不知道，但明天一早绝对能知道改造机甲的人是卫三。

"我把学校运过来的机甲拆了。"卫三接过师娘递过来的热乎汤喝了一口，"还行，就引擎难做了点，一个月应该就能改造好。"

"学院老师都做不到的事，你说起来跟吃饭一样简单。"李皮嫌弃她吹牛皮，

"喝完赶紧睡觉。"

卫三不置可否，这件事对她来说还真和吃饭喝水一样简单，不过她对这个世界的机甲确实还有很多不懂的地方，像刚才拆引擎的时候，便有很多结构不懂原理，到时候只能照猫画虎了。

此后，卫三白天上课，晚上去泰吴德家中改造机甲，有时候从晚上熬到白天上课，连泰吴德都佩服她的毅力。

最受煎熬的是校方，从得知改造机甲的人是个 B 字班的学生后，当时就后悔了，每过一天都是煎熬，生怕有天听见机甲回不来，被搞坏了。

不过幸好卫三在后面先把学校那架机甲装好，完整送了回来。

校方立刻要 A、B 班的老师们检查这架机甲，看看有没有什么损坏。

A 字班老师还在确认机甲数据中，B 字班老师上去试完出来，个个脸色奇怪。

"感觉……"

"你也这么觉得？"

"对。"

校方代表一听心肝都在颤："怎么了？哪儿坏了？"

其中有位老师开口："比以前更好操作。"

校方："？？？"

其他 B 班老师也一起点头："确实更灵活了。"

这时候 A 字班的老师看着手中汇集的数据屏："攻击性怎么变强了这么多？"

校方代表咽了咽口水："什么意思？"

"李老师，麻烦你上去再试试机甲的攻击能力。"A 字班老师喊了一声。

李皮跳上机甲舱，进去重新试了试，一拳打在训练场中竖起的钢板上，顿时凹出一个坑。

"这……"老师们而露惊色，这钢板是特质的，刚采购没几年，原先机甲压根不能对钢板造成这么大的伤害，最多留下浅浅的痕迹。

李皮试了几项便出来："除了灵活，和以前没太大区别。"

A 字班的老师讨论了半天，没得出结果，最后打电话让那两个当助手的老师过来，想问一下到底是怎么回事。

两个老师赶过来，一脸蒙："机甲是我们看着卫三装起来，她没对机甲做什么啊。"

"这机甲攻击数据变强了，你看那块钢板。"

助手老师看着那几个拳头坑愣住："卫三买来的材料全部用到另一架机甲上了，这架机甲没加任何东西。"

"要不把卫三喊过来问问？"校方提建议道。

李皮拒绝："她在上课，有什么放学后发条消息问一问就行。"

最后校方派老师发消息去问，一大通问题发过去，卫三简便回复："没做什么，手肘和臂骨关节稍微改了点，攻击力应该增强不了多少。"

这下机甲也回来了，攻击力还增强了，校方彻底安心，甚至想让卫三帮忙把学校其他机甲也改一改。

卫三只说先把泰吴德那架机甲改造完，后面再改学校的机甲。

一个月后，泰吴德那架机甲真被成功改造成和学校那架机甲差不多的战斗型机甲，卫三又花了两天时间，把学校其他几架机甲改了改手臂关节。

"也不能说完全一样，你这架和真正的 B 级机甲还有差距，不过练习还是可以的。"卫三意兴阑珊地说。

改造是改造出来了，但还有很多她不懂的原理。

"能练习就行，还有几个月我们就要测试感知毕业了，到时候去五大军校，据说他们会发机甲。"泰吴德满怀憧憬地说。

"发机甲？"卫三第一次听说这事，"五大军校这么有钱？"

泰吴德点头："我听我大伯说的，只要进了五大军校，学校会给每个学生发一架机甲，特别有钱。"

卫三突然开始期待那一天到来了。

现在校内能操控机甲跑跳的学生都已经开始训练机甲对抗，其实就是两个机甲打架，泰吴德那架机甲被正式征用。

打架这件事，卫三还是来到这个世界才开始学的，个人认为自己打架水平一般。

事实上，但凡看过后期卫三打架的学生，没一个不怕的。

她打起来压根不要命，现在换上机甲，顾及着机甲质量一般，动手才有所收敛。

"卫三！你有本事别跑！！！"泰吴德气急败坏地在机甲通信频道大喊。

这王八羔子玩机甲对抗完全看心情，心情不错就近身战一场，有时候抽风，就开始满场转圈，不让对手碰，完全不讲究对战风格。

"你有本事追上我。"卫三在频道回道，"输了请我吃烤串。"

机甲控制和头部连接，需要用到感知，泰吴德跟着卫三跑了挺长时间，头都开始晕了。他喘着气，手速不停："你停下，我们好好打一场，无论输赢，我请你吃遍一条街！"

卫三"啧"了一声："你什么时候赢过？爸爸今天不想流汗。"

泰吴德：浑蛋，欺负人！

最后训练时间到了，泰吴德也没追上卫三，反倒是出来的时候，差点撞上训练场的障碍物。

A级感知的学生，到了这个时候，老师基本教不了什么，李皮作为一个曾经差点进去军区的人，近身技巧在3212学院中数一数二，但现在几个学生都学得差不多了。

后面两个月，B字各班几个拔尖的学生都处于放养状态。

等到测试感知的那一天到来时，不少家长都在校外等，希望能听到好消息。

所有人按照当年开学排的队伍站好，一共十个班，即十支队伍，只不过九年前，每一支队伍都有数百人，如今大部分班级只有几十人。

泰吴德在B1班，站在第一个，待会儿他就是第一个进去测感知的人，不过他并不紧张，毕竟早已经知道了结果。

"B1108001号。"

听到叫自己学号，泰吴德昂首走进去，大概过了五分钟便出来，脸上很平静。

"A级。"

在他回到自己位置后，一道声音响彻整个学校。

底下学生顿时发出感叹，虽然早已经知道，但真正得到确认泰吴德能去五大军校后，依然忍不住羡慕。

"B1108002号。"

"A级。"

在第二位学生进去测试，也是A级后，整个操场都沸腾了，所有人都在幻想自己就是下一个A级。

然而接下来现实让所有人的侥幸心理消失，渐渐冷静下来。

"B级。"

"B级。"

"C级。"

……

连续测完两个班，再没有人是A级。

"B3108598号。"

"A级。"

三个了，这三个人每年训练成绩全都排在前三。

时间在一点一滴地过去，轮到B5班，一个又一个人进去，得到的是一个接一个的 B 级。

终于到了这班最后一个。

"B5108429 号。"

卫三抬眼，轮到她了。

第 10 章

走过临时通道，卫三一进门便看见四个老师神情严肃地站在里面，在机器旁边的另外两个人面生得很，应该是从大星过来监测的老师。

"站上来。"

卫三还在打量那台能测试感知的机器，旁边的老师有点不耐烦地喊。

学校大部分老师认识卫三，站在机器外围一位老师宽慰道："卫三，你直接站上来，不用想太多。"

卫三点了点头，走近机器，站上平台，看着面前的黑色机器屏幕，中间有些类似大型温度计形状，有刻度，标注着各个等级，周围全是橙色的光点。

在她站上去后，顶部立刻降下一个头盔状的东西，罩在卫三脑袋上。

如果没这东西和对面的机器，她站在这儿有点像原来世界的人做胸透，卫三漫无目的地想。

她一派轻松，旁边 3212 学院的两个老师紧紧盯着机器屏幕，脸都白了。

那些橙色光点没半点反应。

监测老师皱眉："你下来，重新站上去。"

卫三稀里糊涂地下来又站上去，屏幕依然无动于衷，旁边学校老师急得小声提示："注意力集中在那些光点上！"

监测老师听见后，不由得警告地看了一眼那位老师。

卫三盯着面前屏幕上的光点，心想难道是要把这些光点控制进那个温度计形状的地方？

意动之下，那些光点果然开始往温度计那边移，她余光看着学校老师，发现对方脸色稍微好看了一些。

卫三继续控制那些橙色光点，温度计内的颜色不断上升，一直升到顶部，停在 A 刻度上。

"行了，下来。"监测老师打开机器，让卫三下去。

卫三："哦。"就这？

"卫三，恭喜。"学校两个老师脸上都带着笑说。

"谢谢老师。"

卫三刚出来，还未走到队伍，背后传来一道声音："A级。"

远处的泰吴德转身对着卫三狂挥手，很高兴的样子。

今天是测试感知，也是毕业的日子，以后不用再来学校了，等级一出，后面在光网上填报志愿就可以。

十个班测试完感知，也已经到了傍晚，大部分人对自己的等级心中有数，少部分人比较难以接受事实，整个操场上悲喜哭笑都有。3212学院这一届A级的学生只有六个人，这还是多的一届，校方已经高兴得不成样子了。

队伍一散，泰吴德就跑过来："卫三，恭喜！"

"恭喜。"卫三同样回复了一句。

"今天高兴，我请你吃大餐！"泰吴德显摆自己光脑上的余额。

有免费的大餐，卫三当然不会拒绝，不过她还有件事问泰吴德："你两次测试感知都有什么感觉？"

"感觉？"泰吴德认真想了想，"禁锢。"

"被罩着头能没有禁锢的感觉？"卫三觉得泰吴德说了句废话。

"不是物理意义上的脑袋被禁锢。"泰吴德解释，"我当初去大星上检测，那边人说我们这个年纪不会控制感知，感知会散出来，检测仪捕捉这些散出来的感知来测试，所以那个时候会觉得有一种别扭的禁锢感。"

完全没有这些感觉的卫三："……"

"对了，你要去哪所军校？我打算去帝国军校。"泰吴德满怀憧憬地说，"帝国军校是五大军校中最强的。"

卫三犹豫地问道："五大军校都有哪五大？"

泰吴德："……"

说到底卫三还保留着原来世界研究员的作风，想了解的事会拼命搜集资料，比如机甲，可惜星网也没多少资料，她前两年就已经不大看星网了，至于其他的事只要不影响生活则完全忽略。

泰吴德确定卫三不是在耍他后，才道："五大军校分别是帝都星的帝国军校、白矮星的塞缪尔军校、凡寒星的平通院、南帕西星的南帕西军校和沙都星的达摩克利斯军校。"

"平通院？"

"对，这所军校比较特别，里面纯血东方人特别多，据说这些纯血东方人从小就会练习一种特别的吐息方式，所以感知和其他人不一样。"泰吴德唠起这些事，那叫一个精神十足，"南帕西女孩子特别多，据说他们校长和帝国军校背后第一军区的谁是多年怨偶。"

卫三对这种八卦没兴趣："南帕西军校实力怎么样？"

泰吴德仔细想了想："能被称为五大军校之一，里面学生实力当然没有弱的，不过在五大军校排行中只能算一般。最强的是帝国军校，其次是平通院，其他的……各有各的优势。"

两人走进餐厅，卫三毫不客气地点了一堆。

"不如你和我一起去帝国军校？"泰吴德满怀期待地说，他到底也只是一个少年，离开家乡去陌生军校，多个伴儿心里总有些安慰。

"再说。"卫三打算先了解了解五大军校后再做决定。

"行，先吃东西。"

……

一回去，卫三就见到李皮在客厅等着。

"老师。"

李皮让卫三坐过来："现在毕业之后，该选学校了，老师不干涉，你自己多了解一下五大军校，看看喜欢哪个。"

"知道。"卫三点头。

李皮笑了起来："你师娘煲了点汤，待会儿饿了自己去厨房拿。"

卫三看着李皮走进卧室，她也回房，登上星网，开始查五大军校。

第一个查的就是帝国军校，星网上有不少校内照片，卫三连续看了几张照片便直接把帝国军校从心中 pass 掉。

因为她没钱，帝国军校奢华的生活光从照片中都能看出来，还在首都星。无论哪个世界，首都消费都不会低，卫三连官网都懒得点开了。

卫三对有很多纯血东方人的平通院有点好奇，这个世界混血应该占绝大多数，连 3212 这样一个无名星，走在路上，不同发色和瞳色的人极多，像泰吴德、李皮都是深眼窝。

点开平通院官网，卫三下滑到学费："？"

一年十万星币？这是抢钱吧？而且凡寒星离 3212 星极远。

几番对比后，卫三选中了达摩克利斯军校。这学校一年只要五万星币，而且提供免息贷款，最关键的是达摩克利斯军校在沙都星，3212 星离那里最近，来回乘坐星舰费用最低。

报名那天，卫三刚向达摩克利斯军校发送完志愿表，泰吴德的通信就打了过来。

"卫三，你报哪一个军校？"

"我准备去沙都星。"

泰吴德看着光幕的卫三愣了愣："沙都星……达摩克利斯军校？你怎么选这个，这所军校最差了。"

"上次你还说其他军校各有各的优势。"卫三毫不在意地说，"志愿表已经发过去了。"

泰吴德摇头："说是那么说，达摩克利斯军校以前确实厉害，但近百年一直在衰弱，已经没什么厉害的人物出来，而且环境恶劣，沙都星有一半面积是沙漠，压根住不了人。"

"是吗？"

"我记得注意事项上写了，志愿表有一次撤回的机会，卫三，你现在后悔还来得及。"

卫三托腮："不撤，达摩克利斯百年没出厉害的人物，大概是在等我吧。"

泰吴德："……"卫三这么不要脸的人，真的很少见。

两人东聊西扯，最后卫三也没打算改志愿表，她贷款申请都提交了，不可能撤退。

除非她一夜暴富，有钱交学费。

事实上，卫三还真一夜暴富了。

吃完饭，李皮让卫三先留下，然后转了一笔钱给她。

"老师没那么有钱，不过第一年的学费还出得起，以后发达了记得老师，就当提前投资。"李皮轻松道。

卫三没要，转了回去："学费可以贷款，我不需要这么多钱，老师，您留着，以后和师娘去那边看我。"

李皮带卫三这么多年，不可能不知道她的脾性，只能作罢："那你到了军校出息一点，以后我和师娘过去看你，也有面子。"

"知道，我一定做军校里最耀眼的人。"卫三笑道。

"你别做最刺头的人，我就谢天谢地了。"

谁也不知道，这两句话都在日后应验了。

……

达摩克利斯军校十分有人情味，贷款不光包含学费，还有来回的星舰费用。

卫三在假期挣的那点钱，准备留着去军校当生活费。

星港口。

048

"卫三，这边。"泰吴德拖着大包小包朝她挥手。

"几点走？"卫三只有一个小箱子，没带多少东西，里面除了几件衣服，其他全是师娘做的吃食。

"还有半个小时就飞了。"泰吴德看着卫三，"不知道以后我们什么时候能见面。"

卫三瞥了他一眼："说得好像我们感情很好的样子。"

泰吴德一腔感情被堵得严严实实："……"

这时候星港广播已经在播报去首都星的星舰，卫三和泰吴德道别后，也转身过安检，等待星舰到来。

卫三上去的时候，十分没有出息地到处瞅，到处摸。

这可是能穿越星球的星舰！她原来的世界可没这技术。不过能看出来星舰运行了很多年，有些地方都泛黄了。

卫三坐在自己位置上，还能看到外面的太空。星舰偶尔跳跃经过某颗大星附近星云，她把脸贴在玻璃上，眼中有掩盖不了的惊叹。

来到这个世界也不是没有好处，她也是穿越太空的人了。

沙都星虽然离 3212 星最近，但即便坐星舰过去，也要花一整天的时间，中途还换乘了一次星舰，卫三深夜才抵达沙都星二号港口。

第 11 章

深夜。

卫三站在沙都星港口大厅，正打量周围环境，突然右边蹿出一个人。

"同学，是来达摩克利斯上学的吗？"

对方凑得太近，加上四处张望的动作，卫三戒备地后仰："有事？"

对方一点也不介意，反而热情熟练地说："我是达摩克利斯军校的学生，我们学校有专车接送的，不是骗子。"

"大晚上也接送？"卫三觉得这所军校有点意思。

"接！"对方指着附近一堆人，"那些也是和你一样的新生，专车半个小时发送一次，你们到学校领完东西就可以直接去寝室了。"

卫三还没来得及感受来到陌生星球的孤单，就被热情地推上军校专车，一路上还有学姐在前面讲解沙都星的风土人情和美食。

虽然是深夜，但显然有不少人这个点到，校内灯火通明。

车上的学姐将他们一车人带到校门口，交给另一批学长学姐。

"机甲师系站左边,机甲单兵系站右边,有指挥系吗?指挥站中间。"一个学长挥着旗子喊道。

一车人很快站好,卫三站在右边,往左边看去,全是机甲师,气质看起来就斯文安静很多。所有人站好后,中间也没有一个人。学长却像是早就习惯了,举着旗子让机甲师系学生跟着他走。

"好了,现在机甲单兵系的同学跟我走。"一个学姐举着另一种颜色的旗子喊道。

他们在路上也碰到其他学长学姐带着人往回走,不过后面的新生都用车推着大包小包东西。

"待会儿你们也要领这些东西,被子枕头、洗漱用品,还有一套餐具。另外学校宿舍附近都有便利店,你们可以去买自己需要的东西。"学姐一边走一边说,"大家跟紧一点。"

所有人先登记抽寝室,再领东西。

"卫三?"老师接收卫三的录取通知书,然后扭头去看光脑上跳动的数字,递给她一个按钮,"按一下。"

卫三闻言照做,按下之后,老师光脑上跳动的数字停了下来,显示:"橙一707"。

老师看了一眼:"这届刚好有一间寝室住不满,只放了一个号,被你抽中,手气不错。"

卫三还没有太大的反应,周围的新生已经羡慕起来,这个年纪谁不想要点隐私,可惜达摩克利斯军校的机甲单兵系全住四人寝。

"老师,还有没有这样的寝室啊?"后面的人喊着问。

"只有这一间。"老师无情道。

众人只好老实登记,去领生活用品。

他们的行李都还带着,再加上发放的东西,一众人手上拎着,肩上扛着,十分狼狈,和刚才迎面遇上的新生处于完全不同的境地。

有人发出疑问:"学姐,我们没有推车吗?"

学姐亲切地摇头:"机甲单兵系的学生没有推车,相信以大家的体力,搬这点东西应该只是热身。"

"这是歧视。"扛着被子的同学喊,"我们机甲单兵系的学生也想要关爱。"

"对!"立马有人附和道。

"这就是学校对你们的关爱。"学姐面不改色,"大家不要放弃每一个锻炼的机会哦。"

众人："……"

机甲单兵专业的寝室楼都靠在一起，卫三扛着被子，拎着行李走到自己寝室门口，推开门进去，里面果然没有人。

寝室是典型的四人间，这里的空间将来都是卫三一个人的。她简单打扫了一下卫生，再铺好床，直接睡了。

第二天，还是报名日，卫三出门熟悉校内环境，顺便绑定了校光网，可以看到各种论坛。路上来来往往的学生都在采购寝室用具，卫三没进便利店，一来舍不得花钱，二来在废弃大楼睡过好几年的人，对环境要求不高。

卫三一路逛到图书馆，顿时走不动路，里面有太多关于机甲的资料，全是她不了解的知识。

报名日期间，卫三看书看得废寝忘食，每天饿到头晕才想起来要吃东西，干脆买了一大箱营养液，每天随身携带几瓶。不过，沙都星的营养液比3212星要贵不少。

到开学那天，卫三才舍得放下书去班级。

一个班三十个人，开学第一天首先要做的事就是自我介绍。一圈下来，卫三发现只有她和另一个男同学来自编号星，即大众意义上的无名星，不过大家显然并不太在意这些东西，关注的都是一些新鲜八卦。

"我听说帝国军校的学生，每个人住的都是豪华单间，还配有厨房。"

"你也说了是帝国军校。"

"他们淘汰率高得吓人，去了不一定能留到毕业。"

"咱们学校也有单间，不过只有指挥系才能住。"

"毕竟指挥在哪儿都是宝贝，不像我们机甲单兵皮糙肉厚的。"

"你们快看，机甲师住双人间，还有工具房！"

一堆学生围在一起看论坛上发布的帖子。

"今年机甲单兵系有个幸运儿独占一个寝室……"被围住的同学读着论坛上的内容，"谁啊，这么爽？"

坐在他们背后的幸运儿卫三：确实挺爽的。

第一天开学，没什么上课的内容，上午先在教室内相互认识同学和老师，下午老师给每个人发了一本校规知识手册，晚上机甲单兵系在礼堂集合，听院长讲话。

虽然院长说得热血，卫三听了很感动，但还是想回寝室把借来的那本机甲基础知识看完。

好不容易散了，卫三跑回寝室，刚坐下翻开书，光脑突然亮了，有人联系她。

她昨天才和老师、师娘通过信，今天是谁？

卫三刚想是不是泰吴德，一打开，一张瘦削年轻的脸映入眼帘，想到有可能对方打错了，扰她看书，眉眼就浮现出不耐烦："你谁？"

对方沉默了一会儿："……金珂。"

卫三心中惦念桌上翻开的书，压根没听清他说什么，直接道："不认识，你打错了，我不是金……金珂？"

金珂见她反应过来，捂着胸口，佯装伤心："才两年，卫三，你就不认识我了。"

卫三撩起眼皮："你瘦这么多，不认识也正常。"

金珂笑嘻嘻道："这两年过得太累了，也没时间联系你。怎么样，你去了哪所军校？"

卫三把书合上，眯眼看着金珂的背景："你在达摩克利斯军校？"

"对，我上了这里的指挥系。"金珂花了两年时间就通过指挥测试，可谓花了极大的精力。

"我也在这儿。"卫三挑眉。

金珂愣住，随后难掩激动之情："真的？！"

卫三让他看寝室周围环境："达摩克利斯军校机甲单兵的寝室。"

金珂看着没有其他人入住的痕迹，感叹："你不会就是那个幸运儿吧？"

卫三点头："你住哪儿？"

"离你们不远，在紫楼。"

达摩克利斯军校分类十分粗暴，机甲单兵系寝室一律用橙楼称，橙一、橙二之类的，指挥系是紫楼，机甲师系是绿楼。这三种颜色分别是测试感知时用的颜色，当年达摩克利斯军校几乎凌驾于帝国军校之上，校内人才辈出，学生高手如云，所以才有如此胆量直接用感知代表颜色分类。

可惜……如今的达摩克利斯军校虽还是五大军校之一，但几乎沦落到垫底。

"明天一起去吃饭怎么样？"金珂邀请地说。

"没空，不去。"卫三直接拒绝，吃饭哪里有喝营养液快。

金珂："……越来越无情了，我刷卡请你吃，去不去？"

卫三依然摇头："我有事，以后再说。"

金珂不无遗憾地说："行吧，那你有空来找我玩。"

第 12 章

达摩克利斯军校和卫三原先世界的大学很像，只不过这里周一到周五实行封闭管理，而且多了各种训练场。

军校的训练场和 3212 星的训练场完全不同，不只有空旷场地，还有模拟室，提供学生模拟对战。总而言之，科技和金钱在各种训练模拟室中体现得淋漓尽致。

卫三背着书包进教室，刚坐下，临时选好的班长就开始发表格，让他们填好。这些天课还没怎么开始上，各种乱七八糟的表格倒是填了不少。

"填好后交给我，待会儿我们直接去机甲场，老师在那边等着我们。"班长一边收表格一边说。

有提前了解过的学生立刻兴奋问道："去机甲场，是不是要发机甲了？"

这一问顿时引起所有人的注意。

班长摇头："我也不清楚，应该是吧。"

"真的发机甲吗？我终于要有一架自己的机甲了。"

"不光发，听说还可以自己挑呢。"

"赶紧写啊，写完去机甲场。"

班内一片沸腾，大部分人神情激动，笔走龙蛇地填完表格，卫三也快速填完表格，她想知道 A 级机甲上手是什么感受。

所有人都填写完表格之后，班长便带着他们去机甲场，老师果然在那边等着。

老师十分彪悍地从背后拉出三个箱子："你们自己挑。"

箱子内全是项链，更准确地说是每一条项链内都有一架机甲，采用空间折叠技术，将机甲收纳进特殊材质内，变成一个硬币大小的圆珠，再做成项链形状，方便携带。

"从左到右依次是轻型机甲、中型机甲和重型机甲。"老师看着班内学生，"自己适合什么类型就挑哪一种，另外如果有同学不太清楚这三种机甲的区别，可以先不选，各训练室有公用机甲，试好了之后再来也一样。"

大部分学生犹豫都没有犹豫，径直走向自己想要的机甲类型面前，显然在来军校前都练习过各种机甲，知道自己适合什么类型的机甲。

还有两个学生没动，卫三观察到他们有位脖子上已经戴了类似的项链，另一个人脖子上虽没有，却下意识地摸着自己手指上的戒指。

卫三分神，空间折叠居然还有戒指形状的，挺时尚。

她上前往中间走，也准备去拿一条项链。

"你干什么？"项明化挡住这个想上来的学生。

卫三被挡住，愣了一下道："老师，我挑机甲。"

项明化闻言皱眉："这些机甲不会跑，不用急于一时。"

这个班所有学生的资料他都看了一遍，班内有两个从无名星来的学生，项明化都记得。

每一年五大军校都会有少量无名星的学生过来，但往往淘汰率最高的也是他们。军校的学生绝大多数从上学起便开始练习机甲，更不用提有些顶级世家有属于自己的机甲、自己的训练场，而众所周知无名星资源匮乏，根本没有机会接触到 A 级机甲，更不用提区别三种机甲类型。

达摩克利斯军校知道这种情况，所以向来要求老师们多提点来自无名星的学生，也就在这儿会有这种待遇，其他军校并不管学生从哪儿来、基础如何，从新生入学开始便严格执行淘汰制，也因此达摩克利斯军校时常被其他军校嘲笑，戏称"草台军校"，什么人都收下。

"我挺急的。"卫三真诚地说。

项明化："？？？？"

卫三之前把机甲基础知识看完，已经定好自己的目标，重型机甲需要武器炮弹最多，太耗能量，而且平时训练花钱也比另外两种机甲多。轻型机甲更擅长侦查、飞行等，发展方向有限。中型就不一样了，发展方向弹性大，以后改造起来也方便，她一看就决定选中型机甲。

"卫三是吧？你给我站旁边去。"项明化忍了忍，默念好几遍不能发脾气，"能从无名星出来，脑子应该还行，现在就急着乱挑机甲，对你没好处。看看聂昊齐，学一学他的冷静。"

聂昊齐是班内另一个无名星出身的学生。

"机甲单兵靠的不是武力吗？"卫三想了想道，"我没用脑子。"

项明化："……"很好，上课第一天就碰上了刺头。

"我再说一遍，没有试过机甲前，先挑机甲对你没好处。"项明化看着这个学生，"如果你真要坚持，我也无权拦着，只希望你以后不要后悔。"

"谢谢老师，那我去选了。"除了贫穷能改变卫三已经决定好的事，其他人干扰不了。

项明化见她坚持，只能让开，最后提醒："这学期结束前不适应，可以有一次申请换机甲的机会。"

"好的，老师。"

除了几个人没有挑机甲外，其他人人手一条项链。

项明化站在最前面，等他们在项链上认证完身份，才拿起一条项链，当着所有学生的面把机甲放了出来。

卫三仰头看着这架机甲，不由得感叹学校真有钱，这架机甲身上百分之八十的零件是由游金制成的。

"第一堂课很简单，学会收放机甲。"项明化把玩着手上的项链，"战场上瞬息万变，你每浪费一秒，敌人就多一秒杀你的机会，所以收放机甲花的时间要尽可能压缩到最短。你们自己先练着，班长替我看好。"

项明化以眨眼工夫把机甲收回，然后丢下这一句，就把这帮学生扔在这里，顺便把聂昊齐带走，单独训练。

卫三找了块空地，慢悠悠地按下开关，一架浅黄色机甲立刻像凭空出现一般，再按下开关，机甲又凭空消失。

神奇。

也幸亏卫三以前不是研究这方面的，否则能玩好几天。

卫三一直练习收放机甲，认真地完成老师布置的作业，但有很多同学已经进了机甲舱，开始熟悉属于自己的机甲。

那几个有机甲的学生也放出自己的机甲，可以很明显看出和学校的不太一样。

"卧槽，你这个是蜘蛛变型机甲吗？"

立刻有同学连自己的机甲也不管了，凑过来激动地摸上摸下。

"山猫？！啊啊啊啊，我最喜欢的一款机甲。"

场内一下子沸腾了，同学们一下子都围过来看。

卫三在后面仰头看着那两架褐色机甲和豹纹色机甲，蜘蛛和山猫都是应笑大师设计出来的机甲，他的代表作还有白羊变型机甲，这三种全是中型机甲。

机甲史上一共有三个时代，分别是飞跃时代、盘古时代以及黄金时代，也可以用机甲类型划分，即轻、重、中型机甲。

这三个时代代表了三种类型机甲最光辉的历史。

飞跃时代的代表大师是鱼青飞，被称为机甲师第一人，他擅长设计轻型机甲，一共三个代表作，至今也无人能创新超越，所有的轻型机甲都是在他给的机甲数据模型的数据上改良的。

黄金时代和盘古时代各有代表大师，这三个时代所创造设计出来的机甲构成现在联邦所有机甲规模。

学校给新生一周统一上课的时间，等差不多了解情况后，开放选课系统，除了必要的几节统一课程，学生可根据自己进度来选课上，时间自由。

卫三没选课，上完必修文化课后，每天就是泡图书馆，再去机甲场对自己机甲动手动脚，甚至想拆了它。

不得不说 A 级和 B 级相比有很大的区别，操作系统也复杂数倍。

卫三爬进机甲舱，坐在驾驶座上，看着前方的控制面板，操控着机甲到处溜达。

别的不提，A 级走起路来更自在，像抬自己的脚一样。

"卫三，下来。"项明化面无表情地挡住卫三，伸手拍着她的机甲。

"老师，您有事？"卫三立马从机甲舱跳下来。

项明化看着这个表面长相纯良干净，背地里却净搞鬼的学生，心里的火气越来越大："为什么不去上课？"

"我上了。"卫三否认道。

"机甲对抗、格斗、射击……你上了哪一个？"项明化实在想不通，同样是无名星出来的人，聂昊齐每一天的课程主动排得满满的，连周六、周日的时间都全部花在模拟室内，为的就是尽早赶上其他同学的进度。卫三除了集体课和下午溜达这么一会儿，成天不见人影。

卫三真挚道："老师，我接受能力弱，想先缓缓，等过段时间再选这些课。"

项明化："……"不知道为什么，这个卫三每次说话，他都感觉她是在嘲讽。

"这是我帮你选的课，下周就按这个来。"项明化打开光脑传给卫三一张课程表，"都是基础课程，不会太难学。"

卫三看着一周排满的课程，下意识地拒绝："老师，这课程好像太多了。"

"无名星的人要想留下来，必须吃苦。"项明化皱眉，"你想不想留下来？想留下来就不要成天吊儿郎当的。"

卫三心中叹气，她周六、周日还要出去看看在哪儿能挣钱。周一到周五的课程排满，她只剩下晚上一点时间能用来看书了。

"卫三，你好自为之。"项明化留下最后一句，便转身离去。

项明化解决了那个刺头，神色郁郁地走回自己办公室，刚坐下，门口进来一个人："怎么，学生不好带？"

项明化不说话，翻着桌上学生这几天的训练资料。

对方也不在意，靠在门口："要是当时你认个错，院长也不至于把你发放到这边带新生。"

"这里挺好的，学生也听话。"项明化在心里默默在卫三的名字上打了一个叉。

门口的人撩了撩长发，貌似不经意地说："今年新生里有应家的孩子。"

项明化手一顿，最后若无其事翻着资料："你不用上课？"

对方"啧"了一声："大赛快结束了，你还是好好考虑下一届的事，我们几个觉得或许明年会有什么不同。"

第13章

虽然星网上说沙都星地处偏僻，环境荒凉，但在卫三眼中依然非常繁华，路比3212星宽敞数十倍，空中到处是大小型飞行器，甚至各种战斗型机甲。

卫三看得眼花缭乱，刚走出校门没多久就走不动路，干脆站在路旁仰头看了半天，飞过的每一个机甲她都想拆下来看看。

一位家长牵着孩子路过玩耍，小孩瞅她半晌，然后扯了扯家长的手："妈妈，这个姐姐傻了。"

家长一把捂着小孩的嘴，抱着人溜开。

卫三收回目光，继续往街道上走。她在学校论坛搜了一下，沙都星有个集市叫土马巷，基本上什么都有卖，估计工作机会也多。

刚到土马巷，人已经多了起来，卫三一走进去便见到有家改造机甲武器的店，还有换机甲关节的店，五花八门，甚至看到一家店叫"机甲美美哒"，凑近一看，居然是给机甲文身兼涂色。

看了半圈，卫三才想起自己是来找兼职的，想着最好找个技术工作，比如当个机甲学徒之类的，结果一进店表明自己的来意，差点被店主打出来。

"哪里来的东西，还想当我学徒？滚滚滚。"

周围的顾客也站在旁边取笑："青天白日的，有人做梦呢。"

"现在年轻人真是什么便宜都想占。"

卫三："……"

她被骂半天才明白过来，这家店的店主属于有技术的人，有很多机甲师想当他徒弟。

卫三换一家店，措辞严谨了很多，但对方要她出示达摩克利斯军校的学生证。

"这个就是我的学生证。"卫三打开光脑内的证件包，让店主看清楚。

店主仔细看了看，脸黑下来："同学，你闲着逗我玩呢？机甲单兵系的跑我这儿来打什么工？赶紧滚出去，不要在这儿浪费我时间。"

再次被赶出来的卫三："……"

此后她试了几家店，一看到她的学生证，皆立刻拒绝。

最后一家店店主像看傻子一样看卫三："机甲单兵去做任务也行，跑我们这儿来干什么？"

卫三：机甲单兵也有一颗机甲师的心不可以吗？

店主指着土马巷后面："你去后巷，那边经常有人发布任务，招机甲单兵。"

卫三只能放弃技术工作，转而去找其他工作，实际上依然没找到合适的。

任务大多是保镖之类的，还有要去哪儿哪儿抓虫兽的，无一例外需要一周以上的时间，而卫三只有周末能出校门。

卫三：既然都穿越了，为什么我不能有个赚钱的金手指？

"同学，我观察你很久了，想赚钱吗？"一个干瘦的中年人扯着卫三问。

卫三低头看了一眼自己的衣袖，抬头警惕地望着干瘦的中年人，完全没有察觉到对方是什么时候靠近的。

干瘦中年人像是看出她在想什么，嘿嘿笑着说："我们掮客这点看家本事还是有的。"

"你有什么赚钱方法？"卫三犹豫了一会儿，问他。

干瘦中年人伸出一只手："先自我介绍一下，我叫老常。"

卫三握了一下，提醒："赚钱方法。"

老常问："看你这气质不像常人，应该很厉害，要不要来打地下黑赛？时间完全自由，哪天来都行。"

黑赛？

卫三立刻想到了原先世界的地下拳击黑赛，生死不论。

"会出人命吗？"

老常笑嘻嘻地说："一般人会手下留情，不过黑赛嘛，总有几个神经病。"

"不去。"卫三拒绝得很干脆。

老常没有意外，只是走之前低声说了一句："可惜，一场比赛几十万星币呢。"

"？！"

"等等。"卫三喊住老常，"一场比赛几十万星币？"

老常摇头："还是算了，你一个学生，估计也打不了什么厉害的赛，还耽误学业。"

"如果一场比赛几十万星币，我就去。"卫三直接道。

"是个爽快人！"老常贼眉鼠眼地把卫三拉到角落，"我先大概讲讲地下黑赛的规则，后面你再决定去不去，我老常做事向来讲究诚信。"

"行，你说。"

老常打开自己光脑，两人面前出现一块面板，全是排名。

"这是现在L3的热门选手，他们赢一场比赛就有五十万星币的奖励。不过你要想升到L3，需要很强的实力。"老常顿了顿道，"地下黑赛一共有L0—L5这六个等级，新人都是L0，每打一场就有五千星币和十积分，累积一千积分就可以升到L1。不过，每输一场也会扣相应的积分。"

卫三皱眉："这么说升一级要打一百场，而且需要场场都赢。"

老常点了点头："按照常理是这样，不过由于太费时间，不利于升级，所以还有另一条规则，低等级集满相应积分后，可以挑战上一级排名最后一位，对方必须接受挑战，你赢了就能占据对方的名次和积分，对方需要从头开始积分。L0只需要一百积分就能挑战，即赢十场。"

"L5一场多少星币？"

"L5？L4的人都不经常比赛，L5更是属于传说中的级别，反正我没见过L5的人比赛。你只要知道L0—L3就行了。"老常笑了笑，"另外，L1赢一场得两万星币和一百积分，升L2积分需要一万，每赢一场则可得十万星币和一万积分。L3要百万积分才能进，这时候赢一场就可以拿到五十万星币和一百万积分。L1越级挑战，积分要累积到三千，L2有五十万积分才能越级挑战。"

等级越往上，积分玩得越大。

卫三想了想问："你们提供机甲吗？"

老常竖起一个拇指："当然提供，L0进去，每个人都有一架同样规格的机甲，不过后期可以用积分到地下商城改造。还有如果你觉得不方便，可以戴面具比赛，我们地下黑赛很重视隐私。"

卫三看着老常："你拉我进去，能得到什么好处？"

"这个嘛，每拉一个人，我都有佣金，假设你以后排名很高，我还能得到一笔不菲的介绍费。"老常拍了拍卫三的肩膀，"从你一进土马巷我就在观察了，这个年纪不在乎脸面的人真的少见，我看好你，感觉你未来可期！"

卫三："……"她怎么就不在乎脸面了？

最后她答应去参加地下黑赛，跟着老常七转八拐，终于到了地方。

黑厂。

卫三抬头看着招牌上两个硕大的字，这家地下黑赛的老板未免过于直白嚣张了。

"走吧，我带你进去注册。"老常轻车熟路地走在前面，顺便从门口摊子上拿了一个遮上半张脸的面具递给卫三，"免费的，要吗？"

卫三将面具戴好，跟着老常往前走，门口有很长一条道，两边摆有各种摊贩，乍一看完全不像有地下黑赛的样子，反倒生活气息很浓。

等走到下一个通道，来往的人个个煞气极重，卫三知道这才是真正的大门口。

老常把人带到一台机器前："打开光脑，注册一下就行。"

步骤很简单，注册名字，再绑定一张黑厂的卡，供积分转移，再领一架机甲。

卫三给自己取了一个名字，叫"向生活低头"。

全部绑定好后，卫三发现卡上有三十积分。

"这是初始积分，黑厂送你的。"老常打开那台机器上的地图，"地下一层是L0活动区域，你的黑卡现在只能进这里，这一层有免费休息室和饮食区，以后你能去地下几层，那里有商城，积分可以当钱花。"

卫三自己有军校发的机甲，所以选了手镯款的中型机甲。

之后老常把地下一层的结构仔细讲了讲，然后送卫三进电梯："接下来你自己去，可以先到处看看，熟悉之后再比赛最好，我要继续去拉人了。"

卫三下到地下一层，里面装潢豪华，过道每隔百米便有一盆鲜花。她按照刚才老常说的方向，先去找到自己的休息室。不得不说，黑厂老板有钱，休息室比她寝室还大，里面还有床，软得像云，比达摩克利斯军校的铁床舒服多了。

她走出休息室，又去了免费饮食区，全是各种美食，地下一层就已经这样了，不知道其他层该有多奢华。

卫三装了满满一大盘食物，往比赛区走。

比赛区被分隔成很多场地，每个场地都有人在比赛，卫三第一次见到真正的机甲比赛，找了个位子坐下来，看向围观群众最多的那边。

两架同款黑色机甲互相纠打在一起，轰然倒地，更靠近地面的那位单手撑地，屈膝借倒下冲力攻击对方，下一秒对方伸手挡下，却不料这只是一个幌子，地上那人趁机操控机甲，从旁边撤开，翻身压制，一个手刀劈在对方头上。

"十、九、八……三、二、一！"裁判上来倒数，地上的人没有起来，"恭喜起岸西赢了第七十八场！"

卫三叉了一块草莓蛋糕放进嘴里，就听见前面的两个人在讨论。

"起岸西有病吧？"

"可能是怕越级挑战失败，所以想慢慢熬上去。"

"都连赢七十八场了，怎么可能越级失败？而且你知不知道他打七十八场花了几天？"

"几天？"

"加上今天就是八天，一天打十场，照这样下去，再过两天他就能升到L1。"

卫三默默听着，再看向台上的人，那个起岸西已经从机甲内出来，个子还挺高，身材修长，不过戴了面具，看不到脸。

她端着盘子溜达一圈看下来，感觉比赛还行，不太难。

所以卫三决定参加比赛，打开光脑，点开参赛按钮，L0只有随机单人PK，她的比赛场次很快出来："197擂台：向生活低头 vs 粉色猛男"

这名字……

卫三找到197擂台通道，那边比赛已接近尾声，她走进等候区。

等候区空无一人，卫三抬头看着墙上的光幕，在直播197擂台上的比赛。那边一结束，光幕便出现字样，提醒向生活低头可以入场了。

卫三打开机甲，控制机甲走进比赛场区，对面也有一架黑色机甲走过来，应该就是粉色猛男。

两个人站在台上后，五秒倒计时，正式进入比赛。

粉色猛男直挺挺地冲过来，卫三看着他不加掩饰的动作，脑中已经过了数种打法，眯眼迎了上去。

下一秒，卫三眼睁睁地看着自己的机甲失控从台中间蹿了过去，迎着粉色猛男的拳头而上。

被一拳打倒在地的卫三："……"

第14章

卫三被粉色猛男一拳打倒在地，更确切地说，是她自己迎着拳头过去的。

这要换个稍微厉害一点点的人，不多，只要一点点，抓住这个机会就能把卫三打败，偏偏粉色猛男不是。他打完一拳，下一步居然是坐在卫三头上，试图把她压晕过去。

趴在地上的卫三："……"一时之间，她竟然不知道是自己更丢脸还是对方更丢脸。

卫三没想到黑厂的机甲比学校发的机甲灵活这么多。

都是A级机甲，各项总数据应该是平衡的，尤其这种批量生产的机甲，黑厂机甲大概是哪里做了改动。

卫三整个人倒在机甲舱内，闭了闭眼，随后操控面板，机甲双手撑地，一把将粉色猛男顶开。

借着对方还没反应过来，卫三立刻起身，结果……脚下打滑，差点又倒下去，还好控制住了。

这种人机不能完全控制的行为，属于新手典型症状。她算彻底明白A级机甲和B级机甲的真正区别，B级手眼结合，最重要的是控制面板，但A级更侧重感知，脑子转快了，机甲随之而动，如果手没跟上，机甲极易失控。

粉色猛男被顶开后，重新对上卫三，又是一拳。

卫三不可能再犯同样的错误，所以转身就跑。

有零星围观群众看着台上的两个人像傻子一样你追我赶，立刻翻着白眼，啐了一声，去其他擂台看比赛。

卫三一边跑，一边试着机甲，早知道在等候区就试了，当时只顾着看光幕。回头看了一眼还在后面的粉色猛男，幸好他也不行，否则她今天钱拿不到，还损失积分。

"有本事你别跑。"粉色猛男在背后喊道。

卫三继续埋头跑，不断调试适应机甲，一直到感觉自己和机甲能够统一之后，才骤然停下，背后的粉色猛男急忙刹住脚步，又是一拳挥来。

崭新的黑色机甲躲也不躲，抬手接住这一拳，同时腰腹发力，手臂用劲将同样的黑色机甲摔出擂台。

对方一摔出去，擂台悬空光幕便弹了出来："恭喜L0向生活低头获得第一场胜利，星币×5000、积分×10。"

与此同时，地下一层大厅实时排名光幕最下角也出现同样的消息，如同流光一般闪现后便消失不见。

卫三从机甲内出来，看着自己卡内余额，顿时感觉机甲单兵比机甲师挣钱。

她还能继续打！

不过为了防止下一次输，卫三先找到训练场，熟悉控制机甲，花了半天时间，又进入比赛。

放假两天，卫三都在黑厂地下一层，在训练场和擂台之间来回跑。由于无论实力高低都要从L0开始，加上随机匹配，她也不是每场能赢，输了好几场。

虽然输了只扣积分，不扣钱，但卫三感觉很浪费时间，尤其她还眼馋L3打赢一场的酬劳。

打开光脑，黑卡上面的信息便弹出来："星币余额：35000，积分：70"

卫三决定回学校后，机甲知识要学，训练也不能落下。

离开前，她无意间看向大厅实时排名，正好第一排显示红字："恭喜起岸西获得第一百场胜利，成功升入L1级，获得L0百场王称号"。

起岸西还真连赢了一百场。

卫三瞥过一眼后，并未放在心上，转身离开黑厂。

新的一周开始，卫三把项明化给的课表删了，准备自己挑课上。老师虽然是好心，但他给的课表并不适合她。

"早上好。"聂昊齐走进教室，见到卫三打了声招呼，两个人同样来自无名星，自然会比其他人更熟悉一点。

卫三目光落在他脖子上："你挑好了机甲？"

聂昊齐点头："上周试了试，项老师认为我更适合重型机甲。"

"挺好。"卫三还在校网上挑课程。

他们来早了，这节课的老师还没来，聂昊齐坐在卫三旁边，正好看见选课页面。

"你怎么全选带机甲上课的课程？老师说我们要想练好，必须先打好基础。"

"太基础了不适合我。"说话间，卫三选了机甲格斗和射击课程。

聂昊齐原本觉得卫三过于自大，但转念一想，对方神色平淡，并不像这种人，便发出邀请："你一般什么时候去训练模拟室，要不要一起？"

"模拟什么？"卫三关掉校网，转头问他。

聂昊齐愣了愣："模拟机甲对战，之前学姐不是带我们去参观过吗？"

卫三努力回想，记忆中似乎确实有这么一件事，不过当时她在惦念图书馆里的书，所以没注意听。

看着她一脸茫然，聂昊齐主动解释："这种训练模拟室可以完全模拟机甲对战，连痛感都可以设置到百分之百，可以避免机甲损坏，造成资源浪费，而且可以设置各种环境进行对战，所以在军校很流行这种训练模拟室。"

卫三眼前一亮，这东西好，一听就很省钱。

"待会儿就去。"卫三当即决定，"明天、后天都有空。"

聂昊齐听着她潇洒答话，又想起刚才她称得上空荡荡的课表，不由得提醒道："每学期都要拿到相应的学分，拿不到会被退学。"

"知道，不急，以后再慢慢刷。"

两人说话间任课老师进来了，聂昊齐便挺直腰背听课，没有再开口。

这种大课一般讲的都是机甲单兵世家之类的内容，卫三听了一耳朵就没兴趣，低头搞小动作。她偷偷摸摸地看着抽屉里从图书馆借来的《机甲结构大全》，看得如痴如醉，连下课铃响了都不知道，还是旁边的聂昊齐提醒她一起去训练模拟室。

卫三立刻把书放进自己书包里，跟着他走。

训练模拟室是一个小格子房间，只容得下一个人，穿戴好设备躺下，便能进入模拟世界。

"我在276模拟室，你先加一下我的身份账号，待会儿可以建个房间，我们俩先来一局？"聂昊齐问道。

"行。"卫三加完他的身份账号，便往自己的模拟室走去。

模拟室内有一块设置面板，第一行是导入自己的机甲类型和数据，再往下是对战环境，最后是痛感设置。

卫三导入完数据，再选择沙漠，将痛感设置到百分之百，这时聂昊齐发来消息，是房间链接。她点了之后，才进去模拟世界。

进去时，她人已经在机甲内，对面站着的是聂昊齐，两架机甲站在沙漠上，微微往下陷。

卫三环顾四周，下意识地伸手感受吹过来的风，沙漠上那股热风顺着机甲的手，直接传递给她。

"是不是和现实中一模一样？"聂昊齐的声音从对面机甲传来。

卫三点头："确实像。"她甚至分不清这到底是不是虚幻。

两人站了一会儿，随后便开始对战。

重型机甲明显比中型机甲大，且武器杀伤力极高，抬手一个光弹打过来，沙漠便被炸出一个大坑。

卫三急忙躲闪，光刀近战好用，所以得想办法近身，才能攻击聂昊齐。

显然聂昊齐也知道这一点，始终保持两人之间的距离，同时又把距离控制在炮弹范围内。

卫三也不急，尽可能躲着聂昊齐的攻击，因为毫无还手之力，让他渐渐放松警惕，两人之间的距离慢慢拉近，但聂昊齐一直控制着那条红线，不给她近身机会。

两人一个攻击，一个躲，持续相当长的时间，聂昊齐有点焦躁，即便是虚拟世界，机甲能量和炮弹都是有限的，不会无限提供，再拿不下卫三，他只会因被耗尽能量而输。

聂昊齐开始更加猛烈地攻击，距离再一步拉近，已经到了红线位置。

差了一点！

聂昊齐感到很遗憾，刚才那一枪离子炮打中了卫三机甲手臂，差一点就打中胸口。

就在此刻，卫三突然发难，另一只手臂抽出光鞭。

聂昊齐先是一惊，等看到光鞭全貌后松了一口气，两人距离不够她攻击。

然而下一秒他知道自己错了。

卫三直接操控机甲凌空飞了起来，瞬间拉近两人距离，一鞭子甩在聂昊齐机甲身上，划出一道深痕，打破了他的节奏，紧跟其后的是劈头而来的光刀。

聂昊齐反应还算快，就地滚一圈，躲开她的光刀，只是未料到卫三能够同时用双手，才刚躲开光刀，鞭子已经等着他，被甩得结结实实。

他摔蒙了，等反应过来，卫三的光刀已经刺进胸膛。

276模拟室。

聂昊齐猛然起身，取下头盔，面色苍白地捂着胸口，刚才那一刀……

上课时老师说过模拟室的痛感最好不要设置成百分之百，否则精神上容易受到伤害，所以他把痛感设置在百分之五十，但即便如此，刚才在虚拟世界，那种一刀刺进胸膛的窒息感还是让聂昊齐痛苦不已。

暗中讨饭："你对机甲不熟悉，才会中计，还来吗？"

聂昊齐余光见到面板上的消息，半天才反应过来这个暗中讨饭是卫三。

聂："来！下次不会忘记机甲会飞的事。"

两个无名星来的人，没怎么接触过A级机甲，卫三作为一个前工程师，只要看过机甲数据，自然不会儿忘，但聂昊齐不一样，他是真的完全不熟悉。无论是什么型号的机甲都能飞，只不过重型机甲出于体积和其他因素，飞行时间不长，和其他机甲对比，几乎等于不会飞。

聂昊齐先给自己下了定义，随后又因为卫三一直造成她只能跑的假象，一时蒙蔽了他，卫三这才赢一局。

后面两人又继续PK了两局，聂昊齐依然没赢过。三局，卫三总能找到他的破绽。

聂："我还有课要上，明天约怎么样？"

暗中讨饭："可以。"

聂昊齐没有立刻下线，而是没忍住继续发消息："你真的是无名星出来的？"

暗中讨饭："是啊，3212星，有时间可以去我们那儿玩。"

聂："为什么你对机甲这么熟悉？连光刀和鞭子也用得这么好。"

暗中讨饭："A级机甲连接感知，进入机甲后，只要手速跟得上，就和自己身体一样，你多适应就行。"

卫三也是前两天在黑厂训练场和擂台不断总结出来的，他们才接触几天机甲，和那些自小就用机甲练习的人肯定有差距。至于选光刀和鞭子，并不是因为擅长，而是这两样最划得来，不用经常花钱补充。

之前课表上那个射击课程，也是因为免费提供弹药能源，她才选的。

卫三对武器没有什么喜欢不喜欢，只要便宜就称手！

第 15 章

模拟训练室、图书馆、上格斗课……卫三在学校每一天都安排得很满，一点都不浪费。食堂她没怎么去过，依然靠着营养液为生。

因为卫三有个梦想，想要自己做一架机甲，所以能省则省。

这几天聂昊齐经常和卫三结伴训练，所以上午在班内碰面，便问道："明天周末一起训练吗？"

卫三摇头："我周末有事。"

聂昊齐也不介意，反而想起一件事："下午你要去上陈慈老师的射击课吗？"

"对，你也要去？"

"不是，我跟另一个老师。"聂昊齐压低声音，"我听说陈慈老师很厉害，论坛内部有个 A 级教师排行榜，射击方面，她是第一。"

"这么厉害？"卫三当时选课压根没看老师是谁。

聂昊齐同情地看着卫三："不过要从她那里拿到学分，很难。你还是多报几门课，否则学分不够，下学期就要被退学了。"

卫三想了想自己的计划表，坚持道："我先上着，以后再加。"

下午射击课。

卫三一进去就发现不太对劲，里面全是自带机甲来上课的学生，只有她一个人用的是达摩克利斯军校发的机甲。

不能说达摩克利斯军校的机甲不好，只是用学校机甲的学生本身都还处于和机甲磨合期，实力不可能强。

陈慈进来后见到有一架军校统一制机甲，目光也闪了闪。

"你们应该知道我。"陈慈看着面前的学生，"自我介绍就免了，所有人进机甲，前面流动靶，每个人一分钟时间，一个一个来。"

所有人排好队，操控机甲射击前面的流动靶，可以看得出来选这节课的其他学生都有基础，多半能射中。

卫三排在后面，在机甲舱内看着，一边在脑海中模拟待会儿的操作。

这时候，突发意外，陈慈操控机甲，攻击正在射击的学生。

"妈呀！"那个学生手忙脚乱，开始瞎射，甚至枪口对准陈慈，不过下一秒被陈慈制住，扔到一边去了。

后面的学生蒙了，完全不知道发生了什么。

陈慈看着下一位学生："继续。"

那个学生战战兢兢地开始射击，好在陈慈没有再动他，但他射击成绩并不理想。

接下来的时间，陈慈像个不定时炸弹，随机攻击学生，又要他们继续一个一个地上前射击。

卫三排在后面，轮到她，她便抬手射向闪过的靶子，只有一分钟射击时间。她余光见到一道黑影，扭头一看果然是陈慈过来攻击她。

唯一值得庆幸的是陈慈没有开枪。

卫三试图躲过她的攻击，但老师就是老师，下一秒拳头已经捶在卫三的机甲脑袋上。

机甲连接卫三感知，她脑袋同时一晕，在倒下前，还趁陈慈不注意，抬手朝流动靶开了一枪——正中红心。

注意到她小动作的陈慈："……"心理素质不错。

等所有人都试完一轮，每个人的成绩出来了，除去前面几个幸运儿保持自己水平发挥，后面的人无一例外受到影响。

卫三成绩夹在里面毫不起眼，她也不在意，反正以后能练好就行。

"一个优秀的射击者，不会受到外界的影响，无论临时发生了什么，该开枪的还得开。"陈慈目光扫过所有学生，"这是我教你们的第一节课。"

接下来陈慈让所有人并排往前冲，去终点拔旗子，中间会有随机靶子出现，而她站在最旁边射击这些学生。

陈慈的枪法，没有一个学生躲得过，她想射谁，完全看心情。

卫三已经被射中两次了，每一次机甲被射中，她都心如刀绞，这些都要花钱去修！

一边要射靶子，一边还要被攻击，卫三越往前冲心情越差，再这么下去，几万星币都不够修机甲的。

卫三一不做，二不休，操控机甲抬手就朝陈慈那边射去，没中，被陈慈躲了过去。

"同学们，不先除掉陈老师，我们任务就完成不了。"卫三喊道，枪却没停止攻击陈慈。

其他学生看着这个胆大包天和陈慈对射的人："……"

一开始当然没人敢，但卫三不要脸，陈慈一把火力对准她，她就开始操控机甲蹭到其他同学身边，被无辜牵连的学生甩不掉这个牛皮糖，只能咬牙跟着动手反击。

有一就有二，场面很快就混乱起来，大部分学生开始攻击陈慈，都是真枪实弹。

陈慈倒不是弄不死这群小崽子，只是要花力气，最后只好喊停。

"你很好。"陈慈从机甲内出来，看着卫三凉飕飕地说。

"谢谢老师夸奖。"卫三真诚地望着陈慈。

陈慈："……"

其他学生悄悄扭头瞅了一眼卫三，虽然刚才老师明显心情不好，但不得不说这种反击的滋味不错。

卫三本人其实有点后悔，万一陈老师以后针对自己，那就得不偿失了。

她还是得尽快提升实力，让机甲少受点损伤，才能少花钱。

卫三把机甲收好，低头慢慢走出去。

"卫三。"

听见有人喊自己名字，卫三抬头便见到金珂站在训练场外面。

"你来训练？"

"来找你一起吃饭。"金珂上前，"我们两年多没见了，你不想我吗？"

卫三扭头奇怪地看着他："想你干什么？"

金珂："……话也不能这么说，咱们不是一起长大的小伙伴吗？"

卫三瞥他一眼："小伙伴请吃饭吗？"

金珂大方道："请！"

两人并肩往最豪华的五食堂走去，金珂时不时打量卫三，最后终于忍不住问："你怎么来达摩克利斯了？"

"毕业感知达到A级能进五大军校，达摩克利斯军校最朴素，我很喜欢，所以就来了。"

"我也觉得达摩克利斯不错，其他几个军校各有各的毛病。"金珂撇嘴。

卫三诧异："是吗？"老实说，她觉得其他军校最大的毛病就是学费贵，还没有免息贷款。

"平通院比较排外，帝国里面有权有势的人太多，至于塞缪尔……听说很多人人品不行。"金珂掰着手指算。

"还有一个南帕西。"卫三补充。

"南帕西星一年四季下雨，不喜欢。"

"还挺挑。"卫三看着已经瘦成正常少年身材的金珂，"这两年你减肥了？"

金珂长叹一口气："我哪有这个时间？我转专业过去就剩下两年毕业，每天拼命学习，好在总算得到一点回报。"

两人走进食堂，卫三好不容易薅金珂羊毛，点了一大堆菜，一定要吃饱。

"平时你都吃这么多？"金珂心惊肉跳地看着满桌子菜。

"差不多。"卫三确实吃得多，不过也能挨饿。

过了一会儿，卫三抬头朝四周环顾，不由得皱眉，她感觉刚才有窥探的目光，而且不止一个人。

"怎么了？"金珂抬头问。

"有人在观察我们。"

金珂了然："没事，他们只是好奇。"

卫三闻言挑眉："好奇什么？"

金珂托着腮，对卫三这种不关心就完全不知道的习惯十分无奈，伸出手指了指自己军服右臂上的紫色校徽："我，指挥。"

卫三"嗯"了一声，等着他继续解释。

"五大军校无论哪所，指挥都是最少的，最珍贵的人才。"金珂挺了挺胸膛，"我，人才中的人才！"

卫三艰难地咽下一口饭菜，怀疑地看着金珂："你？"

金珂自信点头："我，今年新生中唯一的 S 级指挥人才。"

"厉害。"卫三敷衍一句，安心吃饭。她压根不了解 S 级指挥人才的意义，心中毫无波动。

饭吃得差不多时，两人准备分开，金珂双手拉着卫三的手，用那种卫三以前特别熟悉的目光看着她："放心，我不会打乱你的计划，也不会向任何人透露你的情况。"

卫三皱眉，正要问他什么意思。

迎面走来一个长发少年，他目光落在金珂和卫三拉着的手上，随后对上金珂的眼睛："我找你有事谈。"

金珂看着少年，主动介绍："应成河，机甲师。这是卫三，我好朋友。"

应成河随意点了点头，并没有将卫三放在心上，不过一个 A 级机甲单兵而已。

卫三看着两人离开，不知为何，那个一头长发的应成河，让她想起了一个人。

第 16 章

周末一到，卫三便往黑厂去，早上没喝营养液，为的就是去黑厂吃免费餐。

吃饱喝足后，卫三便开始随机 PK，她要凑够一百积分，升 L1。

经过一周训练熟悉，卫三现在对 A 级机甲有一定了解，不会再出现迎着对方拳头上去，或者脚底打滑的情况，加上 L0 新手过多，三十积分很快赢到手。

"恭喜向生活低头获得越级挑战 L1 资格，选择挑战：是，否。"

卫三盯着这行字半天，最后决定选择越级挑战，反正输了扣积分不扣钱，现在她需要实战，而且赢一场两万星币！

"065 擂台：向生活低头 vs 老子赢定了！"

比赛名单很快出来，卫三照例往等候区走，065 擂台上还有人比赛，她靠在长椅上休息。地下一层的擂台供 L0 和 L1 比赛，卫三这个擂台是固定的越级比赛擂台，她看了一会儿光幕上的两架机甲，比赛结果差不多能看出来，估计会越级失败。

卫三闲着无聊，低头点开对手的资料，发现老子赢定了是刚升上来的 L1，她手指搭在长椅扶手上敲了敲，取这种名字真的很欠打。

"比赛时间已到，请选手准备上台。"

光幕上突然暗下来，随后重新亮起时，出现这么一句话。

卫三起身，进入机甲，再走向 065 擂台，对手也差不多这个时间走上擂台，他的机甲做过改造，连颜色都换了一种。

"烦死了，你手这么快干什么？！"

一上台，老子赢定了就劈头盖脸对卫三来了这么一句。

卫三："？"

"你晚一秒我就能去和 L1 的人比赛，耽误我时间。"

一般刚升入 L1 级，积分都是排在最后一名，所以大部分人都会立刻找其他 L1 比赛，这样赢了就不会再接受 L0 级的越级挑战，当然，输了会重新变成 L0。老子赢定了一升入 L1 便准备去参加 L1 的 PK，结果被卫三抢先一步锁定了。

卫三"哦"了一声："我还能更耽误你的时间。"

老子赢定了马上明白卫三什么意思，他嗤笑一声："那得看你有没有这个本事了。"

说话间，比赛开始。

老子赢定了的机甲是重型机甲，而且他做过改造，加强了火力，比赛刚开始，肩上两个炮口便升了起来，对准卫三，疯狂攻击。

要是前一天卫三碰见他，说不定还真慌了手脚，但她被陈慈打过，一下子就能看出两人之间有天壤之别，况且昨天晚上她还去模拟训练室练了一晚上。

单人模拟训练，场景设定是面对四面八方密集的射击，到达目的地。昨天晚上卫三一直泡在里面，被打成筛子，出来的时候扶着墙，百分之百的痛觉让她连回去睡觉都没怎么睡好。

再对上这位，卫三压根没怕，比起陈慈和模拟室，老子赢定了的打法就像小孩子抱着枪到处乱射。

卫三一边躲着他的攻击，一边心生一个想法。

她来到沙都星后，对各种机甲都眼馋手痒，现在正是大好机会，擂台上就有各种类型的机甲，而且不少人会对自己的机甲进行改造，如果她能在擂台上把他们的机甲拆了呢？

卫三觉得自己简直是个天才。

想做便做，卫三躲掉老子赢定了的攻击，下一秒横扫对方下盘，让其倒下。

老子赢定了直接倒在地上，正要翻身而起时，卫三突然出现在他视野前，压在他机甲身上，控制住他双手。

"找死！"老子赢定了嘴边露出嘲讽一笑，手不能攻击，机甲肩膀上还有两把离子炮，两人这么近的距离，直接能把她对穿。

然而下一秒，他僵住了。

因为卫三另一只手拆掉了他的离子炮。

在老子赢定了陷入迷茫中，肩膀上另一把离子炮也被拆了。

卫三不在意他有什么想法，手法极度娴熟，毕竟在脑子里模拟过无数遍，以一种非暴力拆除机甲的方式，快速将她感兴趣的部位都拆得干干净净。

拆到后面，她不小心把老子赢定了拆了出来。

机甲舱内突然暴露见光的老子赢定了："……"

台下围观群众："……"

裁判见状愣了愣，随后赶紧宣布向生活低头越级成功。

被宣布赢了之后，两人是不能再动手的，卫三有点遗憾收手，心想下次还是在对战中一点一点拆比较好。

老子赢定了不知道是不是受到的冲击太大，把自己七零八碎的机甲收好就魂不守舍地离开了，连一句狠话都没有说。

卫三刚下台，星币和积分便到手，顺便还升了L1级。

她还没走出去，又点了随机PK，一共就两天时间，能多比赛就多比赛。

卫三又连续比了五场，拆机甲的本事越发完善，无论对手强弱，只要让她近身，机甲就能被薅下一片，到后面卫三的兴趣已经不在输赢上了，最后一场碰上的应该是L1级中比较厉害的选手，被压着打得很惨。

"这都能站起来？看不出是今天才升上来的。"

"刚才躲过了致命的地方吧，这个叫向生活低头的人有点潜力。"

底下有不少围观的人，看着卫三和对面叫疤痕的人比赛，主要还是冲着疤痕来的。

"哈哈哈哈，向生活低头有点意思，居然能破坏疤痕的机甲。"

"咦，上午我看过这个人比赛，她好像很喜欢破坏别人机甲。"

"谁打架不会破坏机甲？"

"不是这个意思，欸，我也说不清。"

大概是卫三破坏了疤痕的机甲，对方下手越来越重。

卫三在机甲舱内忍不住吐了一口血，但手没有停，控制着机甲躲过疤痕的攻击。

如果有人能看到里面的卫三，会发现她没有半点焦急神色，反而越来越冷静，操控机甲的速度也越来越快。

隔壁擂台。

"恭喜起岸西获得第二十场胜利！"

"牛啊！一天赢二十场！"

"起岸西实力肯定强，说不定能往 L3 走。"

"而且他的机甲还是原始机甲，没有做改造。"

台上黑色机甲里面跳出一个修长身影，戴着银色面具，看不清脸。他收了机甲，准备下一场比赛，路过旁边擂台时，目光在卫三身上停留了几秒，随后收回眼神，离开这里，去往下一个擂台。

擂台上的疤痕越打越烦躁，对方像打不死的小强一样让人恶心，他明明下手越来越重，偏偏对方越来越滑不溜手。

"给我死！"疤痕打出了火气，手下也没了轻重，他原先是 L1 级的近战高手，很少用远攻，尤其擂台地方有限，这一下他假意用钢爪，实则打开离子炮，直直对准卫三。

这时台下一个观众突然道："我有不好的预感。"这一幕太眼熟了。

果然，下一秒卫三硬扛着划过来的钢爪，躲过离子炮的攻击，然后……以迅雷不及掩耳之势拆了疤痕的离子炮。

其他没见过这场面的观众："？？？"

疤痕比老子赢定了反应快很多，钢爪朝卫三挥过来，势要弄死她。

卫三自然不会再让钢爪攻击到，她用的是黑厂原始机甲，什么武器都没有，只有一双拳头，现在多了个离子炮装置。

她将离子炮砸向疤痕，趁机绕到疤痕身后，飞起一脚踢向对方腰部。

卫三速度太快，观众甚至都没反应过来她是怎么绕过去的，她那一脚极重，疤痕带着机甲直接趴倒在地。

卫三操控机甲脚踩在疤痕机甲上，弯腰把对方的钢爪拆了，疤痕还在抵抗，她一拳打在他头上。

疤痕顿时晕了过去。

"恭喜向生活低头获得第六场胜利，星币×20000，积分×100。"

卫三终于赢了。

卫三松了一口气，随后收机甲的时候，心都在滴血，这机甲受损严重，再比赛势必要拿去修。

没有实力，连机甲都护不好，护不好机甲就要花钱修，一花钱梦想又离她远了一点。

卫三心中反省，一定要好好提升实力。

今天是不能继续比赛了，卫三去免费饮食区，吃了一大堆东西，填饱肚子之后，又找到地下一层的机甲区，这里可以改造和修机甲。

卫三找到一家维修店，把自己的机甲放出来，问修好要多少钱。

店主撩起眼皮扫了一眼："十万星币。"

"十万？"卫三觉得太贵了。

"第一次修？"店主起身看了看她的机甲，"第一次有黑厂优惠，打五折。"

那也很贵，卫三舍不得。

"我只修这个地方。"卫三指了指机甲驱动，"五千星币怎么样？"

店主翻白眼："五千？出工具费呢。"

卫三想了想道："那我五千能不能租你店里的工具用？"

店主闻言，上上下下打量卫三："你没毛病吧？没钱修机甲那就去加入集团啊，在这儿浪费我时间。"

卫三坚持问："五千能租工具吗？"

店主："……要什么工具？"

最后卫三挑了几样，借了店主的维修间，把机甲几个关键地方拆下来修，又花了五千星币买了二手配件，换在自己机甲上。

店主在旁边看着，先是看好戏，后来居然露出难以置信的目光："你居然真会修机甲。"

"生活不易。"

店主也跟着叹气："这倒是。"

两个人一起吐槽操蛋的生活，过了会儿店主主动道："L1级基本都开始改造机甲，你最不济也要加个武器，不然就会被人压着打。"

"我也想，不过穷，买不起武器。"卫三刚才进来观察了一番，一把普通匕首就要七八万星币。

不知道是不是刚才两人一起吐槽出了感情，店主想了想道："我前两天拆了一条断鞭，如果你能修好，便宜出给你，五千星币。"

卫三当场说要，店主把断成两截的鞭子拿过来："你看看能不能修，可能不太灵活。"

鞭子是用特殊材料做的，断了再接起来，肯定不会像以前一样好用，所以一般都直接回炉重造。

卫三找店主要了一片金属，裹在断口处焊接好。

鞭子连接好后，店主同情地看着她："应该勉强能用。"但会不会在攻击中途断掉，那就是玄学了。

卫三谢过店主之后，便往擂台区走，今天她不想再 PK，可以看看其他 L1 级的比赛。

大晚上的，擂台区依然热火朝天，每一个擂台都站着比赛的机甲，底下也站满观众，其中有几个擂台底下观众很多。

卫三往最热闹的那个擂台走去，台上的人还没出来，底下观众已经激动异常。她抬头看着比赛人名："起岸西 vs2jk"

起岸西？

那个在 L0 级连胜一百场的人。

这时，台上两位选手上台准备开始比赛。

卫三正打算好好看看对方比赛，结果一回神，对手已经被起岸西踢出擂台，一秒都不用。

卫三："……"这就是传说中的高手吗？

第 17 章

"恭喜起岸西获得连胜 41 场！！！"

裁判一声"恭喜"让台下的卫三清醒过来，卫三本来还想看看这位怎么打，结果看了个空气。

"起岸西牛 ×，估计到明天就满百场了。"

"这个速度一天打五十场轻轻松松。"

五十场……

卫三算了算连赢五十场可以得到多少星币，不禁流下羡慕的泪水，要是她也有这本事就好了。

起岸西果然是冲着一天五十场来的，一下场立刻选继续 PK，这群观众闲着没事做，跟着他去下一个擂台。

卫三转身去饮食区打了一盘吃的，准备边吃边看，结果起岸西已经上了下下个擂台。

她端着盘子跟着人群移动，起岸西照例能一招解决就一招，她跟着看了五六场就没了兴趣，都一个样。

L1 没有一个能打的吗？

起岸西打了这么多场，越级积分早攒到了，这么能打，还在 L1 混，卫三真的想不通。

把盘子里食物吃完后，卫三就转身回休息室睡觉了，准备明天起来重新 PK 挣钱。

第二天卫三继续进去 PK 池随机分配对手，对方见到她的机甲东一块凹下去，西缺了一块，心中戒备少了很多。

这种人一般都是穷逼，没实力又没钱。

二十分钟后，对方魂不守舍地拢着自己七零八碎的机甲，傻在台上。

"承让。"卫三下台前还留下一句，"你的机甲手感不错。"

杀人诛心，对方直接被气晕在台上。

卫三越打越熟练，马不停蹄地参加擂台赛，有碰上棘手的对手，不过只要能摸透对方的路数，后面还是能赢。她准备这周末打赢二十场，累积三千积分后，下周过来越级挑战。

不过生活总是向卫三下毒手，她赢了第十九场后，继续进入 PK 池，随机分配出来："289 擂台：向生活低头 vs 起岸西。"

卫三："……"

进入擂台区时，周围观众和台上的裁判都很激动，当然不是为她激动。

"这是起岸西第一百场比赛，他能不能连胜呢？让我们拭目以待！"

卫三：人算不如天算。

"你们猜起岸西这次用一招还是两招解决？"

"一招吧，这个机甲都没改造过，还破破烂烂的。"

底下观众兴致勃勃地猜测。

两架同样没有进行过改造的黑色机甲站在擂台上，不过卫三是中型机甲，还多了一条破鞭子，起岸西是轻型机甲。

比赛一开始，起岸西最先动，果然是冲着一招解决卫三来的。

他速度极快，然而卫三看过他几场比赛，自然警惕性提高到了最高点，在他动的那一瞬间，已经侧身往后退，速度竟然一点不比起岸西慢。

起岸西几次被卫三躲开后，台下起哄："这起码得两招。"

机甲舱内起岸西目光移到PK对手名字上，"向生活低头"……是之前隔壁擂台的那个人。

起岸西手指飞快地在操控面板上滑动，机甲顿时如同鬼魅般接近对方，手做爪状要抓住她的手臂。

天！

卫三反应过来时，手臂已经被抓住，这铁定要被起岸西甩出擂台。她当机立断，以更快的速度把自己机甲手臂卸了，同时退离他几米远。

黑厂机甲的数据，经过这段时间的实际比赛，卫三基本已经掌握，像刚才起岸西那种速度压根就是将机甲的性能发挥到了极致，这点太出乎她意料了。

机甲舱内的起岸西眼中同样有一丝惊讶，他不知道这个向生活低头，居然会把手臂拆了。

不过起岸西并未受到影响，下一秒依然以机甲极快的速度靠近卫三。

越是紧急情况，卫三越是冷静，她眼中的起岸西速度还是很快，但已经不像第一次那么毫无准备。

起岸西的机甲手指已经碰到卫三的机甲，甚至因速度极快而在她身上留下划痕，但被卫三生生躲了过去。

擂台底下的观众已经看蒙了，这已经不止三招，每一次他们都以为这个向生活低头要落在起岸西手里，偏偏就差了那么一点点。

起岸西垂眼看了看自己的手，又看向对面的向生活低头，再出手时毫不留情。

别人不知道，卫三已经看出来了，起岸西每一步都在将机甲调整到巅峰的状态。

卫三怎么可能让他靠近，双手以一种快到模糊的手速操控面板，同时感知一下扩散到机甲全身。

那一瞬间，两人之间居然保持了一种诡异的平衡。

台下观众看着擂台上快到只剩下残影的两架机甲："……"看了个寂寞。

从卫三达到和他一样的速度时，起岸西便皱起了眉，黑厂果然卧虎藏龙，竟然连L1级都有……这样的人吗？

卫三越躲越觉得不对劲，总觉得对面下手越来越重，完全是自己不能承受之重。

万一被他抓住，随随便便一拳，这机甲不得报废？到时候她得花多少钱修机甲？她输这一场，最多得不到两万星币，扣掉一百积分。

几个念头闪过，下一秒卫三便逃出擂台，大喊一声："我认输！"

刚把向生活低头列为高手的起岸西："？"

观众们也被卫三这骚操作搞蒙了，他们刚刚还在为起岸西遇到对手感到兴奋，结果向生活低头立马就主动离开擂台认输，这算什么事？

裁判上来判定起岸西赢，他从机甲内出来，看着台下同样收起机甲，顺便靠近擂台，把机甲手臂摸走的人："你有事？"

对方突然主动认输，起岸西只能猜想她临时有事。

"我没事，就是打不过你。"卫三神态自若地说，压根不在乎脸面。

脸面是什么，能吃吗？

起岸西从擂台上走下来，场内冷光照在他银色面具上，竟然有种诡异的单纯感："你刚才还没有动手。"

卫三一直没正面回击，唯一一次动手还是把自己手臂卸了。

"动手也打不过。"卫三心想动手之后，先不说输赢，机甲肯定得拿去修，划不来的事她不做。

起岸西盯着这个向生活低头半晌，不确定对方是说真心话，还是不想暴露自己实力。

"我们加一下好友。"最后起岸西主动道。

卫三这个倒没拒绝，黑厂有自己的通信应用，可以加人。

"今天你还比赛吗？"起岸西问她。

"不比。"

达摩克利斯军校周日有门禁，她必须提前赶回去。

起岸西点了点头："希望有机会我们能比一场。"

卫三看着起岸西离开的背影，心想原来这是个好战分子。

这次没拿到足够的积分，卫三也不在意，碰上起岸西，机甲没受损已是万幸，还好她认输快。

回学校前，卫三还去了一趟免费饮食区，往口袋里塞满各种包装点心，这才心满意足地离开。

没办法，这样她起码可以省一天饭钱。

新的一周第一天，卫三就被老师叫到办公室去了。

项明化手里拿着卫三的课表："给我解释解释。"

"老师，你把课程排得太满，不太适合我。"

项明化看着面前一脸真诚的学生，脑袋都大了。他第一次带这种班，好在学生都听话自觉，结果冒出一个学生三番五次行事自我："所以你把课表都删空了？"

"这里还有两节课呢。"卫三指着课表上的格斗课和射击课，"而且平时我都去模拟室训练。"

"模拟室？真的？"项明化怀疑地看着卫三，他怎么觉得她不上课是为了偷懒？

"聂昊齐经常和我一起去，上周的事，您可以问他。"

项明化还是坚持让卫三又选了两节课："最起码基础学分要拿到。"

原本想要后面再选课的卫三只好现在选，省得老师再找她。

刺头学生离开后，项明化心中还是不得劲，他低头不经意扫过卫三的课程表，突然看见射击课是陈慈带。

陈慈当年一直是A级中的领头人，后面留校任教，带出来的学生也都很优秀。

项明化没有事做，干脆去找陈慈问问上周那个刺头学生表现如何。

陈慈刚上完课，见到项明化来找她，还以为发生了什么事。

"我带了一个A班，上周有个学生来你这儿上课，想问问她表现得怎么样。"项明化开门见山。

陈慈虽诧异他会为了一个A级学生来找她，不过还是问："叫什么？"

"卫三，是个刺头。"项明化随口道，"她一张课表空荡荡的，就选了射击和格斗课。"

陈慈一听见这个名字，眉头动了动："确实是个刺头。"

项明化嘴角抽了抽，才上一节课就能让陈慈评价"刺头"，这卫三惹事本领看来不小。

"她在课堂上拿枪对着我，还领着其他学生用枪射我。"陈慈想着那节混乱的课，"心理素质倒是不错，脑子灵活。"

"拿枪对你……"项明化心中震惊，"还带着其他学生？"

陈慈脸上不见怒意，反而笑道："你这个学生不要脸，蹭在那些学生周围，他们不得已全部来攻击我。"

项明化回想卫三的各种举动，不由得赞同："她确实脸皮厚。"

"脸皮厚也好，我们学校正直的学生太多，拉不下脸面总是吃亏。"陈慈叹了一声，"比赛快结束了。"

提起这件事，项明化沉默一会儿："孩子们尽力就好，但求无遗憾。"

被两位老师评价脸皮厚的卫三正在和泰昊德视频。

"卫三，我跟你说，我们帝国军校里的人都太厉害了。"泰吴德一脸兴奋，比起去之前，消瘦不少。

"是吗？"

"给你看我们学校S级比赛！"泰吴德联系卫三纯粹是来炫耀的，"牛不？！"

卫三看着对面正在比赛的两架机甲，一架红色机甲如同老鹰一般俯冲而下，带着不可抵挡之势向底下的紫色机甲攻击而去，而紫色机甲在她眼中仅仅是轻飘飘地后退几步便化开攻势。

S级……

卫三目光落在这两架机甲上，她见过的A级机甲简直如同玩具一般。

"S级机甲！卫三，我跟你说，他们每一架都是由无数金钱堆积出来的，背后都有一个专属机甲师。"泰吴德吸了吸鼻子，突然伤感，"和我们完全是两个世界。"

卫三掩下惊叹，淡淡道："以后你出钱，我帮你做一架。"

"吹吧你！"泰吴德完全不信，"A级还可能，S级你知道是什么意思吗？"

卫三还真不知道，图书馆没有关于S级机甲的书籍。

挂断通信后，卫三发了一会儿愣。

聂昊齐下课赶过来找卫三一起去模拟室，见她站在原地不动，喊了一声："卫三，走了。"

卫三回过神："我们学校有S级机甲吗？"

聂昊齐奇怪地看她一眼："当然有，项老师用的就是S级机甲。"

第18章

项老师有S级机甲？

卫三终于反应过来："那是不是还有S级机甲单兵？"之前金珂说自己是S级指挥，她还没放在心上，只想指挥系什么时候又多出来一种等级。

聂昊齐用一言难尽的眼神看着卫三："我们军校不光有S级机甲兵，还有S级机甲师和S级指挥。"

他一直觉得卫三这个人太奇怪了，从一开始就敢和项老师对上，表现只能用一个"莽"字来形容，原来她什么都不知道。

无名星的人确实面临资源对接不平等的问题，所以正常学生来到军校后，会开始积极了解各种情况，比如聂昊齐除了拼命训练外，每天晚上都要在校内网泡着，把各种信息熟记于心。

卫三不知道项老师的八卦消息也就算了，怎么连S级都不清楚，她来学校这么久都干什么去了？

"所以A级上面还有个S级？"卫三问道。

"……你平时不逛校内网吗？"聂昊齐敢保证全校只有卫三一个人不知道A级之上还有S级。

"逛。"但卫三有个习惯，只看她想看的东西，"项老师有S级机甲，那他……是S级感知的机甲单兵？"

提起这件事，聂昊齐朝周围看了看，随后低声道："对，原先项老师只教S级学生，但发生了一些事情，所以被下放到我们A级来了。"

这也是项明化觉得除了卫三，其他学生都很好带的原因，大家对S级老师都抱着极度仰慕的态度。

"S级机甲单兵有几个班？"

聂昊齐："……S级不是随地可见的大萝卜，咱们学校所有年级加起来都凑不齐一个班，他们基本都是军区未来的领头人。我们新生这一届S级机甲单兵好像就两个。"

两个？

卫三不由得想起金珂："S级指挥呢？"

"一个，S级机甲师也只有一个。"聂昊齐毫不犹豫道，"这两个比机甲单兵还要更珍贵。"

卫三"啧"了一声，想不到金珂现在这么厉害。

"今年新生中的那个S级指挥，据说是无名星出来的。"聂昊齐提起这个，不由得心中黯然，同样是无名星出身的自己却只是一个普通的A级。

"嗯。"

嗯？

聂昊齐看着一点都不惊讶的卫三，感觉是自己没有科普到位："每年基本只有三大世家才能出S级指挥，即便不是这三家出来的人，家世也非富即贵，无名星出S级指挥，还是联邦第一次。"

指挥需要大局观，这是无名星无法出指挥的重要原因之一，没有相应资源堆积出来的眼界，做不好一个指挥，更别提S级的指挥。

"金珂家挺有钱的。"卫三平静地说，估摸着现在全联邦的垃圾回收处理业务被金家垄断了。

"你知道金珂？"聂昊齐一脸奇怪地问道，刚才连S级都不知道的人，居然会知道新生中S级指挥的名字。

卫三"哦"了一声："他和我都是3212星人。"

聂昊齐："？"你们3212星这么厉害吗？

他不知道自己下意识已经把卫三放在其他A级之上。

"你说，我能操作S级机甲吗？"卫三若有所思地问道，她现在对S级机甲生出无限兴趣。

"不可能。"聂昊齐想都不想就道，"A级感知的机甲单兵用S级机甲等于不要命。你一连接上，就会被庞大数据覆盖，接收不了，脑子就会受损。除非感知达到S级，才能够处理那些数据。"

"是吗？"卫三想着今天早上被项明化喊去时，他脖子上就挂着一条机甲项链，好像和他们的也没什么不同，要是能搞到手看一看……

"该训练了。"聂昊齐喊着她一起进模拟训练室，"以后你自己多逛逛校内网就知道了。"

今天卫三没有和聂昊齐一起联机，而是选择单人训练模式的水下射击。

她一进入模拟世界，便感到水压的力量，机甲有一定程度的防水抗压能力，但时间有限，所以在短时间内，必须完成模拟世界给出的任务，即射中百条红鱼。

红鱼体积极小，除了那一点红，在水下几乎什么都看不到，卫三先稳定机甲，观察哪里有红点，看见一个打一个。

模拟训练室巡检的老师，坐在大型光脑面前，惯性从一号训练室开始浏览，以防有某个训练室出现问题。过了一会儿，他目光停在一间训练室数据上。

"项目：水下射击。难度：五星；附加条件：五星；痛感：100%。"

老师摇了摇头，不知道这是哪个S级学生来训练了，居然把痛感提到百分之百，这么冒进，大概是两个S级新生中的一个。

卫三还不知道自己即将大难临头，作为一个前工程师，十分不喜欢看说明书，更喜欢从实操中得出经验，所以设置模拟世界，完全是随性，根据自己的强迫症，星星能打满的就打满，压根不知道这意味着什么。

红鱼很机警，有一点点动静便会游开，卫三试了几次，只要机甲稍微引起水流动，红鱼就不知道蹿到哪儿去了。

弄了半天，才击中二十条，卫三干脆找个位置趴好，继续观察周围红鱼，一看见红点便射过去。

等击中十几条后，那些红鱼突然开始乱窜，卫三以为它们被自己精湛的枪法吓破了胆，趁此机会又射中二十来条。

这个训练任务有点简单，卫三心中刚闪过这种想法，忽然头皮一麻。

她扭头朝后看去，一个血盆大口已经朝她咬了过来。

魂都吓没了，那一瞬间卫三找到了和起岸西PK的感觉，所有感知都被调动起来，机甲顿时蹿得比红鱼还快。

"咔！"

那张血盆大口狠狠咬合上，发出清脆的声音，不难想象刚才卫三如果被咬中，估计连人带机甲都得碎成两截。

那是一条大鱼，从外面看像鲸鱼和鲨鱼的结合体，又大又凶。

这还不算完，另外又有两条同样凶猛的大鱼游了过来，目标全是卫三。

"……"

卫三拼了命地往外游，三条大鱼紧跟其后，躲又躲不了，游又游不过，最后只能骤停，那三条大鱼一时控制不了这么精准，还往前游了不少。

她机甲武器除了射击枪，只剩下光刀和鞭子，这时候鞭子肯定用不了，射击……卫三还想着完成自己的任务。

那她只能用光刀了。

借着机甲灵活和体积更小的优势，卫三蹿到一条大鱼腹下，一把光刀从腹部划开。

这一刀她用了十成十的力气，然后……光刀刃卷了。

卫三傻了眼，这都什么鱼？

大鱼被她激怒，鱼鳍疯狂拍打，同时另外两条大鱼发现她的踪迹，也撕咬过来。

卫三被三条鱼齐齐堵住去路，光刀也坏了，只能快速往下沉，这时候水压对她的负担越来越重。

她玩不转——要么被大鱼咬死，强制出来；要么抢在被大鱼咬死前，完成任务安全出舱。

现在看来，第一种可能即将要实现了。

不过卫三还想再挣扎一会儿。

几条鱼一起攻击她，是死路也是生路。它们体积大，聚在一起反而给了卫三机会。

卫三开始专门往它们那边扎，大鱼也不是吃素的，嘴一张一合咬过来，卫三一只脚都被咬断了。

她一边挑衅，让几条鱼聚在一起攻击自己，一边瞄准附近慌乱的红鱼，生死之际，枪法精准度大大提高。

"八十八、八十九……"

卫三心中默数着击中红鱼的数量，拖着已经残缺的机甲，努力躲着大鱼的攻击。

如果起岸西或者项明化在这里，会发现卫三每一次动作都将A级机甲发挥到了极致，这机甲反而成了障碍。

卫三自己不清楚，只知道自己快要成功了。

还差两条！

只是这时有一条大鱼已经对着卫三咬了过来。

"砰——"

"恭喜通关成功。"

她一枪击中两条红鱼。

卫三猛然从模拟舱起身，拿下头盔，捂着自己的腹部，心有余悸。

刚才那条大鱼咬上她机甲，机甲差一点就被咬成两截，幸好卫三手快。

即便差点体会死亡的感受，卫三也没去调低模拟训练难度，而是继续训练下去。

训练完，卫三是扶着墙出来的，一下午她在模拟室体验了各种死法。

这种滋味不好受，卫三有点想吐。

"老师，522训练室。"卫三走到门口退训练卡。

学校模拟训练室会统计学生使用时间，日后折算成学分。

老师收回训练卡，在大光脑面前登记完，抬眼看着面色苍白的卫三："新生？"

"嗯。"卫三有气无力点头。

"多训练几次就习惯了。"老师笑了笑，"痛感能激发人的潜力，也能提高和机甲的契合度。"

卫三不说话，现在脑子充斥着自己手断了、脚断了、头没了等各种感觉。

一步挪一步地往寝室走，卫三试图用其他事情来分散注意力。

不知道项老师的S级机甲长什么样，她现在很想看看，如果能拆开就更好了。

卫三想着想着就馋了。

她太想有一架自己做的机甲了，原本还计划挣钱做一架A级机甲，现在……她馋S级机甲。

"这段时间我要去十三军区一趟，下学期选拔校队，我希望能见到我们班上的人。"项明化站在讲台上，看着底下的学生。

他又叮嘱了几句，无非要学生们抓紧一切时间练习，不要偷懒，最后警告性地看向班里的刺头，未料那个刺头也在看着他。

项明化正欣慰卫三在认真听讲，却感觉不太对劲，再仔细一看，这刺头分明在盯着他脖子上的机甲项链，那眼神像是饿极了的豺狼。

"……"

第 19 章

"人类感知可以和高级机甲相互连接，拥有 S 级感知的人可以接收到庞大数据流，并从中找到自己想要的并加以控制……"

一个戴眼镜的青年老师站在讲台上讲课，偶尔解答底下学生提的问题。

卫三偷摸贴着墙壁，身体扭曲，躲在窗户下面听课。

她打听到这个班是 A 级中最好的机甲师班，所以想来蹭课，看看他们讲不讲 S 级机甲方面的事，图书馆完全没有这方面的资料，没想到正好赶到有学生问 S 级相关的问题。

如果她能听到 S 级机甲师讲课就更好了。

"你在干什么？"

应成河皱着眉看着蹲在窗户下贴墙的人，他从远处便看到此人鬼鬼祟祟的。

卫三回头见到应成河，开始没想起他是谁，看到那头长发才记起他的名字。

她起身一把捂住应成河的嘴，压着他一起弯腰躲在窗户下："兄弟，别说话。"

讲台上的老师没有察觉出异样，还在继续讲："众所周知，五大军校前身是由五位伟大的机甲师分别建立起来的。我们达摩克利斯军校便是由鱼青飞前辈一手创立的，他擅长轻型机甲，是真正开创机甲先河的大师。"

卫三听得津津有味，左手压着应成河的背，右手捂住他的嘴。

应成河震惊地挣扎，这个人怎么敢！

"……像你们这届新生中就有一位 S 级机甲师，他以后就能阅览鱼青飞前辈留下的所有机甲资料。"老师感叹，"我们很快要负责校队的机甲，所以大家一定要努力，不能掉链子。"

啧，看样子一定要 S 级机甲师才能学，她以后再想转专业也无济于事，还不如学好机甲单兵，去黑厂挣钱买材料自己做机甲。

教室内老师已经将话题拉了回来，卫三也失去了兴趣，松开应成河，起身离开。

应成河见她直接离开，也没有解释，心中恼火，追了上去："站住！"

卫三回头，奇怪地看着他："你有事？"

应成河："刚才你鬼鬼祟祟在那里干什么？"

"路过，你刚才那么大声很容易影响老师讲课，下次不要这么做了。"卫三义正词严地敷衍。

应成河被她倒打一耙的功力震惊，一时间愣在原地，竟不知道该怎么回复。

卫三没关注应成河，垂眼给金珂发消息："我们学校这届新生那个S级机甲师是谁？"

金家发财："那天你不是见过？就应成河啊，问这个干什么？"

暗中讨饭："？"

金珂以为她没记住，唰唰发来几张应成河的照片："那天在食堂我还给你们相互介绍过。"

"……"

卫三抬头看向对面的应成河，收起光脑，脸上突然多了一抹热情的笑："哈哈，刚才开玩笑，应同学来这儿有什么事吗？需不需要我帮忙？"

应成河皱眉看着变脸比翻书还快的人，最后嫌弃地走开了。

卫三见他直接掉头就走，只好和金珂发消息。

暗中讨饭："我好像得罪应成河了，你和他关系怎么样？"

金家发财："还行吧，我们偶尔会联合上课，你做什么了？"

暗中讨饭："刚才在机甲师班外面蹭课，应成河突然问我干什么，我顺手捂着他嘴蹲下来，可能下手稍微……没注意分寸。"

金家发财："？？？你牛！应家人你也敢直接上手。"

暗中讨饭："应家人怎么了？"

卫三还想从应成河那边了解关于S级机甲的知识。

金家发财："全联邦最不能得罪的就是应家人，他们家族不光出S级机甲师，还有顶级的指挥师，背靠几大军区力量，卫三，你真牛！而且他们应家人出了名地讲究，看见应成河的长发吗？所有应家人都留长发，那是他们家族传统，这种人坚决不能得罪。"

暗中讨饭："应成河一头长发毛毛糙糙的，绝对不会太讲究，应该不是记仇的人。你找个机会撮合我们吃顿饭，缓和一下关系，以后我还想问他问题。"

提起长发，卫三突然想起当初看到的那个乌发少年，他头发倒是很好看。

金家发财："吃饭没问题，不过关系能不能缓和就看你自己了。"

说要吃饭，金珂第二天就安排好了，这回依然是在五食堂。

卫三过去的时候，应成河已经到了，对方见到她，一脸嫌弃。

"昨天是我不对。"卫三倒了杯饮料送到应成河面前，真诚地说，"今天专门过来说声抱歉，这顿饭我请。"

金珂吃得心满意足，从盘子里抬头："我和卫三认识这么多年，这是她第一次请吃饭，比我还抠，成河，你一定要多吃点。"

能让金珂说出比他还抠，可见她有多抠。

应成河扭头看了一眼卫三，戳穿她："你有什么目的？"

卫三颇为心虚地咳了一声："想请教你几个关于机甲的问题。"都是她看完机甲设计之后产生的疑问，她上校内网查了很久，也没明白过来，甚至冒充机甲师系的学生在论坛发帖问过，可惜没什么她要的答案。

"机甲的问题？你问。"应成河并不是小心眼的人，况且中间有金珂拉线，不出意外，他和金珂以后还要一起去比赛。

见他这么说，卫三也不客气，掏出本子，把自己记录下来的问题翻给应成河看。

虽然价格不贵，但现在用实体本子的人极少，应成河多看了卫三一眼，这习惯，他在另一个人身上也见过。

应成河开始漫不经心地翻着本子，待仔细看清上面的问题后，神情逐渐严肃。

这些都是关于 A 级机甲的问题，应成河当然答得出来，但关键在于这些问题内核需要用 S 级机甲运用的知识原理来回答。

如果要说清楚点，便是此人虽然对 A 级机甲了解得不够透彻，却隐隐摸到 S 级机甲的边缘。

应成河捏着本子："谁托你来问的？"

卫三诧异挑眉："这是我想问的。"

应成河目光落在卫三军服手臂上橙色的徽章上，摆明了不信，一个机甲单兵问机甲师相关的问题，说出去谁也不信。兵师双修，当自己是鱼青飞吗？

"她真会搞机甲。"金珂抬头抽空说了一句，在他心中卫三背后是有高人的，会搞机甲又能打架很正常嘛。

应成河依然不信，但还是慢慢解释本子上面的问题，结果发现卫三思路居然跟得上，即便有几个常识不懂。

"你基础不是特别牢固。"应成河一脸复杂地看着卫三，他想不明白一个在机甲设计上有天赋的人怎么去了机甲单兵系。

"知道。"卫三垂眸看着本子，整个人的气场都变了，眼中时常带着的漫不经心散开，只剩下认真。

她拿笔在本子上写了几行字，随后起身："我还有课，先走一步，谢了。"

"她为什么在机甲单兵专业？"等卫三离开后，应成河问金珂。

金珂咕咚咕咚喝完饮料："这个……卫三有自己的原因。"

一定是卫三家人有一手高超机甲设计能力，偏偏为人所害，四处逃亡，最后不让卫三学这个，而是走一个平庸机甲单兵的路。

金珂这么些年已经脑补出一条完整的故事链。

"对了，这件事你别说出去，记得帮卫三保密。"金珂提醒道。

应成河皱眉，虽不理解，但还是做出承诺："我不是多嘴的人。"

卫三一下子解决了好几个关于机甲设计原理的问题，心情异常好，所以训练时劲头格外足。

除了必要的睡眠时间，基本都泡在模拟训练室，现在还是经常面临各种死法，不过卫三已经麻木了，进步也肉眼可见。

周五有一节陈慈的课，卫三喝了一排营养液才去上课。

最近这段时间低价格的营养液好像不太能完全提供卫三能量，她又开始有头晕眼花的征兆。卫三往训练场赶，心想只能下次试试贵的营养液。

"一周不见，不知道你们有没有进步。"陈慈穿一身黑色训练服，慢慢走在学生周围，"上周大家胆子都很大，敢对我开枪。老师今天再给你们这个机会，这节课的内容就是和我单挑。"

"卫三，你觉得呢？"陈慈停在卫三身侧，面朝前方问道。

"老师，我觉得不太好。"卫三突然感觉自己回到以前被李皮针对的时候，还真有点想他和师娘了。

陈慈转身看向卫三："你觉得哪里不好？"

"刀枪无眼，容易伤到老师。"

卫三旁边的学生翻了个白眼，她口气未免太大了，对上陈慈老师，他们一枪都走不过，还想伤到老师？

陈慈转了转手指，抬眼问她："你这么狂？"

卫三立刻否认："老师，您误会我意思了，学生技术差，很容易打偏，万一伤到老师就不好。"

陈慈点了点头："说得对，所以待会儿我一枪解决了你。"

卫三：……倒也不必，我只是一个弱小的学生。

陈慈往后退，进入机甲，让学生一个一个排队过来："废你们两条腿就算输，你们能碰到我机甲就算赢。"

训练场射击范围内全都空了，只剩下陈慈和排队进来的学生。

开始，学生还畏畏缩缩，不敢先开枪，结果陈慈毫不手软，一枪打过来，直接让人瘫了。后面上来的学生学乖了，先下手为强，一喊号便动手，然而压根打不中陈慈，反被她打废。

随着学生一个一个上去，他们只有一个感觉：丢脸。

这么多人，单个PK居然没有一个能碰到陈慈机甲的。

"卫三，你能打到陈老师吗？"后面的学生杵了杵卫三的背，低声问道。

旁边已经输了的学生也看了过来，眼中竟然有一丝希冀。

卫三："不能吧，我挺弱的。"

第20章

陈慈毫发无伤地站在对面，伸出手指了指卫三："轮到你了。"

"加油。"背后的同学小声道。

现在只要有一个人能打中陈老师，他们就不算丢脸。

卫三跳进机甲舱，刚迈过那条线，对面陈慈的子弹便立刻射了过来。

围观的同学已经有人下意识地捂住眼睛，如果卫三再输，全班就没一个能打的。

而在其他人看来快到不可思议的子弹，卫三却能清晰地看到它的轨迹，她操控机甲侧身一转，刚躲开，陈慈的子弹下一秒重新出现，势要堵死她所有的路。

陈慈眯了眯眼，连续射出八发子弹，按理说卫三压根躲不开，偏偏陡然生出一种预感，自己射不中卫三。这种枪击手独特的敏感，曾经救过陈慈无数次。

躲不开。

卫三看着逼近的子弹，每一颗子弹都在她要躲的位置上，无论往哪儿移，都有子弹在等着她。

机甲舱的卫三面无表情，那一瞬间仿佛进入模拟世界中，无数的子弹封死她的路，前后左右还有攻击物，生门无望，死路一条。

既然躲不开，便迎上去。

她抬手射出两颗子弹，直接对上陈慈射出的其中两颗，双方子弹在空中对撞中炸开，卫三趁机寻得生路，就地一滚，躲开其他子弹。

两人一连串动作，在外人看来也只是一瞬间的事。

躲开了？！

旁边围观的同学震惊地看着卫三操控机甲滚到一旁，等反应过来时，陈慈下一波攻击已经开始了，卫三想以同样的招数躲开，然而陈慈这次用同样的时间，射出两倍数量的子弹。

卫三第一次用子弹撞开，接下来还有攻击在等着她。

机甲舱内的卫三手速飙到极致，一枪、两枪……她只来得及破开一道防线，控制机甲弹跳起身，用一种极度扭曲的姿势躲开其他子弹。

这只是第一步，要想让陈慈打不中她，卫三必须先打中陈慈。

卫三弹跳起身，同时朝陈慈开枪射去，要先封住她的攻势。

"砰、砰——"

连续两枪，卫三机甲两条膝盖瞬间被打中，直接"啪"地跪地。

卫三："……"

丢人，太丢人了！

卫三跪在地上，感觉陈慈之前分明是在逗自己玩。

"下一位。"陈慈淡淡道。

自始至终，陈慈的机甲就没挪一步。

收了机甲，卫三和其他已经下场的同学站在一起叹气。

"唉，要不说陈老师是 A 级射击者中的魔王呢。"

"卫三，你刚才表现比我们强，都逼得陈老师开那么多枪。"

第一节课最开始，其他学生还对用原始机甲的卫三有些看法，到现在大家都很佩服她，虽然她打不过陈慈，但明显比其他人强。

卫三没出声，还在想刚刚自己是怎么中枪的，甚至没反应过来，而且……那两枪更像是自己撞上去的。

后面几个学生每个人连两秒都没坚持住，全被陈慈射中膝盖。

"行了，都集合。"陈慈从机甲舱内出来，看着这些学生，目光在卫三身上停留了几秒，"老师也是 A 级，和你们相比，多出来的只是经验。"

她低头调开自己的光脑，连接训练室的大光幕："现在仔细看看你们是怎么被我射中的。"

刚才所有学生和陈慈的对击全部被录了下来，现在投放在大光幕上。

陈慈的攻击方式只有一种，学生们菜的方式却花样百出，不忍目睹。

每个学生看到自己时，都恨不得打地洞钻进去，这哪里是和老师对击，分明是陈慈虐菜大赏。

陈慈放完一个学生的录像，便点评一个，指出对方存在的问题。等放到卫三的录像时，她按下暂停键："你觉得自己为什么会被我击中？"

卫三："因为我太菜。"

陈慈垂在大腿侧的手指动了动，这个学生有时候就是欠教训。

"第二次封你路线的子弹，你以为还是封你的路？"陈慈扫了她一眼，"还是太嫩了，从你射中我的子弹后，已经变了。"

说话间陈慈放出录像，慢速放一遍。

视频中，卫三先侧身躲开第一枪，随后开枪对撞陈慈发射的子弹，得到逃脱路线，下一秒陈慈又连续射出两倍数量的子弹，看似将她的路线全方位堵死，但时间短暂，还有个地方不够严密，卫三两枪连续射击的便是那个方位的子弹，随后以一种扭曲弹跳姿势冲过去。

看到这里，其他学生心中对卫三不可谓不佩服，换了谁能在这一瞬间做出如此果断、精准的判断和控制，早赢了。

偏偏卫三对上的是 A 级魔王陈慈。

视频中陈慈在第二次密集攻击后，甚至把手放了下来。接着她站在原地望着卫三脱离攻击，直面撞上尾随而来的两枚子弹。

"这也行？！"

有个学生看着没忍住冒出一句话，说出了在场所有人的心里话。

陈慈根本已经预测到后面卫三的一举一动，特意设下陷阱，让卫三朝那条防线躲，直接朝后面两颗子弹上撞。

就那一瞬间，人甚至连思考都来不及，陈慈却做了这么多。

卫三抬头看着视频中双膝跪在地上的自己，不得不相信一件事：模拟训练室内的通关再难，它们智商也有限，和现实生活中的人不同。

"A 级感知的极致。"陈慈扫视一圈学生，抬手指了指自己的头，"本能。"

所有学生的问题讲完，课也上得差不多了，陈慈便放他们离开，却喊住卫三。

"这周训练过射击？"陈慈之前在项明化手里看过卫三的课程表，确实比其他学生空，不过她第二次来上课，明显进步飞快，从刚才的对击便能看出来，至于上周，根本是瞎打一通。

"练了。"

陈慈点头："继续努力，下学期的校队射击者一共有十席，你可以争一席。"

"校队"这个词卫三听过几次，但一直没在意过。

陈慈见她一脸茫然，以为卫三没有自信："校队虽是四个年级一起选拔，不过你进步快，一周时间便能在我手下走两回，后面几个月完全能赶上来。"

"被选进校队……有钱吗？"卫三犹豫地问道。

陈慈："？"

卫三面露为难之色："校队每天在学校巡逻，没有任何待遇？"

此刻陈慈心中浮现一句话——"每一个刺头背后都藏着不学无术的脑子"。

“一年一度选拔人去和其他军校比赛的叫校队。”陈慈皮笑肉不笑地说，“护卫队每天才在学校周边巡逻。”

卫三认真思考了一会儿，继续问：“那……去和其他军校比赛，赢了会有奖金吗？”

陈慈压制自己对卫三动手的冲动，冷声道：“没有，这是关乎我们军校的荣誉之赛。”

虽然他们达摩克利斯军校已经很多年没有荣誉可言。

看着卫三还木愣愣地站在那儿，陈慈闭上了眼睛，挥手让她走，看得脑壳疼。

周五上完射击课，卫三照例在寝室研究机甲知识，看完借来的那本书后，登上星网一个叫魔方的论坛，这是昨天她新发现的论坛。

自从进入军校，她再登录星网可以看见的东西多了很多，像是一堵无形的墙被打破。卫三昨天找到的魔方论坛，里面聚集联邦各星的机甲师，他们会在上面发布各种悬赏问题和交易帖，还有人开帖教学。

不过全是民间的 A 级机甲师，卫三没看到军校的机甲师。

版主设置的匿名代码，据说连军方都无法破解，所有人都可以在里面畅所欲言而不用担心被人发现自己现实生活中的身份。

不过军方没事也不会破解这么一个 A 级机甲师论坛。

卫三喜欢论坛里面的设计板块，可以在里面凑零件拼机甲，虽然不是真的，但适合她这种没钱买机甲材料的穷人过一过手瘾。

设计板块零件数据皆由网友免费提供，所以可供用的零件有限，卫三扫了一遍零件，最后随手拼出一个粗糙的防护型机甲，将所有能用上的零件都用了。

丑是丑了点，不过防护效果绝对能达到材料使用最大值。这些在原来的世界，已经做过无数遍测试，再加上现在学的一些东西，卫三对自己做的东西很有信心。

卫三盯着光脑上的模型看了良久，最后随手发在论坛上。

卫三睡之前随便日常想一遍自己什么时候才能发财。

魔方论坛设计板块其实并不热门，真正有能力的机甲师不会在这里发布自己的设计作品，会在这里学习的大多是半吊子，做出来的东西也惨不忍睹。

同样的深夜，应成河登录魔方论坛，不是为了学习，而是为了放松大脑。

下学期赫菲斯托斯大赛要开始了，他要设计出一款机甲供机甲师和指挥用，只是 S 级机甲没有那么容易设计。

在论坛浏览一些简单的设计页面，能让他放松下来。

应成河抬手揉了揉眼睛，另一只手不小心碰到光幕，跳到设计板块。等他放下手，见到误点页面，正准备返回，却见到有人新发出来的一架设计机甲。

丑。

这是应成河的第一反应。

设计板块以前不是没点进来过，但他从来没有见过这么丑的机甲：背后鼓起一坨像背了龟壳，且四肢过短，腹部还有奇奇怪怪的东西，感觉设计者把什么乱七八糟的东西都敢往上加。

或许是这架机甲太丑，丑到应成河都精神了不少，反而想看看这架机甲的数据。

发在魔方论坛的设计机甲作品，会自动变成开源资源，任何人都可以免费下载。

应成河把这款机甲的数据下载到自己光脑，随后连接到另一台检测分解仪上，准备测试性能。

这种检测分解仪是专门用于测试光脑设计出来的机甲性能，S 级机甲所用的材料过于昂贵，事先用检测分解仪可以尽可能降低失败率。

检测需要等候一段时间，应成河坐在实验室的椅子上，过了会儿突然反应过来，他大概疯了，居然在检测分解仪上测试这种可能连 A 级都没有的机甲。

算了。

仪器已经开始检测，应成河懒得关，干脆点开看这款机甲所有用的材料数据，脑中闪过几个方案，最多能设计出防护准 A 级机甲，待会儿估计测出来的就只有 B 级。

应成河目光移到设计这架机甲的用户 ID 上："穷鬼没钱做机甲"。

"……"

这时应成河听见检测分解仪完成的声音，抬手点确认，等待生出结果。

"检测结果：准 A 级防护型机甲。攻击值：20；防护值：60……"

应成河没有继续看后面一长串实验结果，看到第一行便愣住了。

这几个数据基本达到由他设计的最优方案，但自己是 S 级以上的机甲师。

——这是哪个 S 级机甲师无聊做出来的机甲？

第 21 章

卫三并不知道自己随手发布的模型机甲会被人拿去检测分解。周末一到，她忙着去黑厂比赛赚钱，顺便打架刷经验。

上周最后一场她碰上起岸西，导致积分没有攒够，这周一大早便过去开始比赛，拿到三千积分后立刻跨级挑战。

L1 跨级挑战的擂台在地下二层，卫三在光脑上选择跨级挑战后，黑卡便可以刷电梯下到地下二层。

二层和一层的结构类似，擂台数少了些，但每个擂台空间变大了。卫三根据随机分配的擂台号数，走到等候区等候，对方也是刚升级的 L2，有了之前和起岸西 PK 的对比，她几乎能轻而易举地打败对手。

不过对手的机甲做了改造，卫三显然起了兴趣，没有急着赢，而是慢条斯理地拆他的机甲，这儿拆一下，那儿拆一下。

黑厂开了这么多年地下赛，谁见过有人在 PK 台上拆别人机甲的？

"现在来比赛的人越来越变态了。"

"比赛就比赛，这么欺负人干什么？"

"我记得这个向生活低头，前几天一层有个朋友跟我提起过，她在一层就喜欢这么做。"

"这是仗着自己实力强点，故意玩这套呢。不伤人，搞心理战术，打压人心，谁能接受得了这份欺辱？"

"呸，不要脸！"

台上的卫三正拆得尽兴，根本不知道自己被怎么议论，等拆得差不多之后，才将人打晕在擂台之上。

"恭喜向生活低头越级挑战成功，升入 L2 级，星币 ×100000，积分 ×10000。"

卫三下台查看自己余额，眼前一亮，L2 赢一场比赛十万星币，这钱太好赚了！

她要当一辈子机甲单兵！！！

成功升级，卫三没有急着立刻比赛，而是去找饮食区，想要先吃点东西，不知道地下二层都有什么好吃的。

"您好，请出示黑卡。"

饮食区多了两位服务生，弯腰客气地向卫三要黑卡。

卫三以为是验证身份，便伸出手腕在他们机器上刷了一下，上面立刻显示："ID：向生活低头，扣除积分：200。"

眼睁睁地看着自己积分少了 200，卫三自然要过问，结果对面服务生微笑道："地下二层自助餐饮需要扣除相应积分才能进来。"

"……每进来一次都要扣积分？"

"进餐厅需要扣除一次积分，二十四小时之内可以随意进出呢。"

L2 赢一场有一万积分，卫三看着自己卡上剩下的积分，觉得自己还吃得起，大不了多比赛几次。

不过，黑厂老板奸商的本质已经昭然若揭。

L2 级别的人可以回到地下一层，但饮食住宿都不能再免费，只能在地下二层用积分来兑换。

卫三刷完积分进去，发现里面比地下一层明显高一档，食物种类也多一倍，她端着一大盘吃食找了个位置坐下。

餐厅内有很多光幕悬空，放着擂台区的实时比赛，卫三一边填饱肚子，一边抬头看着各个光幕直播，发现一件事：地下二层比赛的机甲基本都做了改造，有各种武器加持，机甲实力得到了大幅提升。

"起岸西。"

"真是他！"

"今天一上午他连赢了十五场，就用黑厂原始机甲。"

听见议论纷纷，卫三跟着扭头朝源头看去，对方也一眼见到她，端着盘子直接走过来。

"请问这里有没有人坐？"

卫三把盘子往自己这边拉了拉，随后道："没有。"

起岸西坐下，安静吃饭。他换了个面具，还是银色，不过和卫三一样，只遮挡了上半张脸。

过了一会儿，起岸西先开口："你是学生？"

"不是。"卫三当机立断否认，地下黑赛一听就不是正经人来的地方，她怎么可能暴露自己身份。为了转移话题，她看着对面的起岸西："你为什么不越级比赛？"

起岸西一愣："越级？"

卫三见他不明白，便道："L0 到 L3 积攒相应积分都可以越级挑战，不用一定打赢百场。你的中间人带你注册时没有说？"

起岸西沉默良久："……可能当时忘了。"

实际上是起岸西一副对这里很了解的大佬样子，导致中间人没敢多说。

"L2 越级挑战 L3，只需要赢四十九场，前提是你没有用掉很多积分。"

起岸西已经赢了十五场比赛，按这个节奏下去，明天差不多便能够跨级挑战。

说完这句后，两人一桌陷入沉默中，只有碗筷碰击声。

卫三吃得差不多后，便点开比赛界面，进入随机 PK，得到擂台号，起身："去比赛了，再见。"

"再见。"起岸西同样客气回了一句。

机甲改造之后和原始机甲有相当大的区别，从不同机甲师手上出来的机甲，即便武器差不多，威力也不同。卫三用原始机甲比赛，越往后越艰难，但拆机甲的事业心永不熄灭。

对面是重型机甲，体积大卫三的机甲两倍有余，她躲过攻击，终于挥鞭缠住对方的手臂，趁机快速接近，伸手以一种诡异的角度拆掉对方腹部的防御甲，再急速后退。

对方低头看着自己腹部，显然未料到防御甲竟然如此轻松被人拆了下来。

在他愣神之际，卫三已经绕到后方，这次鞭子直接缠在对手脖颈上，然而对手这时候反应过来，双手拉着鞭子，借力翻转，一双腿对准卫三的头踢来，灵活得压根不像重型机甲。

卫三先被他过分灵活的攻击惊住，随后用力一甩，鞭子接口重新断裂。她握着半截鞭，控制机甲上半身后仰九十度，避开对方的一脚。与此同时，单手撑地，翻了一个跟斗，紧靠对手，半截鞭子甩在他腹部。

两人或打或退，卫三趁机将刚才拆下的防御甲握在手中，以甲为刀，近身而战，最终防御甲刺中对方引擎，导致他机甲损坏输了比赛。

比赛结束，收回机甲时，对方看都未看一眼自己的防御甲，直接下台离开。

"欸，你的东西。"卫三拿着拆下来的防御甲在台上喊。

对方离开的步伐加快，显然不想要这块伤了自己的防御甲。

对手不要，卫三只好"勉为其难"收下。

到了L2级，明显对手实力强起来，卫三一个破烂原始机甲很不好使，这次PK赛让她生出灵感，不再只执着于拆机甲，而是拆完为己所用。

对手一上台，她先挑剔一番，看中哪个待会儿趁机搞下来，再用弄下来的打败对手。

有些自尊心强的对手，收回机甲时，根本不要被拆下来攻击过自己的零件。卫三从中得益，把零零碎碎的材料垃圾全收集好，当天深夜去地下一层，找到之前的店主，租借了场地和工具，一晚上没合眼，兴致盎然地把这些破破烂烂全部改造堆积到自己的机甲上。

既不要钱又能提高机甲的攻击力。

完美！

凌晨四点，店主过来开门，盯着她机甲半晌："你……收破烂的吗？"

卫三严肃道："老板，不要瞧不起破烂，这些都不要钱，是好东西。"

店主："……"

卫三把机甲收起来，准备休息两个小时再去比赛，势必要积攒够积分，跨级挑战，她馋 L3 比赛奖金已经很久了。

卫三走之前，店主问了一个藏在心中很久的问题："你是怎么在擂台上拆他们机甲的？"

卫三高深莫测靠近店主耳边："我带了工具。"

机甲无论怎么改造都在合理范围，只要你认识机甲师，能花得起足够的钱。简言之，氪金有理。

卫三没钱配武器，所以在自己机甲掌心内做了一点点改动，放了几个自制拆卸工具，只要手速快，完全可以趁对方不注意卸下来。

回到地下二层，卫三扣了两百积分，选了最便宜的房间，窝在里面休息两个小时。

不得不说，黑厂老板十分奸诈，一层免费的房间，空间大床又软，到了地下二层，不光要扣积分，最便宜的房间就一张硬邦邦的床和小浴室。

休息两个小时后，卫三精神抖擞地继续去擂台区比赛，她一出来，擂台上下的人皆愣住了。

无他，这些人从来没见过这么"五彩斑斓"的丑机甲。

给机甲涂色再正常不过，但这种东一块西一块，什么颜色都搭在机甲身上，他们还从来没见过。

等到比赛开始，擂台下的人更是一副受到严重冲击的模样。

这个叫向生活低头的人不用光刀，用一把磨得锋利的机甲片当刀用，光刀用特殊材质制成，不用时完全可以收在掌心，用时只要机甲内的灰晶提供能量，而她用的那把"刀"压根收不回去，竖嵌在机甲手臂后，看起来奇怪又笨拙。

这架机甲丑得缤纷，怪得出奇，随着她的一举一动冲击着台上台下弱小的心灵。

卫三既然能干得出来这种事，自然不在意别人的眼光，机甲好看有什么用？能打才是王道。

机甲片刀肯定没有光刀攻击力强，但好在防御性还行，她靠着自己一晚上的努力成果，在擂台上越发嚣张，拆机甲毫不留情。

"我记起来了！"

擂台下有人突然喊道。

"向生活低头左手臂那把……'刀'，是昨天她从别人机甲拆下来的那块防御甲。"

096

"她膝盖上的那块我看着也眼熟。"

"这个人拆掉别人的机甲融在自己身上？"

"她绝对是把这些东西当成荣誉，像犯罪分子收藏受害者东西一样。"

"变态啊！"

……

随着卫三不断上台 PK，不出一天，口口相传，整个地下二层，向生活低头这个 ID 已经臭名昭著，比又连胜五十场的起岸西还要出名。

这些卫三都不知道，她打得不算特别快，有时候遇上棘手的对手会特别慢，尽可能躲开致命攻击，一点点学着对方的攻击方式提升自己，好几场都是险胜。

偏偏在其他人看来，向生活低头是故意的，她在戏弄对手。现在地下二层的人觉得她的 ID 都是带着嘲讽意味的，要他们向生活低头。

卫三对此毫不知情，晚上临走时去餐厅吃饭，又碰上起岸西。

显然向生活低头今天"大出风头"，连起岸西都听到了消息。

"你的机甲挺……别致。"起岸西似乎想要找赞美的词拉近两人的关系，但最后只找到这个词。

卫三收下这句赞美："谢谢。"

起岸西透过面具看向对面的人，从声音和姿态判断，她明显很年轻，和自己年纪差不多，按理说应该是军校的人，但她说不是。

沙都星有 S 级机甲单兵的军校只有达摩克利斯军校，起岸西见过学校内所有 S 级机甲单兵，没有一个人像向生活低头，所以他信对方说的话。

或许她是什么神秘世家的人。

"下周我应该会去地下三层。"起岸西问她，"你知道黑厂哪里可以改造机甲吗？"

"有交易市场，去那边应该可以。"卫三没去过地下二层的交易市场。

起岸西点头，随后问："你机甲要不要重新改造？"

地下三层已经是 L3 级，里面的人全是老手，武器也经过多番改造，不容易对付，所以起岸西今天没有直接越级挑战，而是想把原始机甲改造好，下周再开始。

"暂时没这个计划。"卫三顺嘴问道，"你预算多少？"

起岸西愣了愣，"预算"这个词，在他生活中基本没有出现过，他犹豫地给出一个数目："五千万星币？"

"咯、咯！"

听见这个数字，卫三一口饭噎在喉咙里，抬头难以置信地问："多少？"

"五千万。"起岸西见她情绪颇为激动,便道,"少了?我可以……"

卫三饭也不吃了,亲切地拉住起岸西的手:"你想要改造成什么样的机甲?"

起岸西对她突如其来的热情感到有些茫然,不过依然道:"我用轻型机甲,想要加一双破云翅和黑弩。"

卫三一脸真诚地说:"既然我们PK过,这就是缘分,其实我认识一位机甲师,她技术很好,不用五千万星币,只要两千五百万星币就能帮你改造好!"

"你认识的机甲师……"起岸西莫名想起今天他在光幕见到对方五彩斑斓的机甲,"昨天帮你改造机甲的机甲师?"

卫三一听他的语气,就知道他这是有成见,热情地说:"当然不是,昨天那个是我找人随便做的,我认识的那个机甲师很厉害!"

起岸西并不在乎这点钱,本有意和向生活低头交好,便答应下来:"下周六能改造好便可以。"

"当然能改造好。"卫三毫不犹豫地说。

起岸西低头在光脑上滑了几下,对面卫三立刻收到一笔五千万星币的巨款。

卫三看着这笔巨款,声音有点不太稳:"两千五百万就可以。"

"材料用好一点便行,钱不够可以联系我。"起岸西站起来将机甲项链递给卫三,"还要麻烦你帮忙。"

卫三目瞪口呆地看着起岸西离开,感觉他的背影都带着金钱的味道。

这就是所谓的有钱人吗?

卫三坐在位子上清醒过来后,才想起一件事:达摩克利斯军校周一至周五有门禁,自己出不来。

"……"

人为财死,鸟为食亡,卫三决定铤而走险,晚上翻墙出校门。

离开黑厂前,卫三又去了一趟地下一层,找到店主,租五个晚上场地和工具,顺便加了店主联系方式。

"老板,明天我把要的材料发给你,你帮我进货。"

店主撩起眼皮:"行。"

破云翅和黑弩成品肯定贵,卫三就是想练手顺便赚个差价,自然自己弄材料做。这两个东西基本上是轻型机甲最常用的武器,不过具体怎么做她只知道个大概,还得回军校翻翻资料。

图书馆虽没有S级相关的资料,但A级机甲资料应有尽有,而且对学生全面开放,卫三一下课便往那边跑,列了一大堆材料,把表发给店主,让他帮忙进货。

晚上。

卫三从寝室楼出来，随后隐身在黑暗中，等路过的学生走过，这才出来，一路快走，躲过军校内的摄像头。

来军校那周，她便把学校路线和附近的摄像头全记在心中，俗称踩点。

卫三倒没有其他意思，主要是以前在3212星被李皮坑过，所以格外注意外部环境。

除了学校摄像头外，晚上随时有护卫队巡逻，卫三躲的就是他们。

一路向北，达摩克利斯军校北部的防守略微松一些，卫三刚想蹿进一旁草丛中，有个护卫队的人突然冒出来，和她撞个正着。

卫三："……请问你是夜北哥吗？我是你网恋对象小绵羊。"

临时有事掉队的护卫队学长嘴角抽了抽，什么年代了，还有人搞网恋，他用一言难尽的目光瞅着卫三："认错人了，来了军校好好学习，将来争取去军区，别成天想这些有的没的。"

"学长，打扰了，我现在就回去。"卫三一副被揭穿了难堪的样子，转身离开。

等听见对方走远点的脚步声，卫三立刻摸了回来。

借助夜色掩盖，她躲过摄像头，猫在墙下阴影中，警惕心提高到极致，在确认周围无人后，才一跃而起，翻墙离开。

还算简单。

卫三站在墙外感叹，转身就往黑厂方向赶去，她只有五天晚上能把机甲改造好。

"学校的墙如今这么好翻了？"

达摩克利斯军校北面一栋楼内，一个人靠在窗户前问道。

随后阴影中有人出声："我让护卫队将人抓回来。"

窗前的人忽然笑了一声，意味不明地说："不急。"

第22章

"进来。"店主大晚上捧着一碗热腾腾的卤面，给卫三开门。

卫三被面的香气勾得晃神，过了一会儿才问："老板，我要的材料齐了吗？"

"齐了，五百六十九万星币，麻烦先结一下账。"

"这么贵，能不能打折？"

店主撩起眼皮："贵？也不看看你都买了什么材料。"

卫三本来也只是随口一问，一套成品破云翅和黑弩价格在三千万到五千万星币之间浮动，她收了起岸西五千万星币，材料全部选了 A 级最好的。

她付完钱走进工作间，里面材料全部码得整整齐齐，卫三将起岸西的机甲放出来，让其平躺在操作台上。

"你要做什么东西？"店主靠在门口，嘲着面问。根据清单买进的材料大部分有点像是做破云翅和黑弩，不过里面还有其他的零件，不知道是用来干什么的。

卫三总感觉老板在诱惑她，转身走到门口："老板，麻烦让让。"

店主下意识往后跨一步，退出门口，随后就见到她把门"砰"地关上。

很多机甲师不让外人观看，这很正常。

"咚咚——"

店主走到工作间外面一块大玻璃前敲了敲："门都关了，窗帘也拉上。"

卫三抬头看了一眼，懒得动，她关门只是不想闻着面的香气。

她没有急着动手，而是从怀里掏出一张折叠的大白纸，慢慢摊开，里面还有把尺子。

卫三抬脚钩过来一把椅子坐下，就这么开始埋头画起来。

"还挺像模像样。"店主在玻璃外面看了一会儿嘀咕，吃完面也转身去做自己接的单子。

破云翅算得上一种极为流行的轻型机甲辅助武器，因为流行，所以市面上的机甲师大多会做，但由于手艺材料不同，价格浮动才会高达两千万星币。

卫三今天在学校把破云翅所有数据资料都查了出来，包括书中的模型全部记在脑中，不过并没有打算按部就班。

看完资料的卫三心中只有一个想法：这么大一双翅膀就用来飞，太可惜了！

破云翅由四百六十二片混合游金羽毛构成，表面极为锋利，厉害的人自然不会只用来飞，如果近战，只要操控者运用得当，这四百六十二片锋利羽毛便如同匕首，可直接攻击对手。

轻型机甲更适合远攻，破云翅和黑弩向来是远攻搭配的最优解。

卫三想要在混合游金羽毛上动手脚，在上面安装近距离发射装置，补充黑弩，只是羽毛薄而轻，要解决射出时带来的后坐力。她埋头将脑中记住的破云翅大体结构画出来，再画出放大版的一片羽毛。

如果有厉害的机甲师在一旁看，都不得不惊叹她画出来的模型如同打印出来的，现在科技发达，设计方便，有很多基础的东西在光脑可以解决，像卫三这种用手一点一点画出来的机甲师已经很少见了。

要在羽毛上加装置，首先保证破云翅能正常使用，同时不能让操控者感到翅膀重量超出自己可承受的范围。

卫三手指间夹着一支笔，慢慢转着，目光盯在那片羽毛上思考。

脑海中构建出来的几个方案全被她否定了，不对，所有羽毛上都装置，重量必会让操控者有所察觉，轻型机甲本身就在一个"轻"字。

到最后，卫三将所有构造方案全部推翻，重新制定。破云翅的四百六十二块羽片被她改成大小不等的三百二十四块，羽翅底部羽片大，用来支撑骨架，越往外扩散越小，同时发射装置零散分在羽片上，在挥动翅膀时才能借机合拢，每只翅膀每发可射出五十支小箭，一共十发。

方案定好之后，卫三便开始着手制羽片。一晚上时间肯定不够，她先将黑弩拼接好，装在机甲上，破云翅估计要好几个通宵才能完成。

"老板，我还需要三百二十四块羽片，大小我已经标注好了。"凌晨四点半卫三从工作间出来，把画满的图纸卷好递给店主，"还有一些新增加的零件，也写在上面了。"

"先放那儿。"店主低头在改造零件。

卫三将图纸放在店主能看到的地方，转身离开黑厂。

卫三回学校还是翻墙，幸好沙都星天亮得晚，五点天还是漆黑一片。

卫三悄悄翻回学校，若无其事地回到寝室，睡了一个多小时，起来去上课。

一大早上大课，卫三缩在最后一排，睁着眼睛打瞌睡，脑子里还在做梦拼接破云翅的羽片。

好不容易熬到下课，聂昊齐邀她去模拟训练室，卫三直接拒绝："不去了，我可能不太舒服，大概生病了。"

聂昊齐看着卫三回寝室楼：……机甲单兵也会生病？

A级机甲单兵的感知可不光能操控机甲，身体素质也极强，除了受伤，还没听过哪个机甲单兵生过病，又不像指挥一样娇气，用脑过度。

卫三躺在寝室下铺，打算休息两个小时起来，去图书馆翻翻武器大全，下午再去训练。

机甲改造的钱要挣，但训练也不能落下太多，她还想升L3，赢一场比赛可以得到五十万星币。

毕竟她不是什么时候都能碰到像起岸西这种有钱又好说话的人。

卫三还未睡到半个小时，寝室门便被人敲响。

"谁？"卫三没有立刻起床。

"我，金珂。"

卫三睁开眼看着上铺床板，足足看了一分钟，才起身开门，等金珂进来后，便关上门重新躺下。

她不理自己，金珂半点不尴尬，直接坐在卫三对床，沉默良久，再长叹一声。

卫三没理他，侧身对着墙闭眼睡觉。

"……好歹我们相识多年，你不问问我怎么了？"金珂捂着胸口，一副很受伤的样子。

"你怎么了？"卫三敷衍道，她只想睡觉。

金珂叹气："太难了。"

说得好像只有他一个人难一样，卫三心想，她这么穷都没叹过气。

"如果你要对上一个注定打不赢的对手，会怎么做？"金珂突然问道。

"打道回府。"卫三兴致缺缺地敷衍。

"……不太好吧？这也太没志气了。"金珂双手交叉放在腿上，"而且必须比。"

卫三翻身看着金珂："非要我开解，送你一句话：'干就完事。'所以相识多年的朋友，现在能让我睡一觉吗？"

金珂看着卫三："大白天睡觉，你晚上做贼去了？"

被说中的卫三反问："……你还有事？"

金珂摇头，直接躺在床板上："我也想休息一会儿，借你床睡会儿。"

"五千星币。"卫三转身重新对着墙，"记得转我。"

"怎么还这么抠？"金·抠王·珂吐槽，随后转五千星币给卫三，也闭眼睡了过去。

说是睡两个小时，被金珂一打扰，卫三只休息一个小时便醒了过来。她坐在床边，撑着头过会儿才缓过来，写了张字条留在他床头，让他离开时记得关门。

走出去前，卫三扭头看了一眼还在睡的金珂，发现他似乎比开学见面时还要瘦，眼下也是青黑一片。

啧，S级指挥也不知道每天都在学什么，学成这样。不过……金珂脑子向来好使，现在居然有人能让他生出这种赢不了的心思，也不知道厉害到什么程度。

金珂是被光脑吵醒的，起身看着消息，眸色逐渐变得深沉。

离开前，他见到床头那张字条，捞起来笑了一声，从卫三桌子上找到一支笔，在那行字下留言：明天请你去五食堂吃饭，我出钱。

字条没看见，卫三今天没再回寝室，晚上一到，直接翻墙出去，准备把破云翅的主结构搭好。

有了第一次翻墙经验，卫三已经熟练不少，成功绕过护卫队，来到墙下。

"又来了，护卫队的警惕性需要加强。"

"没有万无一失的防护。"窗前的人带笑道，"正好无事，我去看看。"

"少校……"旁边的人欲言又止。

"胆子这么大，也许有点本事。"被称为少校的人抬手止住他的劝说，推开窗，在黑夜中，直接如同夜魅般跳下楼。

翻墙出去后，离黑厂有相当长一段距离，卫三原本跑着过去，这点路对她而言不算什么，但今天一出来，便觉得不对劲。

那种说不出来的感觉，她总觉得有人在后面。

卫三没有回头，而是继续往前走，不过脚下方向变了。

灯红酒绿一条街，夜晚显得异常繁华，卫三走到路口便慢了下来，双手插在口袋里，一副自在轻松的样子，径直朝一家酒吧走去。

"喝什么？"酒保推菜单到卫三面前。

卫三随意点了一杯，借着托腮的机会朝后方看去，没有见到可疑的人。

奇怪。

李皮曾经说过卫三有可怕的直觉，她也一直都相信自己的感觉。

卫三接过酒保拿来的酒，一边喝一边"轻车熟路"地和旁边的人搭讪，仿佛翻墙出来，只是想潇洒一晚。

阴影角落中，看着翻墙出来玩乐的人，他忽然自嘲笑了一声，自己果然太闲。

不过，这个学生也很闲。

卫三在酒吧晃了半个小时，确定那种被人观察的感觉消失后，才敢离开。

卫三结账时，酒保微笑道："一万六星币。"

卫三要过菜单重新看了一遍："……"她正好点了最贵的一杯。

什么都没干，损失了一万六，卫三连呼吸都带着心疼。

去黑厂地下一层搭好破云翅的主架构，第二天凌晨卫三返回学校，回到寝室时，见到金珂留下的字。她收好字条躺下休息，完全不知道一觉醒来，整个达摩克利斯军校氛围都变了样。

第23章

不对劲。

卫三从寝室大楼出来就有种异样的感觉，一路走过来，这种感觉越来越强烈。

路上来来往往都是学生，看起来和往常似乎没什么不同，过了一会儿，卫三终于后知后觉，他们太安静了。

平时路上到处都有交谈声，而今天一路过来，她没听见人说话。

达摩克利斯军校所有学生每天在校内穿的不是军服便是训练服，全部统一着装，有些学生或懒或忙，衣服穿在身上皱巴巴的，而今天这种人一个她都没有看见，似乎一夜之间，所有人的衣服都熨烫过，整整齐齐，干干净净，一派努力向上的积极模样。

卫三低头看着自己皱巴巴的军服，如今仿佛一碟混入其中的腌咸菜。

在这种阳光积极的氛围下，卫三迷茫地朝教室走去。

往常教室内一进去学生各种姿态都有，今天一进去所有人正襟危坐地翻着书，卫三看了看讲台，并没有老师站在上面。

"学校是发生了什么事？"卫三坐在聂昊齐旁边问。

聂昊齐扭头看了一眼卫三，震惊且小声道："你衣服怎么没烫？"

"学校现在开始抓仪表了？"卫三心想一学期都过大半，现在搞这个？

聂昊齐是见识过卫三和世界脱轨的样子的，他往四周看了看，然后快速低声道："黎泽少校回来了，据说是来带S级的机甲单兵，可能会在学校待一段时间，论坛都传遍了。"

卫三不认识黎泽少校，完全没有任何心理波动，顺口问道："他很牛吗？"

聂昊齐："……"为什么这么一句话从她嘴里出来，总有一种"你很牛吗？放下你的身段"的嘲讽。

"黎泽少校是罕见的3S级机甲单兵，当初在赫菲斯托斯大赛表现出色，最后我们达摩克利斯军校拿到了总积分第二名，连续四年！"说起这个，聂昊齐神色激动，仿佛亲眼见到少校的强悍。

卫三若有所思："连续四年都是老二？"

聂昊齐对这位黎泽少校有着天然的崇拜，激动地解释："赫菲斯托斯大赛不是一个人的比赛，一共五个人和一支校队，最关键的在于指挥和机甲师，剩下三个S级及S级以上的机甲单兵。帝国军校每年三个机甲单兵全是双S级以上，而且他们校队也比我们厉害，甚至有S级的人带队。本身实力有差距，况且帝国军校的指挥是应家人，我们学校经常败在指挥上。"

"S级有这么多名堂？"卫三还以为A级之上只是多了一个S级。

聂昊齐点头："帝国军校每年的生源都最好，赫菲斯托斯大赛上3S级机甲单兵，他们必占一席。"

相反，达摩克利斯军校的3S级机甲单兵不是每届都有的。

两人没有说太久的话，老师便走进来上课，连老师似乎都受了影响，上课时严肃不少。

卫三照旧按时间表上课，她还有一节机甲格斗课，这个老师比较中规中矩，总是统一教，再让学生对练，他在旁边指点，上这节课压力不算大。

"进机甲，今天教你们几个招式。"老师率先进入机甲，随手拉来旁边的学生示范，"对方攻击你头部时，要迅速上步近身，像这样……"

老师让学生攻击自己头部，他屈肘抬臂用左手拍向学生的手臂，同时迅速后撤，扭腰转腕，摆手攻击学生面部。

"看清了吗？"老师又示范了一遍，"好了，互相试试。"

他教一个动作，便让学生学一个，互相配合练习，一直指点好才进行下一个动作。

课上得差不多后，卫三从机甲内出来，随意擦了把汗，不经意间见到门口有人路过。

卫三没放在心上，金珂发了消息来，说要一起去吃饭，她低头在光脑上回复。

训练室内仿佛进入真空中，连呼吸声都听不见了，卫三皱眉抬头，却见到门口的年轻男人走了进来，身边还有几个人。

她扭头看了看老师和同学们的表情，突然明白了：这个人大概就是那个叫黎泽的少校。

"我只是路过，不用紧张。"年轻男人语气温和，浑身却透着杀伐气息。

老师上前和这位黎泽少校在一旁交谈，学生们已经激动得双腿打摆，个个恨不得在少校面前表现，可惜他们训练已经结束了。

"都下课吧。"老师挥手让学生们离开。

卫三第一个走出去，她都不认识黎泽，就算听了对方的事迹也没什么感受，毕竟她对赫菲斯托斯大赛没有概念。

然而站在一旁说话的少校突然喊住她："最前面那位同学等等。"

后面的学生们看着卫三，眼中有掩盖不住的艳羡和忌妒，难道黎泽少校看中了这个卫三？

黎泽喊住卫三，随后扭头问旁边的一位老师："我们军校对擅自翻墙离校的学生有什么惩罚？"

"扣除当前所有学分，积累课时作废。"

年轻男人点了点头，语气仍然温和："这位同学昨天晚上翻墙离校，麻烦老师处理。"

卫三："？？"

慢吞吞舍不得离开的其他学生："？！"

黎泽见这个学生看着自己，轻轻一笑："怎么了，你不服？"语气堪称温柔，但不容置喙。

卫三眼睁睁地看着旁边的老师过来，打开光脑系统找到对应照片和名字，她当场收到一条教务处发来的学分课时清零通知。

达摩克利斯军校学生每学期都有对学分和课时的计算，基本上可以当成绩看待，每次上完课老师都会给学生们打学分，一直累积到期末，学生拿到相应的学分值和课时修满才算合格。

现在意味着卫三大半个学期白学，本身她就踩着学分合格边缘选课，现在直接玩完，除非每天拼命上课才能补得回来。

卫三恍恍惚惚地往五食堂走，所以……昨天晚上果然有人在跟着她？

"卫三，你厉害！"老远金珂就站在五食堂门口竖起大拇指，"你是第一个能被黎泽少校记住的人，我们 S 级几个人都还没来得及见少校。"

"你怎么知道？"卫三昨天晚上损失一万六星币就算了，现在学分全部清零，她心更痛了。

金珂打开光脑："学校论坛已经传遍了。《惊，那个女人居然半夜翻墙被少校抓住》《少校点名的那个女学生》……还有好几条帖子。"

帖子里充满了对卫三这位同学的同情和无情的"哈哈哈哈哈"。

金珂随手点开一条名为《夜半惊魂，我竟碰见过那个翻墙的女人》的帖子。

楼主说自己是护卫队一员，前天因为被老师叫去做事离队，没想到归队途中碰见一个大半夜玩网恋的女同学，更没想到她就是那个翻墙的女学生。

lz："她冲上来就对我说：夜北哥吗？我是小绵羊啊。当时这个卫三语气极其自然，我也没多想，只是嘱咐她好好学习，争取去军区。结果谁料到她是要翻墙，还被少校抓住了。"

1l："哈哈哈哈哈，学长，你也算帮了她，都还没去军校已经被黎泽少校记住了哈哈哈哈哈。"

2l："今天我就在现场，和卫三上的是同一节格斗课，当时我们还以为少校看中她，觉得她是个好苗子，我心中那叫一个酸，结果下一秒少校问老师翻墙有什么惩罚，哈哈哈……"

3l："黎泽少校真的好清纯不做作哈哈哈哈哈，回学校第一件事就是揪出翻墙的学生，不愧是当年护卫队出身。"

卫三："……"前几天运气太好，她今天可能水逆了。

"没关系，学分和课时再努力一把还能回来。"金珂忍着笑揽住卫三，往食堂走，"不过你半夜翻墙出去干吗？"

卫三面无表情地看着脸上的笑就没落下过的金珂："有事。"

金珂瞬间眼睛亮了一下，随后一副"我懂"的样子，还在嘴边做了一个拉拉链的动作。

因为学分和课时清零的事，卫三吃饭都没什么胃口，烦死那个黎泽少校了，今天晚上她还敢翻墙。

"你是什么S级？"卫三突然想起什么，问对面的金珂。

"我是3S级。"金珂轻飘飘地说出来，仿佛他只是一个平平无奇的S级。

"还挺厉害。"卫三想了想，"你有3S级机甲吗？"

金珂没有回答这个问题，而是凑近道："这事不能和非参赛者说。"

卫三换了个问法："有3S级机甲吗？"

"有啊，S级以上的机甲也有等级，和感知一样，有个临界点划分。"金珂扬眉，"你争取进校队，到时候不光能见到我们学校的各种S级机甲，还能看到其他军校的。"

"去参加赫菲斯托斯大赛？"

金珂"嗯"了一声："算是，这个大赛主要是S级之间的较量，到时候校队只是指挥手中的一支小队，有时候不一定能用得上。"

卫三想起陈慈老师之前的话："我可以去当校队里的射击者。"

"射击者？那等大赛开始，你帮我挡其他军校的校队。"金珂作为一个3S级指挥，下一届比赛的指挥势必是他。

两人都只是随口一说，谁也没想到以后全部成了现实。

由于被黎泽少校点名，卫三一下午在全校出了名，走哪儿都有人认出来，她心平气和地接受这些眼光，到了晚上，照样悄悄溜出来，试图翻墙。

反正她现在是光脚的不怕穿鞋的。

北面她不去了，哪儿防护严密她往哪儿走，算是反其道而行之。

第24章

靠近大门附近的护卫最多，但同时是警惕性最弱的一块，谁能想到有人胆子大到从正门附近翻墙出去。

卫三只要躲开那些护卫，不让他们发现，就能成功翻出去。

为了不重蹈覆辙，卫三将毕生所学发挥得淋漓尽致，蹿得极快。

一支十二人的护卫队走过。

"刚才有什么过去了？"护卫队末尾有人回头道。

"风吹在树而已，胆子这么小。"同排的人笑道，"有黎泽少校在，谁敢翻墙？"

"那个卫三昨天不就翻了墙？"

"昨天是昨天，那卫三也是倒霉，翻墙偏偏被黎泽少校发现。"

他们口中倒霉的卫三已经猫在墙角，趁机再一次翻了出去。

这次卫三照样绕了一大圈才去黑厂，店主今天没吃面，而是捧着她的图纸，站在店门口等她。

"老板，羽片进齐了？"卫三一进来便问。

"你要的羽片大小不等，需要重新打样，那边回复说明天才能到。"店主把图纸递给卫三，犹豫后提醒，"设计图纸这种东西不要随便给人。"

他那天去进货才打开卫三的图纸，结果发现上面不光有羽片的模型大小，还有其他的设计。

"没什么重要的，我都记住了。"卫三无所谓地说，这个世界又没有专利权，况且她也是在别人基础上做的改动，没什么好藏的。

店主奇怪地看着她："没想到你还是开放派。"

绝大部分机甲师恨不得把自己的设计数据藏一辈子，只拿出成果，但有那么极少部分机甲会把自己的数据公开，做成开源资料供所有人参考。

这类机甲师被称为开放派。

"老板，你们这机甲涂色怎么弄？"卫三看着操作台上的机甲，这是她第一次接任务，想要做到尽善尽美。黑厂的机甲是全黑色，而她要的破云翅羽片是白金色，搭在一起不太好看，不如把机甲涂色也改成白金色。

店主听了卫三的意思，一脸怀疑看着她："你居然也有审美？"上周也不知道是谁改出来一架"五彩缤纷"的机甲。

卫三面无表情：要不是穷，谁还没有高级审美？

"如果你想配破云翅的白金色，价格不菲。"店主报了一个数。

卫三："……"这是明晃晃地抢钱吧。

"这种颜色要用的矿物质稀有，向来价格昂贵，你还要吗？"店主觉得涂色其实可有可无，也就是有钱人名堂多。

卫三沉默半晌，最后说要。

"你真要？"店主觉得这不太符合她抠得要死的风格。

"要，做就做好。"卫三自己的机甲可以凑合，但既然接了起岸西这个任务，就想做好。

几乎每天晚上结束，卫三都能列出一张表，让店主帮忙进货，五千万星币如同流水一般花出去。

由于学分和课时清零，卫三的课表如今填得满满的，只要哪里学分高，她就往哪儿跑，关键是无论去哪儿，所有人都知道卫三是一个被黎泽少校亲自点名惩罚的人，她还有了新的称号——"翻墙王"。

谁翻墙也没有她翻得"轰轰烈烈"。

既然被喊"翻墙王"，卫三不继续翻都对不起这个称号。

大概黎泽也没想到会有学生被他点名之后，还敢继续翻，所以卫三后面几天翻得十分顺畅，完全没有任何人察觉。

今天一上课，陈慈穿过卫三身边，意味不明道："翻墙王？"

"扑哧！"

旁边学生没忍住笑，太丢脸了，光想想都太惨了。

卫三脸皮厚，压根不觉得羞耻，不为所动。

"射击者的席位还没拿到，先在少校那边留名，卫三，是我小看你了。"陈慈扫了一圈班内学生，"别笑，那天晚上你们都忙着整理仪表，熨烫衣服，只有卫三跑去北面故意翻墙给少校看。你们在第一层，其实她已经在第五层了。"

卫三："……"她还真没有。

今天陈慈没有和学生动手，而是布置干扰训练，让他们完成。

所有人站在高温中，面对无数靶子，还有强风，各种影响射击精准度的因素似乎都集合在一起，卫三站在原地，手臂抬起，安静地看着对面的靶子。

陈慈巡视一番学生们的成果，随后站在一处慢悠悠道："学期末学校将选出十位射击者，如果你们谁能拿到一席，我这里可以额外给三十积分。"

三十积分？！

卫三心神一动，手臂微移，正中靶心。

正常修完陈慈一学期的课，到期末也只有十分，这在其他老师中还算高的，当时卫三就冲着她学分给得多才选的，积累的训练课时也能折算成学分，之前卫三把学分和课时都算好了，踩在及格边缘，六十学分上下。

现在拿到射击者席位就能拿到三十学分，如果她拿到，可以少上很多课。

卫三顿时来了精神，这个射击者她拿定了。

"校队一共一千人，只有十席射击者。"陈慈像是闲聊一般，吸引学生的注意力，已经有人光注意听她的话，导致脱靶。"这十席射击者将是校队中最重要的一环，如果配合得好，将给学校带来重要的胜利转机。"

"陈慈老师和黎泽少校是同一届。"卫三旁边的同学，小声八卦，"当年陈慈老师就在校队，在赫菲斯托斯大赛好几次和帝国军校校队杠上，有一次就因为陈慈老师争取来的几秒，黎泽少校把塞缪尔军校的人打败，我们学校才拿到了积分。"

"你靶脱了。"卫三连续打完二十发，对旁边同学道。

"……"

陈慈看着这些学生："不过校队选拔面对的是全校，不是一个年级，实力至上。"

"老师，这不公平，我们才来学校第一个学期，学长学姐已经训练很长时间。"有学生喊道。

"是吗？我当初入选校队，也才进学校一个学期。"陈慈低头把玩自己手指，随后以手做枪，抬起对准学生，目光冰冷，"赫菲斯托斯大赛比这个更不公平，更残酷，你们最好先做非死即残的心理准备。"

卫三盯着靶子没看陈慈那边，毕竟现在每堂课的成绩对她来说都很重要，如果学期末得了优秀，可以额外加一个学分。

为了少上课，腾出时间学习机甲知识，卫三已经开始无所不用其极了。

她听见陈慈说的话，心中没有太大波动。她在3212星时老师们也经常这么说话，而且是事实，那时候没有机甲，就带着一把匕首真身上阵。

卫三觉得再没有比那时候更艰难的日子，对比过去，如今简直是享受。

周五晚上，黑厂地下一层。

"好了？"

"好了。"卫三进入改造一新的机甲，操控它放出破云翅和手臂的描金弩。

店主看着工作间的机甲，一脸惊叹，这架机甲无论是攻击能力还是美观程度，都堪称顶级A级机甲，明明一周前还是黑厂原始机甲。

卫三试了试感觉还不错，便出来把机甲收好，一周起早贪黑，还以学分清零为代价，总算改造完成了。

"这钱花得值！"店主对卫三竖起大拇指。

"当然值，五千万……"卫三说着说着没了声，打开自己光脑，发现一件事。

起岸西给了她五千万星币，当初卫三是想从中赚点钱，结果改造机甲上头，材料零件买买买，五千万星币花得一干二净。

不对，她还倒贴了五夜工作间的租金，外加学分和课时。

卫三顿时连呼吸都透着心痛，说好的赚钱，现在居然倒贴了。

"你这机甲改造拿出去，肯定能出名。"店主怅然，"你们年轻人真是越来越厉害了。"

卫三心中安慰自己好歹过了一把改造机甲的手瘾，指着旁边堆着的好几卷图纸："老板，你也可以改，图纸卖给你，五十万星币怎么样？"

店主闻言直接答应，半点没有犹豫，这种好事谁会错过。不过他有职业道德，说："你留个名字。"

卫三在摊开的图纸上直接写了一行字——"穷鬼没钱做机甲"。

店主："……"

"这样可以吗？"

"可以。"店主刷钱给她，一只手把图纸收起来，这个人可能不愿意暴露自己的身份。

只是他想不起来哪个机甲师像她这样既抠抠搜搜又大方。

卫三靠着设计图纸赚回来一点钱，心理总算平衡一些，晚上睡觉都香了一点。

第二天一大早，卫三在地下二层把机甲交给起岸西，对方接过机甲没有立刻试，先礼貌地说了一声感谢。

"你试试，觉得哪不行，我可以看着改……让我朋友改。"卫三认真道，这可是她倒贴钱改造出来的机甲，再有问题她大概也没资格做下去。

两人一起去黑厂训练场，起岸西一把机甲放出来，周围训练的人都下意识地看过来。

这架机甲太过耀眼了，尤其是白金涂色，一看就知道是花了大价钱的。

起岸西也稍微愣了愣，之前并没有把对这架机甲的改造太放在心上，觉得只要能加两个武器便算好了。

"破云翅做了点改造，还有黑弩我朋友换成了描金弩，你可以试试。"卫三把改的地方和起岸西仔细说了一遍。

训练场有试练的地方，起岸西操控机甲过去试试新武器，很敏锐地察觉这架机甲比之前操控起来更顺畅，似乎不只加了武器这么简单。

一架通身白金的机甲骤然放出两只破云翅，腾空飞起，训练场的灯光照在白金色机甲身上，细碎而耀眼的光芒让周围的人不自觉将目光投过来。白金羽片薄而锋利，闪过的光都透着冷寒，触之生畏。

别的不说，光这架机甲亮出来就够唬人的。

机甲舱内起岸西手指在操控面板上快速移动，众人只见到破云翅轻轻一扇，对面的钢板上顿时布满细小锋利的袖箭。

这不是破云翅！

周围但凡有眼力的人都察觉出起岸西这架机甲的破云翅和其他人的不同。

想想，在比赛中，要避开如此密密麻麻的攻击，需要付出多大代价？类似的武器也有，但从没出现在破云翅身上。

况且……

众人心中一跳，试练区的起岸西已经操控破云翅甩在钢板上，留下深深的痕迹。破云翅本质没有任何改变，依旧可以当成攻击武器使用。

这是什么破云翅？居然可以三用！

起岸西又试了试描金弩，手感都很好，从机甲里出来，向卫三又谢了谢："你朋友……很厉害。"

"她是很厉害。"卫三半点不心虚地自夸道。

起岸西将机甲收好，准备去跨级挑战 L3："我们地下三层见。"言语间丝毫不觉得他们俩会失败。

第 25 章

照旧操控那架"五彩缤纷"的机甲比赛，卫三还在攒跨级挑战的积分。起岸西已经去了地下三层，她没来得及看，只路过擂台听周围的人讲他跨级成功。

至于她自己，臭名昭著的向生活低头，在这两天将仇恨值拉到了最高，所有人都巴不得向生活低头离开这层，不要再残害他们了。

无论什么人用什么机甲，前面或许能让向生活低头吃亏，但只要她没出擂台，没输，最后倒霉的肯定是别人，不光输了积分，到头来机甲还得被她拆了。

地下二层都在流传一则消息，这个向生活低头其实是和起岸西水平差不多的高手，而且两人认识。只不过她心性恶劣，喜欢捉弄他人。

不信？除了向生活低头，还有谁和起岸西一起吃过饭？之前两人对上的时候，这个向生活低头甚至主动认输，下去两人就站在一起说话。打了这么多场她什么时候主动认输过？

走在地下二层，总有人用异样的眼光看着卫三，可她半点不怵。

在学校卫三已经"出尽风头"，对各种异样目光压根不在意，现在更不在乎，反正黑厂里的人又看不到她的脸。

每 PK 一场，只要是她感兴趣的机甲都逃不过被拆的命运，当然出于随机 PK 的原因，有些人实力不行，机甲也不行，她一般懒得碰，直接快速解决。

导致后面有些人觉得这个向生活低头不拆就是不给面子，还有人盯着她进随机 PK 池的时间，一起进去，想要对上她，炫耀自己的机甲。

还真有一个人对上了，机甲是好机甲，就是人奇奇怪怪的。

"你觉得我的机甲怎么样？"

擂台上，他问对面的卫三。

"挺好。"卫三敷衍道，这是最后一场，打完跨级积分就够了。下午不比了，她想要把自己机甲改一改，听说 L3 的人都很厉害。

"我也觉得很好，你要拆吗？"对方语气中透着一股诡异的自豪感。

卫三："？"

"搞快点，你来拆我机甲，我保证不会真动手。"

卫三："？？？"

喜欢拆是一回事，被人强迫拆又是另一回事了。

到最后卫三"被迫"拆了对手机甲，对方基本是躺平任拆，搞得她一点动力都没有。

卫三下台前心想：这是碰上变态了。

"你怎么又来了？"店主看着卫三问，"那架机甲还要改？"

"不是。"卫三租了一下午工作间，在里面捣鼓自己的机甲。

店主偶尔路过，看见操作台上的机甲，忍不住捂眼，怎么感觉这架机甲丑出了新高度？

卫三算了算自己的钱，决定出血买一把光刀，好歹让机甲攻击力增强一些，不至于比赛时太吃亏。

"这一排你自己选。"店主拉开一个柜子，"最便宜的是这把。"

这回卫三没打算要最便宜的，目光停在左边那对弯刀上："我要这个。"

"两百二十一万星币。"

"老板，一百九十万星币怎么样？"

"不可能，这是一对弯刀，两百一十万星币。"

"一百九十五万。"

"两百零五万。"

"一百九十六万。"

店主盯着卫三，半晌道："一百九十八万星币，不要就算了。"

"成交。"

加上跨级那场，卫三在地下二层一共PK了五十场，每一场十万星币，买对弯刀，钱就去了不少。

晚上回学校，卫三去食堂好好吃了一顿，又去便利店买了一箱高浓度营养液，今天算是大出血。

她想着马上要去地下三层，到时候赢一场比赛能得五十万星币，心中便平衡了一点，反正很快就能挣回来。

黎泽少校在学校的事，经过一周之后，渐渐恢复平静，他除了那天在校内转了一圈外，后面并没有再出现过，据说在选拔S级机甲单兵。

卫三在课表上加了一节课，其他还和原来一样。

聂昊齐知道后，不由得道："你这样积分根本不够，期末结束不合格会被退学。"

"等拿到射击者的席位，可以得到额外的三十分。"卫三挑眉，"我不想把所有时间花在上课上。"

聂昊齐："万一没拿到呢？"

"没拿到，退学是应该的。"卫三毫不犹豫地说。

上课时，聂昊齐好几次转头看着卫三，不知道为什么她能够这么自信，明明大家都是无名星出来的，什么资源都没有。

"走了，去模拟训练室，今天要不要一起玩？"下课后，卫三起身喊聂昊齐，她这周总算有空去模拟训练室。

"走吧。"

等两人进入模拟对战后，聂昊齐终于知道为什么卫三这么自信，她进步太快了。

当初两人第一次进来时，卫三和他一样对机甲操控都谈不上擅长，她稍微好上一点，而现在……聂昊齐明显能感觉到他们已经不在同一水平。

聂昊齐连输六场，无论什么环境下，卫三总能最快适应，随后找到他的弱点，一击致命。

聂："你觉得我能进校队吗？"

暗中讨饭："为什么不能？"

聂："校队只有两百个重型机甲单兵的名额，面对所有年级选拔，有些学长学姐已经去过赫菲斯托斯大赛，有经验。"

校队一千人，总共两百支小队。每小队五人，分别是A级轻、中、重型机甲，搭上 A 级机甲师和 A 级指挥。十席射击者和机甲单兵的名额是重叠的，尤其机甲单兵竞争人数最多，每一届都争得头破血流。

暗中讨饭："我记得在模拟训练室可以挑战其他人，你去挑战那些有经验的学长学姐，不就也有经验了？"

聂："……他们不一定会接受我的挑战。"

暗中讨饭："我给你示范一下。"

卫三退出他们开的房间，然后开始挑学长学姐。

模拟训练室是有课时计算的，要找到学长学姐很简单，只要去排行榜挑累积课时长的人，势必就是学长学姐了。

卫三随便挑了一个叫"轻型机甲最叼"的在线 ID，发了邀战请求过去。

不出所料，对方没有理会。

聂："学长学姐有自己固定的圈子，不会理陌生人的。"

暗中讨饭："等着。"

卫三又继续发消息给轻型机甲最叼："打一场，搞快点，不要不识抬举。"

对方果然回了一条消息："滚！"

暗中讨饭："你急了你急了你急了。"

轻型机甲最叼："哪里来的神经病，找死？"

暗中讨饭："就这？中型机甲才是最牛的！"

轻型机甲最叼："给我等着！老娘弄不死你！"

全程观看卫三挑衅并成功的聂昊齐："……"

两人转头开了房间，卫三设置房间公开，好让聂昊齐进来。

只是卫三没想到她挑战的这位叫丁和美，连续三届入选校队，属于 A 级轻型机甲单兵中的高手，在学生中声望极高，每次来模拟训练室都会公开房间，刚才就在和朋友比赛，房间里"人山人海"，所有人都见到这个"暗中讨饭"在挑衅。

房间一开，聂昊齐还没来得及进去，原先房间的人就一窝蜂地全挤了过来。他们要看看这个"暗中讨饭"是何许人也。

轻型机甲最叼："就你？我急了？中型机甲最强？"

丁和美发完这条消息，立刻朝卫三动手。

房间里挤满了人，很多同学已经开始好奇这个暗中讨饭是谁，胆子这么大。

达摩克利斯军校谁不知道学姐丁和美脾气暴躁，一点就炸，居然还敢这么挑衅，怕不是个傻的。

"看机甲用的还是学校发的，这是不透露身份的意思？"

"哪个学长逗学姐玩吧？"

"没有啊，用中型机甲的学长学姐我都看了，在线的都在模拟房间，不在线的全在上课。"

卫三黑厂见多了各种打法和机甲，面对丁和美的猛然攻击，以一种极快的速度躲开。只是丁和美接受的是军校系统教育，将轻型机甲的优势发挥到极致，紧紧贴着卫三，根本不给她再逃脱的机会。

躲不开只能迎上去。

卫三抽出光刀，这把是当时上课老师送的，不要钱。她直接朝对方砍去，丁和美折腰躲开，同时跳起，脚尖朝卫三脖颈横扫而去。

卫三操控机甲往后仰，下一刻右手猛力横劈，光刀砍在对方机甲腹部上，划出痕迹时发出刺耳的声音。

"卧槽，这个暗中讨饭有点本事。"

"两个人机甲不对等，学姐赢是迟早的事。"

丁和美伸手摸了摸自己腹部，被打出真火了，身法顿时加快到另一个层次，卫三明显感觉自己开始变得吃力，她机甲的极限显然不如对方。

卫三刚想再用手中的光刀，结果对方直接两发子弹打过来，目标直指光刀。

她下意识地躲开，和陈慈相比，对方还差了一点火候。

"这也能躲过？"

"确实厉害。"

卫三突然甩出一条鞭子，一只手执光刀，另一只手执鞭子，切换自如。

丁和美显然不知道还有这么搞的，失神那一瞬间，被卫三的鞭子缠住脚，倒了下来。她反应已经很快了，立刻操控机甲起身，试图远离。

然而下一秒迎来的是卫三的光刀，直接对着肩膀砍下来。

"锵——"

光刀被砍卷了。

要不说免费的没好货，这光刀拿来训练可以，真打起来就出毛病。

下一秒，卫三就那么近距离被丁和美用枪崩了。

"好惨，哈哈哈哈，光刀居然卷了。"

"别说了，学姐走了。"

丁和美自然不高兴，真要算起来，她刚才其实输了，那个叫"暗中讨饭"的人不知道是哪个新生。

房间内的人慢慢离开，突然有个人在公屏内发消息："我想起来了，这个暗中讨饭是卫三！她和我上同一节课，刚才砍卷光刀的手法一模一样。"

第 26 章

"爆料！某人学分清零后精神失常攻击丁学姐！！！"

下午论坛一条帖子悄无声息发了出来，但黑色大字和后面几个血红感叹号极吸引人眼球，尤其见到"学分清零"这四个字，任谁看到脑海中都会立马浮现出卫三的名字。

再加上很多学生都知道丁学姐，但凡好奇心稍微重点的人都会点进去。

楼主："本来今天丁学姐和肖学长在模拟室开了房间比赛，去围观的人很多，正打到要紧时刻，丁学姐突然收到一条邀战消息，学姐自然不应，他们还在比赛呢，结果某人连发数条消息挑衅，以下是截图，你们看看。图片.jpg、图片.jpg……"

达摩克利斯的小仙女："这个暗中讨饭说话好欠揍。"

重型机甲一个字牛："出去接任务了，今天才回来，谁学分清零？"

新人机甲师："回楼上，前不久一个叫卫三的机甲单兵新生翻墙被黎泽少校撞见，直接学分清零了。"

重型机甲一个字牛："这个暗中讨饭是卫三的 ID？"

单兵也需要温柔："好像是在场有和卫三一起上课的同学，认出来了。"

楼主："我回来了，刚才找录屏的小伙伴要了视频过来，给大家共同观赏。有一说一，如果暗中讨饭真是卫三，她还挺厉害的。视频.AVI"

重型机甲一个字牛："卫三什么来头？有点意思，要不是刀刃卷了，丁和美就输了。"

单兵也需要温柔："项老师带的新生，无名星出身，还跟着陈慈老师一起学射击。"

练好飞天术："突然发现卫三跟的全是厉害的老师。"

看到请喊我去背指挥艺术："楼上搞错了，跟项老师那是意外，之前卫三课表流出来的时候我分析过，她选课是冲着及格去的，陈慈老师学分高，加在一起够她度过第一个学期。从侧面来讲，卫三很自大，她似乎没想过万一自己没有拿到陈慈老师的学分怎么办。另外我没想通她要那么多空闲时间干什么，翻墙出去玩吗？"

新人机甲师："这个我知道，卫三经常在图书馆机甲区出没，之前我还以为她也是机甲师，后面翻墙事件出来才知道她是机甲单兵。"

达摩克利斯的小仙女："谈恋爱啊，我也经常去机甲区看我男朋友，他看书，我看他，嘻嘻嘻。"

新人机甲师："没吧，她经常坐在角落看书，一看就是一下午，旁边也没人。"

……

晚上这个帖子已经热了起来，甚至有老师也看到里面的内容。

某间办公室。

"跟着我学射击，结果跑去拿光刀和人打。"陈慈看完那段录屏，也不知道该不该生气。

"她光刀没砍对地方，如果是脖子，不会卡在机甲上。"刚从军区回来的项明化坐在办公椅上，"砍过去的那段，你重新放慢一点。"

陈慈依言慢放，视频中卫三操控光刀直直地朝丁和美肩膀砍去。说实话，她只要换把刀，这比赛赢定了，偏偏刀不行，而丁和美也不是吃素的，抓住这个时机反败为胜。

"停，把镜头拉到她手腕上。"项明化起身，走到陈慈面前，一起看视频中暂停的画面，"这个角度，卫三本来是要朝脖子砍去，但是她在挥刀那一瞬间改了方向。"

陈慈皱眉："为什么要这么做？"

项明化嗤了一声："还是实战经验少了，不敢伤人。"

说话间项明化拨通卫三的通信。

卫三正在寝室看书，见到项明化的通信，半晌才伸手接通："老师？"

"你来我办公室一趟。"项明化言简意赅地说。

"这……不太好吧？"卫三犹犹豫豫地说，"深更半夜的。"

项明化："……"

项明化"温和"地说："深更半夜，老师想找你谈谈学分清零的事。"

卫三心里顿时咯噔一下，面上真诚："老师，学分已经清零，我知道错了。"

"老师让你过来你就过来。"陈慈从旁边走出来，这卫三怎么一点也不会看脸色。

卫·卑微·三："……好的。"

两个老师都在，卫三不明就里地赶去办公室。

一进去，项明化和陈慈都在里面等着，卫三恭恭敬敬喊了老师，站在那儿十足的好学生模样。

"暗中讨饭？"项明化看着对面的"好学生"，"我看了你们的对战视频，为什么不直接砍她脖子？"

卫三一愣："我不知道老师您的意思。"

项明化拉开抽屉，从里面拿出一条机甲项链，陈慈见状心中讶异，这是他以前的机甲。

见卫三还站在那儿没有反应，陈慈低头咳了一声，提醒她。

"比赛而已，直接砍脖子不太好。"卫三当时想起自己在训练室死来死去的样子，觉得没必要，反正示范好怎么挑衅学长学姐比赛就行。

项明化对这个答案并不意外："你手软，其他人不会手软，死的那个人就是你。"

卫三低头看着地板，她在3212星见血过来的，自然知道。

项明化以为她在反省，欣慰加警告道："以后我不希望再看到你这种行为。"说完，便将机甲项链扔给卫三。

"给你的。"陈慈拉着卫三出去，"这是项老师以前用过的机甲，好好珍惜。"

卫三瞬间精神了："S级机甲？！"

陈慈："……想得美，这是A级机甲。"

"A级啊。"卫三顿时萎靡下去。

陈慈看不过眼："A级中的顶配，当年项老师都没送给我，一定是看你讨饭太可怜，才给你的。"

卫三转脸看陈慈："老师，你酸了。"

陈慈："……我就是酸了。"

两人走出办公大楼，要分开，陈慈喊住卫三："项老师以前指点过我，如果你有本事能进入超A境界，可以让他指点。"

项明化虽是中型机甲单兵，但擅长射击，陈慈当年在校队表现出色，被他指点过几次，可惜她是A级，也仅仅就是指点。

超A境界只是一种大众说法，形容A级在某方面极为出色，甚至有与普通S级较量的实力。但也仅仅是这一方面，综合实力A级打不过S级，除非那个S级从来不训练。

"项老师是S级，为什么会有A级机甲？"卫三看着手中的机甲项链问。

"不是谁一出生都能有S级机甲，"陈慈神色莫辨，"除了大世家有这个资本，其他人开始用的都是A级机甲，到后面才有属于自己的S级机甲。"

有些人检测出S级感知，会早早加入大世家。世家提供钱和机甲，此后便要和这个世家绑定。另外一些人不加入世家，用的是A级，后面来到军校，军校会提供。后者虽比前者自由，却少了很多年训练时间。而个人感知和S级机甲联系时间越长，人机便会达到高频一致，战斗力也更强。

"少翻墙出去玩，也不知道省点钱买把好刀。"陈慈嫌弃地看了她一眼，"以后你就用项老师的机甲，别再出现什么刀刃卷了的情况。"

卫三："……"翻墙这事过不去了，干什么都怪翻墙。

刚得了新机甲，卫三没有直接回去，而是去训练场，把项明化送的机甲放出来看看。

血红色机甲带着煞气迎面冲来，右臂一圈发射弹孔，左臂有把光刀，质量一看就很好。

卫三进入机甲舱，戴上感知头盔，一瞬间脑中便多了些东西，她可以感受到整架机甲，双手在操控面板上滑动，机甲随之移动。

无论是反应速度还是整体平衡感，都超越学校发的机甲性能一大截，有明显的设计风格倾向。

显然，这是一架由机甲师专制的机甲，不像学校机甲是统一规格做出来的。

卫三一晚上没睡，就在训练场琢磨新机甲，第二天就这么顶着黑眼圈去上课。

"我昨天和学长比赛了。"聂昊齐兴奋地说，"就按照你的方法，很好用。"

也很好挨打。

"好用就行。"卫三还在脑袋里琢磨新机甲的数据，感觉可以再改动一下。

只不过卫三没想到昨天的事情还有后续。

丁和美是校队老人了，下一届她去是铁板钉钉的事，不少人知道她被卫三挑战后，闻风去看录屏，看完之后通通来找卫三打架——和学姐PK不了，找卫三也有意思。

卫三一进模拟训练室，无数消息便扑了进来，她看都看不过来，其中不乏人模仿昨天她的口吻发来消息。

然而卫三脸皮厚，看到了只当没看到，依然按照自己的计划训练。

她没事，训练室的学姐学长有事。

以聂昊齐为首的新生开始组队频繁骚扰学长学姐，语气要有多挑衅就有多挑衅，欠揍得不得了。

学长学姐都是性情中人，一开始看到这种挑衅，哪个受得了，打就完事。

但一个两个、三个四个……面对越来越多这样的挑衅消息，高年级的学长学姐已经麻木了，并且同时记恨上这个叫卫三的人，就是她起的头！

"和美，我明天去找那个卫三，不打一顿，心里过不去。"有学长找到丁和美，"你去不去看戏？"

丁和美瞥了他一眼："我已经约了她明天在操场实战。"

"实战？"

"她换了新机甲。"这消息还是别人八卦来的，丁和美想着既然卫三换了新机甲，她们就能堂堂正正来一场比赛。

"那我去看戏。"学长立马改口。

第二天，丁和美站在操场上，背后站满了高年级的人，全是闻言来看戏的。

今天天气不好，风像刀子一样刮在人脸上。

丁和美坚强地站在寒风中，一动不动地等了一个小时、两个小时……

"和美，你约卫三，她回复了吗？"有人冻得哆哆嗦嗦问道。

丁和美："……"

第 27 章

寒风中，一干高年级学长学姐浩浩荡荡地跟着丁和美去蹲点。

之前卫三被少校点名后，校内论坛里流出了她的课表，后来她改的新课表也被人摸透了，只要搜"学分清零"，就能从一连串帖子里找到她课表的图片。

丁和美今天就和卫三杠上了，既然卫三装死，她干脆找上门，蹲在教室门口，等卫三上完课。

这节是一周一次的大课，她自己低头开小差，完全不知道教室外面站着一群愤怒又冰冷的学长学姐。反倒是教室里其他学生深受影响，一会儿觉得有八卦看，兴奋不已；一会儿又被外面的学姐学长盯得心里发毛。

好不容易熬到下课，教室内学生谁也没动，卫三熟门熟路地把光脑上的资料界面关了，抬头起身准备出去。

"你不走？"卫三稀奇地看了看旁边不动的聂昊齐，平时他动作贼快，一下课就要赶去训练。

聂昊齐背对窗户，手指压在抽屉下朝外指，对她做口型："外面有人。"

卫三没懂他的意思："外面不是一直有人？我先走了。"她还想多练练新到手的机甲。

一出教室，卫三便见到一群人站在门口，目光全落在她身上，尤其打头的女生，眼睛里都在冒火。

卫三仔细想了想，她这周又没翻墙，再者，翻个墙也不至于让这么多人来打她，应该是来找其他人的。

在脑子里转了一遍，卫三神态自若地往旁边绕着走开了。

教室里的学生哗啦啦挤出来看好戏，连聂昊齐都没走，站在旁边小声提醒卫三："丁学姐就是你之前挑衅的轻型机甲最叼。"

卫三：原来是来打我的。

见她完全不为所动，丁和美脚步一移，伸手挡住卫三的去路："我发消息约你今天去操场一战，为什么不去？"

卫三一愣，随后真诚地说："学姐，我课业繁忙，你也知道我学分清零了，那些消息我一概当垃圾信息处理。"

"你！"丁和美深吸一口气，她背后还站着一群看戏的人，这战必打！"我现在约你去操场对战，敢不敢应？"

"不敢应。"卫三回答。

丁和美："……"气死了！

"学姐，实战就算了，哪天有空我们去模拟训练室开房？"卫三并不想实战，打坏了机甲，修起来要花钱。

丁和美呵呵一笑，打开光脑："卫三，你今天不和我实战，我就把这视频送到黎泽少校手里。"

卫三随意扫过去，心想她有什么能威胁自己的。

视频中播放的赫然是刚才卫三在上课时低头开小差的画面。

卫三："……学姐，一场比赛而已，走，我们去操场。"

众人：所以治脸皮厚需要更不要脸的人。

两个人一路朝操场走去，背后浩浩荡荡跟着一群无所事事看好戏的人。

丁和美没有废话，直接进机甲，喊卫三快点。

卫三放出自己的机甲，血红色机甲一出来，就有好事人认出来："血滴，这是项明化老师的机甲！"

S级用过的A级机甲基本都榜上有名，是很多机甲师努力的目标。

"还好丁学姐机甲也不差，不然吃亏了。"

"项老师的机甲送卫三了？"

"大概是觉得带的学生过于穷酸吧，哈哈哈哈嗝哈哈哈。"

"得了吧，你换个穷酸的人来，看项老师给不给。别的不说，就之前房间内的对战，这卫三有两把刷子。"

旁边的人讨论激烈，卫三还在犹豫没进机甲舱。

"快点！"丁和美催她。

卫三仰头："学姐，和你商量一下，我赢了，万一机甲受损，你帮我付修理费。"

机甲舱内的丁和美："……"

围观群众有人急了："你快点打，不管输赢，修理费我出！"

卫三精准地从人群中找到说话的那位，并上前要他的联系方式："谢谢你，好人一生平安。"

一时图口快的某学长："……"

成功找到好心人，卫三立马进机甲舱，准备对战。

丁和美用的是一架天蓝色轻型机甲，上来直接放出翅膀，腾空而起，随即冲向卫三，伴随而来的还有弩箭。

卫三依旧没动，她在观察。

聂昊齐见弩箭和丁学姐已经逼近卫三，不由得喊道："卫三，快躲开！"

啧，不会一招就被解决了吧？

丁和美朝卫三攻去时，脑海中刚闪过一丝想法，再一回神，眼前的目标突然消失了。

不对！

丁和美脚步骤停，抬头朝上看去，瞳孔一缩：卫三跳了起来，她手中的刀已经砍了过来。

"哇！"

旁边围观群众齐齐倒吸一口气。

"卫三弹跳力为什么这么强？！"跳得比能飞的还高。

刀砍过来那一刻，丁和美翅膀一收，连连后退，躲过卫三一刀，同时弩箭又朝她射去。

卫三微微偏头，躲过弩箭，再收势落地，以刀抵飞来的弩箭。

丁和美是标准的轻型机甲打法，飞行配合弩箭，轻灵速度加密集攻势，唯有一点不同，她性子暴躁，出势很急，喜欢近身。

反观卫三，打法谈不上。总之，怎么方便怎么好。

两人一时间僵持住，机甲舱内丁和美被气得咬牙，她以为训练室只是意外，现在看来卫三确实有点本事，而且和新机甲未免过于契合，完全不像才换两天。

到底是经验老到的学姐，下一刻丁和美将 A 级轻型机甲发挥到极致，真应了她的 ID——轻型机甲最叼。

无数弩箭攻来，卫三躲都躲不完，不出片刻机甲身上已经带了伤痕。

卫三皱眉，虽然修理费已经有好心人出了，但还是心疼，这机甲到手还没热乎。

再一拨弩箭射过来，卫三直接收刀，没有再抵挡。

"她疯了？！"

"这是要放弃抵抗吗？学长修理费大出血，哈哈哈哈。"

"各位提醒一下，卫三跟着陈慈老师上课，甚至打算争校队射击者。"

围观群众一下子沉默了，他们都忘记卫三也会玩射击。

丁学姐虽然用弩箭还不错，但这只是轻型机甲必修课，她并非射击者，而是擅长极速绞杀，偏偏从一开始就没能接近卫三，只能用普通弩箭发起进攻。

果不其然，操场内卫三右臂抬起，射出数发子弹，每一发都对准丁和美的弩箭，两两相撞。

不只如此，卫三每射出一圈，便靠近一点丁和美，到最后对方还在想要怎么躲开子弹时，她已经近身了，刀横亘在丁和美脖子上。

"学姐，我赢了。"

丁和美："……"

围观群众一阵沉默，随后议论纷纷。

"牛啊，这招太狠了。"

"这招卫三对陈慈老师用过。"

"真的假的，陈慈老师怎么破的？"

"陈慈老师打出第二圈子弹，卫三直接双膝跪了。"

"哈哈哈哈，不愧是陈慈老师！"

"话说，卫三这水平，进校队够了吧。"

"我看射击者也行。"

"现在新生都这么猛吗？S级那边就算了，没想到A级新生也厉害，我们老生太丢脸了。"

丁和美从机甲上跳下来，抹了一把汗："你很厉害，之后校队我们组队。"说完大大方方转身离开。

比赛的主角都走了一个，围观群众也各自散开。

卫三连忙追上之前那位学长，言简意赅："好心人，修理费。"

学长："……打开光脑，我转你。"

最后卫三心满意足地离开。

今天一战，卫三在A级学生中又获得一个称号——"待选射击者"。

周五上完课，卫三刚准备躺下休息，金珂又来敲门。

"扰人清梦，天打雷劈。"卫三靠在门上凉凉道。

"五千星币。"金珂伸出一只手。

卫三摇头："涨价了。"

"给你五万。"金珂说完挤了进来，直接躺在她旁边的下铺上。

卫三想着今天格外大方的金珂，终于出于人道主义问："你怎么了？"

金珂闭着眼睛："累。"

卫三坐在自己床上登录魔方论坛，过了一会儿突然冒出一句："男人不能说自己累。"

金珂被气了起来："卫三，你没有心！"

"下届赫菲斯托斯大赛什么时候开始？"卫三一本正经地问道，她再迟钝都察觉到学校内每个人都紧张起来。

"三月底四月初。"金珂抓了一把头发，"这届比赛快结束，周末应该会有结果出来，老师他们……我刚复盘回来，帝国军校的人……我不知道。"

他眉眼带了些急躁："下届比赛的指挥人选绝对是他，那场战役，我无论看多少遍，都做不到他那种地步。"

"不是有四届？这届打不过，还有三届。"卫三丝毫不觉得输是一件丢脸的事，有进步就行了。

金珂也不知道自己为什么老喜欢往卫三这里跑，明明她安慰不来人。

"周末学校直播总决赛，我们在北望楼能看到所有军校的画面，你要不要跟我一起去？"金珂问她。

"不了。"卫三还惦念着升 L3 级。

"周末有事？"

"有事。"卫三想了想道，"周六看不了，周末可以提早回来。"

金珂有点遗憾："周六进去之后，北望楼会封锁，你进不来，只能在学校内网看直播了。"

内网只有达摩克利斯军校的视角。

"能看就行。"卫三毫不在意地说，她看着通信消息，忽然问金珂，"寒假你回不回 3212 星？我想回去看看我老师和师娘。"

"寒假？"金珂摇头，"我不回去，你被选上射击者后也不能回去，要一起集训。"

卫三："……"

那她只能问问老师和师娘愿不愿意过来了。

"这么大一场比赛，居然没有奖金。"卫三摇头，伸手点开论坛板块，目光一凝，有人给她发消息。

第28章

最近卫三都没什么时间逛魔方论坛，之前有真机甲练手，加上时间紧，也没心思登录，现在一登录居然收到消息。

点开前，她还在想可能是系统消息，点开后才发现是活人发的。对方ID叫河师，头像是一只毛茸茸的动物，看着怪可爱的。

"你好，请问这款机甲是你做的吗？很厉害，我们以后能不能互相交流？"

里面附了一张图片，正是她之前随手搞出来的机甲，说实话，她自己都觉得丑得不堪入目。

——可爱头像、无脑吹捧还有"以后互相交流"。

卫三一脸严肃地看着对方发来的消息，再看自己看不出性别的头像，顿悟：我可能遇上爱情骗子了！

原来到了这个世界，还有网络恋爱骗子？这个人不看她ID吗？

卫三抬手发了一条消息给对方："我是穷鬼知道吗？穷鬼！"

她自己过得朝不保夕，居然还有人想骗她钱，简直丧心病狂。

卫三将人拉黑后，心才平静下来，扭头看着金珂："睡醒后记得锁门。"

"你去哪儿？"

"翻墙。"卫三丢下这句便出门了。

黑厂二十四小时开着，晚上照样有人比赛，卫三想干脆今天晚上先升级，挣个五十万星币，才稍微安心。

一进地下三层，氛围明显不太一样，不再有扎堆一起说话的人，来往多单人，最多也只有三人一起。卫三朝分配到的擂台号走去。

这个擂台比二层还要大上几倍，观众不再是站在擂台下面，而是站在上面。

卫三上台时，环视一圈，感觉地下三层的擂台有些像斗兽场，这里的观众需要买票，并不是黑厂的人。但她这边观众并不多，连裁判说开始都说得兴致缺缺。

对面站着的机甲被完全改造过，所有武器加强了，卫三还用着那架五彩斑斓的机甲，搭配花大价格买来的一对弯刀。不得不说，这刀质量不错，至少每次砍在对手身上，刀刃不会卷。

"轰——"

对手是重型机甲，离子炮像是不要钱似的打过来，卫三压根近不了身，只能在擂台四处游走躲藏。

这些炮弹打在擂台周边的防护网上，震得防护网都在颤抖。

越是这样，卫三越看得出来对手弱点：准头不够。

卫三对这种攻击简直得心应手，之前在模拟训练室的难度比这个大得多。

"欸，台上那个是不是离得越来越近了？"没抢到自己喜欢选手的票，所以随手买了这个擂台区的观众杵了杵旁边朋友。

朋友正在光脑上看另一个擂台区的比赛，闻言抬头看了一眼，敷衍道："是。"一直躲来躲去的有什么好看的？

"真的近了。"这个观众来了兴趣，直起身认真盯着那个叫"向生活低头"的选手。

向生活低头绕过每一次攻击，对手显然有点自乱阵脚，离子炮明明打得又快又急，偏偏眼看着卫三突然蹿过来。

"该死！"

机甲舱内的男人看着越来越近的卫三，手忙脚乱地操控机甲面板，试图阻止她靠近。

"慢下来了？"那观众看着台上的向生活低头迟迟没有迈出最后一步，以为被挡了下来，有些失望，觉得果然是普通擂台，没什么看头。

然而下一秒，向生活低头手中的一把弯刀突然变长，直接砍下对方肩膀上的一个炮筒。

观众半天才反应过来，她那对弯刀带了链条，可以伸缩。

卫三左臂握着弯刀把，中间是长长的链条，头部才是弯刀。她甩了甩，新武器手感不错，果然一分钱一分货，虽然比不上血滴的光刀，但用来升级已经足够了。

她还在思考待会儿砍对方哪里，对方却先一步被吓出了擂台。

卫三："？"

对方直接跑了。

"恭喜向生活低头成功升级 L3，星币 × 500000，积分 × 1000000。"

卫三从机甲内出来，不明就里。

她不知道，对方昨天才好不容易升上 L3 级，之前早在地下二层时就听过臭名昭著的向生活低头，但开始没想起来，后面被她砍掉炮筒的那一瞬间，才陡然想起这个 ID 意味着什么，这是个爱好玩弄人的变态！

对方立刻就泄了气，升级有的是机会，被变态玩弄，可是要留下心理阴影的。

"就比完了？"低头看另一个擂台的观众看着台上已经空了，扭头问旁边的朋友。

"完了。"旁边的朋友恍神，他刚提起兴趣，台上就有人主动认输了，本来还想看这个向生活低头有什么本事。

黑厂地下三层擂台区对外开放，花钱买票可以进来看比赛，而且可以挑选自己喜欢的选手看，不过热门的选手，门票抢手，会出现买不到的情况。而选手们必经的L0到L2阶段，所有的比赛视频都可以被观众看到，只要观众愿意付费。

观众席上的这位观众此刻对向生活低头有了强烈的兴趣，点开黑厂付费平台，输入ID，买了一场她在L2级的比赛。

看惯了地下三层的凶残打法，二层可以算十分温和了。

不过……

这个观众低头看着光脑上的视频，嘴抽了抽，这种打法是不是太骚了？

虽然骚但是看得来劲，这位观众继续沉迷买视频看，连旁边的朋友要走，他还恋恋不舍地捧着光脑边走边感叹："变态啊！"

卫三不知道自己还有这种商业价值，打完一场，挣了五十万，心满意足地花积分租了最便宜的房间休息，第二天继续在地下三层闲逛。

地下三层比前面两层更加商业化，人们所有能想到的东西都能在这儿见到。卫三攒钱自然不会买任何东西，不过发现这里积分居然可以当星币花。

因为从L3起有张积分榜，积分前五十名是L4和L5的人，后面一百五十人是L3的高手。只要进入积分榜前两百名，选手便有机会被黑厂背后各种势力招揽，找到靠山，以后机甲开销不用自己出。

卫三对靠山没兴趣，但目标是前五十名，据说那层级可以交换资源材料。

L3没有之前的跨级挑战，随机PK池有很多，每一个池中水平固定，从多少排名到多少排名，只要积分达到随机池规定最高便可以自动转到另一个随机池中。

卫三目前就在最低水平的随机池中。

做完这些，卫三没急着比赛，不然机甲受损又是一笔支出。她将ID下线，然后跑去看其他人比赛。

黑厂里面的选手不存在买不到票的情况，热门擂台赛，花点积分可以站在场内边角看，算是一点特权。

卫三闲着溜达过去，发现还有赌赛，果然地下黑赛离不开这种东西。

她看了一下现在的热门选手，ID叫死神，再看光幕上照片，将近两米高的寸头男人，肌肉虬结，浑身充满力量，眼中有散不开的杀气，上面显示他用重型机甲。

今天和他对战的人叫猴子，身材被显得异常瘦小干瘪，使用轻型机甲。

死神那边站满了押注的人。

卫三走到猴子那边："五千星币压他。"

负责统计的人撩起眼皮，死气沉沉地说："十万星币起压。"

卫三："……"五千星币不是钱？

十万星币她拿不出来，最后揣着五千星币去观众席等待比赛开始。

那个死神一出来，观众席中便有一群人疯狂喊他的名字。

卫三看过去，可以很明显观察到大家对这个死神有不同的看法，有一部分人是这位死神的狂热拥趸，还有一些人似乎并不喜欢他，神色中甚至带了厌恶。

一开始不太明白，等擂台赛开始后，卫三终于知道为什么会有人讨厌这个死神。

黑厂比赛向来要签生死状，但绝大部分人点到为止，只要对方起不来，认输之后便不会再动手。

而这个叫死神的人则喜欢虐杀。

猴子如 ID 一样，身手灵活，擅长躲避缠战，而死神实力明显强于猴子，抓到他破绽后便势如破竹，连续几拳打在猴子腹部，甚至踩断对方的脚。

已经比到这个地步，猴子举手示意认输，偏偏死神在他每次举起手时装看不见，继续单方面虐打对方，猴子想要在机甲舱通过光脑退出比赛，死神却逼近，直接拧断机甲的脖子，拿起机甲的头对着观众席咆哮。

卫三皱眉看着倒在擂台地上的猴子，他还在机甲舱内没有出来。

机甲头盔连接感知，拧断机甲脖子的那瞬间，等同于拧断了机甲舱内人的脖子。

卫三自己第一次在模拟训练室死亡的时候，也半天没有反应过来，在这种实战赛中，受到的打击只会更大。

死神从机甲内出来，疯狂拍着自己胸膛亢奋号叫，像是没开化的人。

观众席也有感到不适的人起身离开，但更多的观众跟着死神一起狂喊，兴奋不已。

最后猴子是被黑厂工作人员抬出来的，伤得很重。

刚好工作人员路过卫三他们这边，她看着担架上目光呆滞的人，恐怕更严重的是精神损伤。

卫三又去看了其他擂台赛，不能说每一场都有死神这种人，但 L3 级比赛见血受伤几乎场场都有，观众越见血越兴奋，无怪乎死神能成为地下三层热门选手，连观众打赏都超出其他选手几倍。

在地下三层，所有的欲望和兽性都被无限放大。

台上这帮人都在不要命地打擂台赛，卫三已经预见自己如果不好好提高机甲性能和实力，要多花不少钱。

周日一上午，卫三在一层改造完自己机甲的引擎和关节部件，下午才回学校，正好赶上赫菲斯托斯大赛总决赛现场直播。

第 29 章

达摩克利斯军校，此刻操场上站满了各年级学生，所有人齐齐仰头盯着巨大光幕，神色复杂。

卫三从黑厂回来，一进校门便看到这样一幅场景，操场上异常安静。她本来就是赶回来看直播的，立刻找了个角落，蹲下和其他人一起看。

巨大光幕上是三架机甲，其中一架白色中型机甲显得格外狼狈，似乎在护着背后两架机甲，对面是一只巨大的灰色蜘蛛，周围还有数只小型蜘蛛。

说是小型蜘蛛，其实和机甲差不多高。

白色机甲径直对上巨大灰色蜘蛛，背后两架机甲则手忙脚乱对付着围过来的小蜘蛛。

卫三下意识地皱眉，在她看来，白色机甲会输，背后两架机甲也打不过那些蜘蛛，现在只看是白色机甲还是另外两架机甲先输了。

"呜呜，怎么办怎么办？"

手臂突然被人扯住，卫三僵硬地扭头看去，发现旁边的男同学咬着一只拳头哭出了声。

角落太小，她挤过来的时候只有这一个男同学站在这儿，现在多了她一个。

男同学扯住卫三手臂，像是找到了发泄地，呜呜咽咽："申屠坤一个人对上巨蛛，旁边还有这么多幼蛛，肯定护不住两位学长了。"

"另外两个太弱了。"卫三好心提醒，"三个人水平差不多还能有一战之力。"

男同学眼泪忽然一收，用嫌弃的眼神看着卫三："申屠坤是机甲单兵，另外两位是机甲师和指挥，怎么可能差不多水平？"

卫三："……"现在的男人变脸真快。

另外两个人倒不是实力有多差，至少和卫三目前见过的 A 级比，还是稍微强一点，毕竟是 S 级，但那些蜘蛛过于凶狠，对比起来，就不太够看。

光幕中，白色机甲握着光刀直直对准巨蛛口器刺去，与此同时巨蛛的一只螯肢插进机甲身体内，那个部位靠近机甲舱。

操场上不断有倒吸气声发出，甚至已经有人忍不住站起来，角落的男同学焦急地又抓起了卫三的手臂，试图获得力量。

卫三没注意，心思也全在光幕上，这个部位太险了。

出乎意料，白色机甲动作只停顿了一秒，随即抽出光刀，毫不犹豫地砍断巨蛛螯肢，机甲就这么拖着断裂的螯肢，继续挥刀，从口器处往前，一直划穿巨蛛腹部才停止。

操场上顿时传出巨大的欢呼声，所有人都在为这位申屠坤学长逆转瞬间尖叫。

然而另一边，幼蛛攻击得手，有一架机甲被三只幼蛛围攻，机甲舱受损严重，几乎到了危急时刻。

"现在退赛！"白色机甲的人冲那架机甲内的人厉声喊道。

下一秒，光幕中出现另外一架机甲，极为利落地逼退幼蛛，却没有伤它们，只带走了机甲舱内的人，并顺手收下机甲离开，留下两架机甲在原地继续战斗。

卫三看着光幕，刚才离开的机甲里面应该是救援人员。

此刻操场上已经陷入极度沉默中，所有人脸上都带着落败之色。

卫三扭头看着角落的男同学，双眼通红，眼泪反而掉不下来了。

"还有两个人。"卫三安慰。

男同学这次没有嫌弃看她，沉默半晌后道："机甲师出局，申屠坤机甲受损，还带着指挥，路程甚至没有走到一半，这场比赛没有希望了。"

周末下午这场比赛已经接近尾声，原本有三个机甲单兵，但只剩下一架白色机甲。

赫菲斯托斯大赛规则很简单，给一张地图，标出终点，哪所军校最先到达便算赢，前三名有积分，分别是十、五、一。整场大赛一共有十二个赛场，每月一场都会记录排名和积分，一直累积到比赛结束，排出前三名。

前三名的军校在 S 级生源上有倾向，同时还关乎着军校背后的各军区预算。

表面只是一场没有奖金的 S 级学生间的切磋交流大赛，实际上这是一场荣誉和利益之战。

而各赛场环境复杂不说，无数高阶虫兽阻碍去路，同时还有指挥在其中算计，五大军校谁也不让谁，达摩克利斯军校一直隐隐被针对，走到最后一战，已然筋疲力尽。

从一开始塞缪尔军校的人便联合帝国军校出手，毁掉达摩克利斯军校两个机甲单兵，这两位拼到最后出局，申屠坤才能带着机甲师和指挥逃开，只是没想到撞上巨蛛，机甲师也退赛了。

"达摩克利斯军校机甲师淘汰。"

光幕中赛场内传来一道机械女声，操场上的人只看得见白色机甲护着后方指挥，不断斩杀幼蛛，甚至连伤感的时间都没有。

所有人安静地仰头看着光幕上白色机甲的背影，这是他们军校的学长，虽败犹荣。

北望楼。

数块光幕立在大厅内，中间站了十来个人，神色严肃地盯着各块光幕。

如果卫三来这儿，会发现里面有好几个人她认识，项明化、黎泽、金珂以及机甲师系的应成河。

金珂站在最中间，和周围隔着一段距离，目光停留在帝国军校的直播光幕上，没有再看达摩克利斯军校，已经没有了机会，多看无益，不如研究帝国军校经验，吸取教训，下一届才能走得更远。

"申屠坤尽力了。"项明化闭了闭眼，最初得知今年新生名单时，他是高兴的。

廖家、霍家以及应家的孩子，甚至他们还有了 3S 级指挥金珂，这个搭配无论放在哪一届，都是第一。

偏偏……

项明化重重吐出了一口气，也不知道怎么回事，五大军校今年的生源质量都奇高。

"塞缪尔军校的人几乎每一届都和帝国军校联手对付我们。"项明化扭头对金珂道，"下一届应该也不会例外，到时候你注意点。"

金珂点了点头："知道。"

达摩克利斯军校剩下的机甲单兵和指挥果然没有走完全程，指挥虽强力操控校队一路过去，途中却碰见平通院，直接被杀出局。

看着熄灭的光幕，操场久久没有人离开，其中老生最为难受。四年，他们在这里看了整整四年失败场面，从来没见到过一次最后赛道达摩克利斯军校的光幕还亮着。

有人起身大骂，骂自己不够强，甚至连校队都进不去，骂塞缪尔军校的人不要脸。

操场上有些人抹了一把通红的眼睛，一言不发地转身去了训练场，想要变得更强，至少进校队不给他们拖后腿。

角落的男同学蹲在地上哭，完全控制不了自己的情绪："快四年了，我从申屠坤第一次参加赫菲斯托斯大赛开始看，到现在我们军校连前三都没拿过一次。"

"下一届说不定就能拿到了。"卫三见不得人哭，拍了拍他肩膀，"等我进校队，一定能进前三。"

男同学抽了抽鼻子，抬起红眼睛看她："校队？你一个校队的人能干什么？"

卫三若有所思："不能吗？射击者应该是校队中比较厉害的人。"

"S级比A级射击者厉害得多。"男同学被她的话吸引注意力，随后疑惑，"同学，我看你有点眼熟。"

又是一个因为翻墙知道自己的人。

卫三连忙岔开话题："S级再厉害，也怕偷袭吧。我们校队这么多人，干他！"

"下一届我都毕业去军区了。"男同学悲伤道，"不能在学校看直播了。"

"你用光脑在军区那边看，说不定下一届拿了第一。"

"不可能。"

卫三"啧"了一声："比赛没开始，你就没了信念。"

男同学用那种高深莫测的眼神望着卫三："下一届帝国军校指挥一定是应星决，他曾经在第五军区指挥过战役，逼退高阶虫兽群。综观五大军校指挥，除他以外，没有一个人面对过真正的战场。"

"指挥再重要，也要其他人配合。"

"怎么说？"

卫三也顺着墙角蹲了下来："只要其他人一掉链子，知道吧……"

就在卫三和男同学吹牛的时候，北望楼气氛越发沉重。

比赛接近尾声，剩下的军校已经有两所快抵达终点，在终点前两所军校发生了交锋，基本算每年每场的看点了。

平通院和帝国军校。

平通院损失了一名机甲单兵，帝国军校之前在最后关头，毫不犹豫地选择抛弃机甲师，留下三位机甲单兵，在终点前终于取得优势，率先让指挥赶到终点。

看完帝国军校和平通院的博弈，金珂抬手按了按额角，这届或者说往届达摩克利斯军校机甲单兵实力过于屡弱，指挥也仅有S级，输了也正常。

下一届……金珂盯着光幕上欢呼的军校生，至少前三要拿到。

"我去接他们回来。"黎泽少校低头整理衣袖，抬头对校长道。

校长点了点头，有些感慨："那几个孩子辛苦了，尤其是申屠坤，撑了三届，快四年了。"

大厅内除去老师，剩下的便是下一届的苗子，四个人互相对视，显然都有了自己的目标。

"也不一定要拿到多好的名次。"校长转头看着几个孩子，"你们保护好自己最重要，我不想再看到有人做无谓的牺牲，尤其是下一届比赛。"

后面几个老师纷纷对这四个学生说了几句话。

金珂离开之前，犹豫了一下。

"有事要说？"项明化点了出来。

"我有个朋友她想进校队当射击者。"金珂顿了一下，"能不能放松一点条件？"

不知道为什么，金珂觉得有卫三在，他会安心一点。但他最近一直都在研究复盘各种指挥战役，不知道卫三和丁和美的事，按照3212星的水平看，卫三好像一直都是中上成绩，可能进校队可以，但当射击者有点勉强。

黎泽少校第一个反对："这是比赛。"

校长摆手："你哪个朋友？说来听听，想必她有自己的优势。"

"她叫卫三。"金珂刚说出这个名字，周围的人脸色就有点变了，纷纷看向黎泽。

黎泽皱眉："那个翻墙去酒吧玩的学生？"

金珂知道这事，不过在他看来，卫三不会去酒吧玩。她那么抠，没人请不可能会自己付钱喝酒，说不定是障眼法，估计是高人约在那里见面。

想到这儿，金珂明白自己想要卫三进校队的原因了，有她在，一想到背后高人，他能莫名感到安全！

"不用你开口，她自己能进。"项明化笑了一声，"下届射击者必然有她一席，否则我血滴白送她了。"

黎泽眯眼："你把血滴给一个普通学生？"

自从无聊跟着卫三出去，发现她在酒吧喝酒后，黎泽少校便对卫三印象不好，当她是个不务正业耽于玩乐的学生。

但凡从用A级机甲升到S级机甲的人，对当初的A级机甲都有不同的感情，毕竟那架机甲陪伴自己度过了整个少年时期。

"我留着也没用，学校机甲不适合卫三，干脆送她。"项明化笑道，"我觉得她能发挥血滴的最大作用。"

"好了，既然能进，金珂，你就不用担心。"校长让众人都散了。

走出北望楼，应成河突然对金珂道："你过线了。"

在所有人面前推出一个A级学生。

金珂耸肩："我提了卫三名字，只想让校长和老师对她稍微有印象，这样她的机会就能多一点。"

军校最好的资源都分配给S级学生，剩下一点才是A级部分学生，金珂不过是顺口一提罢了。

"现在看来也不需要你提。"应成河淡淡地说。

"这样最好，改天我去看她训练实力怎么样。"金珂揽着应成河，"你也一起。"

"我去干什么？"

"她肯定想见到你，S级的机甲师！"

"是3S。"

第30章

"你真在这儿。"

金珂说完坐在卫三旁边，顺便让应成河在对面坐下。

他原本带着应成河来找卫三，是要看看她训练得怎么样，实际上想让卫三有机会和应成河交流，结果通信账号完全打不通。

他登录论坛搜到一张之前流传出来的课程表，平常这个时间卫三应该在模拟训练室，金珂过去并未见到她上线。

金珂还在想去哪儿找，旁边应成河已经登录论坛，发布一条悬赏帖："谁知道卫三在哪儿？提供准确地址，二十万星币。"

下一秒立马有人回复："图书馆东南角23号桌，速来！[图片.jpg]"

应成河抬手转了二十万星币给对方，随后将光脑上的信息给金珂看。

金珂："……"世家子弟解决问题的手段一如既往地粗暴。

"有事？"卫三看了看两人，她面前摊开一本《材料学》。

"这两天有空，想看看你平时怎么训练。"金珂扭头，"刚才为了找你，这位在论坛上发了二十万星币的悬赏消息帖。"

卫三一顿，随即看向对面的应成河，认真地说："朋友，下次直接问我，这消息打八折。"

应成河没碰见过这种不要脸皮的人，一时间不知道该作何反应。

"问什么？你通信账号一直打不通。"金珂指了指她手腕。

卫三撩起衣袖，点了点光脑，发现它没反应："坏了。"

她不怎么依赖光脑，平时也没什么人找，都不知道光脑今天什么时候坏的。

"这光脑……"金珂指着她手腕，"我带你去买的那块？都多少年了。"

对面应成河看着两人，连光脑都是金珂买的，他们关系这么好？不过这块光脑看起来未免太劣质。

"一直挺好用的，待会儿去买新的。"卫三想到自己的赤贫账户，便感到头疼。

"走，我们陪你去。"金珂来了兴趣，"我还没有怎么逛过学校附近。"

卫三把书合上，拿去登记完便放到书包内。

"你为什么看《材料学》？"应成河看着书封，将心中疑惑问了出来。

机甲师是一个大类，主流是他这种设计机甲，找到最好的数据和材料架构起完整机甲，而有一小部分人并不走架构机甲的路，而是专门研究机甲材料物质，近年还有因为研究出稀奇材料闻名的人，这一小部分人自称材料师。

这本《材料学》并不是讲机甲材料分类，而是将各种材料原理细分讲解，机甲师并不需要花时间在这上面，因为市面上只有成品材料。

"这本书挺有意思，借来看看。"卫三总不能说她把学校发的那架机甲拆了，想研究一下怎么把材料融了，做点有意思的东西弄在自己另外两架机甲上。

没钱搞专属机甲，她只能找其他的乐趣。

应成河皱眉，走在他们俩后面。

之前卫三问他的那些，明显是一个标准机甲师才会问的问题。现在她又想去做材料师？

一天一个想法，这种人能不能做好一件事？应成河不由得在心中打了一个问号。

三个人前后走出校门，去土马巷那边最大的光脑店。

他们还穿着达摩克利斯的军服，店员一见到三人，脸上立马浮现出热情的笑，达摩克利斯军校里面大部分可是少爷小姐，有钱得很，尤其这三位，个顶个气质好！

金珂和卫三落在后面不知道在讨论什么，应成河见状便先开口："我们挑款光脑，你们这里哪些是新款？"

店员眼前一亮，果然是少爷小姐，一开口就知道了。

"这一排都是今年最新最流行的款式。"店员拉出一排光脑热情问道，"请问是您戴，还是……"

应成河侧了侧身，让出后面的卫三："她戴。"

"这里还有女款，颜色都有，还可以定制。"店员又拉出一排光脑。

这时候卫三和金珂才走近，她看都未看柜台里的光脑，直接问道："你们这儿最便宜的光脑是哪款。"

店员："？"

应成河："？"

店员有点怀疑自己耳朵听见的话，下意识地重复问："您要看哪款？"

"最便宜的那款。"卫三坦坦荡荡地说。

要不是多年养成的职业素养，店员得当场愣在那儿，他保持脸上的微笑："……您稍等。"

店员拿出一款白色光脑："这是我们最便宜的一款，很经典。"

"多少钱？"卫三接过来，光从材质上来看，就比她原来的光脑好。

"这个存量不多，打完折只要三万星币。"

金珂凑过来："三万太贵了，当初你这款光脑只要两千五。"

卫三也觉得贵了，她现在还欠了一屁股债："不知道哪里能修光脑。"

应成河一脸复杂地看着两人，别说两千五，三万的光脑他都没有用过，甚至想象不出来这么便宜的光脑怎么用，现在卫三居然还想修那台两千五的光脑。

他更没有想到金珂也在旁边说贵，金家快控制整个联邦的废弃物处理系统了，光论钱财，已经比得上普通世家。

今天来之前他以为金珂十分看重卫三这个朋友，才特意邀请自己一起过来，结果现在发现金珂送她的光脑才两千五星币。

在应成河的生活中，根本无法想象这么点钱能买什么。

偏偏卫三似乎十分珍惜这个旧光脑，恐怕对金珂用情至深。

想到这儿，应成河甚至对卫三产生了一丝同情。

"大星的东西就是贵。"金珂摇着头，让卫三看自己手上的光脑，"我妈在柳极星给我买的，花了六十七万。"

"这么贵的光脑，能上天吗？"卫三低头拿着他的光脑仔细看了看。

店员看着柜台前两个像极了乡巴佬的年轻学生，终于承认是自己看走眼了，自己怎么会以为他们是有钱人家的少爷小姐？一定是被他们自信的气质迷了眼。

"光脑坏了只能返厂呢，您这款……太旧，应该停产了。"店员努力扬起微笑，"这款三万的光脑全息十分出色，投像性能也合格，还额外带了界面隐私功能。一般这个功能只有十万以上的光脑才有。"

卫三犹豫了会儿问："还有没有优惠？"

店员："没有了呢。"

"就拿这款？"金珂在旁边问。

"我没多少钱。"

"上周我不是转了你五万星币。"

"用完了。"卫三示意店员把那款光脑打开，"那就这个。"

她绑定好新光脑，才能付钱，付完后让金珂看自己的余额。

"太惨了，只剩下一千五星币。"金珂在一旁感叹。

应成河："……"

他觉得自己的三观受到了冲击，一时间不知道该感叹卫三要金珂的钱，还是该感叹金珂只给卫三这么一点钱，甚至连光脑都舍不得给她买好的。

第 31 章

站在柜台前，应成河正第一次经历这种尴尬，店员看着他们三个人的眼神透着了然加同情，仿佛在说——

看啊，穷逼出来炸街了。

应成河想说买好一点的光脑，大不了他出钱，但转念一想，如果自己出钱，岂不是掺和他们俩的金钱交易？

那他也不干净了。

难怪他来沙都星之前父母嘱咐自己要多长心眼，不要交错了朋友。

卫三便算了，本来他们就不熟，而且他第二次便见到她在教室外偷偷摸摸。总之，不是老实人，虽然长了一张纯良干净的脸。

应成河没想到金珂也是这种人，一个 3S 级指挥，无论放在哪个军校都是被争夺的人才，竟干出这种事，用一点点钱骗女孩子。

交友不慎！

四个字来回在应成河脑海中闪现。

"感觉确实比两千五的好看。"金珂打量卫三手腕上的光脑，最后下结论，"还算物有所值。"

"你六十七万的光脑有什么特别之处？"卫三扭头问金珂。

"没什么特别，大概隐私性更高，有个防止被定位功能。"

"贵了点。"

"我也觉得。"

两人吐槽完光脑价钱，扭头看应成河，说要带着他去吃饭。

应成河没动，觉得自己不应该再和他们来往。

"走了，愣着干什么？"金珂上来揽着应成河就往外走。

金珂态度自然，应成河回想之前两人相处，对方十分正常，他在想也许自己误会了，便开口，状似随口问道："你怎么转五万星币给卫三？"

金珂也说得十分随意："我去她那儿睡了一觉。"

应成河："……"

说起这个金珂有话说了："以前都是五千一次，现在涨价了，五万。"

"爱睡不睡。"卫三凉凉地说。

光天化日、人来人往，这两个人站在大街上直接公开讨论睡一觉多少钱。

应成河感觉自己有一点点窒息，浑身都不自在。

"睡睡睡，五万这个价位很合适。"金珂指着对面那家家居店，"我买床被子和枕头放你那儿，硬邦邦的木板睡得我屁股痛。"

"随你。"

金珂说风就是雨，立刻带着两个人进去。

"这个不错。"金珂示意卫三看摆在门口的一床大红色被子，他伸手摸了摸，"够软够厚，还是特价。"

卫三目光在标价牌和床上那两个枕头上转了一圈："买被子送枕头，你分我一个。"学校的枕头睡得不舒服。

"行，你床上一个，我床上一个。"金珂欣然答应。

卫三偏头看他："只是租一次床睡，不是你的床。"

"我说错了。"金珂改口极快，结账也快。

卫三过去拿单独打包的枕头，应成河拉住金珂问他："……你们不是睡在一张床上？"

金珂不明就里："为什么我们要睡在一张床上？她寝室四张床呢。"

说起这个，金珂眼前一亮："我还没睡过上铺，改天去体验一下。"

应成河："？"

"你去她寝室里睡，为什么？"应成河艰难地问道，此刻他思绪已经混乱，搞不清他们俩在干什么。

金珂露出高深莫测的神情："压力太大就去她那儿，汲取高人力量，回去我又可以了。"

"所以……你们不是那种关系？"应成河虽然不明白金珂奇怪的话，但明白自己可能误会了。

"哪种关系？"金珂刚问完，瞥见应成河的脸色，再联想他和卫三说的话，瞬间明白了。

正好卫三拎着装好的枕头过来，金珂对她道："成河刚才怀疑我们有钱色关系，哈哈哈哈！"

从来沙都星碰面后，这还是卫三第一次见到金珂这么笑，也懒得计较，随口丢了句："一天天不知道在想什么。"

应成河："……"是他多想？不是他们俩一会儿钱一会儿睡觉的？

三个人走在街道上，说话声就没停过，主要是金珂在唠唠叨叨。

"你是机甲单兵，我只是一个柔弱的指挥，被子应该你拎。"金珂已经把枕头塞给了应成河，现在还企图用被子换卫三手中的枕头。

卫三"喊"了一声："多练练体力，等到了赛场上被人撵着打，也能多跑一段路。"

呵！金珂从小就喜欢占便宜，不知道的还以为他才是那个穷得连饭都吃不起的人。

"待会儿吃饭钱谁付？"金珂突然想起来道。

"我没钱。"卫三拒绝出钱。

"我也不多。"金珂脸不红心不跳，然后指了指应成河："成河，你刚刚玷污我们俩名声，这顿饭你请。"

应成河："？"

"谢谢款待。"卫三冲应成河点头。

应成河稀里糊涂被带进一家看着就很贵的餐厅，这两人理直气壮地点单，让他请客。

他对这点钱自然看不上，问题是总感觉对面两个人在欺负自己。

应成河要了他喜欢的酒，卫三不碰这个，反倒是金珂连续喝了好几杯。

一直到吃完饭，金珂有点醉，揽着应成河掏心里话："你不觉得抠是一件很快乐的事吗？看着自己的余额越来越多，那种满足感是世界上最快乐的事。像你那种动不动就撒出去二十万，不叫有钱，叫傻。"

"一个抠，一个傻。"卫三走在旁边讽刺道。

金珂指着卫三笑嘻嘻："还有一个穷。"

应成河："……"这两个人不愧是朋友。

不过抠很快乐吗？

应成河心中陡然升起试一试的念头。

威拉德星，西港口。

"少校！"

申屠坤见到来人，神色一怔，随后立正敬礼。

黎泽看着历经一年比赛的学生们："辛苦了。"

"不辛苦。"申屠坤低头，"只是没能替学校拿到名次。"

"重要的是你们平安。"黎泽微微侧身，露出星舰门，"沙都星在等你们回去。"

带着一身疲倦的五位S级学生和一千名校队生依次登上星舰返回沙都星。

申屠坤在房间内洗漱完，没有急着休息，而是往大厅走去，想找个人问问学校现在的情况，却不承想碰见黎泽少校坐在圆桌前，正低头看着什么资料，听见声音，抬头："不休息？"

"睡不着。"申屠坤有些拘谨，对面这个人仿佛高山一般矗立在他心中。

"坐。"黎泽点了点旁边的椅子,"有什么想问的?"

"听说今年新生有 3S 级指挥?"申屠坤忙着训练比赛,对学校消息知道得不多。

黎泽点头:"今年生源不错。"

能让少校说生源不错的话,那代表今年新生中有厉害的人物,申屠坤松了一口气。

"下一届你继续参加,其他人已经定好。"黎泽看着这个学生疲惫的脸,"三场之后毕业,再让其他人替补。"

"是。"

从赫菲斯托斯大赛回来的五位主力成员和校队受到学校的热烈欢迎,甚至有学生定制了横幅,写着"欢迎英雄回家"。

卫三在上课,没赶上他们到校的热烈场面,不过看到聂昊齐发来的视频。

卫三面无表情地扭头看着旁边对着光脑激情辱骂的金珂:"干什么?"

应成河也抬头看着情绪控制一点都不行的金珂。

自从那天三个人"炸街"回来,每周四都要找个教室聚在一起,卫三拎出一堆乱七八糟的问题找应成河解决,金珂在旁边上星网看八卦,美其名曰掌握时事。

"你们看。"金珂把视频放给他们两人看。

"……达摩克利斯军校甚至拉出一条横幅,上面写着几个大字——'欢迎英雄回家'。众所周知,达摩克利斯军校已经很多年没有拿过名次,除了十三区黎泽少校那四年,可以说得上颗粒无收。现在什么名次都没有拿到的申屠坤们回去居然还有英雄待遇,不得不说一句,实属辱'英雄'这个词了。"

视频中的记者说话毫不留情,脸上的嘲讽已经快跃出屏幕。

卫三目光落在记者手中的话筒上:"红杉媒体?"

"星网最大的非官方媒体。"应成河知道这家媒体,"靠着赫菲斯托斯大赛赚足了钱,由于每次能获得第一手冠军队消息,深受观众喜爱。"

"垃圾媒体,垃圾记者。"金珂又骂了一句,可惜这种世家旗下的媒体难搞。

"明年他们采访不到冠军队消息,是不是就不受观众喜爱了?"卫三问道。

"不可能。"应成河摇头,"它背后有司徒家参股,帝国军校比赛人选中总有一个司徒家的人。"

卫三扬眉看着应成河:"你的意思是冠军永远是帝国军校了。"

"不能说永远,但目前来看确实如此。"应成河无奈。

"你这样不行。"卫三语重心长地说,"我们学校有 3S 级指挥和机甲师,之前你们还说有两个 3S 级机甲单兵，这种配置都拿不到冠军，凭什么帝国军校能拿到？"

"目前确定的消息，帝国军校五名全员 3S 级。"应成河有些艰难地说，"况且 3S 级之间也有差别。"

"其他军校也全是 3S 级？"卫三问道。

"不是。"

卫三单手托腮："赫菲斯托斯大赛一共十二场，搅浑一场算一场，我不信帝国军校永远拿冠军。"

应成河看着卫三满不在乎的神色，将到了嘴边的话压下去，他想说她没有见过应星决可怕的筹算能力，到比赛时候便知道了。

"我决定了。"金珂严肃地拉着卫三的手，"一定要拿到一次冠军，到时候我们站在领奖台上，拒绝红杉媒体采访。"

卫三被他话中另外的信息吸引："有领奖台都没有奖金？"

"有奖杯。"金珂怜悯地看了一眼卫三，"而且校队站不了台上，只有五位主成员才可以。"

应成河眼睁睁地看着两人将话题一下子扯远十万八千里，甚至已经开始讨论得了总冠军之后干什么发财。

真是一个敢说，一个敢想。

第 32 章

红杉媒体发布的那条视频很快流传开来，达摩克利斯军校的学生虽然愤怒却又无法让其删除，只能等着这些嘲笑渐渐平静。

与此同时，下一届校队的选拔从申屠坤他们回来后，正式开启，为期一个月。

机甲单兵系、机甲师系以及指挥系，三系全部开始选拔校队人选。竞争最激烈的是机甲单兵系，在校人数最多，但分配到各型机甲的名额都是两百个。

所以每一天机甲单兵系都在比赛，一共三个场地，分轻、中、重型机甲，所有年级一起比赛选出前两百名，最后从这六百人中选出十席射击者。

卫三在学校和黑厂之间不断奔波，每天不是在比赛，就是在去比赛的路上，没有一天停歇；晚上挑灯夜读研究机甲，那架军校发的机甲能用得上的都被她凑在黑厂那架机甲上，军校统一制机甲并不保密，市面上也有，所以用不上的也都拿去卖了——能回血一点是一点。

项明化老师送的那架血滴，卫三拆开看过，所有数据臻于完美，做改动反而会让机甲性能下降，唯一能改的是武器，不过她暂时没那么多钱。

"我进了前六百名。"上课前聂昊齐有点兴奋地说，"卫三，你们比到哪儿了？"

"今天下午比完就选出了六百名。"卫三低头在桌下看光脑，漫不经心地说。

"你肯定能进。"聂昊齐前段时间汲取卫三挑衅之精华，在模拟室成功得以挑战一干学长学姐，并从中学到经验，这段时间人都自信了不少。

卫三点头："一起去校队。"

"不过学校的机甲不太行，我准备找机甲师定制一架适合的机甲。"聂昊齐叹气，"早点拿到新机甲，多适应一段时间。"

卫三闻言扭头看他："定制机甲？你不是无名星的人，哪儿来的钱？"

机甲单兵换机甲一般有两种途径：一是在市面上买数据材料固定的机甲，后期可以再做调动；二是找机甲师量身定制，后者价格比前者贵，越有名气的机甲师开价越高。

聂昊齐茫然："无名星出身的人，为什么没有钱？"

上军校前，他只是没有渠道而已。

卫三："……"原来无名星出身的人只有我穷。

"不过我还没想好找哪个机甲师做，太出名的机甲师难等。"聂昊齐最近都在愁这件事。

卫三咳了一声："其实……我认识一个挺厉害的机甲师。"

"真的？"

"真的，她还和应成河走得近。"卫三从光脑调出来一张照片让聂昊齐看，"就这个人，应成河，你认不认识？"

"我们学校 3S 级的机甲师。"聂昊齐看着上面的三个人，"旁边这个是金珂指挥，卫三，你和他们熟？"

"熟，就是我认识的那个机甲师带我接触他们的。"卫三朝周围张望了一下，悄声道，"正好那个机甲师最近有时间，如果你愿意找她，我帮忙联络一下。这件事不要向其他人透露。"

"愿意！"聂昊齐当机立断地说，说完又觉得自己声音过大，恐引起他人注意，立马压低声音，"不知道这个机甲师定制价格多少？"

"这个机甲师能和 3S 级机甲师应成河做朋友，至于钱……"卫三露出高深莫测的神色，"你看着给。"

聂昊齐激动了，能和 3S 级机甲师做朋友的人，极有可能也是个 S 级机甲师，有些 S 级机甲师闲着无聊就会做一做 A 级机甲，像血滴，便是 S 级机甲师做出来的顶尖 A 级机甲。

聂昊齐竖起一根手指头："这个数。"

卫三："一千万？"有点少了，改造都勉勉强强。

聂昊齐摇头："后面再加一个零。"

卫三压下倒吸一口气的冲动："你真有钱。"

"这是我父母从小替我攒的，希望以后我能用上最好的 A 级机甲。"聂昊齐不好意思地说，"钱不是很多，如果那个机甲师开价太高，我也出不起了。"

"够了，就这个价。"卫三肯定地说。

聂昊齐犹豫地问："你不问问那个机甲师朋友吗？"

卫三："……到时候我帮你还价，就这个数。"

聂昊齐看着卫三真挚地说："谢谢你。"

一个亿的单子就这么定下了，钱一到账，卫三立马要了聂昊齐日常训练的数据，根据他的实力来设计机甲；要数据时，美其名曰那位机甲师不想和陌生人联系，所以委托她做中间人。

聂昊齐从头至尾没有产生任何怀疑。

除了之前起岸西让她改造武器的机甲，这次卫三才算真正第一次设计制作机甲。不过过程并不算顺利，理论和实践总有不小的差距，为此她经常跑图书馆，或者揪着应成河问问题。

应成河没有起太大作用，因为他压根没想到会有人在压低材料成本上动脑筋。

卫三只能靠自己摸索，她在算材料比。S 级机甲所有机甲外壳皆由游金所铸，但 A 依然是混合游金，这样更轻便易控制，但同时没有 S 级坚固。还有一些零件也可以改，需要她去摸索。

白天比赛、晚上熬夜设计，很快卫三眼下挂着两团乌青，行走在校园。

"明天你们是不是要选出前三百名了？"金珂站在不知道什么地方，背后黑漆漆一片和卫三联络。

卫三从图纸上抬头："嗯。"

金珂移了移光幕，让卫三见到旁边的应成河："我们明天回校，到时候去看你比赛。"

"好。"卫三挂断前隐隐约约听见金珂说了一句什么"注意休息"的话。

第二天，达摩克利斯军校操场挤满了人。

选出各机甲型的前两百名学生会进入校队，参加比赛，后一百名做替补也能跟着一起去。

今天卫三要比两场，赢了之后便是校队的一员。

每个擂台前都有评委老师，会根据比赛双方表现打分，最后进行总排名，防止实力强的学生落选。

卫三排号在后面，她靠在操场的围栏上半眯着眼休息。

"你这眼睛……"丁和美已经比完赛，毫无悬念拿到了高分，一出来便见到卫三靠在这儿睡，斟酌半晌，"挺别致。"

卫三没反应过来她的意思，随口夸奖："学姐也别致。"

丁和美"喊"了一声："你不会偷偷熬夜训练搞成这样吧？小心弄巧成拙。"

"就是，卫三好好休息，养好精神，不要给自己太大压力。"之前的好人学长也挤过来，"知不知道丁学姐为什么上届没进校队？生病导致最后没去成。"

丁和美瞪了一眼对方："要你多嘴。"这是她一辈子的遗憾！

"536 号卫三。"

那边在喊卫三过去比赛，她打起精神往赛场走。

"卫三，进校队后和我组队！"丁和美在后面喊。

校队的十席射击者有权选择队伍，丁和美在心中已然默认卫三能拿到一席。

卫三一进赛场便见到对手的机甲，一看就知道是架好机甲，她有点手痒。不过光天化日之下，又是军校，她还是要控制自己的冲动。

"卫三加油！"

操场中间突然有人用喇叭大喊，还有个人举着一张纸壳，上面写着"卫三最强"四个字。

"呦，这赫菲斯托斯大赛都没开始，就有粉丝了？"中间的评委老师笑道。

左边的评委老师眼尖，认出那个拿着喇叭筒喊的人："是金珂。"

其他评委听见这个名字，全部转头看去："旁边那个学生是……"

应成河面无表情地站在人群中，双手举着纸壳。

太丢人了。

他们刚从校外训练回来，金珂急急忙忙赶过来，从垃圾桶里捡来一张大纸壳，龙飞凤舞写一行字，要他举着，自己掏出一个喇叭就开始喊。

操场上的学生很快认出他们，一时间不知道该羡慕还是忌妒卫三，一个 A 级居然能让两个 3S 级的人来助威。

难道是她翻墙的魅力？

有些学生开始对翻墙跃跃欲试，也想一翻成名。

卫三站在赛场，听见声音后，对操场中间两个人眨了眨眼睛，随后跳进机甲舱内，准备比赛。

对方同样是中型机甲，擅长近身，看得出来一定是接受过系统训练，每一步都标准得能拿来做教学。

"这个卫三经验还是不足。"评委和旁边的老师交流，"招式不够熟练。"

"话是这么说，但对面学生也没有伤到她。"

有个评委皱眉看了半天，突然道："招式不熟练是一回事，但总感觉这个卫三透着一股野路子风格。她的课是谁教的？"

"刚才那个转身反扣挺标准的，可能你看岔了。"旁边评委笑道，"她一个军校生，还是无名星出身，上哪儿去实战出野路子？"

"这倒是。"

赛场上，卫三抬腿踢中对方的膝盖，正想借近身博斗的机会，多摸摸碰碰他的机甲，结果发现对方左手抬起，遮挡甲掀开，露出枪筒。

卫三顿时一个激灵，舍不得让自己的机甲出现一点划痕。

卫三当即弯腰横扫对手下盘，趁机挥刀砍去，对方双手握刀抵住攻势。

卫三单手压着刀，另一只手横劈向对方的手肘弯处，让其泄力，同时飞起一脚，将人踢倒，瞬间将刀抵在他脖子上。

中间的评委盯着卫三半晌："后面你们看到了？怎么感觉她突然强了一点？"

"输赢之间爆发，正常。"

几个评委互相交换眼神，最后确认："卫三胜出。"

操场中间。

"卫三控制机甲不错。"应成河还举着硬纸壳，他是机甲师，很容易看出机甲单兵和机甲之间的契合度。看来她当机甲单兵也还行，至少这方面算是 A 级中的佼佼者。

金珂握着喇叭，反倒没有提卫三，而是往四周看："他们也回来了？"

"谁？"

"霍宣山。"

第 33 章

应成河放下硬纸壳，低头看了一眼光脑上的消息："他们和老师还在山谷。"

金珂朝四周看了看："还有哪个 S 级的人在学校？刚才附近有 S 级的感知溢出来了。"

指挥感知敏锐强大，如果双方愿意，甚至可以通过感知操控机甲单兵的思想。

昨天年级内 S 级的学生全部跟着 S 级老师出去拉练，金珂和应成河提前回校，按理说他们还在校外，校内不应该有其他 S 级。

"你忘了申屠坤学长还在校内。"应成河毫不在意地说，"刚比赛完回来，感知不稳定很正常。"

"……嗯。"刚才那一瞬间太快，金珂甚至怀疑自己没有捕捉到S级的感知，"可能是申屠坤学长路过。"

比完第一场赛的卫三挤过来，扯过应成河手里的纸壳："你们还挺闲。"

"我们可是专门提前赶回来为你应援的。"金珂笑嘻嘻道，"待会儿请我们吃饭。"

"没钱，不可能。"卫三断然拒绝，"明明是你们找借口回来偷懒。"

金珂把喇叭关了，顿时和卫三站一旁："那让成河请我们吃饭。"

"我卡里没钱了。"应成河面无表情地站在卫三另一边，然后看着金珂，"不如你请我们吃饭。"

"投票。"卫三指了指自己和应成河，"2比1，金珂出钱。"

金珂："……成河，你变了。"

应成河微微一笑，似乎开始明白金珂为什么说越抠越快乐，看着要花钱的人一脸心痛，确实很让人愉悦。

卫三还有一场比赛，不过看样子还要一段时间。她拿到下场的比赛号，便先和他们一起去食堂。

金珂跟在卫三后面，看她点菜，一脸心疼："这么多，你吃得完吗？"都是钱。

"我还在长身体。"卫三一脸认真地说。

金珂刚想说他们都快成年了，仔细一打量卫三，震惊："你是不是长高了？"一学期都还没过完。

卫三伸手比画他们俩身高，她到金珂下巴："等成年，我应该比你高。"

金珂默默多点了一盘菜："不，我也在长身体。"

金指挥在心里盘算自己要不要去打一针基因改良剂。

站在最后面的应成河，视线落在卫三身上，不得不说她具有一切优秀机甲单兵的典型特征：个子高，目前已经一米七，饭量大，需要的营养多，对机甲掌控契合度高。

这样一个人却对机甲师产生莫大的兴趣，甚至问出来的问题，有时候他都未曾思考过。

"个子矮，脑袋灵。"卫三端着盘子对金珂道，"你是指挥，还是矮点比较好。"

"谬论。"金珂立马反驳，"应星决个子就高。"

"你见过他？"

"那倒没有，我去帝国军校论坛看过有人发帝都双星的八卦资料。"

"什么双星？"

"3S级指挥应星决和3S级机甲单兵姬初雨，帝国新生中最厉害的两个人。"金珂放下餐盘坐好，低头在光脑上翻出一张照片，"这个就是姬初雨。"

照片应该是抓拍的，里面的人五官俊美，身材修长，一头金发耀目夺人，站在训练场上，单手抹去下巴的汗，扫向镜头的眼睛透着一股锐利。

"长得挺标致。"卫三插了盘子里一块肉，抬眼掠过这张照片道。

金珂撇嘴酸道："我觉得有点做作。"

"还有一个呢？"

"我手里头没应星决的照片。"金珂指了指旁边应成河，"应星决是他堂哥。"

卫三挑眉，和金珂交换一个眼神，随后两人齐刷刷地盯着应成河。

在思考其他事情走神的应成河，一抬头便见到两双八卦的眼睛："……干什么？"

"有没有你堂哥照片？"金珂压低声音，神神秘秘，"我们想看看应星决长什么样子。"

据说应星决不常出现在大众面前，所以连帝国军校内部也没有他的照片，资料是靠着口口相传整理出来的。

赫菲斯托斯大赛开始，五大军校的主成员都会出现在媒体面前，倒没什么好瞒的，应成河在自己相册内翻了翻："我们不是很熟，也没有他近两年的照片，只有一张以前的家庭合照。"

卫三抬眼看去便愣住，照片上的人是当年那个乌发少年。

帝国双星，金发……

"金珂，刚才姬初雨的照片让我再看看。"

"又看他干什么？"金珂说着翻开让她看。

仔细端详姬初雨的照片，果然是那个金发少年，刚才没想起来，卫三用筷子挑了挑饭菜："我也觉得他有点做作。"

"不愧是我的朋友，有眼光！"金珂高兴地收起姬初雨照片。

这两人真是……

应成河都不知道该说他们是酸还是傻。

"你堂哥头发比你头发保养得好。"卫三望着应成河诚挚地说，"很早之前我就想和你说，好好打理一下你的头发。"

金珂伸手摸了一把应成河的头发："像干草，拿来烧肯定好使。"

应成河拍开他的手："忙起来谁还记得头发的事？卫三，你头发也好不到哪里去！"

卫三："……我这是穷的。"

"或许去比赛的时候，你们可以问一问应星决头发保养的秘诀？"金珂突发奇想。

"从小到大，我没和他说过几句话。"应成河神色复杂。

应星决是主家独子，应成河是偏支出生，两人相差一个月大，如果不是他也是3S级，恐怕两人连交集都没有。

世家内部和小型社会没有什么差别。

"那等赢一场比赛，到时候媒体记者采访冠军感想，你们问他头发保养秘诀。"卫三出主意。

金珂竖起大拇指："这招毒，既问了秘诀又羞辱了帝国，高！实在高！"

应成河："……先赢了再说。"

三人闲聊吃完饭，卫三又赶去比第二场，没有太大难度，轻松拿到校队名额。另外现场报了名参加射击者的选拔，下周一只要拿到一席，她三十学分便到了手。

周末卫三依旧去了黑厂，并未碰上起岸西，这段时间他似乎没有来过。

L3打一场五十万星币，完全可供正常人生活富余一段时间，但如果用来搞机甲，便如同小石子入海，掀不起一点波澜。

卫三目前一天能打七场，上午三场，下午四场，晚上用来修复机甲。

"屠杀日押注！"

周日卫三一起来，整个地下三层都透着诡异的兴奋感，赌场拉着各种写满"屠杀日"的横幅，让人下注。

她找了个人问这是什么意思。

"新上来的L3？屠杀日各大随机池聚总，这一天只要还留在三层上线的人全部要比赛，"对方指了指光幕上的热门选手，"而这些人对上菜鸡，就是单方面屠杀收割。"

卫三："……"难怪昨天离开了不少人。

"死神vs向生活低头，比赛时间晚上九点。"

卫三还在想今天比赛星币和积分有没有改变，大厅最大的那块光幕便显示她的ID。

刚解释完的路人看了看光幕上向生活低头的头像，又转头看卫三，露出同情的目光："你是向生活低头？如果可以，最好一上场就认输。"

卫三想起之前自己看到那场死神和猴子的比赛，不由得皱了皱眉，她不喜欢这种人，打起架来也麻烦。

光幕闪过之后，赌桌立刻有一群人围过去下注，连这位路人也奔过去喊："两百万星币押死神！"

卫三："……"

围观了一会儿，卫三也走过去，拿出昨天刚赚的三百五十万星币，全部押在自己身上。

"还是押死神吧，还能拿点钱回去治疗。"路人劝道。

卫三还没怕过谁，示意荷官收下自己的钱："就押向生活低头。"

突如其来的屠杀日打乱了卫三的计划，目前所有在三层的人都有比赛对象，她还要等到晚上，便回房打开光脑，用积分兑了死神近期的比赛视频看。

死神虐杀风格依旧，但卫三还是看出来一些东西，这个人实力远不是如此，只有对付之前随机池内的选手，才能轻松虐杀。

随机池内的"实力划分"是按照积分来的，死神赢了那么多场，按理来说早该进入积分排行榜，但他没有，一直在花积分，让自己保持在那个范围附近。

此人来比赛恐怕不是为了钱或者实战经验，纯粹想要虐杀打击人。

难怪说这层变态多，卫三看着视频中的死神，相比起来，她拆机甲实在不叫变态，最多猥琐了点。

黑厂外。

"今年的屠杀日不知道有没有新鲜面孔。"

"看来看去还是死神有意思，带感！"

"你押了谁？我押死神。"

买票排队入场的观众中不断传来类似的讨论声，其中有两个人也在说押注的事。

"终于抢到死神比赛的票，待会儿我要把这一年的零花钱全部押在死神那边。你要不要和我一起押他？"

"一起吧，晚上和死神比赛的是谁？"

"叫什么低头。"

男生闻言道："向生活低头？"

"对，就叫这个。"

男生瞬间改口："我不押死神，我押向生活低头赢。"

"疯了吧，这个人升 L3 才一个月。"

男生坚持要押向生活低头："死神不一定会赢。"

他可是把向生活低头从 L0 到现在 L3 的比赛视频全追着看完了，打法猥琐是猥琐了点，但综观她所有比赛，基本上没怎么输过，即便开头对手强，到后面也会翻盘。

男生感知低，只是个普通人，看不出什么，但总觉得向生活低头每一场都在进步学习。

"随你，到时候钱全打水漂，别心疼。"

"说不定是你的钱打水漂了。"

第34章

屠杀日，晚上八点。

地下三层最大擂台观众席已经站满观众，最高处VIP包厢内坐着几个人，有男有女。

"死神今天对上的人怎么样？"

"新下来的L3，估计没什么实力。"

"有死神在就有看头。"最靠窗的男人目光落在对面桌前的女人，"厉雀，你弟弟的机甲前段时间是不是拿去改造了？"

女人含着一根细长烟，随后伸出食指和中指夹烟，吐出一道烟圈："机甲内部关节零件全部换成S级，目前积分榜以下没有人能打败我弟弟。"

"A级能用S级的东西，阿夫尔有点本事。"靠近包厢门的男人意味不明地说。

距离比赛还有一个小时，底下观众却已经亢奋不已，因为死神已经出来，在下面给观众签名。

"死神！死神！"

后面的粉丝声嘶力竭地喊着，拼命举高手中的横幅。

黑厂地下三层每年门票和视频流水极为赚钱，能驾驶战斗机甲的人无论在哪儿都是少数，大部分人感知低，终其一生只能用观赏型机甲。这些人将自己的愿望投射喜欢的选手，十分乐意在他们身上花钱，近年还兴起一股养成风。

死神这种暴力打法很受主流欢迎，越得不到越压抑，便越想释放，在场观众这么疯狂也不足为奇。

"对手为什么还没有出来？"

"说不定是被吓破胆，要弃赛了。"

"屠杀日弃权比赛，那这个选手会被踢出黑厂，所有积分清零。"

"以前又不是没有选手这么做，谁想碰上死神？"

……

151

往年屠杀日，选手会提前一个小时出来，专门给观众接触的时间，另一头压根没有人出来，观众不得不产生各种猜测。

被"吓破胆"的卫三，此刻还在睡觉，看了一天对手比赛视频，她熬不住躺下来，专门定了闹钟，八点四十起来。

她踩着点过去，在场观众都已经默认向生活低头弃权，就等着主办方重新挑人比赛，结果八点五十卫三从赛道口走了进来。

"居然来了？"

"我刚刚看了她几个视频，听说她有个别称，叫拆卸狂。"

"什么意思？"

"每一场比赛都爱拆别人机甲，看起来有点本事。"

观众对向生活低头的好奇达到了极点，纷纷喊着："比赛！比赛！"

卫三站在赛道口，看着已经站在台上的机甲，活动手腕，这才放出机甲进入舱内，慢慢朝擂台走去。

死神对着卫三，抬起手用力往脖子一带，做割喉状。

观众透过实时投放光幕见到死神的动作，顿时在上面激动地狂呼，甚至有人大声带着喊："死！死！死！！！"似乎已经迫不及待地想看向生活低头死在擂台上。

卫三丝毫不受影响，检查自己机甲所有性能，等待裁判说开始。

九点整，比赛准时开始。

那一秒死神以一种快到极致的速度靠近卫三，手臂直接朝她脖子抓去，显然是不给她机会退出比赛。

机甲舱内，卫三在操控板上手速也飙到极致，只是机甲依然慢了一拍，虽躲过死神的致命攻击，左肩却被抓住，后退不得。她右手弯刀立刻朝死神手臂砍去，然而对方单手用力握住她肩膀，直接将她摔向地面。

卫三借力单膝跪地，有一瞬间愣神，死神已经再次逼近，拉出八棱锤，砸向她脑袋。

"砰——"

八棱锤砸在擂台地面，顿时凹出一个坑。

卫三躲开了，拉开两人之间的距离，手速从一开始便没有慢下来，皱眉透过机甲视窗看向对面那架机甲——

参数不对。

从一开始死神这架机甲的速度就快得不像一架重型机甲，卫三今天看了一天他之前的比赛，死神的速度只能说还行。如果机甲做了改造，提升速度后，力量势必会有所削弱，而死神无论是握住她肩膀摔地，还是八棱锤的力度完全符合，甚至超出一般重型机甲的力量。

几次失手，死神变得更加狂暴，攻击力度一次比一次重，完全没有留手的意思。

VIP 包厢内。

"果然不愧是阿夫尔，改造过后的机甲，我对上恐怕都要花一番力气。"男人看向桌前观赛的女人，"恭喜了。"

前段时间阿夫尔被女人收在麾下。

"比完赛，让他陪你玩玩。"女人垂眼看着自己放在桌上的手，"你过来，我也可以让阿夫尔帮你。"

男人拒绝："我现在也挺好。"

"随你。"厉雀嗤笑一声，目光往下看擂台比赛。

死神身上多了几道刀痕，甚至半张脸被卫三用弯刀砍伤，而代价是她的一条机甲手臂被他直接扯了下来。

死神将扯断的手臂扔在地上，疯狂吼叫，并打开离子炮对准手臂，把它打了个稀巴烂。

这种挑衅且浪费比赛时间的行为却让观众兴奋不已，拼命对擂台上的卫三喊："死！死！"

在失去机甲那条手臂后，卫三立刻做出调整。她不知道对方机甲做了什么改动，对战中被压制的感觉越来越强，不是实力，而是机甲问题。

卫三向来习惯被对手机甲压制，尤其黑厂这架机甲用各种杂七杂八零件拼凑改造，除了这对双链弯刀质量还行，整体应该属于中下水平。

但现在假设她换上血滴，也不见得能快速赢死神。

他的机甲……比血滴还出色？

不见得，血滴已经属于顶级 A 级机甲，各项数据协调平衡到卫三动不了任何手脚。

卫三用单把弯刀转速成一块圆盾，以抵挡死神的炮弹袭击。

这一招让观众看愣了。

"这也行？"

"向生活低头有点本事，能在死神手底下过这么多招。"

"她机甲太差了，不然还有一拼之力。"

死神不断逼近，抓住卫三愣神时机，八棱锤直接砸在她机甲胸膛上。

卫三和机甲轰然倒地。

"完了完了，这个向生活低头，真的要没头了。"

众所周知，死神最喜欢的一招，便是把对手机甲的头扯下来。

卫三摔在地上，顾不上疼痛，死神再一次挥八棱锤，这次对准的是机甲舱。

他要置她于死地。

卫三操控机甲，双腿踢开八棱锤，死神吼叫着挥动着双拳捶过来。

他盯着机甲舱的位置攻击，卫三一口瘀血刚吐出来，死神直接拎起她，连带着机甲狠狠摔在地上。

"砰！"

卫三被打出了真火，连嘴边的血迹都没有擦，直接操控机甲翻身而起，飞踢他脑袋。

死神被踢中，停顿了一秒，卫三单手掐住他脖子，同样给了一个背摔。

她也被死神拉住，摔在一起，对方离子炮已经对准她的机甲舱。

卫三面无表情地操控机甲单臂，以观众看不到的角度和速度，将他的离子炮拆了下来。

死神向来自大，比赛之前甚至没有了解向生活低头，连她用的什么型号的机甲都不知道，更不知道她还能当场拆掉自己的武器，一时间愣在原地。

卫三压根没有给他喘气的机会，一拳一拳打在死神脑袋上。

机甲好了不起！打她？还毁了一条手臂，又要花钱。

卫三越想越气，手臂砸过去，用了十足力道。

"……死神的头好像都扁了。"

有观众喃喃道。

包厢内。

"下次或许让阿夫尔加固你弟弟机甲头部，省得被人几拳打扁了。"靠门的男人"好心"道。

厉雀黑脸："用不着你关心。"

卫三用全力打了几下，发现自己剩下的一条机甲手臂也快废了，干脆停下，用快废了的手开始拆他的机甲。

她将对方的手脚拆掉，露出里面的关节。

卫三眯眼看着淡金色关节，她还没见过这种材质的关节，所以这架机甲是这里动了手脚？

明白了之后，卫三起身，最后一拳砸破死神机甲舱，将昏迷的人直接拎出来，丢下擂台。

最后一条机甲手臂也完全没了用，从臂膀处开裂，手指以及藏在掌心的工具全部粉碎。

卫三见裁判还没判赢，想了想伸腿将死神的机甲也踢下擂台。

"哟——"

观众席不少人倒吸一口气——这挑衅的动作。

不过……死神都晕在了台上，人家再嚣张似乎也没关系。

这时候裁判终于回过神："恭喜向生活低头获得 PK 胜利，屠杀日奖励五百万星币！"

卫三听到这个消息，顿时来了精神，屠杀日好像还不错的样子。

与此同时，她的光脑上收到之前押注的奖励分成。

——居然还有一个人押了她？

"向生活低头，请问你有什么想要说的吗？"裁判见卫三从机甲舱内出来，立马赶过来问。

卫三扫了一眼观众席，低头对裁判举着的话筒道："毁我机甲者，死。"

"嘤。"观众席那位唯一投给卫三的男观众，双手捧脸，"她不搞骚操作的时候，好帅。"

旁边的朋友见到他这么矫揉造作的姿态，隔夜饭都差点吐出来。

"啪——"

包厢内，厉雀手拍在桌子上，目光冰冷："向生活低头……我记住了。"

"厉雀，黑厂发生的事黑厂内解决。"靠门的男人提醒。

以前发生过选手在外面寻仇事件，影响恶劣，现在黑厂已经严禁此种行为，否则黑厂上下将会遭到追击诛杀。

"在黑厂，她总要比赛。"说罢，厉雀挥袖而去。

卫三刚走出赛道，便扶着墙，又是一口血吐了出来，毫不在意地抬手把血擦干净。

黑厂这架机甲算是彻底毁了，刚才收起来的时候，她看了一眼，引擎估计也烧坏了。

不过，她看了看比赛的奖励和押注分成，够自己重新做一架机甲，还是好的那种。

卫三想到这儿，觉得今天这比赛不亏。

第 35 章

黑厂地下四层。

某个房间内，正在播放卫三和死神那场比赛。

"比赛时长 27 分 6 秒，更确切地说，这个向生活低头只花了 5 分 4 秒突然反败为胜，其间还拆了死神那架机甲。"穿着黑色丝绸睡衣的中年男人靠在椅子上，抬手示意旁边的人，"她机甲掌心有什么东西？"

"一把混合游金的小刀。"同样坐在桌子前的一个人解释，"看起来像我们机甲师用的工具。"

"所以拿这个拆机甲？"中年男人哼笑一声，目光停留在旁边光幕上，"现在的小孩玩心就是重，一个个扮猪吃老虎。"

播放卫三视频的光幕旁边赫然是起岸西的比赛视频。

卫三拖着伤回学校，好在夜晚天黑，没人看清楚她脸上的伤。

刚才她比完赛，从机甲舱内出来都艰难，因为右侧凹下去一大块，硬生生地贴着她半边身体，脸就是那时候被伤的。

卫三想着都是皮外伤，便懒得去躺治疗舱，一来要花钱，二来她不喜欢躺在里面的感觉。

路过药店的时候，她顺便买了一点药，回寝室涂。

第二天卫三带着一身药味去训练场，参加射击者的选拔，报名的人有五十位，围观的都是已经进了校队的学生。

今天陈慈也到了场，是评委之一。

"你干什么去了？"丁和美见到卫三，本来想过来给她加个油，谁知道一靠近就闻到这么刺鼻的药味。

"昨天半夜上厕所摔了。"卫三睁着眼睛说瞎话。

丁和美上下打量她："……你这一摔够严重的，脸着地吗？"

卫三丝毫不为所动，顶着半张受伤的脸等候比赛。

五十位候选者，卫三又比较"出名"，加之上周两个 3S 级主力成员为她加油。

在场六百名校队正式成员，外加三百名候补成员，绝大部分人在看她，自然看见她脸上的伤，纷纷讨论发生了什么。

连陈慈过来给五十名学生讲规则时，见到卫三的脸都不由得一愣，不过也没问为什么。

机甲单兵受伤是家常便饭，且他们感知特殊，除非必要，一般不会进治疗舱，会觉得十分不适。

陈慈伸手指着训练场停满的五十个模拟舱："这次比赛采用模拟舱，环境和任务设定好了，你们把自己机甲数据导入便可开始。"

五十个人听老师喊名字，依次走到模拟舱前。

卫三将血滴机甲项链装在模拟舱上，随后戴上头盔躺下，等待比赛开始。

学校之所以用模拟舱是因为要选拔出来射击者，学生难免会受伤，如果成绩好，但最后受伤严重，躺治疗舱也需要一段时间才能治疗好，耽误训练时间。

不过模拟舱对学生也有坏处，模拟舱虽几乎百分之九十九能模仿出环境，但少了一种天然的危机感，有些学生靠的就是那种对危机的直觉，所以进模拟舱比赛有利有弊。

老师们正在检查学生们导入的数据，陈慈一排一排地走过去，停在卫三模拟舱前，皱眉将数据板上的痛觉调到常用值——

一天天不知道怎么过的，浑浑噩噩，又粗心。

陈慈对卫三这种不仔细的行为有些不满。

"好了。"

几个老师对了一下，起身去旁边，按下开始键。

此刻所有学生都进入了模拟比赛中，围观学生可以从各排模拟舱上方的光幕看到选手。

卫三一出现在赛场便感觉有些熟悉，是深海和红鱼。

这不就是之前她在训练模拟室练过的通关?

接下来的情况证实了她的想法，不过并没有之前的难，倒像是低配版关卡，卫三简直得心应手，大鱼出来也半点不慌，她已经应对了无数遍。

反观其他学生，和当初卫三一样，只要适应水压，开始射中红鱼倒不难，而大鱼一出来，便有不少学生慌了手脚。

别说射击参赛者，连围观的学生都吃了一惊，未料到还有大鱼出现，关键还是两条。

"她在射击上很有天赋。"评委老师一下子便从五十人中找到堪称悠闲自在的卫三，"陈老师教导有方。"

陈慈双手抱臂，皱眉看着卫三的动作，这次模拟比赛环境是从Ｓ级难度复制下来的，老师特意调整了一下，好适合Ａ级学生。

从第一节课到现在，卫三进步未免太快。

"我觉得卫三可能有超Ａ的水平。"评委老师见到她率先从模拟舱出来，笑道。

校队中有一个超 A 水平的射击者，无疑是好事。

赫菲斯托斯大赛中，校队只允许 A 级机甲存在，主成员倒是 A、S 级机甲不限，不过只有在军校 S 级学生出现断层时，才会出现后面那种情况。

一个超 A 水平的射击者，如果指挥运用得好，甚至可以抵一个普通 S 级主成员。

陈慈松了眉："潜力是不错，但我感觉她成天吊儿郎当的。"

"是吗？看起来人挺乖，干干净净的。"评委老师是高年级的，对卫三不太了解。

陈慈淡淡地说："你见过哪个乖学生半夜翻墙去酒吧，还被黎泽少校撞上？"

评委老师："……"这倒是没想到。

从模拟舱出来，卫三还在想自己算不算提前做过原题。

"恭喜。"陈慈递给卫三一个橙色胸章，上面的图案是一把枪，枪管上缠着玫瑰。

"老师，三十学分什么时候给我？"卫三最关心的还是学分，马上要期末了，拿不到六十学分，她也不用比赛，直接打道回府。

陈慈："……不会少了你的学分。"

"谢谢老师。"卫三真诚地说，"您就是我生命中的光。"

陈慈微笑："马屁拍完，就站一边去。"不省心。

卫三听了马上退到了一边。

后面陆续又出来九位学生，拿到了剩下的席位。

期末快到了，课上完了，这一周都在考试，卫三已经设计好聂昊齐的机甲，找店主帮忙购买材料和零件。

做机甲烧钱没有上限，但本身聂昊齐对武器要求并不高，他是重型机甲，想要装热武器，这个后期耗能量，不在卫三花费范围内。一亿星币，她大部分花在引擎和关节上，找到最平衡的数据设计出来这架机甲。

到后面基本也没剩多少钱，卫三倒不在乎这个，她能设计机甲练手便算是收获。

"你最近不比赛了？"店主站在工作房外问她，兵、师双修太少见了，可惜这位不是 S 级，否则恐怕也是不世奇才了。

卫三把聂昊齐的机甲收好："机甲坏了，我要重新做一架。"

有了聂昊齐这架机甲的经验，她做这架应该会顺手很多。

上次屠杀日比赛，她见到死神的机甲关节，一直对那种浅金色材质念念不忘。

"老板，你有没有见过那种浅金色关节？"

"关节，浅金色？"店主想了想，"见过啊，你想要我这儿就有。"

说罢，他从柜台翻出一个浅金色小臂关节："还有红色、蓝色、绿色……"

卫三看了一眼便知道不是一样的东西："不是这种涂色关节。"

见老板没明白过来，卫三也不再问了，她得回去设计自己的机甲。

无论是白天还是晚上，那浅金色的关节总在她眼前晃来晃去，卫三干脆联系应成河。

"浅金色关节？"应成河思考半晌，"我只见过金色关节。"

卫三："……不是涂色关节。"

"涂色关节是什么？"应成河认真问道。

卫三："？？？"

两人在视频中互相看了看，卫三缓缓地解释："涂色关节就是往关节上涂色，像涂色机甲外壳一样，是一种时髦。"

不识时髦的应成河终于明白了："金色关节不是涂色关节，而是一种S级机甲专用的材质，叫晶。"

卫三只听过灰晶。

"灰晶提供能量，整个联邦都靠着灰晶运转。"应成河解释道，"但还有其他的晶体，金色晶体适合用在S级重型机甲上，可以有效防止关节磨损。还有青色晶体质量轻且坚固，适合用在轻型机甲上。中型机甲一般用的是混合晶。"

S级机甲，难怪她没见过。

"浅金色关节是混合了其他东西？"

应成河摇头："不清楚，我只见过青金混合晶体打磨的关节，这种晶体调配很难调出其他好的材质，青金向来是最优搭配。你在哪儿见到的？"

卫三并不想让人知道自己打黑赛，她是个好学生："之前在星网上随便看到的照片，没保存下来。"

两人随便扯了几句便挂断了电话。

S级机甲……卫三想起死神不合常理的参数，或许对方机甲仿了S级机甲。

只是一个关节，甚至不一定是S级用的材质，便让卫三念了这么长时间，她想起之前在3212星废弃大楼见到的那架银色机甲。

姬初雨似乎是大世家出身，所以她那时候便见过S级机甲？

如果她也是S级，有一架自己的S级机甲……

卫三想了想，觉得不太可能，顶级A级机甲一台都已经这么贵了，这还是她自己动手，没有什么机甲大师的设计费用。

她真要是 S 级，恐怕这辈子都要陷入贫困中。

也不对，项老师的 S 级机甲便是学校提供的，或许其中还有什么等价交换。

卫三天马行空地想着，最后还是老老实实地设计自己的 A 级机甲。有血滴作为参考，她很容易便能计算好适合自己的机甲数据。

期末结束那天，没有进校队的学生都可以放假，进了校队的则需要留下来训练，一直到三月中旬，再一起去帝都星比赛。

卫三坐在寝室内，和李皮、师娘通信，问他们有没有空过来玩一玩。

"你不回来了？"李皮问。

"暂时不能回去，我要留校训练，参加赫菲斯托斯大赛。"

李皮有点震惊："那个赫菲斯托斯大赛？"

联邦但凡有名头的将军、指挥等都是从这大赛出来的。

卫三一看他脸色便知道李皮误会了："我只是 A 级，进校队而已，不是主力成员。"

"那小卫也很厉害。"师娘在旁边笑着道。

"还可以。"卫三厚着脸皮道，"师娘，我不能回去，你们来沙都星玩，星舰票和酒店我帮你们订。"

"你发达了？"李皮问她。

卫三揣着还没买材料的巨款，硬着头皮自信道："我有钱了。"

"行，我们过去。"

最后李皮和卫三约定好时间，收拾东西赶来沙都星。

想着老师和师娘过来，得带着他们出去转转，卫三这些天抓紧时间做她那架机甲，依旧是晚上出去。

现在放假了，他们校队训练，不再封校，她可以自由进出。

因为每天熬夜，她眼下又重新出现两团乌青，加上卫三冷白皮肤，显得异常瞩目。

"你是不是瞒着我们在背后训练？"丁和美拉着卫三问。

"没有。"

"最好没有。"丁和美严肃道，"现在我们是一个小队的，需要培养默契，你不要乱来。"

在丁和美心中，卫三就是一个不安定分子。

"知道，学姐。"卫三敷衍道，趁着休息时间，半眯着眼，打瞌睡。

"所以……你每天晚上都熬夜干什么？"丁和美露出八卦之色。

卫三坐在地上，单手托腮，随口胡诌："晚上去酒吧蹦迪，放松心情。"

"有用吗？"丁和美闻言蠢蠢欲动，不过转头见到卫三脸上的青黑，嫌弃道，"算了，还是少去点，感觉你身体都被掏空了。"

"学姐，水。"聂昊齐抱着几瓶水过来，递给小队的人。

也是巧合，聂昊齐刚好分在丁和美这一队，卫三对两人都熟悉，便直接选了这支小队。

"学弟，你的机甲是哪个机甲师做的？感觉不错。"丁和美问。

旁边小队内的机甲师也扭头看过来，竖起耳朵听。

聂昊齐悄悄看了一眼卫三，然后道："我有个朋友联系的，据说这个机甲师和S级机甲师熟。"

"S级机甲师？那说不定做你这架机甲的也是S级机甲师。"丁和美开玩笑。

"我不太清楚，一直都是朋友联系的，我没见过这个机甲师。"聂昊齐也觉得这架机甲用起来很顺手。

"一般厉害的机甲师，脾气都很古怪。"旁边的机甲师插话，"你的机甲整体设计平衡度很好，并不比顶级A级机甲差。"

卫·脾气古怪机甲师·三：我也觉得做得不错。

"这架机甲总共花了多少钱？"旁边的机甲师问道。

"一亿。"

"才一亿？那个机甲师做慈善吗？"

有时候好的机甲师设计费就要一亿。

聂昊齐再度悄悄看了一眼卫三，他一直都觉得是有她这个关系户在的原因。

"训练！"

话题还没讨论完，老师已经在喊他们起身。

这些天校队训练主要以五人小队为单位，成千人大队一起训练，锻炼默契度。

五人分配是三名机甲单兵、一名指挥和一名机甲师。在大赛中，机甲师负责修复机甲问题，校队指挥接受主成员指挥控制，带着队伍行进。

一般而言，由于大赛环境恶劣，五位S级主成员会在前面开道，校队跟在后面收尾。一旦主成员全部出局，以校队的水平，哪怕是完整的千人校队，也很快会溃不成军。

因为高阶虫兽不是A级能对付得了的，偏偏大赛内这种高阶虫兽还不少。

但也有校队的学生冲进终点圈拔旗的例子。

达摩克利斯军校便出现过这种情况，并非好事。当年S级生源断层，整所军校连五名主力成员都凑不齐，加了一个 A 级机甲单兵。那次比赛如果他们继续维持倒数第一，达摩克利斯军校将被除名五大军校之一。

为了得到积分，十二场比赛中不断有学生牺牲，尤其最后一场决赛，主成员机甲师、指挥还有一个 S 级机甲单兵出局，剩下两个 S 级和 A 级机甲单兵誓死要冲进终点。

当时终点已经有两所军校抵达，第三位是塞缪尔军校，他们守在那儿也不摘旗，反而等在终点圈，拦达摩克利斯军校的人。

为了拿到一个站不上领奖台的第四名，A 级机甲单兵自爆，S 级机甲单兵重伤，最后校队所有射击者牺牲，才护得一个人冲到终点圈摘旗。

两所军校伤亡惨重，塞缪尔军校学生作茧自缚，落到最后一名，达摩克利斯反而拿到第三。

也是那一年达摩克利斯军校和塞缪尔军校结下死仇。

经过这场教训，达摩克利斯军校每一次都要嘱咐学生谨记关键时刻要退赛，平安回校。

申屠坤便是下一届的学生，其他四位主力成员勉强是 S 级，大家一起面对塞缪尔军校的恶意刁难打压，他参加三届，两届第四，在前不久结束的那一届中是最后一名。

达摩克利斯军校没有任何人怪他，只想让自己更强一点，让学校摆脱这种困境。

李皮带着师娘到沙都星时，正好是周六，卫三准备去舰港接他们，出校时正好碰上进校的应成河和金珂。

"你去哪儿？"

"舰港接人。"

金珂不知道想到了什么，眼前一亮："我们送你过去。"

最后卫三和金珂坐在应成河的飞行器上，往舰港飞去。

卫三朝外望去，摸了摸飞行器窗沿，十分没出息地说："这种飞行器一定要很多钱。"

"不贵。"应成河设置好自动驾驶，回头道，"这架只要一千多万。"

卫三一听，觉得确实不贵，这价格改机甲都够呛。不过转念一想，她机甲一旦做好，恢复赤贫状态后，别说千万，十万都拿不出来。

只能找时间继续打擂台赛赚钱了，卫三盘算着。

据说地下三层还有其他的打法，她还没有具体了解过，只等机甲做好后再看。

三人到达舰港，李皮那边便联系了卫三。

"老师，我已经到了。"卫三看着李皮背后的标志，"你和师娘在那儿别动，我去找你。"

应成河扭头看金珂："你干什么？"

正照镜子的金珂，抬手理了理衣领，矜持道："见长辈。"

不明就里的应成河望着往前走的金珂，最后对着镜子也理了理自己的衣服。

"小卫。"师娘最先见到卫三，朝她喊道。

卫三伸手提她的行李："师娘，我带你们去吃点东西。"

李皮跟在旁边："我们刚才在星舰上吃了。"

星舰票是卫三买的，是双人间，比她当初来的时候价格翻了好几番，现在看来还算值，能提供吃食。

"这两位是？"师娘一抬头便见到两个年轻男生站在对面。

"我朋友，这是金珂，他是应成河。"卫三一一介绍。

师娘笑着打招呼，李皮在旁边努力回想，终于想起来了："金珂……是3212星金家的儿子？"

"您知道我？"金珂眼睛一下亮了起来。

"真是你。"李皮打量他，感觉他完全不像当初3212星上的小胖子，"我们预备机甲班匕首是你父亲赞助的。"

金珂闻言愣住："预备机甲班？"

"他是3212学院的老师，带预备机甲班。"卫三随口解释。

金珂先是神情暗淡下去，然后不知道脑补了什么，眼睛又亮了起来。

高人居然隐姓埋名，直接潜伏到3212学院内部，看这一身气息，真的普通到不能再普通，会装，太会装了。

"师娘，你和老师先去酒店休息一晚，明天我带你们去逛逛。"卫三说得像很熟悉沙都星一样，其实她来这里这么久，哪儿都没去玩过。

应成河问了酒店地址，开着飞行器送他们过去，下来后，两个男生跟在后面拎东西。

"我们会不会耽误你训练？"李皮进去前问卫三，"你没时间就不用陪我们。"

"周末休息，不训练。"

李皮和师娘这才安心在酒店住下。

回学校的路上，应成河没忍住，问道："金珂，你和卫三都是一个星的人？"

金珂点头："怎么了？"

"我以为你是柳极星的人。"

"这个……我只是转学到柳极星。"金珂竖起两根指头，"上了两年预备指挥课。"

那两年学得昏天黑地才勉强把指挥的知识补起来，后面又测得感知3S级，一下子接到五大军校的橄榄枝。金珂权衡利弊后，最终选了达摩克利斯军校。

他有野心，待在末位军校，是因为再也没有比待在末位军校却拿到奖杯这种更好地提升自己知名度的方式了。

可惜，帝国军校还有个更强的应星决。

"你们3212星都有什么？"应成河有些好奇，都说无名星出不了人才，金珂显然不是。用两年学到指挥这种程度，将来他必能留名。

而且卫三也还算优秀吧。

应成河心想。

第 36 章

卫三一大早起来，准备去酒店找李皮和师娘，刚打开寝室门便见到金珂拉着应成河站在门外。

"你们怎么来了？"

金珂热情地说："成河有飞行器，我当导游，陪你们一起去怎么样？"

卫三抬眼，凉凉地说："没记错的话，你对沙都星并不比我熟悉多少。"

"所以我昨天晚上回去做了一张沙都星吃喝玩乐精简版地图，"金珂从口袋摸出一张手写地图，夸下海口，"现在整个沙都星没有我不知道的地方。"

卫三倒没有怀疑，金珂一个3S级指挥，记这点东西再简单不过。

"走了。"

三个人再一次坐上应成河的飞行器，往酒店方向飞去。

卫三看着自动驾驶的飞行器，突然冒出来一句："这个有没有手动驾驶模式？"昨天上来也是自动驾驶。

"有。"应成河起身按了某个地方，飞行器前方便出现一个座位，"我很少用。"

现在大部分日常开飞行器都是自动驾驶，很少有人会主动驾驶，毕竟人都是好偷懒的。

卫三单手托腮："开这个要考驾照吗？"

"驾照？"应成河愣了愣，终于从记忆中找出这个古老的词，"不用，飞行器有自动矫正功能，即便手动驾驶也不会撞到人和车。"

"我能不能开一下？"卫三没碰过这个世界的飞行器，有点好奇。

"可以。"应成河起身给她示范，"很简单。"

卫三坐在驾驶座上，直接踩油门飙了出去。

不得不说，这种车开起来非常爽，上上下下，甚至可以绕着高楼边开。

"超过那个红车。"金珂在卫三背后指点江山，"冲！"

坐在旁边的应成河："……"这两个人一凑在一起，行为举止便智障化，尤其是金珂，平时明明是一个举止得体的3S级指挥。

卫三依言超过红车，嗖嗖开着，不断转弯变道，有时候贴着光栏开，飞行器屏幕上数次出现警告。

"那辆黑车，追上去，让他见识见识你的车技。"金珂越指越兴奋。

"等等，那辆车……"应成河试图阻止。

"给我十秒。"卫三将油门踩到底，重新找回当年飙车的手感。

六百米、三百米、一百米……

两车之间的距离越来越近，金珂双手扒在卫三椅背，脸上带着三分激动，七分嚣张："超过他！冲……"

两车擦肩而过时，金珂口中那个"冲"字戛然而止，另一边的应成河已经双手挡脸转向另一边。

卫三象征性犹豫地踩了踩刹车："为什么我觉得刚才那辆车里的人有点眼熟？"

"里面的人是黎泽少校。"应成河补上刚才没说完的话，心想幸好自己转过头还挡住了脸，少校应该不会认出他来。

"没穿军服，有点认不出来。"卫三想起刚才看到车内的人，头发自然垂在额头，穿了一身休闲服，看起来比他们大不了多少岁。

金珂扭头朝后看了一眼，立马催促道："快快，少校好像追上来了，赶紧走！"

卫三闻言重新飙了起来，金珂在后面实时播报："离我们七百米，七百五十米……少校速度加快了！六百二十米，四百五十米，越来越近了！"

"这是最快速度，成河的飞行器看样子不太行。"卫三吐槽道。

应成河也紧张地扒着椅背往后看："少校的飞行器比我的好，我这个是来这里随手买的。"

好好的，他到底跟着做什么？现在还被少校撞了个正着，要知道他在几位老师眼中一直是一个勤奋刻苦、积极向上的机甲师。

应成河扒在椅背上，心中泛起一丝悔意，与此同时还有一点其他的感受。

老实说，他感到有一点点刺激。

下一秒，黎泽直接将飞行器横停在他们面前，从飞行器中跳出来，双脚踩在他们车头上，一拳砸在了飞行器前玻璃上。

卫三："……"

金珂："……"

应成河："……"

不愧是少校，飞行器厂商号称这块玻璃撞不烂，结果少校一拳便给打碎了。

黎泽原本出去办点事，结果这辆飞行器突然擦边超过他，里面金珂一脸扭曲地看着自己。

那一瞬间黎泽少校脑中闪过几种可能，无一例外以有人企图绑架达摩克利斯军校 3S 级指挥为中心发散。

"应成河？"黎泽没想到车内还有一个学生。

卫三从刚才黎泽横停起，便及时刹车，此刻，正对着黎泽少校的拳头。

黎泽看着里面两位手脚自由、面色红润的学生，终于察觉到一丝异样，抽出拳头，透过那个破洞，盯着卫三半晌："你是……那个翻墙的卫三？"

最后，三个人被揪了下来。

"刚才你一脸扭曲地贴着玻璃干什么？"黎泽皱眉看着金珂，他平时聪慧稳重，导致自己刚才看见那副表情，才误以为出事了。

金珂低头："活动五官。"

黎泽："……"

卫三悄悄在身侧对金珂比了一个大拇指，这种借口都能说出来，人才。

"你们出来玩？"黎泽目光扫过卫三，最后落在应成河身上。他想不明白两个 3S 级学生为什么会和一个普通 A 级学生混在一起。

应成河也低头："嗯，出来放松心情。"

这几周学生心理压力大，而且越往后，压力会越大，黎泽知道，并不禁止他们出来。

"下次不要贴着玻璃做那么夸张的表情。"黎泽说完金珂后，又对卫三道："车也不要飙得那么快。"

应成河见他就这么准备走，下意识喊了一句："少校。"

黎泽转头回来看着这个学生："有事？"

"玻璃破了，要花钱修。"

黎泽在脑中转了两遍，才终于反应过来他在说什么："要我赔你？"

原本黎泽以为应成河会立刻摇头，却未料到他坚定地说："付修玻璃的钱就可以了。"

黎泽："……"

这帮学生私下原来一个个这么……不知天高地厚！

金珂和卫三也一脸震惊地看着应成河，一个月前这位还是对金钱没有半点概念的世家子弟，现在居然敢直接找上少校赔块玻璃的钱。

四个人互相看着，齐刷刷地感受到人设崩塌的震撼。

应成河厚着脸皮接受黎泽少校的赔偿款，和金珂、卫三一起看着少校冷着脸离开。

卫三看着应成河摇头："不至于。"

金珂也摇头："成河，你的大方哪儿去了？"

应成河一脸正色："刚才少校给多了，修完玻璃，我们还可以一起吃顿饭。"

卫三顿时改口："成河，做人就要像你一样，公私分明。"

金珂竖起大拇指："不愧是我们的朋友！"

三个人耽误了一点时间，到酒店时，李皮和师娘已经在自助餐厅吃完了早饭。

金珂掏出地图，讲得头头是道，好像这些地方他都去过一样。

李皮听着金珂讲解，师娘将卫三拉到一旁："大星上消费高，小卫，你在这里有钱吗？"

"师娘，我有。"

"真的？早上吃饭的时候，我听旁桌的人讨论达摩克利斯军校学业很重，你一个人……"

卫三打断师娘的话："不累，我周末出去兼职，这里机甲单兵很容易赚钱。"

"是吗？"师娘有点犹豫，但见卫三并没有瘦，最后还是选择相信她说的话。

卫三也确实没说假话，打黑赛确实赚钱，如果加入地下集团，不用管机甲的事，她赢来的钱足够日常宽裕生活。

可惜，机甲是个烧钱的东西，材料、武器等每一项都要巨额花费。

"这里是沙都星市中心。"金珂指着地图中间一块解释，"有个很有名的景点，是一座雕像。"

"达摩克利斯之剑，我听说过。"李皮道。

卫三拉着师娘一起上飞行器，她知道达摩克利斯之剑的故事，只是不知道这个世界在沙都星还有座雕像。

"这把剑是鱼青飞用各种废弃机甲材料做成的，百年前一直在达摩克利斯军校内，提醒军校生时刻警惕，不能放松。"应成河慢慢道，"后来学校将其移出来，希望整个沙都星都能传承这种精神。"

但近年来，星网上很多人嘲笑当年校长的做法，认为他移走了达摩克利斯军校的风水，导致达摩克利斯军校排名一退再退。

"我们去这里看看。"师娘听后感兴趣道。

众人都听她的话，开着飞行器往市中心走。

"人真多。"师娘一下来便感叹道。

达摩克利斯之剑的金属雕塑就在广场中心，他们一眼便能看到。

几人往广场走去，卫三下意识地观察这把巨剑内的废弃材料都是什么，五花八门，堪称机甲零件大全。

"师娘，我帮你们拍照。"金珂主动道。

"好啊。"师娘拉着卫三和李皮拍了一张，随后又问应成河要不要一起。

应成河站在卫三旁边，李皮和师娘站在一起。

金珂拍了一张，感觉自己吃了亏，请路人帮忙拍一张，自己挤了过去。

五个人一起对着镜头笑。

"换个位置，我要站在卫三旁边。"金珂想要跟应成河换。

"你站师娘那边。"应成河不太想动，他觉得这个位置光线最好。

两人还在争论，卫三刚想说话，忽然神色一变，立刻进入机甲，将四人挡在身后。

一条垂尾异狼突然出现在广场中心，离他们只有百米远。

应成河条件反射，要拿出自己的机甲，被金珂压住了手。

"别动。"金珂低声警告。

应成河对上他的目光，最后垂眼松手，护着李皮和师娘往后退。

此刻广场中心也是尖叫混乱一片。

"小卫……"师娘着急道。

"师娘，没事，这只是一头 A 级异兽，卫三能应付。"金珂和应成河护着他们俩往外走，指尖在光脑幕上快速联系军校负责人。

"卫三不会做没把握的事。"李皮拉着妻子的手镇定道，心中却忐忑无比。

四个人往外退去，卫三已经正面迎上那头垂尾异狼。

血红色机甲在阳光下透着冰冷煞气，垂尾异狼嘶吼着朝她奔来，每一次爪子着地都抓碎广场地面砖，卫三同时一跃而起，挥刀迎上去。

一狼一机甲直接在空中对上。

卫三砍在垂尾异狼的前肢上，直接发出"锵——"的一声。

它居然已经金属化了？

机甲舱内的卫三愣了愣，随后落地，打开右臂炮膛口，对准垂尾异狼的眼睛，未料它冲过来时闭上眼睛，子弹居然穿不破异狼眼皮，似乎同样金属化了。

"全身金属化，口腔是突破点。"

卫三还在想要怎么打，突然脑子里接收到这样一条消息，更确切地说像有人给她脑子直接发布命令。

来不及多想，垂尾异狼已然逼近，卫三躲开它一爪，没有硬来，转身踢在它的脑袋上，机甲和金属化狼头相撞，发出刺耳的声音。

垂尾异狼转头龇牙，涎水从口角流出，一爪拍来，卫三躲开，在它眼前转悠，垂尾异狼下意识地张嘴咬她。

在它张嘴的那瞬间，卫三左臂光刀再次骤现，高高举起，刺进垂尾异狼口中。她双手握住光刀，快速往前跨步，以刀从口中劈开。

垂尾异狼只来得及挣扎几下，从下颚至腹部便被划开。

同时金珂那边却被另外几只 A 级异兽围住。

这些异兽同样是不知道突然从哪儿冒出来的。

金珂扫过四周，人群混乱，异兽似乎只是单纯地围攻他们这边。

看到有人受伤，应成河手又抬了起来，再次被金珂制止："有人过来了。"

应成河一愣，便见到空中出现一架深蓝色机甲，是黎泽少校。

S 级对付 A 级异兽，没有任何悬念，那几只异兽瞬间被杀死。

沙都星守卫队也紧跟其后出现，黎泽收了机甲，走到金珂和应成河面前："回校。"

金珂朝卫三那边看去，见她没事，便道："好。"

卫三走过来时，金珂和应成河已经随着黎泽坐军方飞行器离开。

"小卫，你没事吧？"师娘紧张地拉着卫三上上下下地看。

"我没事。"

李皮拍了拍卫三肩膀，却没有说话。普通人感知低未尝不是一件好事，而进入军校，随时都有失去生命的危险。

"师娘，我先送你们回酒店。"卫三朝广场中心看了一眼，达摩克利斯之剑此时沐浴在阳光下。

应成河："飞行器你开走，密码是 ****。"

金家发财："嘿嘿，刚才情况紧急，所以直接勾连了你的感知。"

卫三低头看着光脑上的消息，先带着李皮和师娘上飞行器，再回复金珂："你能控制我？"

金家发财："S 级指挥的感知特殊，在战场上感知越高的指挥，勾连机甲单兵的数量越多。简言之，是我能控制你。"

卫三回想起刚才在脑海中突然冒出来的想法，感觉控制说得其实不太准确，更像是金珂把他的想法塞给她的，谈不上控制。

暗中讨饭："[中指.jpg]"

金家发财："刚才少校肯定看到了你那一刀，干脆利落，说不定能在他心中留下好印象。"

暗中讨饭："沙都星市中心都能冒出星兽，这个世界有点危险。"

金家发财："有人冲着我和成河来的，今天幸好有你。"

暗中讨饭："……对付你们用A级星兽，有人是不是看不起你们？"

卫三又给应成河发消息："送完我老师和师娘，我把飞行器停在学校大门右边的停车场。"

应成河："好，你注意安全。"

黎泽看着两个还在低头看光脑的学生，皱眉："刚才什么情况？"

"有人故意放出来的。"金珂抬头，"恐怕有两个用意。"

黎泽看着金珂，示意他继续说下去。

"一是想我们放出自己的机甲，还有两个月不到，我们就要进入大赛，机甲师和指挥的机甲这时候暴露出来，恐怕四大军校立刻有方案针对我们俩。"金珂顿了顿道，"二……刚才的垂尾异狼可能经过人工改造，今天一过，其他军校势必会有人来沙都星调查。"

表面调查，暗中做点什么，都有可能。

"你们暂时不要出校了。"黎泽道。

第二天，红杉媒体报道了这件事，用词极其尖锐，通篇指责怀疑沙都星有实验室在研究制造异兽，希望其他军区能去调查事情真相。

只是A级异兽，沙都星背后有十二和十三军区，不可能让其他军区的人来，最后果然如金珂所料，四大军校联合成立调查组，连夜赶往沙都星，要调查这件事。

帝国军校，指挥室。

应星决衣衫雪白，乌发随意束起，唇色苍白，搭在沙盘台上的双手，指节修长，淡青色血管藏在肌肤下，透着冷意。

"这个时间节点。"他垂眸看着沙盘上走势，"带着一个A级机甲单兵出去？"

姬初雨坐在椅子上，漫不经心地转着食指上的机甲戒指："据说A级机甲单兵和他是一个无名星出来的，身边还有两个普通人，一起在市中心逛。"

"让调查组的人不要轻举妄动。"应星决抬眸，目光冷漠，"金珂没那么愚蠢。"

"我去提醒一下。"姬初雨起身，"一个3S级指挥而已，大赛的冠军永远只能是帝国。"

因为市中心那件事，师娘当天晚上受惊过度，发烧去了医院，好好的一个假期，平白浪费。

卫三训练完，便去医院看师娘，她已经好些了。

"过几天我们就回去了，不知道什么时候能再见到小卫。"师娘有点舍不得。

"没事，师娘，等参加比赛，你在星网上就能看到我。"卫三信誓旦旦地说。

"吹，当我没看过赫菲斯托斯大赛。"李皮揭穿她，"你一个 A 级，最多进校队，能露一面就不错了。"

卫三："……老师，您懂得可真多。"

第 37 章

调查团来沙都星那天，正好卫三送李皮和师娘回 3212 星。

"小卫，你注意安全。"师娘对广场的事还心有余悸，但卫三是军校生，这种事将来只会越见越多。

"知道，师娘。"卫三将行李还给她，看着两人走进安检口。

李皮落在后面，转头看着她，突然停住脚步，冲她招手。

卫三连忙赶上去："老师，怎么了？"

"多买几件衣服。"李皮视线落在她裤脚，"自己裤子短了没感觉？"

卫三："回去就买。"之前每天忙得团团转，她哪里还记得买衣服的事，能记得穿衣服已经不错了。

李皮摇着头，跟上师娘的脚步朝星舰口走去。

卫三看着他们的背影消失，这才转身往外走，然后就看见另一个通道走出来一群人。

或许说整个港口进出的人都看了过去。

八个人衣着不凡，浑身上下透着"我很有钱有势"的气息。他们从安检口出来，对面便走过去一个卫三认识的人。

——黎泽少校。

果然是大佬。

卫三收回目光，今天请了半天假，她还要赶回校训练。

"卫三。"

黎泽和调查组几个人寒暄完，一眼见到那个翻墙的学生，目光一敛，便将人喊了过来。

被叫住的卫三："？"

卫三慢吞吞地走过去："少校，我请了假的。"先扫清自己身上的嫌疑，她没有逃课。

黎泽："……这是四大军校过来的调查员，专程来调查沙都星出现Ａ级异兽事件，待会儿你先带他们去参观我们军校。"

他这话一出，调查团内的两人便面露不满。

"少校从军区回来后也这么忙？"戴眼镜的中年男人温声道，"兹事体大，还望贵校重视。"

黎泽淡淡地说："本人顶着少校的头衔，沙都星安防问题自要担负责任，还望诸位见谅。"

"正好我们也是初次来，便让学生带路。"南帕西的一位调查员退让道。

黎泽向她点了点头，转身看向卫三："门口有飞行器，你带着他们去参观学校。"说罢转身离开。

戴眼镜的中年男人旁边的调查员在黎泽走后，低声道："没了机甲，还能仗着一张脸。"

此话一出，刚才说话的南帕西调查员脸色涨红，皱眉看着对方。

卫三走在前面带路，没了机甲？她记得少校那天用了一架机甲。

"我们沙都星风大沙多。"卫三站在飞行器外，热情地对调查团的人道，"老师最好把嘴闭上，省得进沙子。"

"你说什么？"刚才低声讽刺人的调查员厉声道。

"好了，和一个不懂事的学生计较什么？"调查团中一直沉默的帝国调查员制止塞缪尔的调查员，"不要忘记我们是来做什么的。"

八个调查员依次上去，卫三落在最后面，短短一段路，四大军校的态度显而易见。

其他人隐隐忌惮帝国军校的调查员，平通院作壁上观，塞缪尔军校对达摩克利斯军校恶意极大，南帕西大概是谁都不想得罪的状况。

飞行器内十个座位，两排面对面坐着，大概因为刚才被塞缪尔调查员暗讽，南帕西两个调查员特意和他们隔开两个位子。

卫三大刺刺地坐在塞缪尔调查员隔壁，没半点不自在。

旁边塞缪尔的调查员扭头看了她好几次，脸色变了又变，最后碍着这么多人的面，忍了下来。

"你是不是那天广场上的学生？"途中南帕西的调查员问卫三，他们来之前已经把监控视频看了几遍，虽然重点都放在达摩克利斯军校的两个3S级学生身上，但还是觉得卫三脸熟。

"不是我。"卫三睁眼说瞎话，"那是我姐卫二。"

这种敷衍的名字，塞缪尔调查员在旁边嗤笑："这么说你家还有个叫卫一的。"

"老师，你真厉害。"卫三竖起大拇指，"我哥就叫卫一。"

塞缪尔调查员脑门青筋跳了跳，明明听起来正常的话，从她口里说出来却阴阳怪气的。

看着飞行器内监控的黎泽扭头问身边的人："学校还有她姐卫二？"

身边的人："……资料显示她没有兄弟姐妹。"还是个孤儿。

黎泽闻言皱眉，这个卫三满口胡诌的本事简直浑然天成。

飞行器内又陷入一阵沉默，几个调查员端着架子靠在座椅上，反倒卫三相当放松，直接睡着了，到达军校的时候，还是南帕西的老师喊醒她的。

下车前，帝国军校的一位调查员抬头看向飞行器内的监控，最后才跟着下去。

"各位老师。"卫三从飞行器下来，走在最前面，"我带着你们参观达摩克利斯军校，全程不走回头路。"

调查团对达摩克利斯军校环境完全没有兴趣，这里不知道多少年没有翻修过，四大军校哪个拎出来都要比这里豪华。

学校内的人不多，只有校队一千人外加替补五百人，因此只开放了一个食堂，免费吃。卫三带着调查团经过食堂时，正好赶上中午吃饭时间。

"卫三，你今天上午……"丁和美刚吃完饭，走出食堂抬眼见到卫三，下意识地打招呼，结果见到她背后的调查团。

调查团要来沙都星，这件事在星网上已经传开了，丁和美以前参加过校队，一眼便认出后面八个就是四大军校的人。

她脸色有点难看。

不只她，出食堂见到调查团的人脸色都不好看。

"带调查团的老师过来参观学校。"卫三向丁和美打招呼，"老师那边你帮我打个招呼，下午可能赶不上训练。"

丁和美沉沉应了一声："你早点过去。"

塞缪尔调查员弹了弹手指："达摩克利斯军校的学生眼神不好吗？这么看着我们。"

"可能因为老师煞气太重，看着让人害怕。"卫三真挚地说，"我们学生弱小无辜，禁不起吓。"

"确实，不然怎么会一直倒数第一。"

"老师，您这么关心我们名次，不知道的还以为您是达摩克利斯军校的人呢。"金珂从后面走过来笑道，应成河站在旁边。

"这是塞缪尔军校的老师。"卫三解释，"他只是太热心了。"

"老师真是善良。"金珂一脸感动。

两人一唱一和，塞缪尔来的调查员被堵得面色极为难看。

"你是金珂？"帝国调查员突然开口。

"不是，我叫金有财。"金珂认真道，"金珂是我弟弟。"

帝国调查员深深看了他一眼，目光移向旁边的人："应成河，你带我们去见校长。"

"我叫应成海，应成河是我哥。"应成河露出一张虚拟卡，"我来食堂吃饭。"

调查团的老师们再不知道这几个学生戏弄他们便是傻子。

"老师们也一定没吃饭，不如一起进去。"卫三请他们进去。

"我们的住处在哪儿？"平通院的两位调查员大概没时间耗下去，想要去休息。

卫三怎么知道他们住处在哪儿，看向金珂："有财，你知道吗？"

金珂原本便是来接手的，对调查团的人道："老师们可以跟我走。"

"你不一起？"卫三看着他们离开，扭头问应成河。

"我来吃饭。"应成河重申。

"行，请我吃。"卫三蹭饭蹭得极为熟练。

应成河和卫三一起往食堂走去，两人找了一张空桌坐下。

"你不问？"应成河看着对面的卫三，少校看监控时，他们在学校也看到了，专门过来接手的。

卫三单手撑着额头，垂眼看面前饭菜："问什么？调查团也不关我的事。"她吃着饭怎么还头晕起来了。

"军用飞行器有内置摄像头，刚才少校一直在看着。"应成河解释，"调查团来的人心思各异，到港口时黎泽少校收到校长的消息，要避开风头。"

卫三抬眼："我听他们说少校机甲没了是什么意思？"

"少校一直用的机甲在战场上毁了，现在的机甲只是备用。"

S级及以上机甲单兵的机甲不会轻易换，因为经过多年才能和机甲完美契合，发挥机甲最大能力。

黎泽少校的机甲毁了，便要找一架全新的S级机甲，意味着一切要从头开始。

应成河想，重来也比丧命好，少校还年轻。

卫三没见过世面地感慨："备用机甲也是S级，有钱真好。"

应成河："……"永远别要求卫三感性。

北望楼，某个房间。

黎泽和安排好调查团的金珂，以及另外几位校方的人都在里面。

"平通院向来不管外事，他们来这儿应该只是流程。"

"异兽的事查到了什么？"

黎泽面无表情地说："对方做得很干净，没有查到任何线索。"

"这件事透着蹊跷，按理说其他军校也没有理由做出这种事。"

"今年我们新生这么多 3S 级，说不定是哪所军校慌了。"

黎泽看向金珂："你来说说。"

"首先排除帝国军校，他们不会花时间在我们身上。最有理由这么做的是塞缪尔军校，但太明显。"金珂谨慎地说，"有没有可能是独立军？"

房间内一片寂静。

最后校方一个人咳了声，打破沉默："这件事继续查下去，调查团也不要让他们乱走，别在沙都星埋下什么钉子。"

"黎泽，你带着他们，训练不能落下。"

"知道。"

等校方的人走完，房间内只剩下黎泽和金珂。

"为什么会猜独立军？"黎泽问他。

"独立军这么多年一直在暗处，如果要搅乱联邦，沙都星是最好下手的地方。"

黎泽没说是也没有否认："你先回去。"

第 38 章

校队训练有大小队之分，小队五人一组，大队是一千人。机甲单兵负责战斗，机甲师则在战斗后快速维修机甲，校队指挥统一接受主成员指挥，传递命令给小队。

指挥感知特殊，上级可勾连下级，差距越大效果越明显，比如 3S 级可以直接控制 A 级，个别 3S 级指挥感知异常强大，甚至可以控制 2S 级。不过比起在战斗中易狂暴的机甲单兵，同类型的指挥勾连更方便安全，因此在战场上五人一队是最为妥当的组合，也一直延续在大赛中。

据说帝国军校的应星决两年前在幻夜之战中，便直接控制了整个战前区，包括 S 级机甲单兵，赢得那场胜利。

少年一夜成名。

金珂也是 3S 级指挥，经过训练，或许可以控制整个战前区的指挥，但要包括所有机甲单兵，不但不可以，甚至有可能感知受伤。

"原来比赛的时候，你不控制我？"卫三坐在操场主席台边上问金珂。

"我要忙着和其他校队指挥联系，机甲单兵不在我的范围内。"金珂和她一起晃着腿，"到时候如果我们主成员出事，你们小队指挥有厉害的，可以带着多走一段路。"

卫三奇怪看他："老师不是说平安第一，比赛第二？"

"校队可以，主成员身不由己。"金珂看着底下三三两两坐着休息的校队学生，笑了一声，"我们 S 级是军区的未来，多废一个，其他军区接手的可能性就越高。"

联邦一共十二军区，除去帝国军校有三个军区外，其他军校背后都各有两个军区，还有一个军区变成了独立军，游离在联邦之外。

这么多年大赛或多或少有伤亡，申屠坤前一届是伤亡最严重的一次，有四大军校都想将达摩克利斯军校吞并的成分在其中。

名义上，大赛中有各个 S 级老师守着，一旦有人退赛，便会过去阻止，但有时候甚至来不及送进治疗舱，学生便没救了。

"今年会更残酷，各大军校指挥、机甲师、机甲单兵都不弱。不过有应星决在，到时候比赛，每一场至少会有十名少校担任救助员，还有其他 S 级以上的老师。"金珂双手撑着主席台地面，"这些少校都是以前从大赛走出来的。"

"黎泽少校也在？"

"在，但不担任救助员。少校机甲没了，还在找机甲师重构，需要时间。"

卫三踢了踢金珂："3S 级指挥能不能干扰 3S 级指挥感知？"

金珂一听就知道卫三在打什么主意："可以，不过我碰上他，不说死路一条，也得半残。"

"是吗？"见到老师往这边走，卫三从主席台站起来，"我看那个应星决身体不太好的样子，比赛的时候弄他不行？"

"他那是感知等级过高，消耗太多精神。"金珂揪着卫三裤腿也起身。

"裤子要被你扯下来了。"卫三一把把金珂拉起来，"我怎么看你精神得很？"

"我只是普普通通 3S 级，能一样？"金珂瞥向卫三，"倒是你精神萎靡得很。"

"我是熬夜熬的，应星决也熬夜？"卫三"喊"了一声，当她愿意每天挂着两个大黑眼圈。

两个人对视一眼后，都长长叹了一口气。

——生活艰难。

"走了，我去训练。"金珂摆手。

两人分头去自己的训练场。

校队机甲单兵作为武力输出，基本就是日常训练，小队和小队变换熟练队形，统一集中训练的是指挥，他们在尝试与金珂互相勾连，机甲师则负责观察自己小队的机甲，以便比赛期间熟练维修。

卫三休息完，在操场上把机甲放出来。

"血滴！"

卫三小队的机甲师，一见到她把血滴放出来，便蹲到机甲身边，摸摸蹭蹭。

"呜呜呜，我的梦中情机。"

卫三还没反应，甚至对机甲师的话深有体会，她的梦想就是摸一摸 S 级机甲，看看和 A 级机甲到底有什么不同。

但旁边的丁和美和聂昊齐都一脸无语，看到别人这么猥琐地摸自己的机甲，是个机甲单兵都不能忍。

"他这么摸你机甲，卫三，你这都能忍？"丁和美杵着卫三低声问，维修机甲是维修机甲，这当面摸来摸去就是挑衅！

"摸一摸而已。"卫三毫不在意地说，她看上别人的机甲也喜欢这样。

丁和美："卫三，之前老师还说你吊儿郎当，没想到你为了大赛，竟能自我牺牲到这个地步，老师之前一定是误会你了。"

卫三："？"

机甲师摸完一遍，心里终于满足，扭头对卫三感慨："如果项老师没送你，我这辈子都不知道能不能摸到血滴。"

S 级机甲师做出来的 S 级机甲不能量产，不光是因为一对一设计，还有当时制作的机缘手感。即便同一个机甲师，用的同一种材料，也不一定能做出一模一样的机甲。

血滴是由 S 级机甲师做出来的，各方面臻于完美，加上有前机甲单兵打出来的名声，称之为 A 中顶级机甲也不为过。

A 级中有一些机甲便是这么传承下来的，也有找不到合适的人选便搁置，从此渐渐消失在大众面前。

"能不能赶紧检查？"丁和美见不惯机甲师这样子，生怕下一个惨遭毒手的就是自己的机甲。

"快了快了。"机甲师把三架机甲全部连接在自己光脑上，打开数据板，"轻型机甲左膝盖关节磨损有点厉害，丁学姐，你平时注意点。这架……嗯，挺好。"

"我也觉得挺好。"聂昊齐摸着头，"比以前的机甲好用很多。"

他甚至感觉自己厉害了不少。

"我记得你这架机甲是新的，那平时多练练，和机甲形成联感，契合度才会更高。"机甲师看完数据板，小声道，"奇怪。"

"什么奇怪？"聂昊齐紧张地问，他刚拿到这架机甲，特别宝贝，听不得一点坏话。

"哦，没什么，就是你的机甲平衡度太好了。"机甲师收了数据板，"你们训练，我先去做几个测试。"

听见"同行"夸奖，卫三心中表示赞同。她也觉得这架机甲做得不错，如果聂昊齐预算再多给点，她还能在武器上做得更好。

提起机甲，她已经有段时间没去黑厂比赛，因为手里头没有机甲，不过设计图已经做了出来，现在就等店主帮忙买进材料。

晚上，卫三便收到店主的消息，说除了有几个零件没有找到，其他的基本进来了。

当夜，她就赶去黑厂地下一层，准备搭建机甲大架。

"为什么……"店主站在外面，盯着卫三，发出自己心中存在已久的疑问，"你做一架机甲像拔萝卜一样简单？"

她前段时间才做完一架机甲，现在又来一架。

要知道构建机甲，机甲师要用上感知，机甲内部结构复杂，往往他们做完一架机甲，少则几个月，多则以年计数才能完全恢复，否则无节制高强度工作只会让感知受损。

"简单吗？"卫三蹲在地上，收拾图纸，"要把价钱控制在合理范围内，还不能减弱机甲攻击力，我做起来一直很难。"

店主：咱们说的完全不是一个意思，我怀疑你在扮猪吃老虎。

"你和起岸西熟吗？"

"算认识，之前他的机甲给我改造了。"卫三抱着图纸起身，"老板，你问这个干什么？"

"今天起岸西在挑战前十名，排名不断往前面的随机池移。按这个推算，他明天要对上死神了。"店主显然很感兴趣，"之前屠杀日，你的积分排名全部和死神对换了，现在死神落到下面去，结果撞上了起岸西，黑厂都在赌谁赢。"

"肯定是起岸西，他厉害。"卫三毫不犹豫地说，"死神占了机甲便宜，招式暴躁，稍微一挑就会露出破绽。"

"票卖完了，你用选手账号帮我买一张，我给钱。"

第二天，卫三还在地下一层搞机甲的事，拿到票的店主在外面关门，自己去地下三层看比赛。

卫三还在搭建机甲内部引擎，过了一会儿，一心二用，打开光脑，花积分买起岸西的直播视频。

视频中，死神的机甲已经修好了，站在擂台中间，依旧嚣张，看着上来的选手，照样是一副弄死对方的神态。

起岸西跳进机甲舱，丝毫不为所动，等着比赛开始。

死神确实招式一般，全靠暴力和机甲，但机甲确实特别好，寻常 A 级碰上，基本只有被血虐一条路。

而起岸西动作轻盈，如同美学教科书级别，将轻型机甲的轻发挥到了极致，死神甚至近不了他的身，只能更加狂躁。

卫三坐在操作台前，咬着机甲的一块零件，抬头看光幕中的两人对决。

昨天她说起岸西厉害不是随口说的，光从和死神比赛来看，她那天晚上便用尽了全力，起岸西分明留有余地，甚至连破云翅都没有用上。

卫三记着起岸西对付死神的招数，再在脑中复盘自己对上死神该怎么做。

当然有机甲的影响因素，但起岸西每一招都打在最关键的部位，而卫三那天晚上是打完之后才明白死神机甲异常在哪儿。

光幕中，起岸西招招对着死神的各关节，最后弩箭直接贯穿他的双膝，让其跪倒在台上。

卫三缓缓地拿下口中的机甲片，厉害！

死神不甘心，显然无法相信自己机甲改造后，接连败在两个新 L3 级手中，跪在擂台上，还想偷袭起岸西。

起岸西直接转身，踢断死神机甲脑袋，没有给他留下任何机会。

卫三："？！！"

起岸西之前不是挺好说话的吗？什么时候变得这么暴力？连身上气息都不一样了。

第 39 章

死神偷袭不成，反倒自己落下头身分离的结果，被抬着下台，据说因为接连败，备受打击，后来对擂台产生阴影，再没有出现在黑厂内。

当然这是后话。

起岸西一脚踢断死神的脑袋，径直下台，裁判甚至没来得及问他胜利的感想。

擂台场上都在欢呼，显然之前有一批观众不喜欢死神，现在情绪渐渐冒头。但起岸西仿佛听不见这些声音，直接走了出来。

卫三在工作房内看着他潇洒背影，不由得感慨，起兄还是一如既往地直接，不过杀气似乎重了不少，也不知道这段时间干什么去了。

关掉光脑，卫三继续忙手上的活儿，闭着眼在脑海中用感知探进零件内部，甚至都不用睁眼，手上的零件和零件便粘连在一起，严丝合缝。

单单机甲主躯干，卫三花了一整天才勉强做出了个大概。到傍晚，她休息了一段时间，蹲在店门口，和老板一起吃面，突然收到起岸西发来的消息："要不要一起参加团体赛？"

卫三端着碗，差点呛住，起岸西好好的怎么要和她一起参加团体赛？

"你和起岸西还挺熟悉。"蹲在一旁的店主凑过来看着她的消息界面道，"能不能帮我要个签名？"

卫三瞥了店主一眼，下意识地背朝他，结果界面反而被老板看得更清楚。

"为什么你不直接设置界面隐私？"店主摇着头，继续吃自己的面。

卫三听见这句话就来气，当初花三万星币买光脑，店员特地说这个有界面隐私功能，结果回去一看，界面自动给她 ID 打码，其他东西都清清楚楚露在外面。而且别人光脑界面隐私是指除光脑拥有者本人，其他人看不见界面，而这个她自己都看不到自己 ID。

好家伙，虚假宣传果然无论在哪个世界都一样。

买都买了，卫三也只能将就着用。

卫三几口吃完面，才起身回起岸西："团体赛要三个人，后期还要有个机甲师。"

L3 级有两种打法，一种和之前一样是单独 PK，另一种则是团体赛，轻、中、重型机甲一起比赛。团体赛的积分和星币奖励都会翻倍，只不过卫三以前没想过找其他人，也不认识谁。

起岸西："我知道，今天问了，你是中型机甲，我还有个朋友擅长重型机甲。团体赛应该会更有意思，我们可以早点打进积分榜。"

进积分榜，意味后期可以升级，卫三一直都想升级，拿到更多的报酬。

向生活低头："可以，不过我只有周末有空。"

起岸西："正好，最近我们基本也只有周末的时间。"

向生活低头："你朋友现在在 L3 哪个随机池？"

卫三想看看他朋友的情况。

起岸西："哦，他还在地下一层打，刚进来。"

卫三："？"

起岸西大概也知道这听起来有点离谱，立马解释："没关系，我告诉他可以跨级挑战，下周应该就能升上来。"

卫三刚看完他发的消息，立马又收到系统通知："起岸西向你推荐了'干食泥'。"

起岸西："这是我朋友，你们可以先加好友。"

卫三："……你朋友 ID 挺别致。"

起岸西："你们 ID 都别致。"

一时间卫三不知道起岸西是在认真夸他们，还是在认真讽刺他们。

卫三申请添加"干食泥"为好友，对方立刻通过，并发来消息："你就是那个神秘人？"

神秘的卫三满头问号。

干食泥："我下周末升上来，让我们一起干死他们！"

向生活低头："好的呢。"

干食泥："你说话怎么也阴阳怪气的？"

阴阳怪气卫三："……"

这还是第一次有人直接指出来，碰到对手了，她的阴阳怪气顿时输人一筹。

三个人后面建了一个群，名字一看就不是起岸西取的，叫"打翻黑厂"。

这年头人的个性真鲜明。

卫三阴阳怪气地在心底感叹。

因为突然加上三人群，卫三做机甲的进度又加快了一点，中途还多学了一本《机甲武器大全》，想研究一下怎么给血滴的武器做改变。

血滴各项性能达到完美，卫三能改的地方只有武器，不过改动也不能太大，否则会破坏机甲整体平衡。

周五最后一天晚上，卫三黑厂新机甲终于构建完成。

"就这样？"店主像极了吃瓜群众，八卦地啧啧摇头。

"挺好的。"卫三让店主帮忙测了测机甲数据，没有什么大问题。

店主朝卫三竖起大拇指："你是我见过最能屈能伸的机甲师。"

"承让。"

周六卫三到达地下三层，三个人直接约在大厅见面。

一过去，她便见到起岸西旁边站着个戴面具的年轻男性，正四处张望着。

"干食泥？"卫三上前打招呼。

戴面具的年轻男性盯着她看了半晌，最后点头："干食泥。"

卫三："……"突然，有点生气。

"我们先去组队。"起岸西道。

这次规则他都打听清楚了，团体要在大厅的机子上进行认证，之后便可以进行 PK。

"干……干，你过来。"起岸西似乎开不了口喊这个名字。

干食泥被他这昵称惊起了一身鸡皮疙瘩，碍着卫三在场，也不好让他别喊。

三人依次在大厅机器上进行认证，组成"打翻黑厂"团队，随即进入 PK 赛池。

"干干，你选。"卫三喊道。

"你才干干。"干食泥撇嘴，手却先按下确认键。

"23 擂台：打翻黑厂队 vs 哈哈哈队"

三人同时收到比赛对手和擂台号。

"走吧，西西带路。"干食泥是一个不给任何人占便宜的人。

黑厂考虑到比赛场内有六架机甲，所以团体擂台范围更大，23 擂台前面没有团体比赛，三个人便直接从通道进去。

卫三刚放出机甲，旁边的干食泥就震惊了："你的机甲真丑！"他这辈子还没见过这么丑的机甲。

就连旁边的起岸西都愣住了，他见过之前卫三五彩斑斓的机甲，但依然没有这次受到的冲击大。

这架机甲完完全全原生态，没有经过任何涂色，加上卫三用的材料零件都是分别找店主买进的，颜色完全不同，机甲身上灰扑扑还分程度，这儿灰一点，那儿暗一点。

这种感觉就好像……每一架机甲都有自己的衣服，结果向生活低头的机甲没穿衣服就跑了出来。

——辣眼睛。

卫三义正词严："我们是来比赛的，不是来选美的。"

涂色费钱，卫三省下一笔，生活顿时美滋滋的，向生活低头不是开玩笑的。

"你说得好像有点道理。"干干若有所思。

三个人一站到擂台上去，对面团体齐刷刷地将目光落在卫三机甲上，观众席上一些因为起来得早，还无精打采的观众，看见卫三的机甲也一个个清醒过来，统一感叹世界上还有这么丑的机甲。

"还比不比赛，没看过这么丑的机甲啊？"干干牛气烘烘地对对面愣住的三个人喊。

干干说话底气比卫三还足，似乎这么丑是一种荣誉。

轻、中、重型三种机甲对在一起，有几种方案，具体看双方怎么选，是同种机甲一起比，还是不同类型机甲比。

不过这种双方互相不了解的情况下，基本上就是谁冲在前面，谁先挑。

干干直接第一个冲上去，迎头就是不要钱的离子炮攻击。

卫三还没见过这么会用炮弹的人，一边拖着哈哈哈队的轻型机甲，一边看他比赛。

干干打出去的离子炮没有一发失手的，偏偏整架机甲又透着漫不经心，好像只是随便打过去。

明明是架重型机甲，偏偏能从它身上看到"轻盈"。

哈哈哈队也没想到打翻黑厂队的重型机甲这么强，起岸西对付的中型机甲想要去救队友，被起岸西抓住破绽，弩箭直射喉咙。

射中喉咙的窒息感，瞬间通过机甲传给机甲舱内的人，还未清除这种感觉，起岸西已经近身用手拔出那根箭，再一次将箭送进机甲体内，直接破坏了机甲舱。

卫三分神看着两个人，干干第一次见，不清楚，起岸西一段时间不见，怎么打法变得这么凶残？而且这种近身、废物利用的做法，以前她没见他这么用过。

以前起岸西虽然利落踢飞对手，但只是逼对手认输，点到为止；而上周对上死神偷袭，直接一脚踢断脑袋，这周也同样招招致命，不给对手留任何挣扎的机会。

起岸西这是去哪儿进修了吗？

那边两个人几乎瞬间结束比赛，也不过来帮忙，就站在台上看卫三和另一个人纠缠。

"低头，你什么打法？直接干死他！"干干站在旁边，机甲抱臂道。

卫三："……"

哈哈哈队最后一位选手看到队友都败了，又听见干干的话，反而先被激了，一副要和卫三拼命的架势。

本来划水的卫三被吓一跳，她机甲新做的，虽然丑破天际，但也不能让人磕碰了。

台上台下的人顿时见到一个丑巴巴的机甲速度提升如同鬼魅一般，和对手交叉而过。

"轰——"

对方的机甲上半身三分之一直接滚落下来，机甲舱暴露在外，里面的男人僵硬地抬手摸了摸自己的头，随即倒了。

"你认识的这个人还挺有意思。"干干收了机甲，和旁边的起岸西说话，"这打法干脆利落，有我一点点风采。"

机甲还完好无损，卫三松了一口气，从机甲内出来，一出来，干干便上来勾肩搭背："看不出来，你有点本事。"

第40章

"组成团队？"

黑厂地下四层，中年男人诧异："起岸西和向生活低头？"

"对，他们今天一早便在大厅认证团队，现在已经在比第四场了，全赢。"

"有意思，还有一个是谁？"

"……ID叫干食泥，是上周进来的，两天时间升到L3，看样子是起岸西带来的人。"

"这样，等他们进了积分榜一百名，发请柬。"中年男人双手交叉道，"三席名额给他们。"

"可是……"

"没有可是，请柬发给他们，到时候谁不服，自己去找他们。"中年男人饶有兴味地说，"联邦在哪儿讲的都是实力。"

打翻黑厂团队还在不停比赛，三个人甚至都没有怎么配合，单个解决对手，卫三每次都落在最后。她总不自觉看向两位队友，很多动作是她不会，没见过的。

到后面，卫三干脆看到喜欢的招式，直接当场就应用在对手身上。

"低头，你真不要脸。"干食泥一下场就对卫三道，"偷学我们。"

"你也可以学我。"卫三不要脸皮道。

"学你，也得你有值得学的地方。"干干摇头，"你路子太野，我学不来。"

"这叫取众家之长。"

"随便吧，我觉得有点无聊，能不能快点升级？"干干叹气，没一个能打的，当初起岸西说这里有意思，他才来的。

起岸西低头看了看积分："L3层只能在一个随机池内挑战前十名。"

"那我们就挑战前十名。"

三个人都同意后，起岸西才选择挑战。

不得不说，团体战很赚，尤其两个队友都是高手的情况下，卫三简直无后顾之忧，短短两天，空荡荡的余额又涨了起来，积分也噌噌往上升。

回到学校后，卫三吃饭每餐都要点一大桌。

"卫三，你的胃是无底洞吗？"丁和美一双筷子捏在手里，震惊地问道。

机甲单兵体力精神消耗都大，所以胃口大十分正常，食堂里端着好几个盘子一起吃的人不在少数。但卫三未免吃得太多了，这是第几轮了？

"最近有点饿。"卫三头也不抬道，而且校队训练学校提供免费食物。

"我训练一天也吃不了你这个饭量。"丁和美摇头，"每场大赛有十天，能带进去的干粮有限，你这样怎么熬过去？"

"不可以在里面找东西吃？"卫三终于舍得抬头，"赛场设在各星上，应该能找到吃的。"

"可以是可以，但危险。有一届校队的人因为生火不当，导致整支校队被群兽攻击，最后全部出局。"丁和美想起来一件事，"但大赛开始有个随机分配包，南帕西有场比赛分到整个队伍的干粮，运气好。不过那次他们垫底，因为塞缪尔把他们干粮抢了，还发生了争执。"

"哪儿都有塞缪尔。"卫三还没听说过塞缪尔军校的人做过什么好事。

"调查团的人到现在都还没走，那两个塞缪尔军校调查员天天在学校里晃来晃去。"丁和美脸色难看，"不知道趾高气扬什么，一个两个手段卑劣。"

卫三想了想道："我觉得我们靶子可以换一换了。"

"什么？"

下午，塞缪尔调查员和平常一样从住处走出来，大摇大摆地穿过训练场地，原本想看着这些学生愤怒又无可奈何的样子，结果走到一半突然僵住了。

"卫三，你行不行？"

"急什么？"

"打眼睛啊，你往哪儿打？"

"我觉得鼻子挺丑，看着不顺眼，先打鼻子。"

"卫三，打他嘴！"

"打嘴，我看着他嘴也不舒服。"

训练场中间摆了两个靶子，靶子上贴了两张照片，正是调查团内的两个塞缪尔老师。

一群学生围在那儿，也不上机甲，单纯打靶。

现在靶子上的照片基本千疮百孔。

"哈哈哈，卫三，你不行啊，都把人家打成了筛子。"

"没办法，他们丑到我眼睛了。"卫三收了枪，无奈地说。

其中塞缪尔一个老师冲过来："把照片给我撤了！"

卫三像是才看见他们："这不是调查团的老师吗？老师，我们达摩克利斯军校崇尚自由，训练而已，老师，您别当真。"

戴眼镜的老师走过来，拉开那个老师，笑着对卫三道："你们慢慢练，只是……当心在大赛上，被我们打成筛子，毕竟子弹不长眼。"

卫三一派大度的样子："好的，老师。不过没关系，我们的子弹长眼，专打这种狗。"说罢，侧脸抬手便是一枪，正中眼镜男老师照片的额头中心。

中年眼镜男脸色蓦然沉下来："记住你说的话。"

"一直记着呢。"卫三漫不经心地弹了弹枪管，"老师，脑子不好，记得上医院看看。"

"我知道有家脑科医院不错，老师要不要联系方式啊？"

"老师，讳疾忌医不好！"

周围的学生纷纷起哄，两位塞缪尔调查员最后只能压制怒气离开训练场。

但经过这件事之后，一直到调查团离开，他们两人再也没有走过这儿。

这件事传到校方那些人耳中，都颇忍俊不禁，这个卫三简直无赖，偏偏解气，且又无伤大雅，闹起来不过是学生之间的意气用事，那两位老师计较反而显得不妥。

"她也就这方面能。"黎泽想起卫三便不由得头疼，自从上次追车事件发生后，现在见到金珂和应成河都别扭——好好的两个人怎么就……

卫三简直是个污染源。

带着 S 级主成员训练间隙，黎泽把这件事和几位老师讲了，项明化哼了一声："她是个刺头，第一天我就看出来了，幸好只是个 A 级，如果是 S 级，恐怕得闹翻天。"

"这么说她，还要把自己机甲给她。"旁边解语曼笑道。

"那是机甲正适合她。"项明化坚决不承认自己喜欢这个学生，承认不就等于自己很欣赏她的作风？

他是一个好老师，不喜欢刺头。

"几个学生进步很快。"黎泽看着底下几个 3S 级机甲单兵，"唯一不足是过于心慈手软。"

"要都像塞缪尔军校的人那么脏，我们也不至于落到现在的地步。"解语曼目光幽远，"达摩克利斯军校的精神是在战场浴血奋战，不是用来对付内部人的。"

几个人站在山谷最高处，沉默地望着底下和星兽战斗的学生。

人类与星兽平衡多年，内部开始不安分动荡，谁都想成为领头人，早已忘记当初联手对付星兽的样子。

现在只看谁还能守得住初心。

第41章

最近过得太顺利，卫三心思又开始乱冒，她太想知道S级相关的机甲知识。

她唯一认识的S级机甲师是应成河。

不过，训练期间，也只有金珂偶尔会来训练场，其他S级主成员并没有参与。应成河已经很久没有和金珂一起出现了，据说在为自己和金珂的机甲做最后的调整。

赫菲斯托斯大赛三系都要考察，指挥的统筹、机甲单兵的战斗力以及机甲师的水平。主成员的机甲师并不只是简单的维修，还要为自己和指挥设计一款防御型机甲，正是机甲师扬名的最好时机。

训练完的卫三百无聊赖，最后没忍住去杵应成河。

暗中讨饭："如果想要看学校里S级机甲方面的书有什么条件？"

应成河："条件？没有，只要是本校生都可以看。"

暗中讨饭："在哪里？我想看！"

应成河蹲在地上，一头长发已经干枯打结，也不管自己状态多差，直接发视频通信过去："为什么想要看这个？"

S级机甲是另外一种系统，构建机甲时所需要耗费的感知极大，尤其第一次试测，所有杂乱的机甲数据都会涌入脑中，没有强大的感知，只会造成脑受损。所以A级机甲师一般不会凑这个热闹，研究什么S级。这中间的差距之大，好比将高等数学的书送到学百位数以内加减乘除的小学生手里，他根本看不懂。

卫三诚恳地说："我只是想看看S级相关机甲资料书，好奇里面都写了什么。"

"过两天，我带你去资料室。"应成河那边传来"嘀——"的一声，他往声源那边看一眼，扭头对视频中的卫三道，"达摩克利斯军校收藏了鱼青飞所有的草稿笔记还有书籍，不过很多只是他随便乱写的东西，所有机甲大师的传承都在芯片内，只有S级感知的人才能用脑接口学习。"

换言之，卫三看书看不出什么名堂。

应成河急着去看实验结果，匆匆挂了，还有话没说完。

实际上五大军校中的机甲大师们，其他人都只留下一块芯片，唯独达摩克利斯军校保留了鱼青飞的书和笔记，据说是鱼青飞郑重地把这些一起交给当时的校长，交代要好好保存。

至于那些书……

应成河翻了一点，一言难尽。

卫三几次从他人口中听见或者星网论坛上看见鱼青飞的资料，无一例外皆是大师，顶尖机甲师，开创轻型机甲的先河，是个极为优秀的人，听了应成河说可以带自己去看鱼青飞的笔记，已经度日如年，恨不得穿越到两天后。

周四刚训练完，应成河就找了过来。

"卫三，走了。"

卫三还在和旁边的同学说话，闻言见到应成河，立刻振奋了，她马上就能看到S级相关方面的书了！

"你头发……"卫三一走近，便指着应成河背后的长发，"烧了？"

应成河往后一瞥："炸了一台机器，殃及头发。"

原本他头发就不太顺滑，像枯草一样，现在真被烧了，卫三沉默了一会儿，低头双肩微微颤抖。

应成河："？"

总不能见到他头发烧了，卫三哭了。

下一秒应成河就知道自己错了个彻底，卫三抬头，脸色带着没有完全掩盖的笑，打开光脑相机功能，咔嚓对着他的头发一顿拍，然后发给金珂，乐事共享。

暗中讨饭："哈哈哈哈，成河的头发终于被烧了！！！"

金家发财："哈哈哈嗝，这头发不烧可惜了。"

应成河："……我还在群里。"

暗中讨饭："失礼了。"

金家发财："失礼了。"

应成河："我堂哥的头发烧起来应该更好看。"

金家发财："？？？"

金家发财："成成，你变了！"

暗中讨饭："那烧起来的火岂不是叫帝国之火？"

应成河："那你们争取让我看到帝国之火。"

他在群里发完这条消息，便抬手揪着卫三的手往资料室走。

走到资料室外，应成河帮助卫三登记身份，引荐人是他自己的ID。

"突然有点紧张。"卫三站在资料室门口，抬手理了理军服，顺带给手臂上的徽章拍了拍灰。

见她这样，应成河反而不解释里面都是些什么书，等着看好戏。他刷了自己的 ID 卡，带着卫三进去。

资料室大概有七十平方米，里面的书架塞得满满当当的，卫三一进去，顿时感受到知识的清香，感觉自己马上就要在机甲知识的海洋中遨游。

"这些全是鱼青飞前辈的笔记，他还专门找出版社出版自己手写的书，全部放在这几个书架上。"应成河大概指了指。

卫三点头，兴冲冲上前就抽出一本最厚的书，书名为《青飞制作机甲历程》。

一看这就是部伟大的著作！

她深吸一口气，平复激动心情，翻开第一页，只见上面写着几个龙飞凤舞的大字——"做机甲真的烦"。

卫三："？"感到一丝丝不对劲，继续翻，果然不是她想象中的通篇机甲知识，而是日记体。

"星历 4008 年 7 月 19 日，早上去新建的五食堂吃饭，呵！这么难吃还好意思端出来。气得胃疼，不想做机甲，不做了，休息一天。"

"星历 4008 年 7 月 22 日，中午被树叶砸了头，头发受了伤，心疼弱小的自己，还做什么机甲，休息。"

"星历 4008 年 8 月 4 日，今天校长换了个新发型，把我眼睛丑到了，眼睛疼，还是休息吧，明天一定开始设计新机甲，一定！"

……

卫三坚持翻了十几页，最后"啪"的一声将书合起来，这书叫什么机甲历程，不如叫青飞偷懒的一万个理由。

"这个是他的笔记？"卫三连续翻了几本书，大同小异，全是鱼青飞署名的吐槽偷懒日记。

应成河终于见到卫三吃瘪，内心乐不可支，面上保持冷静："是，历任校长为了维护鱼青飞的面子，所以不让学生在外面说出真相。"

"……"

卫三顿感失望，不过训练日在学校除了训练，也无事可做。

"下次我能不能自己过来借这'书'看？"

"你还要看？"应成河诧异地问。

卫三随手抽出另外一本书，照例是鱼青飞对生活中各种东西的吐槽："无聊的时候看看，还挺有意思。"

鱼青飞一定不是个正经人。

"你们训练得怎么样了？"应成河从旁边拿出一本书，跟着卫三一起坐下来。

"单兵训练就那样，多了两个人配合。"卫三漫不经心地说。自从在黑厂和起岸西、干干组队后，她再回校训练，总是有点索然无味。

不能说丁和美和聂昊齐水平差，只是和起岸西他们比不了。

她之前知道起岸西也只有周末过来，以为他也是达摩克利斯军校的学生，但校队训练这么长时间，厉害的 A 级机甲单兵她都知道名字，没见到像起岸西和干干的人。

他们可能是某个大星上散学的人吧。

卫三听说有些神秘的世家不与军校来往，全是自己训练，以后也不会进入军区。

这种人一般被称为散学机甲单兵，有自己世家的训练方式，不是完全的野路子。

"我的机甲还没有完成。"应成河靠在椅子上，他之所以今天出来，其实是想放松一会儿。随着大赛时间临近，压力越来越大，他总觉得自己机甲还有改进的余地。

"之前不是已经做了出来？"卫三记得金珂提过一句。

"嗯，我想把机甲的攻击性提高一点。"

卫三扭头看他："你和金珂的机甲？"

"对，帝国军校还有平通院的指挥和机甲师，实力可以抵普通 S 级的机甲单兵，况且应星决感知过于强大，关键时刻能干扰机甲单兵。"所以他想再改进机甲。

"攻击性没必要。"卫三想起上次大赛最后一场的画面，"机甲师和指挥不是战斗的料，你要提攻击性，不如往防御性能上加码，最好怎么攻击都暂时不受影响，至少能留充足的时间让机甲单兵来救你们。"

不知为何，应成河突然想起魔方论坛上那架丑得出奇、像背了龟壳的机甲。

应成河霍然起身："我先走一步。"

见他匆匆离开，卫三摇了摇头，转身看鱼青飞的"书"。

这位大师简直像个吐槽机器，每天都有新花样，生活多姿多彩，可惜就是不写机甲方面的东西。

卫三将整个资料室大致浏览一遍，终于从里面找到一本稍微像样的书，叫《青飞美学》，里面讲的是机甲涂色搭配，和技术毫无瓜葛，单纯讲审美。

作为可以为了省钱、一点涂色都不做的卫三，犹豫半天，最终还是借了这本书。

她看看大师的审美和普通人有什么不同。

应成河回到实验室，翻出之前从论坛下载的那架机甲的数据，这个叫"穷鬼没钱做机甲的人"做的机甲等级不高，但其中运用的几个结构异常新颖。他当时花了一晚上分析，没想出来什么结构，发了几条私信过去，想请教对方，一直没得到回复，等后面有空登上去，发现自己被拉黑了。

应成河不算太吃惊。

一个有实力的且怪异设计出低等级机甲的人，做什么都不会奇怪。

好在对方那架机甲的所有数据都公开透明发布在论坛上，应成河重新试图拆解这些机甲数据，想要从中推导出来那几个结构的原理。

另一方面，他又注册了一个小号，叫"我有钱"，去加"穷鬼没钱做机甲"的好友。

第42章

"十五分钟内捕捉目标范围内的一切活物，并通过关卡。"

陈慈站在训练平台之上，看着底下十名射击者，无一例外都是对射击有着天赋的学生。

十席射击者立刻跳进机甲内，开始带着自己的小队，进入通关设计好的模拟激光室。与此同时，训练老师也进入其中。

"丁学姐在前面侦察，卫三在中间，聂昊齐守在后方。"指挥果断采用最经典的队形往前冲。

激光室内的武器是模拟激光，打在机甲身上会留下"痕迹"，还有动态激光兽在旁随时攻击。

整个队伍越往前进，攻击越繁密。丁和美只有开始还来得及预警，后面基本没有时间。

"呈'一'字形散开。"指挥立马改变方案，"丁学姐负责右边的动态激光兽，聂昊齐左边，你们护着卫三。"

卫三留在中间，负责对付暗中射出来的激光。

她操控机甲抬枪，每一发都沿着激光射来的轨迹，射回去，精确无比。

陈慈低头看着激光室内操控面板，伸手在上面滑动，在卫三那条路增加了一倍的激光兽，同时联系剩下的老师："每攻击一次，你们只有一秒的时间转移。"

关卡内卫三的小队立马能感到后面路越来越难走，尤其激光兽越来越多。

"没完没了。"卫三低声说了一句，"指挥，我先冲了。"

指挥："……"他想说周围那么多激光兽，再加上暗中老师的攻击，没有队友帮忙，很难冲。

"指挥，你现在想什么，我们都知道。"卫三冲前还有心思聊天。

因为战斗中的机甲单兵情绪容易暴躁，指挥难控制机甲单兵，更别说是同级，所以这时候小队指挥一方面感知和主队指挥勾连，能接受主队指挥命令；另一方面将自己思想吐露给小队其他成员，并非指挥，而是起桥梁作用。

在主队指挥不在的情况下，小队指挥则靠思想吐露来向其他人传达自己的命令。

A级指挥在学校学得更多的是如何屏蔽自己的杂乱想法，不过有时候情绪激动，很难做到搭建完全封闭命令场。

"……求求了，您赶紧注意周围。"

卫三敛了笑，左臂抽出光刀，直接往前冲，在一干激光兽中杀出条路来，与此同时，右臂的枪并未放下，在对付激光兽的同时，一边躲避暗处攻击，一边反攻回去。

训练场围观的其他校队学生看不到具体画面，只能见到十支小队的绿光点和代表激光兽的红点。其他队伍或前或后，只有一支队异军突起。整支队伍呈箭头形，嗖嗖往前赶。

"这队形怎么有点不对劲？"

"我也觉得，最前面那个是不是太出来了点。"

其他队伍也有箭头形排列，显然是两边机甲单兵护着射击者和指挥等人，呈"个"字形。而这个岔开两边反而落后了，中间的一个人冒出来，队形其实已经坏了。

"牛啊，一个人从激光兽中杀出条路来。"

"6号是卫三的队伍，前面那个打头的是谁？"

"总不能是卫三，她作为射击者应该负责的是对暗处的攻击。"

"丁学姐吧，她打起来一直挺猛的。"

"也有可能是重型机甲，用离子炮轰。"

陈慈可以看见各队的实际情况，点开6号队画面，看着卫三一个人奔在前面，其他人落在后面像是在散步。

……把她能得。

陈慈喊旁边观察的老师帮自己掌控操作，随后放出机甲，走进模拟激光室。

在被连续射中大腿及小腿后，卫三抬头看向暗处："陈老师，您不地道，监考官怎么可以下场？"

"哪条规定说监考官不能下场？"

在陈慈说出第一个字后，卫三的枪便动了。

"小兔崽子，还嫩了点。"陈慈的声音在另一个位置响起。

枪随声动，卫三的枪再次跟了过去，同时光刀一刀砍中面前的激光兽。

陈慈眯眼，不再开口，只开枪攻击，被她干涉，卫三速度慢了下来。

一分钟，陈慈分别射中卫三五枪，且都发生在前四十五秒，后面十五秒内的攻击全部落空。

不只如此，陈慈突然发现自己被锁定了。

"学姐，帮我。"卫三扭头，让出一半激光兽，腾出手用子弹布网，反击陈慈。

一分钟的时间，卫三摸到了陈慈的大致范围，并从中挑出她可能转移的方位，提前布防攻击。

陈慈看着自己侧腹上留下的激光痕迹，眯了眯眼，停下攻击。

没有陈慈加码，卫三这队动作重新加快，依然赶在第一位出去。

"刚才谁跑在最前面？"

他们一出来，立刻有人问。

"肯定是丁学姐。"

"聂昊齐吧。"

丁和美伸出手指了指卫三："她。"

"卫三不是射击者吗？"

丁和美毫不在意地说："她还是中型机甲单兵呢。"

不过一只手耍刀，另一只手玩枪，卫三好像都不错。

这次比赛看似在比排名，实则还有一项数据传到各位老师手里。

中午所有 A 级老师开了个会，分析这十支团队。

一般射击者加入的队伍，各方面都比其他小队强。卫三这支也不错，丁和美本身实力不弱，还有大赛经验，至于新生聂昊齐进步也非常大。

现在十支小队中所有机甲单兵的攻击比数据全部统计好，传到在场每位老师手里。

"按往常惯例，射击者和其他机甲单兵分开统计。"陈慈站在最前方，"先来看看射击者的数据。"

"尤丹，轻型机甲单兵，射击共 5963 发，命中 5790 发。"

"这个手速不错。"

陈慈点头："目前在十位射击者手速排名第一，命中数也最高。"

排名由第一往下讲解，陈慈目光落在最后一名卫三的名字上："卫三，中型机甲，射击 1003 发，命中 997 发。"

"这手速太慢了，新生？"

"命中率比第一名高，百分之九十九点四了，第一名才百分之九十七。"

"但是她那么点射击数，和第一名相差好几倍，命中率自然高。"

陈慈听完讨论后，并不解释卫三那几颗子弹是浪费在自己身上，而是继续往下分析。

"这是前十名机甲单兵的攻击有效数。"

即除子弹外，攻击激光兽的次数和有效数。

众人目光一一看下去。

"咦，这个卫三怎么又进了？"

"攻击 1565 次数，有效 1565。"

"比值达到了百分之百？"

有些老师坐不住，问陈慈："什么情况？她不是队内的射击者？"

这里面担任射击者的学生，除了卫三，攻击次数全部降到 600 以下。

"把里面的录像放出来看看。"

陈慈垂眼，点了点光脑："这个。"

这个录像不光能看到卫三这队，还可以看到暗处的老师们。

众位老师看最开始，卫三这队表现得算不错，指挥反应很快，其他队员配合融洽。但后面卫三开始不耐烦了，直接往前冲。

在场各位老师不由得皱眉，在战场上鲁莽的机甲单兵最容易出事。

然后众人便见到她抽出光刀对付激光兽，心下恍然：对，她还是个中型机甲单兵——但转念一想：暗处还有老师攻击，她在最前面不就是个活动靶子？

下一秒他们又见到卫三右手的枪并未放下，一心二用，还十分流畅。

整支队伍往前冲得飞快。

各位老师心情复杂，要说她错了，也没错，还表现得十分出色，但总觉得哪里怪怪的。

尤其见到她后面的队友都开始放松下来。

看不惯。

众老师心里齐齐闪过统一的念头。

再后面，他们又见到陈慈入场，下意识地点头，丝毫不觉得哪里有问题。

直到听见卫三质问监考官为什么可以进来，众老师才反应过来，这事不符合规矩。

接下来一分钟陈慈接连打中卫三，众老师的虚幻感才散了点：这才对嘛。

只是他们心里念头还没散，便见到卫三反击了回去。

"？"

"她那几发没中的子弹是这么来的？"

陈慈关了录像视频："她各方面很均衡，没有差的方面，出手谨慎利落，每一发子弹都没有浪费。"

她开始以为卫三在射击方面有天赋，现在看来……并不是，而是两方面十分均衡。

"可以和金珂提一提卫三，到时候比赛或许有用处。"

"我记得金珂认识卫三，两个人好像还是朋友。"

"我怀疑她有可能达到超 A 级。"陈慈走下来道。

超 A 级不是机器测试出来的，而是经过许多年观察总结，人为下的定义。机器感知测试只是划分大致范围，在一个等级中，依然有强弱之分，事实上近年已经有人指出机器测感知不够精准，认为等级应该再细分。

"卫三是这个学期才接触 A 级机甲的吧，进步确实太快了，如果她达到超 A 级，那我们校队又能安全一分。"

校队只能使用 A 级机甲，但像帝国军校 S 级感知学生多，往往会下派一位 S 级学生使用 A 级机甲。

同是 A 级机甲，S 级机甲单兵却能将 A 级机甲的性能发挥到极致，两者之间的差距在大赛中能淋漓尽致地表现出来。

"陈慈，你把卫三单独拎出来训练，到时候让她来当校队总兵。"

"是。"

卫三还不知道自己即将又多一个头衔，闲得无聊在看鱼青飞的涂色美学。

颜色不颜色，好看不好看，她没多大兴趣。但鱼青飞讲涂色美学，会在本子上画出机甲部位，她拼拼凑凑，发现居然是一架机甲。

第 43 章

这本书不算厚，大概四十页，但内容上鱼青飞讲了很多，仔细到机甲内部某某角度涂色，在攻击时会露出来那么一点痕迹，最漂亮精致。

简言之，就是无形装 ×。

涂色搭配每一页都不同，但半本看下来，卫三发现鱼青飞用来举例的机甲部位来自同一架机甲。

鱼青飞对每一个机甲部位涂色都讲得十分详细，卫三根据书上零件的模型图，再按他给的涂料面积等，心中默默推算出机甲部位零件的数据。

但光有这些数据无用，没有数据虚构机构建，卫三看不出什么来。

盯着这本涂色书看了半天，卫三想起魔方论坛上的设计板块，那里可以传数据，再构建出来。

自从遇见爱情骗子，加上现实也忙，卫三很久没有上线过。

一登进去，私信的红点又开始闪，卫三强迫症，看着就想点，点进去，赫然是一条消息："你好，我有钱，我们能认识一下吗？"

？

经过爱情骗子，卫三第一反应是这个人想勾搭自己。

难道隔着网，还有人能看上她？

卫三急着构建鱼青飞美学书上的机甲，丢过去一句："你有钱，关我什么事？"

不过冲着对方说自己有钱，卫三下意识地没有拉黑他。

她进入设计板块，戴上脑接口头盔，按照记忆中美学上的图，一点点把算出来的机甲数据导入，再将形状勾勒出来。

这些全都要靠感知，通过头戴脑接口，输入魔方论坛的设计板块界面。

从头部开始，肩颈、手臂……这些数据形状果然能一点点拼凑起来。

卫三有点亢奋，还从来没有这么近距离了解过S级机甲，不由得加快计算数据的速度。

寝室内只剩下哗哗的翻书声。

"外面下雨了，校长那个王八蛋去谷雨星谈事，一想到他可能淋雨，而我窝在温暖的房间内，我的内心就充满了愉悦（划掉）同情，所以这个美学笔记先写到这儿，未完不待续。"

翻到最后一页的卫三："……"

再抬头看着设计板块界面上，只有三分之一上半身的机甲模型，卫三心口顿时涌起一股郁气。

他敢不敢再多写一点？！

"滴答——"

卫三突然感觉手背一热，低头看去，一大滴血砸在手上，并且在她低头之际，还有血滴下来。

她愕然抬手摸了摸自己鼻子下方，一只手温热黏腻。

鼻血还在流。

卫三想起应成河说的，非S级感知强行构建S极机甲会出现脑损伤，所以她……

卫三立马断开脑接口连接，起身拿了纸擦鼻血，但脑子还是有些昏昏沉沉的。

"……"

S级机甲还没完全搞到，她要傻了？

卫三不免有些郁闷，塞着鼻子，窝在床上，然后给金珂发了一条消息，交代后事。

暗中讨饭："我账户里还有四千三百四十二万星币，如果出了事，记得帮我把钱交给李皮老师和师娘。"

金家发财："你哪儿来这么多钱？！发达了，铁汁！"

暗中讨饭："……正常人这时候应该问出什么事了，需不需要帮忙。"

金家发财："你还能发消息，应该一时半会儿出不了事，先满足我的好奇心，上哪儿挣这么多钱？有路子带我一个！"

暗中讨饭："滚！"

这两个周末卫三一直和起岸西他们组队打擂台，一场五百万星币，三个人每天七场，机甲没怎么受损，也没请机甲师，赢来的钱全部分了。

卫三最近没有搞机甲。

只要不和机甲沾边钱基本能存起来，两周就有这么多，足够普通人过大半辈子不错的生活。

对个人而言，机甲就是个无底洞。

金家发财："你出什么事了？"

卫三把纸扔进垃圾桶，摇了摇头，发现已经不晕了，默默算了个数学题，发现脑子还能正常思考。

她应该伤得不重。

暗中讨饭："没事，我只是试探我们之间的友谊，现在看来果然很不牢靠。"

金家发财："你再试一次，重新来过，我好好表现！"

暗中讨饭："再见。"

所以A级感知的人只是在页面上构建机甲模型，都不行？

不过……卫三抬手碰了碰鼻子，感觉这种程度还可以忍受。她看了一眼自己上线和下线时间，九十三分钟，两个小时不到。

每次上一个小时，可能会好一点。

并不很清楚A级强行跨S级后果的卫三，觉得这是个好主意。

另一头，应成河收到魔方论坛回信提醒，打开一看，便看到"穷鬼没钱做机甲"回的消息，但显示这个人已经下线。

应成河下意识地点进这个人的主页，发现有新动态，居然导入了S级机甲数据，果然是 S 级机甲师嘛。

对这款机甲的数据，应成河只是看了几眼，很普通的 S 级中型机甲模型数据，没什么特别。

不过这人只放头和手的数据模型，是什么意思？

应成河除了改造研究机甲，空闲时间基本用来想这个人的意图——跑到公共论坛发 S 级机甲数据，又不发全，不知道是为什么。

他在揣测"穷鬼没钱做机甲"的想法，穷鬼·卫三还在纠结鱼青飞那本美学内无意间带出来的 S 级机甲数据。

又去资料室翻其他笔记，大多能找到一点痕迹，只是不全，东一榔头西一棒槌的，卫三拼拼凑凑，居然能看懂一点点。

不过很快她就没时间研究了。

训练场集合时，陈慈代表其他老师，站在主席台上讲话。

"将近两个月的训练，你们每个人所有的数据全部经过统计汇总。"陈慈看着底下的一千位学生，外加替补五百人，"由各老师讨论，今天选出校队总兵，担任大赛中领导角色。"

所有人都抬头看着陈慈，神色肃穆，赫菲斯托斯大赛并不是普通的比赛，可以说大赛是通往军区的最残酷的选拔途径。

历代军区中最优秀的人皆是从大赛中走出来的，这是一条用鲜血浇灌出来的路。

"相信你们都知道校队总兵在大赛中扮演什么角色，承担什么风险。"陈慈目光落在前排卫三身上，发现她一脸茫然且事不关己的样子，不由得顿了顿，"在比赛中，除了主成员，校队总兵往往会是第六个被针对的人。其他军校的总兵会盯上你，如若主指挥腾出手，有闲暇，第一个打击目标也是校队总兵。"

"陈慈老师当年……"丁和美站在卫三旁边嘴小幅动了动。

"经过所有老师讨论，我们一致推荐……"

"就当了四届校队总兵。"

"卫三来当本届校队总兵。"

分了神听丁和美小声八卦的卫三，悄悄竖起一个大拇指感叹："牛啊。"

"牛啊——"

"牛——啊——"

陈慈："……"

在场所有校队学生："……"

学校内各办公室内，路上的老师："……"

按照惯例，代表老师宣布校队总兵由谁担任，会让一台微型飞行录像机飞下主席台到总兵面前。

这个时候主席台会投射出被选上的校队总兵在哪儿，是谁。录像机上还有收音器，待会儿总兵发言，可以通过台上音响传遍整个学校。

往届校队总兵的发言或激励或悲壮，无论是谁，从被选上的一刻起，便将生死置之度外。

陈慈也未料到微型录像机飞过去，录到卫三的第一句话就是这句，还一瞬间传遍整个达摩克利斯军校，而且她在身侧跷得格外挺的大拇指也被录得清清楚楚。

除了丁和美，在所有人眼中的画面是：陈慈老师一宣布卫三担任校队总兵后，卫三她不光为自己竖起了一个大拇指，还发自内心感叹了一句"牛啊"。

这谁看了，谁听了，不得说一句牛！

陈慈："……都知道你牛，卫总兵有什么要对校队说的？"

卫三脸皮厚，虽然被误会了，但也没有手忙脚乱解释，居然这么默认下来。

她清了清嗓子："也没什么好说的，既然老师选我，那以后大家好好跟着我，弄他们！"

这话说出来像极了一个五大三粗没有文化的二愣子。

"卫总兵对大赛有什么展望？"陈慈机械地问道，当好一个无情无感，不会跑下去揪卫三的采访机器。

这是第二个惯例问题。

展望？卫三还真没有什么展望。

她想了想，认真道："我想看帝国之火的升起。"

所有人："？"

"什么帝国之火？"丁和美扭头问出了所有人的心声。

"帝国双星有头长头发，那把好头发不烧可惜了。"卫三带了点憧憬，这把火她和金珂他们都想见识一下。

陈慈听见她堪称挑衅的话，站在台上笑了："但愿你展望成真。"

不过这件事不可能，先不说应星决会不会输，即便输，也不可能让人碰他头发，更何况常年有姬初雨在他身边。

校队总兵选好后，学生各自被老师带着去训练，但当晚，白天卫三的一句"牛啊"这件事，彻底在全校老师之间流传开来。

"卫三"这个名字再一次出名。

在选拔出校队总兵的特殊日子，提起卫三，老师们想起的不是卫三总兵，而是卫三的"牛啊"。

提起卫三都是：那个牛学生？

在外人听来，还真以为卫三这个人十分牛。

喜提出名的卫三，得到的不只是称号，还有各个老师的倾囊相授，即高压训练。

各老师在教卫三的这一段时间内，先后经历各种心路历程：好苗子——想尽办法偷懒的好苗子——这也能偷懒？

唯独经历荼毒过的陈慈稍微淡定一些：这么狡诈不要脸的学生，希望大赛中其他军校也来见识见识。

第 44 章

我有钱："你好，我们能不能聊一聊？"

我有钱："我也是一名 S 级机甲师，可以交流一下吗？"

我有钱："我对你之前的那架完整机甲内的几条结构数据很感兴趣。"

我有钱："……聊一次，你要钱或者我能给的材料都可以。"

我有钱："在吗？希望我们能互相交流。"

……

卫三被老师们训练得筋疲力尽，不完全是体力上的，还有脑力上的。她对机械这类东西脑子还算灵光，但战术这种东西听得头都大了。

好不容易拖着沉重的脚步，回到寝室，卫三躺在下铺，随手登录魔方论坛设计板块，想看看那架只有头和手臂的 S 级机甲，结果收到这么多条来自"我有钱"的消息。

卫三目光落在他说自己是 S 级机甲师和聊天给钱给材料的消息上，突然坐起身来。

居然还有这种好事？！

那她能和他聊到天荒地老！

穷鬼没钱做机甲："聊，你有什么材料先说来听听？是不是 S 级材料？"

穷鬼没钱做机甲："还在不在？"

卫三发完消息等候，疲惫的脑子终于清醒过来，对方问的是完整机甲，不是那款 S 级机甲。

那款完整的机甲有什么好聊的？

聊为什么长得那么磕碜？

应成河在实验工作室收到特别提醒，立刻打开光脑登上去。

我有钱："一台S级引擎，一面S级反光盾，还有S级腿关节，三样你可以任选一样。"

半年前的应成河会一开始便放出最高价码，而不是三样普通的S级材料，还要对方三选一。

但是卫三和金珂身体力行教会了他一件事，做人不能一开始就大方，否则会被人讹上。

饶是这样，没见过世面的卫三还是被镇住了，聊聊天就送S级材料？

穷鬼没钱做机甲："您怎么称呼？想知道什么结构，我都可以聊，比心！"

穷鬼没钱做机甲："我要引擎，谢谢。"

我有钱："好，可以给一个地址，我把引擎寄过去。"

卫三当场甩出黑厂地下一层店主的地址。

我有钱："我分析过你那款机甲，材料数据不是很好，但有些地方很有意思。比如你怎么做到把机甲的防守性能提升那么多？里面有几个数据，能不能麻烦你解释一下？"

应成河发出这一条信息后，心中有种奇怪的感觉，按理说S级机甲师在哪儿都混得好，随便去哪个星，都有公司和世家招揽。

为什么仅仅一个S级引擎，对方的文字中便透着激动。

等对方噼里啪啦发过来一堆解释后，应成河心中的怪异感更强了，一台机甲引擎便可以套出机甲师最在乎的数据结构？

我有钱："你就这么直接将数据给我？"

穷鬼没钱做机甲："……你反悔，不想寄引擎了？"

她刚刚才切出去联系店主，让他注意收货。

我有钱："机甲师这么重要的数据，你似乎给得太轻易。"

穷鬼没钱做机甲："看看我ID，孩子饿了。"

应成河皱眉看着对方发来的这一条消息："你……很穷？"

他顿时脑补一个中年人身上没钱买引擎，身边还带着嗷嗷待哺的孩子。

原来世界上还有这么多穷困潦倒的机甲师吗？

穷鬼没钱做机甲："穷，孩子很长时间没有见过好东西，唉，缺材料。"

我有钱："如果你愿意，我可以推荐你去一家机甲研发机构中心，那里有很多机甲师，不用担心生活问题，只要你自己实力够强。"

这种研发中心一般都以研发大众机甲为目的，是为扩大生产量而建立的，但顶尖机甲到目前为止，只能由机甲师单独做。

穷鬼没钱做机甲："不了，暂时脱不开身，谢谢你的好意，如果你能再送点材料那就更好了。"

我有钱："……那再送你一面反光盾。"

穷鬼没钱做机甲："谢谢您，还有吗？"

应成河："……"

他只当没看见这条消息，继续问："那机甲背后的那块东西有什么作用？我测试了很多遍，一直都觉得那一块很多余。"

穷鬼没钱做机甲："这个本来就没用，我看着材料库多了这块，剩下它一个有点孤单，不用上怪可怜的。"

应成河：……难怪他查遍了资料，也没找到任何有关的信息，机器也一直显示这块壳无用。

穷鬼没钱做机甲："不过，如果你有好的防御性材料，放在背后就有用了。别人一攻击，立刻转身。"

卫三随口一说，自己都未放在心上，这种防御并不靠谱。

应成河看着这条消息，却心神一动，之前卫三说不如干脆将防御性能做到极致，他考虑过。便是这种在机甲背部加盾壳，必要时，机甲可以变形成龟壳拟态，只要把材料配置好，不过，也没有对方现在说得这么简单。

我有钱："好，那两样材料应该能很快到你手上。"

应成河看着对方详细地址并没有惊讶，那个地址是沙都星的黑厂，他知道。

全联邦大星上都有黑厂，流入的物品材料，很难再次查到，应成河只当对方谨慎，找了黑厂托运。

中午训练完，卫三久违地见到金珂和应成河一起出现在食堂。

"今天成河请客。"金珂一进来便道，"多吃点。"

"发生了什么好事？"卫三抬头问。

"机甲快改完了。"应成河一扫前段时间的颓废，神采奕奕，连干枯的长发都柔顺了一点点。

"恭喜。"卫三说完，立刻端着盘子和金珂一起往窗口走，重新打饭菜。

当然，刷的是应成河的卡。

"不过，还没取名字。"应成河在后面道，"快要到报备时间了。"

一报备完，五大军校便都知道其他军校的参赛者都是哪些人，用什么机甲。

三个人重新找了一张靠窗的桌子。

"这是我们的机甲。"应成河把模型图放出来给卫三看。

现在快报备了，机甲也不用再保密。

卫三盯着机甲半晌道："背后是龟壳？"

应成河点头："对，龟壳用了无机质物质材料，能大大提高防御力。"

卫三凑上前仔细看了看："你这个……是能缩起来的？"

机甲膝盖关节，还有正面几个部位都有类似的材质，她在脑海中根据这几个部位模拟机甲缩起来的方向，感觉可以变成一颗……球？

"能，如果遇到危险，整架机甲会收缩起来，失去所有攻击力，只能防御，但除非碰上姬初雨那种级别的人，否则没人能破开。"

失去攻击力，意味着他们进入这架机甲，按下拟态后，无论队伍发生什么，任何忙都帮不上。

不过校方见过机甲改造方案后，都一致表示同意。这一届情况比以往更复杂，能有手段保住 3S 级指挥和 3S 级机甲师，全校都乐见其成。

"不死龟。"卫三突然道。

金珂和应成河都看过去："不死龟？"

卫三"嗯"了一声："这个名字如何？"

应成河低头念了几遍，随后道："就这个名字，下午我去报备。"

"你总兵当得怎么样？黎泽上校已经听说了你的牛 × 事件。"金珂幸灾乐祸地说。

"知道就知道。"卫三已经破罐子破摔，"总兵能怎么样？无外乎和其他军校总兵打架。"

金珂纠正："还是我们主指挥第六个打击对象。"

卫三低头挑了挑饭菜，忽然道："你们主成员事真多。"

"报备完，再过几周，我们所有人便要动身赶往第一赛场。"应成河神色复杂，"这届第一赛场抽到的是帝都星。"

卫三和金珂对视一眼，齐齐地盯着他。

"我还没去过首都，那边有什么好吃的？"卫三诚挚发问，一副想要过去旅游的样子。

"成河，到时候带我们出去逛。"金珂认真道。

应成河："……"

正常人第一反应都是帝都星是帝国军校的主场，其他军校过去会吃亏，卫三为什么会往吃喝玩乐上想？

金珂也是，明明之前在开会的时候知道第一赛场是帝都星时，还装模作样分析好坏，一和卫三碰头，就开始往歪路上走。

"去了还有封闭训练。"应成河提醒。

"十五天训练，封闭只有十天，而且我们会提前去，有时间。"金珂对这些信息了如指掌。

"行。"应成河还没有生出的复杂情绪，被这两个人彻底打断。

过不了多久就要去帝都星，卫三想着不如多打几场擂台赛，和起岸西他们一商量，都同意多打几场。

"低头，过段时间我们要去帝都星，你一个人在这里可能要慢慢打了。"干干拍了拍卫三肩膀，"不知道以后还能不能见面。"

卫三心想自己也要去，口中却问："你们要去看大赛？"

黑厂有很多机甲单兵每年会跟去看赫菲斯托斯大赛，其实跟过去也就是买门票看直播，但依旧乐此不疲。

因为直播现场有军区的人，还有解说，有时候能见到大佬出来，运气好还可以见到自己喜欢的偶像。

跟赛的这些人基本都是非军校生，不加入军队，一边看比赛，一边在当地找到黑厂根据地，打擂台赛。

卫三以为起岸西和干干也是这种。

"对。"干干重复一遍，"我们去看比赛。"

"我也去看比赛。"卫三张口就来。

旁边起岸西道："有空，我们还可以一起组队。"

"你喜欢哪个选手？"干干饶有兴趣地问卫三。

"应星决。"卫三下意识地说出一个名字。

"……为什么喜欢他？"干干状似漫不经心地问，但仔细一听分明有一丝咬牙切齿。

"头发亮。"

干干："？"

"最近的人都有毛病吧？"干干低声嘀咕，"都盯上别人头发。"

卫三没听到，因为有人过来找她和起岸西。

"几位，这是我们地下四层的请柬，只要你们再赢下十四场比赛，进了团队积分榜最后一名，"一个戴帽子，衣着鲜亮的男人，双手捧着三张请柬，走过来道，"请柬便是你们的。"

卫三伸手过去拿，对方却躲开了。

卫三："？"

"要先进入积分榜，这三张请柬才能给你们。"

干干挤过来："那你现在带着请柬过来说什么？不能等我们进积分榜后再来？专门来吊胃口？"

帽子男："这……"

干干"喊"了一声："最烦装 × 的人，要给就现在给，不然爷还不要。"

卫三扭头去看干干，不得不说，他有时候比自己会气人多了。

帽子男："提前给不合规矩。"

"所以你提前过来合规矩？"干干双手抱臂，带了点居高临下的傲慢，"走了，我们没空收请柬。"

只想过来装一装 × 的帽子男："……您先等等。"

第 45 章

帽子男急忙喊住他们，将请柬塞到干干手里："今年黑厂会举办积分赛，只有排名榜内的选手才可以参加，奖励丰厚。"

"我们要去看大赛，没时间在这里比赛。"干干不吃他这套。

帽子男脑门冒汗："这次积分赛和往年不一样，各星上黑厂的积分榜会进行聚合，重新排位。无论去哪儿，只要当地有黑厂分部，你们拿请柬进去就好。每一次比赛都有丰厚的奖励。"

"有什么奖励？"卫三问他。

终于有人愿意搭理自己，帽子男看卫三的眼光，像见到救命菩萨："如果能进前两百名，黑厂将无偿提供 S 级机甲。"

起岸西和干干站在旁边无动于衷，其中干干更是嗤笑："积分榜汇合后能进前两百名的人，谁缺一架 S 级机甲？"

能进去的本身就是 S 级别的机甲单兵，谁还要黑厂提供机甲？

我缺。卫三在心里默默道。虽然自己不是 S 级，但人还是要有梦想的，她的梦想是摸一摸真正的 S 级机甲。

帽子男抬手擦了擦汗，难道第一次接任务就要失败？老板会弄死他的。

"请柬先收着。"卫三从干干手里抽出一张，"到时候无聊的时候可以去参加。"

"谢谢您。"帽子男一开始身上隐约带着的居高临下，早已消失不见。

"如果有机会，我们可以再约时间，一起打擂台赛。"走之前起岸西对卫三道。

"好。"

下周达摩克利斯军校的校队要出发去帝都星，所以这周校内开始戒严，一种无形的焦躁感在学生之间蔓延，就连以前参加过校队的学生也免不了受到这种情绪影响。

因为五大军校的主成员参赛名单出来了。

——帝国军校全员 3S 级，平通院全员 3S 级，塞缪尔军校除重型机甲单兵是双 S 级，其他主成员皆是 3S 级。

而达摩克利斯军校除去双 S 级的申屠坤，其他人为 3S，相比 3S 级人数，只赢过了南帕西军校。

但南帕西军校两个双 S 级主成员是龙凤子，据说有心灵感应，两人联合甚至不需要另外一个机甲单兵配合，实力堪抵 3S 级。

也就是说，即便今年达摩克利斯军校在拥有 3S 级机甲师、3S 级指挥和两个 3S 级机甲单兵的情况下，也没有任何优势。

"现在 3S 级别的人都不要钱的吗？"丁和美看完名单，脸都绿了，这还怎么打？

聂昊齐则想起另一件事："其他军校 3S 级这么多，那以前的双 S 级机甲单兵不就接替了校队总兵？"

丁和美摇头："不会，他们会成为主成员替补，如果上一场比赛有主成员出事，下一场会补上去。"

她看了一眼埋头吃饭的卫三："但可以肯定的是，四大军校的校队总兵一定是 S 级。"

达摩克利斯军校 S 级有断层，主成员替补数量勉勉强强合适，压根没有多余的 S 级当校队总兵。

"我觉得……"卫三抬头，一脸严肃。

丁和美和聂昊齐都扭头看她，等着她说什么。

"食堂今天的菜有点咸了。"

丁和美："……"

聂昊齐："……还好，你可能是吃多了。"

"走了，我们去训练。"丁和美起身，拉着聂昊齐一起走，至于卫三，估计还要吃半个小时。

他们一走，金珂就出现在食堂门口，在那儿东张西望，等找到卫三在哪儿，立刻走过来，转了一笔钱给她。

"五万，今天我要在你那儿睡。"

隔壁有个吃饭的学生，听见他这句话，实打实地噎住，起身飞奔去找水喝。

卫三筷子一反，夹了一口菜递给金珂吃："咸吗？"

金珂咽下去，皱眉："咸了。"

"我也觉得，他们没感觉。"卫三对饭菜执念很大，大概是当年在垃圾场翻垃圾吃留下的后遗症。

"你感知不是比他们强？"金珂随意道，"敏感度更高。重新买点别的，我请。"

金珂一郁闷，对卫三就特别大方。

卫三立马起身去另一个窗口打一份，转身便见到应成河也过来了。

"你们今天这么有空？"卫三让阿姨打包，拎着过来。

应成河话不多说，直接抬手转给卫三五万星币。

卫三："……你也想睡？"

刚喝完水回来的学生，整个人呆在原地，他听见了什么？

原来论坛传这三个人平时关系好，是这种关系好？！

简直道德沦丧！

"走吧。"卫三摇了摇头，拎着饭往寝室走，背后跟着并排走的金珂和应成河。

吃饭的学生：……这则八卦要不要传？

寝室还是原来的样子，不过卫三旁边的上铺和下铺都被金珂铺了被子，来回睡。

"今天便宜你了。"金珂对应成河道。

两个人一上一下躺在卫三寝室内。

至于卫三，蹲在寝室外吃盒饭，手里还有一本鱼青飞的笔记。

不得不说鱼青飞话又多，人又懒，每次卫三看完一本，都要郁闷良久。

比如这本讲如何保养机甲的脚趾头，鱼青飞甚至详细讲了一遍怎么样给机甲指趾头保养后涂色，中间还穿插他借保养之名，给校长机甲的脚趾头涂指甲油，最后提前被发现的日记。

"校长真的小气，我不过是给他的机甲保养，他把我的机甲指甲涂得又黑又丑，神经病！下次他老婆来了，我要让他老婆知道这是一个多么心胸狭窄的男人。今天也是很生气的一天，机甲保养不想写了，就这样，未完不待续。"

又断了。

现在卫三已经知道一些机甲的数据，但都不是同一架机甲，每次只涉及机甲某个或某些部位。

因为鱼青飞总是想到哪儿写到哪儿，不过卫三还是能从中窥见一点点东西。

起身进去，卫三便见到那两人躺在上面跷二郎腿抖腿。

"……"

"为什么只有两层？"应成河发出灵魂问题，"我觉得学校应该做一个五层铁板床，正好一个小队睡。"

"寝室没那么高。"上铺的金珂闭着眼睛抖腿，"不过说不定帝国军校有这么高，反正他们有钱。"

"你当初为什么来达摩克利斯军校？"应成河问他。

"宁做鸡头，不做凤尾，当时指挥中谁不知道应星决。倒是你为什么会来？"金珂继续抖腿，"没记错，应家人来达摩克利斯军校上学，你是第一个。"

"我想学鱼青飞前辈留下的东西。"应成河想了想道，"我们家和主家联系不紧密。"

如果不是测出感知有3S级，可能他这辈子也没有机会接触主家。

"卫三，你呢？"应成河坐了起来，问她。

"来之前上星网浏览了一遍，觉得我们达摩克利斯军校最朴实无华。"卫三认真地说，"我很欣赏这种校风，其他学校一看就存在严重的攀比风气，所以最后我决定来这里。"

如果不是卫三用这种纯良真挚的表情骗过他多次，应成河都要信了。

金珂也翻身起来，这次没有再开玩笑："卫三，比赛的时候，你自己小心。"

"他们再厉害，机甲也是A级。"卫三倒不担心，A级机甲极限放在那儿，S级再强，也有个限度。

"血滴不比其他军校总兵的机甲差，只要没有主成员腾手对付她，应该问题不会太大。"应成河看过她之前的选拔赛，对机甲理解掌控很好，那还是几个月前的事，现在会更好。

"那就牵制他们。"金珂垂眼道，"我正好见识见识其他3S级指挥。"

"你们睡，我要出去一趟。"卫三突然道。

"这么晚，你去哪儿？"应成河下意识地问。

"有事。"卫三挥手转身就往外走。

金珂重新躺下去，他从来不过问卫三去哪儿，万一是去见高人呢。

卫三肯定不愿意说。

过了一会儿，应成河出声："如果没记错，学校戒严了。"

"卫三别称'翻墙王'。"金珂淡淡地说。

"哦。"

两个压力剧增的男生，每人花五万租卫三一个床位，睡了一晚。

到了地下一层，卫三把血滴拿出来。

店主扔过来一盒东西："你要的材料。"

卫三从盒子内拿出一粗管金属液体，她想要把血滴的刀改一改。

赫菲斯托斯大赛中，校队不允许使用 A 级以上的机甲，到时候总兵机甲会接受重点调查，才能入场。

血滴各方面性能都好到完美，不过卫三想要在武器上做一点点改动。

她将光刀拿下来，再将那管液体倒出来，放进模具中。

通宵，卫三才终将光刀改完，脚步虚浮地赶回学校，打开寝室门，金珂和应成河正坐在她桌子前拍照。

卫三一脸嫌弃："你们俩要不要这么骚气？"

应成河拉着卫三坐过来："第一次过来睡觉，留个纪念。"

浑身冒着颓废气息，挂着两个黑眼圈的卫三就这么坐在他们俩中间，双眼无神，被照了下来。

出发前一天，主成员和校队学生一起站在操场上，和老师共同宣誓，最后再由黎泽少校总结发言。

"此次前去，我们需要所有人拿出能力共同去争取名次。"黎泽目光扫过底下这些年轻的学生，这些人中最大的不过才二十岁，"但望诸位牢记，这只是一场比赛，不可意气用事。达摩克利斯军校就在你们身后，你们在，它就在，永远不会消失。"

"是——！"

千名学生分批坐飞行器赶往港口。

有本地媒体记者操控微型录像机飞到上空，录下这一幕：整齐划一的军方飞行器，护送着年轻学生去参加赫菲斯托斯大赛，此番前去，不知道有谁会永远留在赛场上。

若干年后，众人知道了，那一批最优秀的三系机甲学生正是从这里启航，自此达摩克利斯军校的荣耀永久刻在历史上。

Weekly plan

Mon. 训练 ✓

Tue. 〞×2

Wed. 〞

Thur. 〞×2

Fri. 〞

Sat. 〞×2

Sun. 〞（不知打架……

第二章

山丘赛场

第 46 章

校队成员依次通过安检，朝星舰走去，星舰周边还有护航舰，上面是军区的人。

这个港口专供军区用，因此周围除了老师和参赛学生，便只剩下军区来往的人。

卫三被项明化单独拎出来。

"这五位是主力成员，申屠坤学长今年毕业，其他人和你同级，霍宣山、廖如宁，剩下两个你认识。"项明化一一介绍，"她是卫三，这届的校队总兵，超A级中型机甲。"

申屠坤伸出手和卫三握手打招呼："有什么问题可以来问我。"

"谢谢学长。"

路过的黎泽听见她沙哑的声音，扭头见到卫三一脸苍白外加两个硕大的黑眼圈，不由得皱眉："你晚上又翻墙出去鬼混了？"

然后黎泽就见到卫三眼神飘忽，金珂和应成河一个望天一个看地。

很好，这三个人临近比赛还要乱来。

"把她房间号调到我隔壁。"黎泽对旁边的人道。

这三个人就不能聚在一起。

项明化原本想让主成员的三个机甲单兵和卫三熟悉熟悉，结果还没来得及打招呼，卫三就被黎泽少校揪进了星舰。

星舰内的房间都是一样的配置，黎泽示意卫三进去："学校戒严，你还能翻出去，不愧是超A级单兵。"

这话从S级少校口中说出来，总带着难以言喻的嘲讽意味。

"少校，这些天我一直都在学校，没有出去过。"卫三竖起四根手指，"我发'四'。"

"先照镜子看看你现在的鬼样子。"

苍白消瘦，外加两个大黑眼圈。

黎泽很难去形容现在自己的感受，就像一片瓜田，一直长的都是好苗子，积极向上，突然有一天意外发现一棵苗子是歪的。紧接着，又发现这棵歪苗子带着另外两棵好苗子一起歪了。

卫三被提到黎泽隔壁房间，没人来找她了。

无人交流的卫三，在房间里摸摸碰碰，这星舰比她当初坐的那架好十几倍，还有豪华单间。

啧，军校生的生活水平还是比较好的。

金家发财："哈哈哈哈，卫三，你昨天又没睡觉？刚才廖如宁问你是不是嗑药了，哈哈哈哈！"

暗中讨饭："昨天晚上头疼，睡不着。"

应成河："少通宵。"

金家发财："从沙都星到帝都星要四天，好好休息。"

三个人聊了一通，卫三关掉光脑，躺在床上休息。

大概最近确实没休息好，头总是疼。

星舰会议室。

"到达帝都星后，在比赛前，你们会在军事演习场训练十五天。这期间势必会碰见其他军校的人，我希望你们能管理好自己的情绪。"带队老师扫过会议室内五位主成员和五位替补成员，"替补学生平时也不能放松训练，无论发生什么事，都要先冷静下来。"

"等等，"黎泽屈起手指，敲了敲会议室桌面，"宣山，你去喊卫三过来，这种注意事项，她最需要听。"

霍宣山点头，随后起身走出会议室。

金家发财："卫三，霍宣山去找你了！"

卫三刚睡醒，见到消息，回复："谁是霍宣山？"

金家发财："早上项老师介绍的轻型机甲单兵，你还没睡醒？"

暗中讨饭："刚醒，找我干什么？"

金家发财："少校说你需要接受教育。"

卫三还想问他，房门已经被敲响了。

她开门，便见到站得笔挺的男生在外面："少校让你去会议室，请跟我走。"

卫三转身拿了一件军装外套，跟在对方后面走。

她扣完扣子，抬头看着霍宣山的背影，忽然觉得有点眼熟。

她还在想在哪儿见过他时，他们已经走进了会议室。

"坐。"黎泽指了指空位，"老师正在讲大赛注意事项，你好好听听。"

站在最前方的老师咳了一声，继续讲："往年塞缪尔军校总喜欢挑衅我们，今年应该也不会例外，但会收敛一点。我希望在座各位能维持冷静，不要受他人激怒，从而造成不可挽回的局面。"

"演习场不允许私自斗殴，一经发现，取消当月比赛资格。"

"所以……可以嘴炮？"卫三举手发言问道。

靠墙坐的项明化挡着额头，好像这样看不见卫三，她就不是自己学生。

刺头之所以是刺头，就是因为他们完全无视周围环境，喜欢把自己的想法强行暴露出来。

老师愣了愣，随后道："可以这么理解。"

卫三挑眉，满眼的"那我要去嘴炮一下"。

黎泽："……"

为什么他感觉反而激起了卫三惹是生非的欲望。

"第一场比赛入场顺序按照上届排名来，同时比赛前上届前三名还会有奖品选，一般是能源或者机甲材料。"老师放了一张帝都星地势照片，"帝都多山丘，赛场环境也以山丘为主，到时候机甲师需要临时根据环境调整队伍内机甲。前三名的奖品便和这个有关。"

"还有抽签环节，是对五大军校物品的分配，里面东西不定，完全靠运气。"

……

老师稍微讲了讲比赛环节，随后才放学生们离开会议室。

一从会议室出来，应成河便塞给卫三一块糖："里面加了薄荷和苦艾，提神。"

"谢了。"卫三扯开包装，将糖放进嘴里。

廖如宁兴冲冲地从会议室出来，问她："卫三，你要去惹事吗？"

卫三："？"这熟悉的语气。

"你确实可以去惹事，嘴这么厉害，塞缪尔的人绝对输。"金珂道。

廖如宁脸上的笑一收："阴阳怪气精。"

卫三："……"

"阴阳怪气"这个词太耳熟了，作为一位阴阳怪气学高手，卫三第一次被人当面戳穿，就是在黑厂。

"好了，该去训练了。"霍宣山站在旁边淡淡地说，又朝卫三、金珂等人点了点头。

金珂靠近卫三，撞了撞她的肩膀："人都走了，你还看什么？"

"我觉得挺有缘的。"卫三有些感慨，原来那两个人不是什么散学世家子弟，而是达摩克利斯军校的 3S 级机甲单兵。

这么一想，卫三觉得校队总兵也没那么难，3S 级机甲单兵驾驶 A 级机甲虽然厉害，但也不至于达到仰望的程度，更何况其他军校的校队总兵只是单 S 级。

"你和廖如宁有缘？他能气死你。"金珂扭头，突然一愣，"卫三，为什么你蹿得这么快？"

刚刚他转头，发现卫三已经到他眉眼处了。

卫三下意识低头看着裤脚，果然短了一截："说过我还在长身体。"

"声音有点变了。"应成河在旁边道。

"是吗？"卫三自己还没注意到，以为是没休息好，导致声音变了。

"你是蹿天猴吗，长这么快？"金珂摇着头打量她。

"找医生开点营养剂。"应成河道，"长得太快，你营养跟不上。"

卫三便被金珂和应成河拉去医务室。

路上，她问金珂："有没有霍宣山和廖如宁的联系方式，让我加一下。"

他们正好互相再认识一下。

反正他们三个都参加比赛，也不用怕谁揭穿谁。

"待会儿发给你。"金珂也未多想，机甲单兵想要认识机甲单兵太正常，何况他们即将并肩作战。

去了医务室，医生上下打量卫三，又捏了捏她骨头："是有点脱相了，自己身体怎么不注意？你们这些机甲单兵过得就是糙。"

医生拿了七支营养剂："一周的剂量，里面营养成分很高，喝完应该可以稳定下来。"

对这种事情，医生早已见惯不怪，机甲单兵训练强度高，这些学生才十六七岁，长身体正常。

"平时别熬夜，看你脸上的黑眼圈。"医生摇头，又给了一支擦剂，"早晚涂一涂。"

卫三皮肤白，黑眼圈看起来特别明显。

"谢谢医生。"

在星舰上待了四天，卫三好吃好喝四天，下星舰的时候，精神昂扬。

等下来，见到霍宣山和廖如宁的背影，卫三才想起来她还没有告诉他们，自己就是向生活低头。

卫三快速走去，赶上金珂和霍宣山他们，正要开口，侧方传来一道声音。

"达摩克利斯军校真是一如既往地穷酸，你们不是未来一代？就用这种星舰送过来。"

一个红发高个子男生脸上带着假装的同情，随后又变成嘲讽："不过，你们也只配这种星舰了。"

廖如宁在众人未反应过来时，便冲上去飞踢一脚。

"你们疯了？敢动手！"塞缪尔军校的人在后面叫嚣。

肖·伊莱在廖如宁靠近时，便往左撤，嘴角拉开笑："达摩……"

见他撤过来，卫三想也不想直接封住肖·伊莱的路，一巴掌挥过去，打在他脸上。

"啪——"

极为清脆的声音。

卫三低头看了看自己的手，缓缓地说了一句："好听就是好脸。"

肖·伊莱暴怒，刚要对卫三动手，就被霍宣山拦住了。

"你们达摩克利斯军校居然三个打一个？"

"他们动手，取消比赛资格！"

金珂打开光脑，找到大赛守则，慢条斯理地说："赫菲斯托斯大赛规定在军事演习场动手，取消动手者比赛资格。不过这里是港口，并不能算。"

刚疏通所有学生下星舰的达摩克利斯军校老师："……"

一转身工夫，他们就闹上了。

后面又有星舰停在港口，是平通院的人。这些人沉默肃静，快速下来，没有朝他们看一眼，直接往演习场走，与其说是来比赛的学生，不如说是赶赴战场的士兵。

"要打，我奉陪。"等平通院的人走过，肖·伊莱脸色阴沉，目光落在卫三手臂徽章上，"区区一个总兵。"

卫三半点不在意他的狠话，反而看向塞缪尔军校的老师，在里面发现一个熟悉的戴眼镜老师，一个箭步冲上去，真挚又热情："老师，好久不见。"

第 47 章

塞缪尔军校的学生已经全部下了星舰，领队老师站在最前方，刚才肖·伊莱过来挑衅，他们站在不远处看着，没有丝毫阻拦之意。

结果事情发生得太快，他们只听见一声清脆的耳光，自己学生捂着脸，怒目而视。

紧接着达摩克利斯军校那边蹿过来一个学生，极其热情真挚，拉住张正平的手："老师，好久不见，您又英俊了点。"

她此话一出，张正平已经感受到周围同校老师和学生看了过来。他僵着脸，扯回手，撇清自己和卫三的关系："你们达摩克利斯是怕拿不到名次，所以过来讨好我们？"

卫三仿佛没有听见他的话，扭头喊聂昊齐："张老师在这儿，过来打个招呼，他之前还说邀请我们去塞缪尔参观。"

张正平从来没说过这句话，想要当着同事的面解释，下一秒达摩克利斯军校的几个S级也过来了。

"张老师之前还说喜欢我们沙都星的特产，想留在达摩克利斯。"金珂热情地说，"来的时候，我问过了，学校正好还有个老师空缺，张老师，您什么时候过来？"

"原来您就是张老师，一直都听大家提起您是个好人。"廖如宁也凑过来。他长相清秀，如果没有刚才突如其来的一脚，走哪儿别人都当他是个好说话的人。

塞缪尔和达摩克利斯一直都是死对头，能让达摩克利斯军校学生说好人，只可能是塞缪尔的敌人。

"不要胡说八道，我什么时候是个好人？"中年眼镜男人原本的儒雅气息荡然无存，只剩下气急败坏。

"是是，您不是好人，老师，您别生气。"卫三特意压低了声音，却足够让旁边其他塞缪尔的老师听得一清二楚。

聂昊齐拿了一包东西过来："张老师，这是我的一点心意。"

——沙都星特产饼干。

原本是聂昊齐自己带来吃的，现在忍痛割爱送给"好人"张老师。

卫三继续朝队伍喊："张正平老师在这儿，大家打个招呼！"

都是一起打过靶子的，校队齐刷刷地喊了一句："张正平老师好！"

声音之洪亮，语气之昂扬，谁听了不觉得张正平受到达摩克利斯军校学生的尊敬？

最开始塞缪尔军校的老师和学生完全不信卫三和那几个S级学生过来说的话，张正平是他们这次大赛的领队老师，怎么可能和达摩克利斯军校扯上关系？

但一个两个也就罢了，整个达摩克利斯军校的学生都对张正平礼貌有加算什么？

此刻塞缪尔所有学生和老师看向张正平的目光都带着异样，理智告诉他们，这极有可能是达摩克利斯军校的诡计，但此情此景下，谁都难免对张正平的立场产生怀疑。

张正平脸黑得难看，和他一同去的调查员，这次没有过来。领队内没有其他人知道自己去达摩克利斯军校的情况，但有和他竞争失败的副领队。

"好了，卫三，赶紧回来。"项明化怕她再搞出事来，将人喊了回来。

这才走出星舰，就开始搞事，他都无法想象后面一年的时间会发生什么。

项明化看了看卫三，又看向几个S级主成员，原本觉得不定时炸弹只有一个火暴脾气的廖如宁，现在怎么感觉除了申屠坤，其他的都是炸弹？

项明化再看旁边的黎泽少校，他似乎一点都不惊讶。

星舰港口发生的事，很快传到其他几所军校的人耳中。

平通院今天撞上了他们，但心里只有比赛，对这个并不感兴趣。

南帕西军校最后一个赶到港口，听老师讲起这件事，有人不明白。

"肖·伊莱就这么让他们打了？"塞缪尔军校生不像心胸开阔的人。

"这里是帝都星港口，严禁寻衅滋事，他再动手会有帝都星的人来处理，少则五日，多则十五天禁闭。"

"但达摩克利斯军校的人动了手，帝都星不管？"

"据说是收手太快，帝都星巡卫队没反应过来，后面……"南帕西老师一脸怪异，"达摩克利斯学生都向塞缪尔的老师打招呼，很热情。"

——导致帝都星的巡卫队一时间不知道那声耳光是不是幻觉。

同一时间，帝国军校得到的不只是消息，还有当时港口的监控录像。

"监控只录到肖·伊莱朝这个校队总兵撞过去，对方动手避开了摄像头。"姬初雨靠在黑色皮质椅背上，转着手上戒指，"肖·伊莱居然没躲过A级单兵的攻击，废物。"

应星决没有说话，站在长桌前，指尖往前后拉视频进度，目光落在达摩克利斯军校五个主成员身上。

他在观察这件事发生期间这五个人的反应。

短短几分钟，除去申屠坤还在状况外，另外四个人明显已经开始配合，有种无形的默契。

"申屠坤。"应星决抬手指了指光幕上的另一个人，"和校队总兵，他们是达摩克利斯军校的突破口。"

"达摩克利斯军校向来有塞缪尔拖着，今年一进港口就闹出这种事，塞缪尔更不会放过他们。"3S级轻型机甲单兵司徒嘉道，"平通院才是最大的麻烦，每年都想拉我们下来。"

"凭他们？"姬初雨漫不经心地转戒指，"大赛不过是帝国军校的卫冕赛。"

应星决垂眸看着光脑上达摩克利斯军校的领队老师，他们的眼神和往年不一样。

因为今年有3S级主力成员，还是……他们藏了什么牌？

"这是我们吃饭训练的地方？"

"不愧是帝都星，太有钱了。"

"他们演习场崭新崭新的，还宽敞。"

达摩克利斯军校第一次来的学生，纷纷感叹，帝都星环境设备过于豪华了。

"土包子。"

演习场会集五大军校的军校生，自然无可避免地碰见其他军校生，塞缪尔的学生听见达摩克利斯学生说话，不由得嘲讽。

被骂土包子的学生先是一怒，随后不知道想起什么，面色渐渐平静下来："我们没见过世面，确实是土包子，还望兄弟见谅，没办法，学校太破，土包子没见识。"

塞缪尔学生："？"

"下次去你们白矮星，希望贵校能拿出诚意，好好款待我们土包子，也好让土包子开开眼。"

"白矮星能比这里还好？"旁边达摩克利斯军校生惊讶，"我还没见过，真的吗？"

"肯定是真的，人家塞缪尔都瞧不上帝都星演习场。"

"我们没说过比帝都星好。"塞缪尔学生辩解，旁边还有帝都星的学生，到时候帝国军校找他们碴儿怎么办？

达摩克利斯军校生仿佛没听见，陷入"自怨自艾"状态中。

"我也想去开开眼，他们白矮星到底有多好。"说话的学生道，"这么看来，我们真是土包子。"

说罢，几个人齐齐叹气。

"唉——"

角落坐着一桌人，卫三看了半天，扭头问金珂："他们说话为什么变得这么奇怪？"

阴阳怪气，还怪熟悉的。

金珂打开光脑，论坛翻出一条帖子，给她看。

"今天也要阴阳怪气之卫三的话术。"

卫三："……"

lz："朋友们，今天在港口有点爽到了，经过多方讨论研究，我终于知道为什么了。阴阳怪气乃世上最强话术，我愿称之为阴阳怪气学。下面我放几个经典场景画面。"

几个都是卫三撑人片段，楼主甚至找到口述者，贴心整理出文字版。

lz："阴阳怪气学能伤人于无形，被卫三气到的人没有十个也有八个了。从今天起，大家可以多学学卫三的话术，用最诚恳真挚的语气称赞对手，抬高他们，气到一个是一个。"

底下一堆跟帖立志要成为阴阳怪气大师。

"我也没有这么阴阳怪气……吧。"卫三看完帖子，犹豫着说，毕竟她只是一个普普通通的善良的人。

金珂关了帖子："张正平被撤了，就因为你带头问好，塞缪尔几个老师还有肖·伊莱希望换人来做领队。"

"他们心胸未免太狭窄了。"卫三摇头，"张老师为我们射击做出巨大贡献，只是打个招呼而已。"

目光一扫，卫三见到黎泽朝这边过来，端起盘子就走："先走了，不然少校找我麻烦。"

黎泽一过来便见到卫三溜走的背影："她干什么？"

"肚子疼。"金珂随便找了个理由。

黎泽难得没有对他们三个聚在一起有异议，因为已经体会到这几个人聚在一起搞外人的好处。

拿港口那件事来说，除了打 3S 级机甲单兵耳光出格了，后面张正平的事，简直是光明正大恶心人。

卫三端着盘子就往外溜，正好见到进来的申屠坤和廖如宁。

她还没找他们俩说黑厂的事，金珂也一直忘记给她联系方式。

"卫三？要不要坐一起？"申屠坤见到她，主动打招呼。

"谢谢学长。"卫三立刻转身跟他们坐一桌。

廖如宁吃饭都不说话，一派世家子弟模样，申屠坤问了几句卫三的事，又说有什么不懂都可以找他。

——很热心的学长。

"申屠坤。"南帕西一个女学生见到申屠坤，过来打招呼。

"我先过去一趟，你们先吃，待会儿不用等我。"申屠坤起身对廖如宁道。

廖如宁抬头，吹了一声口哨，世家子弟派头荡然无存："申屠坤学长，那是你朋友？"

"别乱说。"申屠坤压低声音道，朝对面的女生走去。

廖如宁无聊地撇嘴，继续低头吃饭。

卫三握拳抵住唇，喊了一声："干干。"

"喀喀——"

廖如宁呛住，抬头愕然："你说什么？"

第 48 章

廖如宁难以置信地看着对面的卫三："你刚才说什么？"

"干干。"卫三重复一遍。

廖如宁看她："卫三，你从哪儿听来的消息？"目光中甚至突然带了点质疑，觉得卫三是在调查他。

他和霍宣山从来没有向任何人透露过打黑赛的事。

"……我，"卫三反手指了指自己，"低头。"

她悄悄摸摸掏出一张面具，示意廖如宁看。

但廖如宁已经先入为主："还想冒充低头？先把声音改得像一点行不行？想勾搭我？我不吃你这套。"

卫三："……"

她打开光脑，用黑厂账号给他发消息。

向生活低头："之前在黑厂没看出来你这么自信？"

廖如宁见到光脑消息，愣住半晌，才探头盯着卫三，宛如对暗号："你，真是低头？"

霍宣山一直说低头可能是散学 S 级单兵，他也觉得低头像，怎么突然变成同校的校队总兵了？

"不然？霍宣山是西西吧？"卫三问他，"那天在星舰上，我认出你们，后面忘记说这件事。"

"他回家了，晚上过来。"廖如宁终于相信卫三就是向生活低头，"你……说话声音不是这样的，之前是装的？"

卫三摸了摸自己脖颈："最近变声了，我以为你们是散学单兵。"

"我们还以为你是。"廖如宁想起卫三在港口做的事，"难怪你操作骚得这么熟悉。"

卫三："……有些话直接说出来不太好。"

"做人要直接，不能虚伪。"廖如宁知道卫三是认识的人，也放松下来，"我廖如宁就是这样一个真实的人。"

卫三：呵呵。

"原来说自己牛的人是你。"廖如宁终于把向生活低头和传闻中的卫三对上，"不愧是你，低头。"

"你们在说什么？"申屠坤和南帕西的女生说完话，重新过来见到廖如宁和卫三聊得热闹，下意识地问道。

廖如宁脾气暴躁，说话又毒，一起训练时，经常和金珂等人发生争吵，连训练的老师，偶尔也能被他气晕过去，没想到能和卫三聊得这么好。

他一过来，卫三和廖如宁便齐齐收了声，两人统一想法，打黑赛的事不能让其他人知道。

"我说错了什么吗？"申屠坤看了看两人，有些讶异，他们突然都沉默下来。

"我们在讨论刚刚你和南帕西女生在说什么。"廖如宁扯开话题，"学长快说来听听。"

申屠坤有点不好意思："没什么，之前大赛帮过她，所以她过来谢我。"

"学长，比赛中你帮对手？"卫三挑眉问。

"当时老师赶不过来，我就在旁边。"申屠坤温和地说，"将来大家都要一起守卫联邦，损失一名 S 级机甲单兵，对联邦而言都是巨大的损失。"

廖如宁抬眼道："学长，那届我们学校出事的时候，南帕西没有出手帮忙，反而趁势拿到第三。"

申屠坤唇边的笑渐渐落下来："我知道，只是……"心里过不了自己那一关。

"也不是不能救。"卫三朝南帕西那边看了一眼，"不过回报得拿回来，一句谢谢不够。"

"不如我们在这次比赛的时候把回报拿回来。"廖如宁紧跟着说，"做人得有来有往。"

有来有往是这么用的吗？

"刚刚那个是南帕西校队学生？卫三，交给你了。"廖如宁冲对面卫三道，"把报酬要回来。"

"她是上一届南帕西的主力队员。"申屠坤解释，"这届换了新生，S 级依次下降，她现在是总兵，实力比 A 级强。"

"再强用的不还是 A 级机甲？"卫三毫不在意地说，"报酬一定得拿回来。"

"达摩克利斯不能吃亏！"廖如宁紧跟其后补充。

申屠坤在卫三和廖如宁之间来回打量，这两个人之前明明很陌生，为什么他离开一会儿，突然……

他思考半天，只想出一个词来形容——"臭味相投"。

五大军校的人吃完午饭，便自由活动，可以去房间休息，也可以去训练。而卫三和廖如宁则偷偷摸摸地走到角落，拨通霍宣山的通信。

"面具戴上。"廖如宁翻出面具戴好后，对卫三道。

卫三刚戴好面具，霍宣山的通信便开了。

"你们……"霍宣山见到熟悉的两张面具一愣，随即想起自己没有戴面具，下意识把通信关了。

过了一会儿，霍宣山反应过来，知道自己打黑赛的人只有廖如宁，大概是他开的玩笑，便重新拨了回去。

"你在做什么？"霍宣山皱眉看着旁边戴着和低头一样面具的人，"提醒过，别和其他人说黑厂的事。"

廖如宁得意："我没说，她就是低头，我们在演习场碰上了，你猜她是谁？"

两个人蹲在角落，廖如宁的镜头只对准了他们俩的脸，霍宣山看不见他们身上的军服。

演习场？

霍宣山脑海中瞬间连续闪过几个人，这届五大军校的主力单兵女生不多，十五席只有三人，用中型机甲的女单兵只有一个人。

"昆莉·伊莱？"霍宣山皱眉道，她在南帕西军校怎么会每周来沙都星？

廖如宁取下自己的面具："错了，哈哈哈哈！低头，快让他看看你是谁。"

见到霍宣山的表情，廖如宁终于不再因为刚才自己被扒下马甲而心理不平衡。

卫三将面具取下："是我。"

霍宣山看着眼熟的校队总兵："你……卫三？"

他惊讶过后，再想想，觉得不是她才奇怪。

长期在沙都星，每周末出来比赛，实力不弱。不过霍宣山一直以为向生活低头是S级，而达摩克利斯军校内的S级他都认识，所以才会推论低头是散学单兵。

没想过她会是超A级机甲单兵。

操作同样的A级机甲，超A和普通S级确实并不太容易区分。

"不如晚上我们出去看看帝都星的黑厂。"廖如宁来了兴趣。

卫三表示拒绝："晚上我要出去逛。"

"逛什么？"廖如宁问。

"先看看帝都有什么吃的玩的。"卫三现在身上还有钱，可以买东西。

"那我也去。"廖如宁刚和低头认亲，怎么也要联络感情，"西西就是帝都星人，让他带我们去逛。"

"我七点到演习场。"霍宣山没拒绝。

通信挂断后，卫三又在群里喊金珂和应成河，说一起去逛逛。

成河大师："今天晚上没空，我们要开会讨论赛场的问题。"

金家发财："廖如宁和你一起去？小心点，这个人毒舌，看着就烦。"

卫三想起第一次互通消息时，廖如宁撑自己的话，讲她说话也阴阳怪气的。

暗中讨饭："他是不是经常说你阴阳怪气的？"

金家发财："……我都是跟你学的。"

成河大师："霍宣山很有钱。"

暗中讨饭："？？？"

金家发财："成河，你不对劲。"

成河大师："真的，他比我还有钱，而且好骗。"

"你的好友金家发财邀请霍宣山进群"

三个人的群最上方突然显示这么一句。

成河大师："……@金家发财"

霍宣山莫名其妙被拉进陌生群，随手翻了翻上面的消息，便见到应成河说他有钱还好骗的消息。

霍宣山："？ @成河大师"

应成河遁了。

七点的时候，霍宣山从霍家回来，带着廖如宁和卫三去帝都星最奢华的地方逛。

"那是 S 级机甲？"卫三仰头看一家店内一排机甲。

"最普通的 S 级机甲。"廖如宁有点可惜卫三不是 S 级，他们三个组队还挺好玩的，卫三下手黑，不受条条框框限制。

申屠坤学长身为双 S 级，强是强，不然也不会一个人在达摩克利斯军校这几年，没出事，但过于正直，是典型的军人作风，打起架来不太好玩。

卫三走进去，便被标价牌后面一长串的零闪了眼，确认了是她买不起的机甲。

她前后左右地围着这架机甲转，甚至上手摸了摸，涂色技术不错，但整体来讲，很一般。

卫三想起鱼青飞留下的那些乱七八糟的机甲数据，虽然都是残缺的数据，但依然可以看到结构美。而这架……整体看起来并不协调。

店内的机甲，她都看了一遍，很快失去兴趣，全不符合她心中对 S 级机甲的期望。

至少在沙都星广场上，她见到黎泽少校那架替代机甲，都觉得惊艳，是S级该有的样子。

"只是一些普通机甲师做出来的成品，军校生不会用这个。"霍宣山站在旁边道。

帝都星有钱人不少，有些感知没有S级的人对这种机甲有执念，虽用不上，但会买回去收藏。

三人从店内出去，往里走。

"低头，之前我还担心校队总兵出差错。"廖如宁手搭在卫三肩膀上，哥儿俩好道，"既然是你，就不担心了，到时候拿出你不要脸的风格，弄那几个总兵。"

三个人站在一起说话交谈，一点陌生感都没有。

黎泽和友人从餐厅内出来，见到的便是这么一幕。

他最先见到卫三，再加上旁边两个男生，下意识地以为是金珂和应成河，但他们俩今天要去开会研究赛场环境，再仔细一看是另外两个主力成员。

黎泽呼吸一窒，上战场时都从未有过这种感受。

为什么卫三又和霍宣山和廖如宁混熟悉了？

连霍宣山都免不了？离申屠坤被带坏已经不远了。

"那几个是你学生？"友人顺着黎泽目光看去，"主力3S级机甲单兵？"

"中间那个是超A级校队总兵，不是主力。"黎泽抬手按了按额头，他心中不祥的预感越来越强烈。

这次大赛绝对不会太平。

"他们情绪不错，这时候还能出来玩。"

黎泽："……"

如果金珂和应成河不是今天有事，恐怕他看到的是主力成员组团出来玩。

"先走吧，你的机甲数据我已经重新整理了。"友人笑了笑，"他们偶尔放松一下也不错。"

卫三几人逛了两个多小时，霍宣山讲解，带着去看了帝都星一些有名的地方才回去。

"帝都星这次赛场还是山丘，但今年轮到的山丘地带是最难的，"金珂抬手拉开地形图，"目前我们手里头没有确切的地图，这几张是历届他们比赛的地图。"

虽是同一个山丘地带，但帝都星广袤，历届赛场并不在同一块地方。

"机甲关节可以换轻一号的，另外重型机甲的火力需要加装。"应成河提出改造机甲的建议。

机甲师不光需要维修损坏机甲，还要具体根据赛场环境及时调整机甲，为其他不同赛场做准备。

"山丘赛场，射击者的作用大，到时候让校队其他单兵注意。"项明化提醒道，"其他部署，金珂，你自己在比赛时确定，一切等拿到地图后，再仔细考虑。"

"是。"

第 49 章

其他四大军校提前过来，熟悉演习场环境，之后便是为期十天的封闭训练，后五天依旧训练，但可以自由进出，还有媒体记者过来采访。

封闭训练第一天，五大军校头一次全部聚齐，因为今天有开幕大会，据说这届有重量级人物过来主持。

南帕西军校是第一个到达演习场的，随后是塞缪尔军校和达摩克利斯军校差不多时间过来，两所军校碰在一起。

路不窄，甚至再走过来一所军校的学生，也完全可以并排通过，但塞缪尔军校的传统就是要让达摩克利斯军校不好过，要他们让步。

领头的肖·伊莱，仿佛看不见达摩克利斯军校生，径直带着人往他们这边挤。

眼看要撞上了，卫三突然扭头："塞缪尔他们快走过来了，赶紧让路，别挡在这儿。"

达摩克利斯军校生齐刷刷地往边上挪，主力成员也不例外，只剩下处在状况外的申屠坤。

"学长，让让，他们要过去。"卫三伸手将申屠坤拉过来。

申屠坤眼中有散不去的迷惑，这个时候按道理，他们达摩克利斯总会和对方僵持一番，前面几届也是这样，现在主动退缩，不就让人看了笑话？

不只他，塞缪尔学生心中也陡然感到怪异。

塞缪尔军校生挤着走达摩克利斯军校的路，达摩克利斯的人站在旁边，用热情的目光看着他们。

——恶寒。

不知为何，塞缪尔学生心中突然生出这个词来。

"万年垫底的学校，还是早点下去比较好。"肖·伊莱嗤笑，一边满意他们退让，一边鄙视他们的懦弱。

"塞缪尔军校最牛 ×，能和太阳肩并肩，帝国军校算什么，你们不赢谁能赢？为表本校诚恳心，今天送你走花路。"

卫三一连串说完，扭头看向金珂。

金珂当即摸出他随身带的小喇叭，重复一遍，顺便抬手示意其他人跟上。

于是整个演习场传遍了达摩克利斯军校生为塞缪尔军校加油的声音。

塞缪尔军校：……！

在他们喊口号时，平通院的人和帝国军校生到了，顿时被这大型迷惑现场镇住。

"达摩克利斯军校的人疯了？"司徒嘉看着前面两支队伍，只能想到这个解释。

应星决目光落在拿喇叭带着校队喊口号的金珂身上，轻晒：无名星出来的指挥到底和正统指挥不一样。

那边塞缪尔军校的人快速走去自己的空地，不少人已经涨红了脸，谁见过这么不要脸的骚操作？

而主动退路，还为塞缪尔军校"热情"喊口号的达摩克利斯军校生则个个神清气爽。

"卫三，我就欣赏你这种阴阳怪气的人。"廖如宁落后一步，和她并排走，向她竖起大拇指。

"对付不要脸的人，需要更不要脸。"卫三漫不经心地说，"塞缪尔的人段位太低。"

跟在旁边的申屠坤受教了，他这几年没少被塞缪尔的人压制欺负，一届比赛有十二场赛事，每次两校都能发生摩擦。

原来最好的解决办法是走别人的路，让别人无路可走。

开幕大会时，五大军校的站位，按建校时间排。达摩克利斯在第一位，第二位是平通院，第三位是帝国军校，南帕西军校排在第四，最后一位才是塞缪尔军校。

五名主成员站在最前方，校队总兵站在队伍末位，卫三落在最后面，百无聊赖地朝两边军校队伍看去。

平通院的学生和其他学院的明显不太一样，组织严密，所有人站好后，便再没有动过，身如磐石。

卫三不太了解平通院，随后后仰转脸去看隔着平通院队伍的帝国军校，校队总兵也同样站在最后一排。

不过这个校队总兵……

卫三从裤袋里摸出颗糖，这还是应成河给她的。

她捏在指尖，随后屈起手指，对着帝国总兵弹过去。

在卫三将糖弹出去的那一瞬间，帝国校队总兵便有所察觉，侧脸目光带着厉色扫过来，等看清人后，结巴了："……卫、卫三？！"

卫三冲他挑眉，做口型："请你吃糖。"

泰吴德脸上带着笑，正准备说什么，忽然想起自己身份，又把笑压下去："开幕大会，不要乱搞，我们是对手。"

卫三正无聊，管他什么对手，直接用光脑和泰吴德聊天："你不是 A 级？帝国军校应该有 S 级机甲单兵，怎么你当总兵？"

"我现在是超 A 级单兵。"泰吴德得意地说，"学校有 S 级单兵，但用 A 级机甲，我赢了。"

"正好，我也是超 A 级单兵。"卫三拍了拍自己手臂的徽章，"也是校队总兵，我们大赛上见。"

以前被压着打的噩梦顿时涌上泰吴德心头。

不会自己还输吧？

不，他现在已经是一匹能打败 S 级的黑马，卫三绝对会被他压着打。

五大军校生在演习场站了两个小时，最后演习场台上才有人走出来。与此同时，各军校的领队老师也从其他地方走出来，站在队伍最前方。

项明化一过来便打量学生们的神色，往年开幕大会前，总要发生摩擦，不过今年似乎没吃亏，所有人表情十分平和。

"各位军校生，我是鱼天荷。"台上站着一个高挑女性，一头长鬈发披肩，身穿大红色长裙，她微微一笑，"这届赫菲斯托斯大赛讲解员之一，在我左手边的是指挥应月容，右手边是机甲单兵习浩天。"

穿一身蓝色唐装的应月容接过话筒："大赛一共十二赛次，分别设在十二星。比赛中不论手段，只要到达目的地，拔下对应旗帜便能拿到积分，每场都有一个冠军，十二场比完，积分累积最多者成为本届总冠军。另外，提醒以下事项：机甲能量耗尽，出局；时限一过，赛场内所有军校生，出局；机甲总兵使用 S 级机甲，出局；触发返回键，出局。"

"每场比赛前十五天训练，一场比赛时限十天。"习浩天接话，"赛场全程录像，各处有救生老师待命，这届增加少校席位，他们会尽力保各位性命。"

鱼天荷："赫菲斯托斯大赛不提倡军校之间发生摩擦，不禁止军校发生争执，望诸位互相尊重。"

三个人上来先解释比赛规则，随后鱼天荷朝侧后方看了看："接下来，让我们欢迎姬元帅讲话。"

底下五大军校的参赛者立刻爆发出极为热烈的掌声。

卫三不明就里地跟着拍了拍手，抬头看向走出来的男人。

对方年纪在五十岁左右，面容冷峻，脊背挺直，身材高大，一走出来便带着精悍力量，穿着一身军服，上面有一大排徽章。

"当年我也从你们这一步走过来，怀着满腔热血，想要为联邦做些什么，如今再问我，我会说我做到了。"姬元德看着底下军校生，语气严厉，目光温和，"诸位身为各军校中最优秀的选手，我希望你们能走得更远，将来能在战场和我们并肩作战。"

"你们能不能答应下来？"最后姬元德用一个问句作为结尾。

五大军校的学生们齐声喊道："能！"

"呜呜呜，我的男神。"丁和美捂着胸口道。

"鱼天荷真的强，据说南帕西到现在两个主成员用的机甲还是她设计的，每届机甲师只需要稍作改动。"聂昊齐感叹。

卫三不认识他们，对台上出现的四个人无动于衷，唯一感叹的便是姬元德肩上的杠和徽章太多。

台上做完结词后，演习场附近便升起烟花，以示赫菲斯托斯大赛正式进入历程。

空中还有微型飞行录像机，这些是媒体记者的机器，将各个军校在开幕会的表现截下来，再放到星网引流。

开幕会一结束，各家媒体记者便蜂拥而上，开始争先恐后采访五大军校的主成员。

一些小公司的媒体记者挤不进去，只好退而求其次，去找五大军校的校队总兵。

卫三一见势头不好，立刻把自己手臂上的总兵徽章取了下来，装作普通校队成员，想跟着人群散去，然而即便这样，也没能逃过小媒体找上门来。

"你好，我们是蓝伐媒体的记者，想请教几个问题，可以吗？"

卫三被喊住，只能停住脚步，不过这家媒体名字取得不错，比红杉媒体好听，她点头："可以。"

"对这次比赛，你觉得谁能拿到总冠军？"

"这也用说？"卫三理所当然道，"达摩克利斯军校。"

记者笑了笑，也不在意，继续问："你对其他军校生有什么想说的吗？"

卫三想了想，蹦出四个字："你们完了。"

记者："……"这个军校生说话未免太张狂了。

"那么作为达摩克利斯校队的一员,你对校队总兵怎么看,认为你校总兵实力如何?"

对于这个问题,卫三偏头认真想了许久:"实力强劲,是个牛人。"

记者:……这是碰见了校队无脑吹的成员?

而另一头被大媒体围得水泄不通的帝国军校,也正在接受采访。

"听说应星决你可能是有史以来感知控制最强的指挥,那么对这次大赛有什么想说的吗?"

应星决穿一身黑色军装,身材颀长,扣子系在最上一颗,边缘绣着金线,只有修长白皙的脖子露在外。他垂眸看着话筒,淡淡地说:"冠军属于帝国,至于障碍,我会一一拔除。"

大公司的设备异常好,收音放音特别好,卫三站在老远都能听见应星决说的话。

她"啧"了一声,摇头:"一般按规律,话说太满,最后容易被打脸。"

"你是觉得帝国拿不到总冠军?"记者问。

"刚才说了,"卫三从口袋重新摸出校队总兵徽章,戴在自己手臂上,冲记者的镜头眨了眨眼睛,双标道,"总冠军是我们的。"

第 50 章

演习场有训练馆和模拟舱,这两个地方一般都用来训练单兵体能和反应力。

这时候一般主成员会一起训练,指挥和机甲师在旁边分析他们的数据,并进行训练调整。

早上,五大军校的主成员皆去了模拟舱,他们来的时间不定,错开了,没有碰在一起。但模拟舱统一在十二点下线,这个时间点,五大军校的主成员势必会撞上。

上午十一点半,大型监控室内,除了姬元德,其他在开幕大会上出现的所有老师和少校都在,为的就是看他们发生冲突,这已成为惯例,实在闹得厉害,还得老师出面。

"今年有的磨了。"鱼天荷笑道,"这么多厉害的新生。"

"往后几年都不好放松。"有少校回道。

"不过,这届新生中没有几个女孩子。"鱼天荷不无遗憾地说,"我们那届女孩子占一半呢。"

"他们这批正好世家男孩子多,过几届女生应该能多起来。"

……

帝都星不愧是首都，五人小队住一个套间，每人大单间，卫三睡到八点，丁和美就在敲门，要她去训练。

卫三一起身，鼻血就开始流，捂着鼻子开门："学姐，你们先去，我待会儿再过去。"

"你……"丁和美看着她满手的血，连忙去抽纸塞给卫三，"不是在吃营养剂了？"

"大概气血旺盛。"卫三擦了擦手道。

"先休息会儿，我们先过去。"

"好。"

四个人出去，卫三重新回到房间躺下，睡着了。

等到了十一点半，她起来朝模拟楼那边走去。

训练期间，各军校有自己的训练服，帝国军校便是白色，达摩克利斯是黑色。

卫三边往大楼内走，边低头调整自己手臂上的徽章，万一被项老师见到，又要说她。

监控内，众人还未等到学生们出来，只见空荡荡的一楼大厅出现一个穿着黑色训练服的学生，一只手插在口袋里，不长不短的头发松松垮垮扎了个马尾，漫不经心从外面走进来，低头慢悠悠地调着徽章，末了，伸出根修长手指轻佻地弹了弹徽章。

监控有自动捕捉人脸和动作的功能，这时候一楼没有任何人，镜头自动将她这个动作放大，所有老师看得清清楚楚。

监控室内的项明化："……"

卫三不知道她一举一动被老师看在眼里，转到二楼想去找丁学姐他们，正好碰见从模拟舱出来的金珂几人。

"你这是……刚过来？"金珂看她过来的方向问道。

"起来晚了。"卫三懒得解释流鼻血的事。

"现在都快下线了，你来也没用。"廖如宁摇头。

"我来找学姐他们一起吃饭。"卫三光明正大，毫不惭愧地说。

监控室，塞缪尔的领队老师扭头看项明化："你们学校的学生越来越散漫，这是放弃了？将来这批学生都是战场上的精英，这种人还是尽早清除掉。"

项明化想起当初卫三挑衅丁和美的消息，扯了扯嘴角："你在教我做事？管好你自己。"

其他人："？？"

看着他们一脸莫名其妙和无语，项明化突然感受到了卫三的快乐，心中无比畅快。

怪不得卫三每天都没心没肺，活得潇潇洒洒，做人就要诚实地阴阳怪气。

项明化再看向监控里的卫三时，觉得这个刺头顺眼了不少。

"我们一起去吃饭。"金珂揽着卫三往外走，"待会儿你和丁学姐打个招呼，先去食堂占好位子。"

一行六个人往一楼走，帝国军校五位主力成员从另一个楼道口出来。

卫三一眼便见到落在最后的应星决，都是统一的白色训练服，他却显得异常好看，黑色微卷长发散在肩上，搭着他稍显苍白极精致的脸，她不由得和旁边应成河几人一起发出感叹。

"帝国之火在赫菲斯托斯大赛燃起，一定是一道亮丽的风景。"

这把好头发，不烧太可惜了。

金珂和应成河齐刷刷地对卫三竖起大拇指，旁边廖如宁见状，也掺和进来，竖起大拇指。

帝国军校和达摩克利斯军校已经不是一个等级，往届帝国从未搭理过达摩克利斯的人，这届有应星决和姬初雨，他们更不会自降身份和达摩克利斯军校的人产生摩擦，径直往外走去。

金珂他们丝毫没有被忽视的挫败感，跟在后面，东扯西扯，快乐得很，和往届沉重的气氛完全不同。

"今年达摩克利斯军校新生状态不错。"鱼天荷笑道，"希望能在赛场上见到他们风采。"

塞缪尔军校的老师罕见地没有再插嘴，今年达摩克利斯军校从上到下，行为举止都很怪异。

"我也希望。"项明化回道。

拉开一段距离后，应星决打开光脑，发了几条消息出去。

"怎么？"姬初雨问。

"他们和校队总兵走得太近了。"应星决眸色微动，冷声道。

校队总兵说到底也只是一个操控A级机甲的单兵，在指挥眼中，只是一枚稍微作用大一点的棋子，S级和A级之间有着天然不可跨越的沟壑。

机甲师公仪觉毫不在意地说："达摩克利斯军校不是向来如此？等级混乱，黎泽那几年也和校队总兵走得近。"

应星决不语，往届所有比赛资料他都记得，也了解达摩克利斯军校主力成员和校队总兵比其他军校两方之间关系好。

只是刚才那个人……他总不自觉在意。

作为一个超 3S 级指挥，有时候说不出来的在意，便是他忽略的细节。

"等他们去查查便知道了。"姬初雨转着戒指，"平通院这次中型机甲单兵是宗政越人。"

"我已经迫不及待见到平通院那帮人。"司徒嘉冷笑，"往届的学长学姐太蠢，总能给平通院一点希望，以为他们能赢，这次我们要让他们彻底起不来。"

应星决让人去调查达摩克利斯军校的校队总兵，当天晚上便收到消息。

"姓名：卫三；性别：女；年龄：17；出身：无名星……"

又是无名星。

应星决目光在"无名星"三个字上多停留了几秒。

达摩克利斯军校每年都有一批出身无名星的学生，数量远超其他军校，也被媒体记者嘲称"垃圾回收军校"。

无名星出身的学生背后没有势力，能支付自己的机甲开销都已经算不错了，相当多一部分人需要学校倒贴，多一个这种学生，便少一个世家学生。没有更多学生背后的世家捐赠资源，长此以往，学校经济状况便开始下滑。

帝国军校向来对无名星出身的学生有严格筛选机制，除非自身能力强，否则很难在里面待到毕业，为的就是保证整个学校资源良好循环。

应星决往下翻，并没有见到这个叫卫三的机甲单兵有什么出色之处，一个超 A 级在达摩克利斯军校表现可以，也仅仅是可以。

翻墙被黎泽少校撞见？

倒是没有往常达摩克利斯军校学生守规则，应星决继续往下翻——

"传言此人和 3S 级指挥金珂、3S 级机甲师应成河有桃色关系。有该校学生撞见三人一起约开房的消息。"

调查消息的人还附送从金珂社交账号上找来的照片，三个人经常凑在一起，尤其一张被圈出来的照片。

三人挤在一起，中间的卫三脸色苍白，很容易让人和那条帖子上说的话联系在一起。

"按照那名学生撞见的时间，这张照片正是第二天流出来的，该传言有百分之八十的可信度。"

应星决没有再点那条链接，回忆几次碰面，金珂以及应成河确实都和此人离得近，金珂更是一直揽着她。

他收了光脑，伸出指尖轻按侧额太阳穴，掩去眼中隐而不露的疲倦，对调查结果信了五分。

各大军校生压力大，有时候出格的事做得不少，帝国军校同样有各种荒唐的事发生。

卫三完全不知道自己已经陷入桃色绯闻中，大晚上在敲廖如宁的窗。

廖如宁一脸警惕地靠近窗户，便见到卫三像壁虎一样扒在十六楼窗户外。

"卫三？你干什么？"他打开窗，拉她进来。

翻进来后，卫三伸脚钩过椅子坐下："我想了想，还是觉得不能就这么放过塞缪尔军校的人。"

"怎么说？"廖如宁一听卫三语气就知道她要干坏事。

"我准备去搞他们校队总兵，下午的时候我观察过了，普通S级，可以蒙头揍一顿。"

最关键的是这个S级是上届塞缪尔军校主力成员，打一打，爽上天。

"演习场不是不能斗殴？"

卫三微微一笑："斗殴的范围是指用机甲或者两人打架，我们单方面打人怎么叫斗殴呢？"

这么骚的解释是廖如宁没想到的。

"我想问你要不要参与，那个肖·伊莱就在隔壁。你和宣山一起对付他。"

廖如宁当场答应，领着卫三悄悄地走出房间，去敲霍宣山的门。

"卫……"霍宣山见到卫三，不由得惊讶。

"嘘——"廖如宁立马捂着他的嘴，让他进去。

卫三跟在后面进去，顺便关上门。

听完他们俩的话，霍宣山沉默良久："可以。"

为了避免被寝室内其他人出来碰见，三个人从十六楼窗户翻下去。

"这里有很多摄像头，我都记住了。"卫三蹲在楼下草丛道，又从口袋翻出三个头套，"以防万一，戴上这个。"

廖如宁"啧啧"几声："你之前就是这么翻墙出去的？"

"走了，跟上。"卫三戴上头套，悄无声息地混入黑夜中。

廖如宁和霍宣山紧随其后，虽然是第一次做这种事，但动作意外地熟练。

第51章

五大军校各占一栋寝室楼，塞缪尔军校和达摩克利斯军校之间隔着平通院。周围监控虽严，但除去演习场外部有巡逻队，里面并没有太多人守卫。

自大赛起，大概主办方也没有想过，内部会有人半夜搞事。

卫三带着霍宣山和廖如宁一路畅通无阻来到塞缪尔军校寝室大楼，猫在大楼阴影处："你们俩去肖·伊莱房间，我去那个校队总兵房间。"

实际上校队总兵才是卫三的目标，但隔壁住着一个3S级的肖·伊莱，如果惊动对方，可能会出事，她只好邀请廖如宁两人帮忙。

这还要感谢塞缪尔军校这些学生不配合，不是所有军校都和达摩克利斯军校一样，愿意以五人一套间的形式住在一起。

塞缪尔军校，尤其是主力成员都是分开单独住一个套间。

至于为什么卫三要针对一个校队总兵，这要从来的第一天说起。

卫三是达摩克利斯军校的总兵，其他总兵自然会注意她以及她所在小队，此人三番两次对丁学姐口出脏言。她开始不知情，后面撞上了，自然记在心里。训练还有段时间，卫三不可能让他天天得逞。

"你小心。"霍宣山上去前，对卫三道。

"知道。"

三人分头行动，卫三摸进塞缪尔总兵房间。对方已然睡熟，她悄无声息地站在他床前。

"你——"对方猛然惊醒，抬手要去扯自己的机甲项链。

卫三捏住他的手往外一折，同时敲断他另外一只手，在这个总兵试图喊出声时，膝盖顶在他的腹部，随手扯过一团东西，塞进他口中。

卫三塞完发现那是他的袜子。

什么垃圾人，臭袜子放床头？

卫三嫌弃地将手抹在他衣服上，又抬手左右开弓甩了他几个巴掌，随后一脚踢在他下身。

对方立刻蜷缩起身体，满头冷汗。

卫三教训完，手做掌刀，劈在他脖子上，等确定他晕了过去后，这才施施然离开。

她落地后，抬头往上看，霍宣山和廖如宁也出来了。

"打完了？"

廖如宁转了转手腕："打完了，肖·伊莱那孙子还挺警觉，不过有我们俩在，瞬间解决他。"

廖如宁说得轻飘飘的，其实刚才差点失手，好在霍宣山下手黑。

三人有惊无险地回到寝室大楼，各自分开，睡了个好觉。

"发生什么了？"应成河看着周围的人，防卫忽然增加一倍。

金珂低头看了看光脑："昨天夜里有人袭击塞缪尔军校的学生，其中一个是肖·伊莱。"

霍宣山和廖如宁站在旁边，面不改色，只当第一次听见。

"主力成员，他们会不会怀疑我们？"申屠坤皱眉。

金珂瞥了一眼格外安静的廖如宁，这才慢慢道："不一定，还有个校队总兵也被袭击了，伤更严重。说不定肖·伊莱是被殃及的池鱼。"

在其他人正常训练时，老师们开始调查整件事，如金珂所料，老师最终没有将嫌疑放在达摩克利斯军校生身上。

校队总兵半张脸肿了，双手被折断，据医生检测报告，下半身还有被攻击的痕迹，反倒是肖·伊莱从发现有两个人潜入，到被打晕，身上没有严重的伤。

种种痕迹表明，袭击的人是冲这个总兵来的，而肖·伊莱不过是因为正好在他隔壁房间，这才被解决了。

"三个人，肖·伊莱只见到一个人，是男性，背后敲晕他的不知道是男是女。潜进校队总兵房间的那个是女性，不清楚是什么水平，不过很明显看来是对校队总兵的报复。"

"达摩克利斯军校那几个和这个校队总兵没有什么接触，而且根据调查，这个学生得罪了一批女生，除了帝国军校，其他军校都有。"

"会不会是南帕西的学生？"有老师怀疑。

南帕西女生多，而且刚好主力成员是一个3S级，两个双S级。如果打晕肖·伊莱的是女生，性别也能和南帕西对上，一男两女。

事情调查到这儿，老师们也没有再查，点到为止，反倒是塞缪尔军校老师得了其他人的异样目光，没想到他们的学生仗着身份欺负各军校的女生。

下午，全体塞缪尔军校生便被通报批评，并在第一场大赛开始做出十分钟的罚时处理。至于那个校队总兵，不光需要退赛，还被军校除了名。

一时间其他军校议论纷纷。

"哈哈哈，为什么他们两个学生被打，反而被罚了事？"

"据说是校队总兵欺负其他军校女生，仗着大家不愿意在赛前发生纠纷，经常得逞，连夜被人打了，还连累主成员被打。"

"主成员都被打了？"

"这有什么稀奇的？现在他们塞缪尔全体受罚。"

"这惩罚是不是过头了？也不关其他人的事啊。"

"他一个校队总兵做出来的事，同校生一直不知情就是过错，而且你们忘了主解员鱼天荷什么出身？"

"南帕西。"

"是了，她是南帕西军校出来的，欺负她的学妹，作为有权力的主解员，你说这个惩罚哪里有问题？"

"我听说是南帕西三个机甲单兵干的，真刚！"

突然背锅，被人议论纷纷的南帕西三个主力机甲单兵："……"

至于真正的"凶手"还逍遥法外，自在得很。

　

"南帕西军校因为今年主解员是鱼天荷，胆子变大了？"公仪觉说完，低头记录模拟舱中三位机甲单兵的数据。

"不是他们。"应星决长睫垂落，敛下眸光，"塞缪尔总兵骚扰女生的消息是金珂放出来的。"

"金珂？关他什么事？"

应星决轻抬眼，瞳色深黑："这件事是达摩克利斯那方动的手。"

"你是说……"公仪觉反应过来，笑了笑，"他一个3S级指挥在这种事情上浪费时间。"

"何来浪费？"应星决淡淡地说，"塞缪尔罚时十分钟。"

公仪觉一愣："这倒是，你们指挥还真是……"可怕。

塞缪尔罚时一事一出，所有军校的摩擦突然停止，各方都开始埋头训练，生怕弄不好也被罚时。

一时间纪律好得出奇。

唯一过得不舒心的人是肖·伊莱，从入港起被甩巴掌，到现在受牵连，被劈晕在自己房间内。

他走到哪儿都觉得有人对他指指点点的。

一个3S级机甲单兵，被人敲晕，说出去注定"青史留名"。

"肖兄，中午好。"廖如宁从模拟舱出来，见到他，热情打招呼。

"中午好，肖兄。"金珂同样微笑道。

随后应成河、霍宣山皆对他打招呼。

申屠坤愣住，看了看自己队友，最后也认真地说："中午好，肖兄。"

塞缪尔主力成员："……"

肖·伊莱脸庞扭曲，明明对方客气热情，但分明感受到一股强烈的嘲讽。

最后他黑着脸道："希望明天以后你们还能这么高兴。"

"他们人品不行啊。"廖如宁摇头感叹。

五个人走去食堂，金珂突然说要去找卫三一起吃饭。

他平时便和卫三走得近，申屠坤没有一点怀疑，只是提醒金珂下午一点要到模拟舱。

应成河看着金珂走远，又看了看眼神飘忽的廖如宁，低头安静吃饭。

"指挥。"丁和美几人见到金珂纷纷起身打招呼。

"我找卫三有点事说。"金珂对他们笑了笑，十足冷静智慧的3S级指挥样子。

"我们去那边坐。"聂昊齐端起盘子招呼同小队其他人。

卫三见金珂坐下，抬眼："有事？"

"有事。"金珂认真地说，"你和他们两个做的事我都知道了。"

卫三一脸茫然："什么事？哪两个人？"

"继续装。"金珂踢了她一脚，"南帕西军校那几个主力单兵基本不和A级来往，昆莉·伊莱还是伊莱家族的分支。"

卫三扬眉："所以？"

"所以下次带我一个。"金珂笑嘻嘻地指着自己，"3S级指挥呢，不能浪费。"

金珂将各种消息放出去，达摩克利斯军校的嫌疑混在里面反而不大，甚至老师那边开始怀疑有外部力量故意借机挑事。

"你说得有道理。"卫三想了想，"我们需要一个擦屁股的人。"

"你们三个什么时候走得这么近？"金珂凑过来问，廖如宁那个狗脾气，和卫三走得近是必然的，怎么霍宣山也和卫三一起干这种事？

如果不是塞缪尔人被打的消息一出来，廖如宁压根不惊讶，金珂还联想不到他们三个人团体作案，霍宣山一本正经藏得太好。

"单兵的事，你们指挥就不用管了。"卫三敷衍道。

打黑赛这种事情说出去，很没面子的。

过了会儿，金珂敛了笑："明天比赛正式开始，大赛如同战场，你别手下留情，否则死的是自己。"

卫三筷子一顿："……行。"

"其他事情，我会通知校队指挥，但碰上平通院和帝国军校要小心。"金珂认真地说。

平时开玩笑要看"帝国之火"，到了大赛可没那么容易，尤其是第一次交手，充满试探，五大军校各有考量。

卫三顺手拿走金珂盘子里的鸡蛋："帝国军校校队也就那样吧，他们总兵打不过我。"

不光是以前，即便是现在碰上，卫三潜意识也在告诉自己，泰吴德对上她没有胜算。

确切地说，她从来没有怕过任何一个人。

"还没开始较量，你就知道？"金珂不由得摇头，"那个超A级总兵能在帝国军校脱颖而出，拿到总兵的位子，不容小觑。"

"也就那样，泰吴德打架习惯不好。"

金珂皱眉："你认识他？"

"你不认识？"卫三奇怪地看他，"我们3212星的人，他家在你家隔壁的隔壁。"

金珂："……没交流过。"

当时他忙着把自家垃圾回收版图扩大到联邦，哪注意到普通同龄人，而且泰吴德资料上只显示"无名星"，并未标注无名星名字。

第52章

赫菲斯托斯大赛，第一赛场帝都星正式开启。

五大军校全部抵达入口，老师们提前在里面等着，周围有数十家媒体记者的微型飞行摄像机拍摄。

主力成员站在最前方，在入场前上届前三名要先拿到自己的奖品，随后是五大军校随机分配的物资。

联邦最大的媒体红杉此刻正在直播，还配有讲解，观看人数高达四亿。

"当前我们看到两边站着的人皆是救助员，其中有十位级别高达少校。本届大赛五大军校主力成员基本上全部换血，除去达摩克利斯军校还有一位四年级学生在。"讲解记者笑了笑，"这也很正常，达摩克利斯军校向来缺S级生源。不过这位双S级毕业后，恐怕他们只能让S级单兵顶上。"

3212星，李皮和妻子江文英坐在家中看星网最大媒体直播，听到这个记者说话，师娘有点不高兴。

"这个记者说话怎么这样？"江文英皱眉看着光幕，"能不能换家？"

李皮调到其他频道，江文英看得都不太满意："没有讲小卫学校的频道？"

李皮让妻子不要急，自己又调了几个频道，最后终于找到一个在线人数只有五百万不到的小频道。

"这五位是达摩克利斯军校的主力成员，3S级指挥金珂据说是无名星出身，机甲师应成河也同样是3S级，出身帝都应家。是的，各位观众，你们没有想错，应成河和帝国军校指挥应星决是堂兄弟。众所周知，应家是联邦唯一既有指挥又有机甲师的世家，且一般只会在帝国军校入学，而应成河是首位进入达摩克利斯军校的应家人。"

“小应家世原来这么厉害。”江文英感慨，当时应成河陪着他们一起逛沙都星，他们完全没有看出来。

蓝伐媒体记者依旧将镜头对准达摩克利斯军校。

“霍宣山出身帝都霍家，霍家只有机甲单兵，每年进入不同军校，这次五大军校的主力单兵中有三位霍家人。这也是时隔七年，霍家人再次进入达摩克利斯军校。”记者手移了移，“旁边这位是廖如宁，同样是3S级，沙都星本地世家出身。至于申屠坤，相信观众都很熟悉，这是他第四次参加大赛，平民出身，但其大哥申屠厉曾和黎泽少校同届，当时也是主力成员，现如今在十三军区任职。”

“总冠军投注……”李皮低头看着同事发来的链接。

因为听说3212学院两个毕业学生都参加了赫菲斯托斯大赛，今年3212星刮起了一阵看直播并投注的风气。

“投小卫的学校。”江文英扭头嘱咐道。

“肯定投小卫。”李皮打开链接，直接把自己家的可用资金一股脑全部投了进去。

等投完之后，李皮才发现还有十二场投注，每一场都有冠军选项。不过钱都已经投进总冠军选项，他便不再关注，专心看直播。

“讲到小卫了！”江文英激动地抓着李皮的手。

直播镜头正对着主力成员后面的卫三，见到有微型飞行摄像机在对准自己，她抬手比了个心。

“……这是达摩克利斯军校的校队总兵，卫三，同样也是无名星出身，据说是超A级单兵，手里的机甲是血滴，曾经是S级单兵项明化的机甲。”在记者提起血滴时，直播光幕左边打出了一堆关于机甲血滴的详细资料。

“小卫在对我们比心。”江文英仔细看了看，“她好像比我们去的时候又高了。”

记者还在说话：“我们曾经采访过对方，她似乎对自己军校很自信，说总冠军是达摩克利斯的，所以接下来让我们拭目以待，十二场比赛过后，冠军究竟花落谁家。”

上届前三名已经开始拿奖品，帝国拿到的是能源灰晶块，足够支撑一架3S级机甲多出一天时间。平通院选了高等机甲材料，供机甲师在赛中用。第三名是塞缪尔军校，轮到他们只剩下防尘罩。

“防尘罩不是沙漠地带给机甲用的？”卫三悄悄挪了一步，问前面的金珂。

“奖品可以在十二赛场任意一场使用，我们沙都星和哈迪星都有这种环境。”应成河先解释，“比赛时机甲材料不一定足够，他们拿到后能占优势。”

“人品好，也能抽到好东西。”金珂补充。

上届前三拿完奖励后，便直接在那里抽战备包，随后才是南帕西和达摩克利斯去选。

金珂过去抽完，将列表单给其他人看："能源勉强支撑十天，食物能支撑两天，成河，你看看机甲材料。"

"A级够了，我们可能要注意。"

这个战备包一般。

"为什么南帕西手气总是那么好？"廖如宁看向光幕打出来的列表羡慕又忌妒，南帕西没拿奖励，战备包能源和机甲材料全部满满当当的。

"其他军校的肥羊而已。"金珂迅速记住光幕上其他军校的战备包内容，"希望今年他们能撑久点。"

一旦物资被其他军校分走，而达摩克利斯军校没有分，转头被对付的就是他们。

分发完物资后，五大军校按照顺序依次进入山丘赛场，塞缪尔由于被罚时，落在了南帕西背后，达摩克利斯军校最后一个进去。

鱼天荷和另外两名主解员坐在观看现场直播的台上，周围全部是买票入场的观众。他们坐在这儿可以见到五大军校的现场直播，镜头全是官方提供，还有军区高级别主解员。

联邦媒体就在直播现场，按照规定，提供的是单一军校直播视角，只能看一个，当然有钱人可以订阅不同频道，一起看。

"经过半个月的赛前准备，山丘赛场已经被军区重新清理一遍，里面高阶星兽数量有限，只要主力成员在，便不会发生大面积伤亡。"鱼天荷向观众介绍，"赛场内有救助员设点潜伏，学生一旦按下退赛键，便由救助员带离赛场。"

"帝国军校已经进入山丘赛场。"鱼天荷侧脸问旁边帝国军校出身的应月容，"今年平通院同样全员3S级，应指挥认为帝国军校这场还能拿冠军吗？"

"不能拿下第一直接换人便是。"应月容清浅笑了笑，仿佛只是在说一件极为普通的话，"帝国没有废人。"

帝国军校之所以这么多年越来越强，和严格的淘汰机制有很大关系。不用说和其他军校对立，便是帝国军校内部上上下下都充满竞争，但凡能出头的人皆踩着其他无数人上位。

每一个主力成员，一路杀出来，自有他们骄傲的资本。

一个小时后，最后入场的达摩克利斯军校也踏进了山丘赛场。

卫三打量周围，山势连绵，但除去山体，并没有其他的遮挡物。

一进来金珂便闭上眼睛，放出感知，校队两百名指挥顿时和他勾连上。

"你怎么了？"丁和美站在旁边问卫三。

"没事。"卫三抬手按了按脖颈，刚才有种感觉，以金珂为中心，四散到校队各部位，形成一张网。

之前在学校训练，金珂也这么做过，不过没有这次感觉明显。

卫三见其他人没有反应，下意识地以为是自己之前没注意。

指挥勾连完成后，五位主力成员先行一步，清扫可能存在的高阶星兽。

山丘起伏，且达摩克利斯军校能源不够，五人行进没有全部开机甲。

"霍宣山在前面侦查，申屠学长在中间。"金珂没有让廖如宁将机甲放出来。

廖如宁是重型机甲，攻击火力大，但消耗能源比其他型号的机甲快。

"轻型机甲可以开节能模式，申屠学长全力警备。"金珂说着从战备包中拿出地图。

他低头看去："……"

地图简陋得不像话，一个入口和标红终点，其余全是空白。

其他人："……"

"这次抽签的是谁？下场别抽了。"廖如宁看着金珂把地图塞回包内，明知故问。

入场前抽战备包的金珂认真探查周围环境，假装没听见，十分淡定。

"南帕西手气好，打劫他们，应该可以拿到地图，顺便还可以补充能源。"应成河若有所思。

刚进机甲的申屠坤："……"把打劫说得这么直白，他参加几届，还是第一次听见，还是自己队友。

场外。

"这好像是达摩克利斯军校生第一次表现出主动进攻的意向。"鱼天荷笑道，"士气不错。"

"看他们校队。"坐在左边的习浩天提醒。

山丘赛场入口六公里处，卫三领着校队慢慢往前走，这里面异常平静，像是暴风雨来临前的宁静。

卫三走到一半，突然抬手示意队伍停下。

队内指挥诧异："主指挥那边显示一切正常，这边也没有高阶异兽。"

"没有异兽，但有人。"卫三放出机甲，立刻进入战斗状态，线枪对准山丘另一面方向。

那边的人被逼了出来，是塞缪尔校队。他们竟然没有往前走，而是埋伏在这里，等着他们。

校队顿时进入警戒状态。

"眼力不错，不过……"塞缪尔新换上的总兵是肖·伊莱那边的人，早接到命令处理达摩克利斯校队总兵，"你到此为止！"

"你爹没教过你。"卫三直接冲过去一脚，"打架前别废话。"

"今年两所军校的人对上得有点早。"鱼天荷揽了揽长发，"一个S级和一个超A级，不知道谁能赢。"

塞缪尔总兵躲闪开，而紧跟其后的是卫三的线性子弹，瞄准目标后，除非被毁，否则会锁定目标。

塞缪尔总兵散开羽翼，往上升，准备开枪毁了这些子弹。

结果子弹压根儿没有跟上他，而是径直朝对面的塞缪尔校队射去。

"哈。"项明化看着卫三一系列动作，没忍住笑出声，一串二十五发子弹，颗颗打中塞缪尔校队指挥关键部位。

"塞缪尔军校二十五名校队指挥出局。重复一遍……"

大赛第一声提示，响彻整个山丘赛场。

第53章

第一道提示声出现得毫无征兆。

正前进的五大军校的主力队纷纷停下，全部仰头看向天空突然连续升起的二十五道光束。

入场不到一个小时，某一个校队精准损失二十五个指挥，这是谁也未料到的事。

"二十五名校队指挥？"路时白若有所思，"这么早开始动手，是达摩克利斯还是南帕西？"

平通院其他单兵看向站在最前方手握长缨枪的男人："阁主，要不要让人打探？"

宗政越人握着枪，沉默片刻："时白是指挥，所有人听他的。"

"现在不必在他们身上浪费时间，往前四十公里处有一条河，我们赶在天黑抵达那边驻扎。"路时白低头看着地图道。

校队指挥出局并不重要，只有主指挥离开才能对军校实力造成重创。

帝国军校。

"校队指挥？"司徒嘉勾唇嗤笑，"这帮人还真是……菜鸡互啄。"

一上来搞出这么大动静，拉足仇恨值，后面还有十几天，够玩的。

"东南方向有双S级高阶星兽。"应星决睁开眼，"今天的任务。"

姬初雨侧头问道："现在全速前进？"

"你和司徒进入完全战斗状态，公仪觉带着霍剑。"应星决极快指挥道，与此同时，对勾连成功的校队指挥们下达全速往东南方向的命令，遇其他校队，杀。

"没想到今年帝国军校的防护机甲居然改造成双人座，胆量够大。"鱼天荷本身就是机甲师，比其他人更清楚双人座要付出的代价。

"各军校还在考虑如何保存能源，帝国军校便已经准备主动出击，这点是其他军校完全比不上的。"习浩天道，"这样下去，他们优势累积只会越来越大。"

大赛中可以抢其他军校的资源，但在哪场比赛中抢的只能哪场用，而击杀星兽则不同，击杀越高阶的星兽获得大赛奖励越多，能源、材料……这些不光可以在当次比赛中用，还可以留存到下一场比赛。

"达摩克利斯那边主力队好像没反应。"鱼天荷诧异地看着金珂那边的直播镜头。

主指挥和校队指挥感知勾连，有点像这两百个指挥是他的分身，只不过这个分身在脱离后可以有自己的思想。对方军校生出现，按理说，金珂第一时间便知道了。

但金珂依旧保持前进的速度，压根没有停下，也没有对校队进行指挥。

这让讲解员一时间不确定达摩克利斯军校生是不是早就谋划好的。

直播镜头里，达摩克利斯军校的校队成员就那么站在那边警戒，干巴巴地看着卫三。

塞缪尔总兵刚飞起来，便见到自己队伍中二十五名指挥出局，再听见播报声，顿时眼前一黑。

他狂怒，直接俯冲下来，握紧手中的粒子剑，势要劈开卫三机甲。

卫三没有闪开，左臂抽出光刀，和他对上。两人一高一低，刀剑相抵。

与此同时，塞缪尔校队进入战斗状态，却没有攻击达摩克利斯校队。

进来两个小时不到，没有哪个军校愿意进入混战。

"塞缪尔总兵用的是轻型机甲，力量上较血滴差了点。"习浩天道。

鱼天荷对此持不同意见："塞缪尔在空中，有重力加成，谁能赢不一定。"

习浩天笑了一声："你看那个卫三的脚，分明还有余力。射击那么准，恐怕是十席射击者之一，力量也足够，难怪血滴在她手上。"

无论哪方评选顶尖A级机甲，血滴永远榜上有名，性能优越，各方面平衡力极强，也正因如此，血滴很难让人操控。

这个总兵看来实力不弱，有血滴的加成，足够抵抗普通水平的 S 级。

"浩天，你觉得卫三下一招会怎么打？"

"两种可能，一强力压制，二下盘松开，同时光刀转腕横拉，快的话可以割伤他腹部。"

习浩天话音刚落，卫三动了，她双腿微退，光刀力度稍缓，似乎在用第二种方式。

塞缪尔总兵也预料到这种招式，剑势已经开始往下走。

结果卫三收光刀是真的收了光刀，收得扎扎实实，真真切切。

不光直播前的人愣住了，连对战的总兵也有一瞬间呆住。

"我觉得用枪就能解决你。"卫三退后几步，抬枪便射了过去。

塞缪尔总兵没有躲开，脑中闪过又是障眼法的可能，随后全力专注开枪对打，试图销毁卫三的子弹，只是枪法比不上她又准又密，有些只能靠躲。

偏偏他躲开的子弹就不是对准他的，而是射向后面塞缪尔其他人。

塞缪尔总兵有点绷不住，躲开，队友们出局；不躲开，子弹射在自己身上。

"两个人距离又拉近了。"鱼天荷仔细观察道。

"她这枪法是陈慈教出来的吧。"习浩天猜测。

"陈慈，可惜了。"鱼天荷感叹，"明明在射击上的天赋超过 S 级，感知却太低。"

镜头内塞缪尔总兵被她的子弹逼急，半边羽翅做盾，另一只手开枪，直接冲了过来。

卫三迅速抽出光刀，挡掉子弹，砍了过去，对方半张羽翅被削断，她趁势踹在他腹部，在其准备换粒子剑时，左手的刀换到右手，径直砍断塞缪尔总兵那只手。

武器被卸，塞缪尔总兵顿时慌了，转身想要逃离，却被卫三揪住另一边翅膀。她毫不含糊地将其抢倒在地，最后光刀直插机甲发动机。

一套动作行云流水，拆开来看全是粗暴的路子。

"塞缪尔总兵出局……"

暗处的救助员已经赶往这边，要将他和机甲一起带出赛场。

卫三立刻将刚才斩断的、扯掉的零件收拢，踩在脚下占为己有。

救助员在赛场禁止和学生讲话，只是扫了她一眼，便拎着塞缪尔总兵和机甲离开了。

见救助员不理会这种事，卫三精神一振，转身就往塞缪尔校队里冲，逮住一架机甲挖一块能源，如同狼入羊群。

塞缪尔校队早在两分钟之前便接收到主指挥命令，撤离，不与达摩克利斯校队继续纠缠，万万没想到对方总兵这么不要脸，穷追不舍。

浑蛋！大家目标不是去终点拔旗子吗？

塞缪尔校队成员边逃边悲愤，没料到他们有一天也被追着欺负。

但往届他们也没干出这么丧心病狂的事啊，谁这样，一手掏一块，一掏一个准？

外面负责统计播报出局人数的工作人员："……"

按惯例是出局一个报一个，一般只有在出现大量伤亡或主力成员秒杀校队成员时才会等全部统计完再报。

工作人员看着还在"黑虎掏心"，给自己增添工作量的达摩克利斯校队总兵，深深记住了她的名字。

"塞缪尔校队出局一人、塞缪尔校队出局两人、塞缪尔校队出局一人……"

不停播报的声音再次成功吸引其他军校主力队员的注意。

"塞缪尔校队那边什么情况？"昆莉·伊莱仰头看着一道又一道光束从入场口附近升起，"碰上了达摩克利斯主成员？"

"不可能。"南帕西指挥高唐银摇头，"他们最后进来，能源最少，没时间在入口耽误。"

南帕西手中能源最多，现在处于全力战斗状态，往前走，想要拉开和其他军校的距离。

卫三一直解决完分散开来的一支二十来人的小队，才转身带着一堆能源回去。

达摩克利斯校队学生："……"知道卫三一直都很骚，没想到可以骚到这个地步。

往年大家抢其他人能源或者材料，都是抢带进来的战备包或者杀高阶星兽得来的，谁也没把目标瞄准到机甲上。一般确认出局后，救助员会迅速出现将出局学生带离赛场，中间大概有三十秒到两分钟的时间差。

尤其这种刚入场不久，人都还没走远，救助员特别多，来得也特别快。

谁能料到卫三利用这点时间差，搞别人出局机甲上的能源。

"省着点用，下一批校队不知道在哪儿找得到。"卫三把能源分下去，认真嘱咐道。

丁和美：听她这个语气，是还要继续这项"事业"。

不过为什么以前他们没有想到这个操作，白白让救助员带走了。

大赛中，尤其第一场赛事的前几天，一般各大军校会尽量避免发生冲突，所以没什么太大的看头。这时候帝国军校的直播视频播放最高，他们向来专挑高阶星兽杀，观众也能看得热血沸腾。

今年也不例外，一早便有许多人蹲在帝国主力队直播视角观看。

在乏善可陈的少量战斗中，有消息说塞缪尔军校和达摩克利斯军校在离入口几公里处便发生战斗，且有大量校队成员出局，立马吸引众人注意，纷纷去找这两个军校视角的回放视频，为了看这个，不少人重新充钱观看。

其中专门直播达摩克利斯军校的蓝伐媒体，在短短一天时间内播放量暴涨，且有不断上升的趋势。

"这就是达摩克利斯校队总兵？爱了爱了。"

"我靠，刚看完塞缪尔视角过来，这边看得好爽，那边我看得心梗。"

"总兵叫卫三吗？她走位太风骚了吧。"

"达摩克利斯军校看样子要翻身，校队实力不错，主力成员至少等级不输其他军校，只要打败塞缪尔，他们应该能拿到积分名次。"

"今年南帕西也不容小觑，谁能拿到还是未知数。"

由于卫三现场掏人机甲能源的"惊世之作"，导致观众闻风而来，纷纷想要看看这位被称为当前最骚气校队总兵到底干了些什么，因而蓝伐媒体的观看人数越来越多。

第 54 章

"帝国军校斩杀一头双 S 级星兽、四头 S 级星兽。"

"平通院斩杀一头双 S 级星兽、两头 S 级星兽。"

"塞缪尔军校斩杀一头双 S 级星兽。"

"南帕西军校斩杀一头双 S 级星兽。"

"达摩克利斯军校斩杀一头 S 级星兽。"

第一天深夜，同一时间大赛广播声连续响起。

达摩克利斯校队已经驻扎休息戒备，卫三半靠在山坡上，仰头看着五束平地而起又骤然消失的光束："为什么我们只有一头 S 级星兽，金珂他们睡着了？"

"前两所军校应该控制校队一起行动了，我们能源少，要省着点用，否则和星兽对上，能源不够，碰见另外的军校，等于为他人作嫁衣。"小队指挥解释道。

卫三咬了根不知道从哪儿摸出来的细木棍，若有所思："这么说南帕西校队和主力队分开了？"

指挥转头看她，不明白她为什么会联想到这件事上来，但还是道："应该分开了，南帕西有那么多能源，主力成员为避开其他军校，可能会分开尽量往前赶。"

卫三拿下嘴里的细木棍："你们休息够了没？我们去和南帕西校队打个招呼。"

指挥："？"

虽然主指挥不进行控制时，校队有权按自己的想法前行，但这大半夜的，什么叫和南帕西打个招呼？

卫三起身，极其理所当然："早听说南帕西军校生人美心善，眼看我们达摩克利斯校队陷入能源危机，南帕西校队一定会舍己为人，将能源分我们一点。"

丁和美："……"她可从来没听说。

"但是我们没有地图。"聂昊齐道，"主指挥那边不是只得了一张空白地图？"

卫三指了指刚才第四道光束的方向："校队一般都和主力队保持一个方向，刚才南帕西主力猎杀后，光束就在那边，正好和我们方向没偏多少。"

就这样，达摩克利斯军校连夜摸黑往那个方向赶，去找"舍己为人"的南帕西校队。

直播场内，依然灯火通明，不过主解员换成了应月容，还有来自红杉媒体的特邀嘉宾。

"应星决在配合队友斩杀双 S 级星兽的同时，勾连校队，控制他们猎杀四头 S 级星兽，这种感知操控力……恐怕在五大军校中无人能敌。"红杉嘉宾夸奖。

应月容并未激动："几头星兽而已。"

高阶星兽大部分会独自出现，不成群结队，且在攻击时会散发一种精神力，影响操控机甲的单兵们，所以指挥需要在旁边为战斗的单兵构建感知屏障，以防受到干扰。

另外，双 S 级以下的星兽喜欢成群结队地出现，倘若有高阶星兽在其中，低阶星兽则会被其控制，一旦形成规模，它们之间会有一种特殊感应，攻击能力大增。

S 级指挥勾连 A 级指挥，便是仿照星兽的战斗模型，不光能扩大感知屏障，还可以将校队一体化，从而增加实力。

高阶星兽和星兽群聚集在一起时，校队和主力队缺一不可。

"应指挥，山丘赛场今年有 3S 级别星兽吗？"红杉嘉宾看着帝国军校的直播镜头，"大家已经很多届没有见过 3S 级星兽，不知道这届有没有可能见到单兵们和 3S 级星兽的战斗。"

大赛中没有 3S 级机甲单兵，各赛场便不允许出现 3S 级高阶星兽，一般军区会提前清理赛道。

"接下来看便知道有没有。"应月容淡淡地说。

山丘赛场，西北方向。

"刚才南帕西的方位暴露了，和我们算一个方向。"金珂站在山顶往下看，一片漆黑。

"白天往哪儿走？"廖如宁问他。

"暂时不清楚，可能要先找个军校问候一下。"金珂坐下，"晚上先休息。"

帝国军校和平通院不好对付，就只剩下两所军校，他要仔细想想先问候哪个。

下半夜，金珂一行五人被光束和播报声吵醒。

"南帕西校队 23 名指挥出局，南帕西校队 42 名机甲单兵出局，南帕西校队总兵出局。重复……"

"塞缪尔攻击了南帕西？"申屠坤抬头看着偏右后方的光束，喃喃道。

"对手没有一个人出局。"应成河皱眉，白天损失那么多人，下半夜还敢动另一个校队，而且没有人出局？

金珂摇头："不是塞缪尔军校，高学林没有理由这时候让校队主动出击。校队成员出局数过多，后面根本起不到作用。"

大赛模仿极限自然条件，一旦进入赛场中的机甲通信全部受到屏蔽，主力成员和校队只能靠指挥的感知能力。

如果距离过远，或者指挥能力不够，都会出现勾连断裂的情况。

"或许是撞上了？"申屠坤猜测，主指挥也不会时时刻刻关注校队。

"嗯……是我们。"金珂突然道。

刚和廖如宁换值守的霍宣山看向金珂："卫三干的。"

他用的是肯定句。

金珂没有说话，拿出空白地图，开始填补起来。

申屠坤茫然地看着其他人，不知道为什么他们都一副寻常的样子。

另一边。

"能联系到金珂吗？"卫三双手抱臂站在指挥旁边，"仔细点回想给他看，不要搞错了。"

指挥闭眼点头，感知已经勾连上金珂，并将自己所见试图在脑中让金珂见到。

至于发生了什么，还得倒回两个小时前。

南帕西校队离他们有一段距离，卫三想了想，先带着几个小队开机甲全速前进，提前找到南帕西校队，他们已经驻扎休息。

卫三带着丁和美和聂昊齐攻击南帕西总兵，后面的四个射击者则负责偷袭其他指挥和分散注意力。

"卫三，总兵你搞定，我们对付其他两个。"丁和美升到空中，和他们总兵小队的轻型机甲对打。

达摩克利斯校队来的人不多，但下手极黑，保护好核心不受伤，压根不理会这些人对自己机甲造成的伤害，直掏能源，如果一招得手，还会砍了他们的机甲。小队机甲师则跟在附近，指点要机甲哪些部位。

南帕西校队受到的冲击一点不比塞缪尔校队少，这几届南帕西和达摩克利斯很少直接对上，甚至有同是天涯沦落人的惺惺相惜之感。

谁能料到半夜来偷袭的人是达摩克利斯的，一所以肃正清直校风著称的军校。

南帕西校队一时间慌了神。

"哎，我认识你。"卫三边打边引着对方总兵远离南帕西校队，"你和我们主力单兵申屠坤学长关系亲密。"

"你！我们只是普通朋友。"十八九岁的姑娘，除了训练，其他方面心思单纯，哪里料到会有人说这种话。

"我知道你们是普通朋友，在食堂见到了，你们还挺客气。"卫三说完，线性枪对准她膝盖放了一枪，同时躲过她的鞭子。

"不过我们申屠坤学长人真的不错，长得也端正。学姐，我觉得你也很漂亮，还有实力，不如……"卫三拉长语调。

南帕西总兵难免分了神，再次甩过来的鞭子力度弱了一成。

卫三没有躲，而是借机握住她的鞭子，用力将其拉过来。

对方总兵回过神，试图抽回自己的鞭子，未果，抬手朝卫三射击。

驾驶舱内卫三手速飙得极快，操控机甲以一种极限扭曲的姿态躲过攻击，彻底靠近对方。

"不如学姐出局吧。"卫三面无表情地补充完刚才的话。

南帕西校队总兵低头看去，只见到腹部被插了一把光刀。

卫三抽出光刀，压着对方机甲摔落下地，直接将人挖了出来。机甲还能用，对方总兵没来得及按下退出键，救助员不能过来。

"学姐谈个条件。"卫三示意她看向南帕西校队，"把你们地图画下来，我们就走，不然还会有更多的人出局。"

"我们的人到了。"丁和美收拾完对方单兵后，过来提醒道。

"学姐，三十秒考虑，不然我去屠了你们校队。"卫三语调轻松，完全不像在胁迫人。

南帕西校队总兵是S级，驾驶A级机甲打不过卫三，其他校队的人更打不过。

"学姐，为你们校队想想，一张地图而已，其他军校都有，不缺我们达摩克利斯一个。"聂昊齐也过来了，一口一声"学姐"，十分热情的样子。

"……你们现在撤退。"南帕西总兵咬牙道。

今年和往届不同，极有可能出现3S级高阶星兽，倘若伴随星兽群一起出现，那么校队必不可少。

"行。"卫三拎着她后退时，还不忘把她机甲一起带走。

等对方画完地图后，卫三这才挖掉她的机甲能源，一分钟之后，救助员出现，将南帕西校队总兵带走。

"这件事告诫我们晚上守卫不可松懈。"卫三感慨。

小队指挥："……"

人家南帕西守卫也没松懈啊，要不是你一出手偷袭人家暗处五席射击者，事情也没办法进展得这么顺利。

估计对方校队十席射击者加起来也抵不上卫三一个人。

"你能勾连上金珂，把地图给他看。"卫三将南帕西总兵画好的地图塞进小队指挥手里，"赶紧搞好。"

守直播精力有限，一般讲解会轮流来，项明化从五大军校主力队第一次出手后，便去休息了，按惯例下半夜没什么事发生，结果一早起来，便见到赛场存活人数发生了变化。

"南帕西的校队总兵怎么也出了局？"项明化抹了一把脸，感觉自己还没太清醒，下意识道，"碰上了塞缪尔军校？不对，他们总兵昨天上午就没了。"

其他军校老师："……"装！继续装！

第55章

"我们能源能撑多久？"金珂问清点完战备包的应成河。

"一天。"应成河转身检查廖如宁的机甲，"今天斩杀一头双S级星兽，可以再撑两天。"

金珂抓了一把头发："这场比赛我们运气有点差。"

他没有感知到有高阶星兽的存在。

那天南帕西校队出事后，他们主力队应该换了方向走，塞缪尔也低调起来，没有像往年一样找他们的事。

"先让校队赶上来，我们往这边走。"金珂指着地图，"地势适合星兽生存，应该能碰上。"

"帝国军校斩杀一头 3S 级星兽、两头双 S 级星兽、四头 S 级星兽、五十六头 A 级星兽，重复一遍……"

"靠，他们帝国捅了星兽窝吗？"廖如宁一脸晦气，"这么多星兽，换完能源和材料，直接飞去终点。"

"帝国军校校队十名指挥出局、十名机甲师出局、三十名机甲单兵出局。"

"这是……出局了十支小队？"应成河听完第二道广播声，皱眉，"数字太凑巧了。"

"诱饵。"金珂神情平静，"这么多星兽不可能无缘无故出现。"

"平通院斩杀一头 3S 级星兽、一头双 S 级星兽、五头 S 级星兽、五十七头 A 级星兽，重复……"

"平通院校队二十名指挥出局、六十四名机甲单兵出局。"

二十分钟后，同样光束在另一方向亮起。

"今天之内，他们必定到达终点。"申屠坤说出这句话时，也弄不清自己心中的想法。

这两所军校有上届累积的优势，第一场毫无疑问会拉开极大差距，现在不过是比赛的第五天，他们便已经接近终点。

但他也想见证自己军校能拿到冠军，哪怕只有一次，不是总冠军也好。

"这场比赛，我们本身争的就是第三名。"金珂无所谓地说，"校队离我们很近了。"

几个小时后。

达摩克利斯军校的校队和主力队正式会合。

"我们要去找星兽，校队负责 S 级及 S 级以下的星兽。"金珂上下看着面色红润的卫三，"你们……这几天过得不错。"

"还行，罐头吃不吃？"卫三转手从口袋里掏出一盒肉罐头。

"我也要。"廖如宁凑过来，"你哪儿来的？我们战备包就一点点营养液和干粮。"

"南帕西校队和塞缪尔校队友情资助的。"卫三又摸出一盒，"尤其是塞缪尔校队，太热情了，硬要送给我们。"

申屠坤满眼疑惑：我们和塞缪尔军校什么时候走得这么近？

"申屠坤学长。"卫三见到旁边的申屠坤，拿出一盒水果罐头，"给你。"

"谢谢。"申屠坤学长有点受宠若惊，打开罐头，吃了一大口果肉。

应成河和霍宣山沉默地看着她，最后霍宣山先伸出手："我呢？"

卫三摊手："没了，你们一起吃。"

看着低头吃水果罐头的申屠坤，卫三突然想起来道："学长，这个罐头是从南帕西总兵学姐战备包拿出来的，我特意留给你。"

"喀喀——"

申屠坤呛住，狼狈抬头："你、为什么……"

"赛场无情，我能做的也只有这些。"卫三很懂地拍了拍申屠坤肩膀，安慰道，"这也是没办法的事。"

"不是，我……"

"申屠学长，罐头而已，这真是他们回报的好机会。"廖如宁凑过来，瞄了一眼他手里的罐头，"要不我帮你解决了？"

"我已经吃过了。"申屠坤捧着水果罐头，绕到另一边去，至于心情有多复杂，只有他自己知道。

会合后，他们稍作休整，便往前赶路，今天势必要找到星兽，否则能源不够。

山丘连绵不断，星兽大多出没在山谷或洞穴中。金珂带着他们往今天帝国和平通院方向之间走。

"停下。"金珂示意所有人暂停，"戒备，有人过来了。"

是南帕西军校的主力队和校队。

"我们谈谈。"南帕西指挥高唐银站出来，对金珂道。

"高指挥想谈什么？"金珂也走了出来。

"我们两所军校联手对付塞缪尔军校。"

高唐银话音刚落，一道广播声便响起——

"恭喜帝国军校成功抵达终点，完成任务。"

"相信不久，我们很快能听见平通院的名字出现在里面。"高唐银朝天指了指。

"我们联手让塞缪尔出局，接下来第三席位谁拿？"金珂状似不明白地问。

"第三席位让给你们。"高唐银目光移向金珂身后，"但你们总兵交给我。"

"不会吧，高指挥，在赛场上你要为你们一个总兵复仇？"廖如宁最先出声，"难怪你们南帕西水平越来越差。"

南帕西的山宫勇男冷笑："达摩克利斯垫底还好意思说我们？"

廖如宁同样回馈冷笑："再垫底不也弄掉你们一个总兵？"

山宫勇男：……浑蛋！

直播现场。

"你们达摩克利斯军校完全没有男士风度。"塞缪尔军校的老师嘲讽道。

"上战场后，是不是还要对星兽讲究风度？"项明化对这种说话嗤之以鼻。

鱼天荷看向出口镜头："有点可惜，帝国军校和平通院碰不上了，这次前两名又是他们。"

此刻所有帝国军校的老师已经在出口处等候，联邦无数媒体和民众的目光都凝聚在这里。

"啊啊啊啊，出来了！"

"看他们斩杀星兽太过瘾了。"

"感觉姬初雨没怎么动手。"

"第一场比赛，难度没那么大，在后面有几个赛场才叫精彩。"

五名主力成员走在前面，校队跟在后面，应星决和姬初雨最先从出口处走出来。

两人和进去时没什么太大的区别，帝国双星依然。

"恭喜。"

帝国军校领队老师祝贺主力成员们。

"先去休息，还是在这儿看比赛？"

应星决抬眸，视线掠过直播光幕："回去。"

大部分帝国军校生选择了回去休息，并没有留下来观看比赛，第一已经拿到手，其他军校还不知道几天后才能出来，没什么好看的。

泰吴德跟着队伍走，走着走着就溜了。

他先找了个休息处把自己浑身污渍除了，机甲受损严重，后面拿了材料让机甲师修，但身上没有多干净。

好在休息处东西多，泰吴德换了身衣服，又去点了一份吃食，坐在直播赛场看其他军校比赛。

"恭喜平通院抵达终点，完成任务。"

泰吴德刚坐下，广播中便在播报第二名。

这个他都提前知道了，下意识地去找达摩克利斯军校的直播镜头，想看看卫三现在水平怎么样。

"我只问你们，这个交易做不做？"高唐银问金珂。

"不做。"金珂毫不犹豫地说。

至于当事人卫三，托腮蹲在后面，走得有点累了。

"达摩克利斯军校这么长时间，终于有机会拿到名次，你要这么眼睁睁地放弃？"

金珂伸出一根手指摇了摇："达摩克利斯军校不拿任何人做交易换名次，即便只是普通队员。"

高唐银盯着他看了良久，最后转身准备离开。

"等等。"金珂喊住她，"你就这么走了？"

高唐银回头皱眉："你还想要说什么？"

"不是说什么，而是……"金珂指了指她和后面的南帕西军校成员，"你们都得留下来和我们合作。"

高唐银被气笑了："刚才你才说不做交易。"

金珂扬眉"嗯"了一声："不做交易，我只是纯粹让你们留下来而已。"

"金、珂！"高唐银反应过来，咬牙警告道，"你不怕我们两败俱伤，最后塞缪尔军校渔翁得利？"

"不怕。"金珂耸肩，"反正我们常年垫底，再垫底一次也无所谓。"

高唐银："……"

"对了，我们合作搞塞缪尔，第三归我，第四归你。"金珂说得坦坦荡荡，"第四下场有先发优势呢。"

见他如此不要脸，高唐银神色不自觉沉下来，而南帕西军校所有人也进入战斗状态。

金珂抬手，达摩克利斯全员也进入机甲，卫三从后面飞到主力成员旁边："你们总兵没了，多出我一个，能造成多大伤害，要不要试试？"

气氛僵了下来。

"今年达摩克利斯军校和南帕西居然对上了。"

"打就打啊，达摩克利斯军校都骑在头上拉屎了。"

"还好吧，和达摩克利斯合作，总比两败俱伤好，而且比和塞缪尔军校合作好。"

"不过今年达摩克利斯军校生怎么感觉都这么不要脸？"

泰吴德手里捏着爆米花塞进嘴里，听着旁边观众评论，心想卫三不要脸是从小到大的，这点程度算什么。

"……好。"高唐银看着金珂，在心中计算完，最后同意他的合作。

"合作愉快。"金珂收了机甲，让达摩克利斯军校解除警戒，和高唐银握手。

送上门来的，能放过才是傻子。

不过……金珂看着南帕西那三个机甲单兵，这只是开始而已。

"啧啧，你们就是祸害。"廖如宁蹲在卫三旁边吐槽。

卫三拍掉廖如宁摸向自己战备包的手："说的好像你不是一样。"

两所军校停下整顿，而金珂和高唐银在一旁继续谈判，时不时传来南帕西指挥的怒吼。

"金珂，你不要太过分！"

"息怒，我们先坐下好好谈，不要生气。"金珂安抚。

大概一个小时后，金珂志得意满地带着南帕西三分之一的能源回来。

"牛！"廖如宁看着这些灰晶能源，真心实意道，"金珂，以前是我错怪你了，除了阴阳怪气，你还有别的作用。"

"收下这个，我们要对他们负责。"金珂敛了神色，"后面的赛场。"

这次出师不利，能源太少了，也没碰到多少星兽，撑不到终点。

第 56 章

两所军校达成合作意向后，一起朝终点走去，中途碰上星兽，分开解决它们。

达摩克利斯军校用斩杀的星兽全部换了能源。

"距离终点还有七十公里，塞缪尔和我们越来越近了。"高唐银望着另一头升起的光束道。

没听见声音回复，她扭头看去，发现原本站在旁边的金珂在对校队总兵挤眉弄眼。

"……"

所以，不拿总兵做交易，并不是多正直，而是两人之间是这种关系？

南帕西指挥心底冷笑一声，挥袖回到自己队伍。

"马上要到终点了，万一南帕西反水，不牵制塞缪尔怎么办？"廖如宁拉过金珂低声问。

"南帕西军校生不是这样的人，他们重承诺。"申屠坤试图替南帕西人解释。

另外几个人一脸复杂地看着他，卫三抬手拍了拍他肩膀，一切尽在不言中的表情。

廖如宁："申屠坤学长，我知道你心性纯良，但没想到这么纯。"

应成河仰天看向别处。

"今年之前，达摩克利斯军校向来肃正清直。"霍宣山意有所指。

直播间内，有观众补上霍宣山后面的话。

"今年之后，到处打劫偷袭。"

"哈哈哈哈，这画面像极了一群腹黑手狠的狼中间夹着只纯洁无瑕的羊！"

"申屠坤可不就是太过正直，前面几届被坑惨了。"

"笑死了，今年这帮换上的新生个个不要脸，突然想追订达摩克利斯军校的直播。"

"只有我想知道达摩克利斯军校总兵和主力队为什么走得这么近吗？"

"加一，除了南帕西稍微近一点，其他军校校队总兵，对主力成员而言，不过是比其他 A 级稍微好一点的普通队员。"

"据说是和主指挥关系匪浅。"

"楼上，我怎么听说是和主机甲师有关系？"

"可是……这两天和那个校队总兵走得最近的人，好像是那个重型机甲单兵廖如宁。"

一时间，星网上的网友对达摩克利斯军校主力成员和校队总兵的关系产生了好奇心。

这种热度，媒体怎么会放过？有些反应快的媒体已经开始四处找证据，私下采访达摩克利斯军校的学生。

赛场内的几人对此毫不知情，在比赛倒数第二天，三所军校在终点附近碰面了。

"所以……你们两所军校终于结盟了？"高学林目光落在后面卫三身上，"是你杀了我们总兵？"

"朋友，别杀杀杀的，多不吉利，出局而已。"卫三漫不经心地说，浑身散发着"就是我，你能怎么着"的欠揍气息。

塞缪尔的习乌通突然暴起，速度奇快，挥起大刀直接朝卫三砍来。

卫三没动，霍宣山第一时间上机甲，拎起她悬空躲过攻击，旁边廖如宁则用无坐力炮炮轰习乌通。

习乌通抬手升起防护盾，抵过他的攻击。

不过眨眼间的事，初次交锋，双方反应皆快。

"霍宣山和廖如宁配合不错。"鱼天荷称赞道。

众人眼中看得见霍宣山和廖如宁配合好，只当校队总兵吓得不敢动弹或者压根没有反应过来。

下方项明化看着刚才发生的场景，总觉得哪里不对劲，仔细想想，依然不知道哪里有问题。

另一边，在星网上观看直播的陈慈眯眼，看了会儿自始至终没动的卫三，慢慢皱眉。

作为一个极有天赋的射击高手，对危机感有天然的敏锐度，陈慈便是靠着这份敏锐才能从一干A级单兵中脱颖而出，甚至能对普通S级造成打击。

陈慈教卫三这么长时间，是最清楚她平时表现的人，这种情形下，怎么也不可能完全没反应，甚至连机甲都没拿出来。

陈慈伸手将镜头内的卫三遮住。

如果这时候将卫三替换成申屠坤……这一段配合应该说是三人默契十足。

不过，卫三在校内并未见过廖如宁和霍宣山，甚至也没机会一起训练，谈何默契？

陈慈收回手，看着被霍宣山放下的卫三，难道真的被吓住了？

"你们商量好谁先上？"高学林抬眼看着缠斗的两人。

"不管谁先上，塞缪尔最先出局。"金珂说完，进了自己的机甲。

塞缪尔军校有两个3S级机甲单兵，而达摩克利斯和南帕西加起来有三位3S级机甲单兵，还有一对双S级别龙凤子堪比3S级单兵。

习乌通对廖如宁和霍宣山，肖·伊莱对昆莉·伊莱，吉尔·伍德则和龙凤子之一的山宫勇男缠斗。

剩下山宫波刃和申屠坤各守在指挥和机甲师旁边，互相暗中警惕对方突然出手。

卫三左看右看，最后确定自己是多余的。

"去拔旗。"

卫三脑海中突然出现一句话。

她朝金珂那边看了一眼，随后驾起机甲朝地图上给的终点奔去，背后还有南帕西几个小队尾巴。

一路往终点去，卫三环视周围环境，这里像是发生了大规模攻击，连山体都被劈裂了一道。

终点有五个旗台，现下只剩下三杆旗。

她扫了一眼，便朝达摩克利斯军校的旗台奔去。

"第一场排名已定，塞缪尔军校终于体会到被围攻的滋味。"鱼天荷不轻不重地说。

这次山丘赛场能源分配出现问题，星兽分布也不均，一开场塞缪尔便吃了亏也是谁也没料到的。

"不知道两位主指挥达成了什么协议。"鱼天荷看着镜头内随后赶来拔旗的南帕西校队，对旁边的应月容道。

主指挥有几次屏蔽权，谈话时可以屏蔽直播信号，以防比完赛出来后，其他军校看回放时知道自己的打算。

赫菲斯托斯大赛，是一场漫长的赛事，主指挥的打算不能只看一场输赢。

"无论什么协议，也只是争第三。"应月容开始收拾东西，准备下台。

鱼天荷面上挂着笑，心里已经不太高兴，帝国军校年年拿总冠军，背后那几个军区也嚣张狂妄得不行。

今年平通院也是全员3S级，她就不信，帝国军校能一直猖狂下去。不过是多了有实战经验的帝国双星，十二场比赛，总会有意外发生。

"恭喜达摩克利斯军校抵达终点，完成任务。"

"恭喜南帕西军校抵达终点，完成任务。"

拿到旗子的军校成员可以一起乘坐飞行器去出口处，留下塞缪尔一所军校生在原地。

"如何？"高学林问自己军校的三位机甲单兵。

"廖如宁难缠。"习乌通语气听起来毫无波澜，"两个一起打不过。"

"霍宣山呢？"

"同样难缠，和他们一对一可以。"

"3S级都不好对付，肖？"

"昆莉我能对付。"肖·伊莱恼怒地看着达摩克利斯军校离开的方向。那个校队总兵，他还没有报复成功。

高学林点了点头："我对高唐银不了解，她自小和我不在一个星，你能对付昆莉便好。"

今年南帕西和塞缪尔主力成员中，有四个人来自两个相同世家——伊莱家族和高家。

指挥世家不多，联邦只有三家：高家、路家以及应家。

路家出的指挥只进平通院，应家也基本只会去帝国军校，相当于其他军校只能要高家。

为此高家内部分了几派，这些年基本分在南帕西和塞缪尔军校。

至于达摩克利斯军校今年依旧还是"野生指挥"，背后没有大世家，这也是他们军校常年垫底的原因之一。

不过今年运气好，达摩克利斯军校居然能收到一个野生3S级指挥。

"为什么终点附近有那么多战斗痕迹？"出来后，卫三问金珂。

"是高阶星兽。"金珂把旗子卷好，"大赛的终点一般会设在有高阶星兽出没的地方，有些赛场还有星兽群。今年山丘赛场比较简单，没什么特别的地方。"

抵达终点附近，斩杀星兽同样可以兑换资源，但要出去后兑换，所以斩杀数量也不会广播。

这给了主指挥一个隐私，到后面其他军校要靠猜测计算各方手里头的资源指挥作战。

一行人朝外面走去，媒体记者站在出口处等着。

"请问你和主队成员有什么关系？我听说你和主指挥、机甲师以及单兵关系都很深。"一个衣冠整齐的记者举着话筒撑在卫三面前。

"？"

卫三低头看了看对方手里话筒的图标，一棵红色杉树。

"你是红杉媒体？"卫三问。

"对，我们是红杉……"

卫三微微一笑，推开他的话筒，随后对着他们镜头竖起中指。

旁边的金珂等人在同一时间竖起中指，霍宣山也不例外，惹得夹在中间的申屠坤学长，多看了好几眼，最后只好也跟着竖起中指。

连霍宣山都竖起中指来了，他不竖好像哪里不对。

红杉记者："……"

"蓝伐的记者？"卫三见到挤在后面的一个熟悉图标，冲对方招手，"你有什么想要采访的？"

蓝伐记者兴冲冲地挤过来，用手扶了扶被挤歪的眼镜："达摩克利斯首场拿到第三，请问现在感受怎么样？"

卫三："挺好。"

蓝伐记者眼巴巴地等着卫三后面的话，卫三也一脸真诚地看着她。

终于蓝伐记者反应过来，将话筒移向金珂："金指挥呢？"

"嗯……"金珂若有所思道，"下场抽战备包，需要换个手气好的人。"

霍宣山："我们队应该没有手气好的人。"

蓝伐记者："……"好像还真是，达摩克利斯军校每届手气都差得很，今年换了3S级成员，似乎还是手气差。

一行人只接受了蓝伐媒体的采访，之后便回去休息。

十天期限的比赛，他们提前出来，现在可以好好放松一下。

第 57 章

达摩克利斯军校生出来时，老师们也都在出口处等着，有个别激动的老师，冲过来抱住金珂几个人，就差热泪盈眶了。

"干得不错。"项明化上前道，然后拉开还要抱住卫三的老师，"清醒一点，这只是第一场。"

"每一场胜利都值得庆祝！"老师抬手抹了抹微红的眼睛，虽然这届第一场比赛简单，但不知道为何，他从这些学生身上看到了希望。

"回去看看帝国军校和平通院的直播回顾。"项明化嘱咐这些学生，"尤其是终点附近那场。"

"卫三，下一场你注意点。血滴之前是我用过的机甲，所有参数都被研究得透彻，接下来其他人完全可以针对你。"项明化严肃道，"训练不能放松。"

第一场开始前，所有人的注意力都被众多3S级主力成员吸引，卫三有血滴的消息并未引起注意，现在卫三得罪了两个总兵，直接走到台面上来，机甲性能是最透明的。

众人回去休息，几个小时后塞缪尔军校也抵达终点，第一场山丘赛场正式结束，在这场赛事中五大军校甚至都没有完全碰头。

明天要上台领奖，卫三洗澡睡了几个小时，想着出去溜达一圈，再看看繁华世界，刚走出房门，就被应成河揪了过去。

"什么事？"卫三看他一身凌乱，"你怎么还穿着训练服？"

"没来得及换。"应成河拉着她去单独训练室，刷卡进入，"把你的机甲放出来给我看看。"

卫三依言放出来："看我的机甲？"她机甲好好的。

"血滴所有参数被项老师应用到极致，你很难超过他，几乎每个招式出来，其他人只要花心思研究，你都会吃亏。"应成河出来没休息，试图想办法解决，"血滴过于完美，不能做大的改动，我看看能不能帮你改一改武器，再加点东西。"

"这个啊。"卫三仰头看了看自己机甲，跳进机甲舱，"我已经做了一点点小改动。"

应成河盯着她抽出来光刀上的东西，眼睛都睁大了："你……"这什么鬼东西？

"膝盖还加了点小东西。"卫三坐在机甲舱内，操控血滴膝盖弹出一个东西，"其他加不了，再加就破坏它的平衡了。"

应成河："……你改的？"

卫三说起来心还有点痛："花了一大笔钱。"用的全是 A 级最好的材料。

应·3S 级机甲师·成河第一次产生自己无用的错觉。

"你帮我看看数据怎么样。"卫三在里面道。

"行，你过去测试。"应成河打开光脑，连上血滴，再让卫三去做攻击测试。

测试做完后，应成河皱眉看着面板上的所有数据："……"

现在随随便便一个机甲师自学都这么厉害吗？

"如何？"卫三跳下来，"我觉得其他地方没办法改，当初做血滴的机甲师太厉害了。"

"很好。"应成河点开刚才模拟得到的动画数据，"配合你的招式，嗯……出其不意，效果会增倍。"

被 3S 级机甲师夸，卫三心中还是有点得意。她收了机甲，揽着应成河出去："你先去洗澡，晚上出去玩，叫上金珂他们。"

两人刚走出独立训练室门，迎面撞上应星决。

"……堂哥。"应成河下意识地挺直脊背。

卫三慢慢收回搭在应成河肩膀上的手，目不转睛地看着对面的应星决。

不得不说，即便近距离看应星决，在他身上也找不到任何缺点，俊美到不似真人的脸，身材颀长，头发又黑又顺。

卫三的手情不自禁地动了动，被应成河偷偷拍了一下，他对卫三使了使眼色：不要乱来。

万一真上手烧头发，惹怒他堂哥，是一件极其危险的事。3S 级指挥有能力当场让 A 级单兵变成一个傻子。

卫三心中遗憾，只好手背在后面揪了一把应成河干枯粗糙的头发。

应成河："……"

应星决一眼便看清两人之间的小动作，联想到自己看到的那些调查资料，再看他们现在肆无忌惮跑到训练室做这些事。

擦肩而过时，他留下一句："做什么事之前，先想想应家。"

卫三和应成河齐刷刷地扭头看他走进另一间训练室，半晌后，卫三转回头："他刚才什么意思？"

应成河也不懂，以前堂哥也没怎么和他来往过，见过几面都挺客气的："我也不清楚。"

"因为你没去帝国军校？"卫三猜测。

"不是。"应成河肯定地摇头，"我在哪儿都不影响他，而且这届帝国军校新生中有公仪觉。"

两个人心中打了个问号，卫三去找其他人，应成河回去换衣服。

"申屠坤学长不去？"廖如宁看了看到齐的人，问道。

"申屠坤学长去找南帕西学姐了。"霍宣山道，"可能是去道歉了。"

卫三抬手挡了挡额头，装作看不见其他人看过来的目光。

"走走走。"金珂一边推着他们往演习场外走，一边从口袋摸出五根签，"一人抽一根，谁签最长，今天谁付钱。"

卫三拒绝："我就不参与了，太穷。"

"怎么会呢？"金珂微微一笑，"正因为你穷，我们吃东西才会更加珍惜。"

五个人一人抽了一根，最后统一拿出来。

看清其他人掌心的签，卫三挑眉吹了声口哨："我会好好珍惜食物的。"

"我也会。"应成河站到卫三旁边，跟着道。

霍宣山淡定地把签收起来，对金珂道："珍惜是一种美德。"

"你放心，我一定会挑贵的，这样才能彰显你的诚意。"廖如宁拍了拍金珂肩膀，真诚地说。

金珂："……"

自己洗签，手气都能这么差，也是没谁了。

这次五人没有去大商场，而是跟着金珂导航，去了民俗一条街，全是吃的。

"我还没来过这儿。"霍宣山扫视一圈道。

"我也没来过。"应成河是应家人，即便是分支，所拥有的资源也是常人无法想象的，这种地方以前他没有理由过来。

金珂去旁边摊子要了五根大串，一人分了一根："我专门做了攻略，星网上说这里东西最好吃。"

"这个味道不错。"应成河试探着咬了一口。

"那边还有个光幕。"卫三指了指对面高楼的媒体光幕，巨大无比，一眼看过去震撼人心。

五个人站两排，金珂、卫三和应成河站一排，廖如宁和霍宣山站在后一排，所有人手里拿着一根大串，抬头看着对面高楼正在播放广告的媒体光幕。

过了一会儿，应成河忽然道："这个光幕好像是红杉媒体旗下的。"

五人移开目光，准备不再看这块光幕。

"山丘赛场虽然结束，但我方媒体查到一件很有意思的事情。"

光幕突然转换到红杉媒体频道，里面传来的声音将五人重新吸引过去。

"近日星网上对达摩克利斯军校的校队总兵，一名叫卫三的女性单兵和其主力成员关系众说纷纭，红杉媒体本着求真寻实的信条，派记者实地去沙都星调查，经过暗地调查寻访，终于整理出完整真实的消息。"

"他在说什么锤子？"廖如宁咽下最后一个丸子，一脸晦气。

"先听听。"卫三眯眼看着光幕。

"据悉，该女单兵一入校便试图通过翻墙吸引刚从军区回来的黎泽少校，随后又搭上主指挥金珂，两人经常同进同出，不顾其他人感受。更关键的是，她通过金珂，又搭上应成河，没错，应成河正是帝都应家人。

"三个人越玩越大胆，三人行也不是没有过。以下是我们潜伏他们论坛，从各条帖子中收集来的证据。还有金珂发的一张照片，有人可能要问一张合影怎么了，请大家看这几张其他学生的照片，三人无意间入镜，共同进了寝室，第二天早上三人又一起从里面出来。其中的事，相信大家都猜到了。"

这个记者后面又放出一系列照片和帖子。

"我看了都快信了。"廖如宁目瞪口呆，"媒体扭曲事实的手段这么强？"

"今天白天竖中指惹怒了他们。"金珂嗤笑一声。

"不过你们三个……一晚上干什么？"廖如宁问他们。

"五万一晚。"霍宣山读着光幕上匿名帖子内容，"你们当时在说什么？"

"睡觉。"金珂和应成河同一时间出声。

廖如宁："？"

"一张床五万一晚，我寝室还有一张上铺，你们可以预订。"卫三扬眉，自我推销，"我寝室风水好，睡过的人都说好。"

廖如宁还没转过来，霍宣山"嘀"的一声给卫三打了五万。

"……你不要脸！"廖如宁扭头难以置信地看着霍宣山。

"先到先得。"霍宣山冷静地说，"你可以问问卫三能不能加床。"

"钱到位，一切好说。"卫三把自己的光脑凑到廖如宁面前，"十五万，帮你加张床。"

慢半拍的廖如宁想了一会儿，刷了二十万："加单人床，要软的。"

"可以。"卫三收完钱，立刻答应。

光幕内红杉媒体还在讲达摩克利斯军校的桃色绯闻，目前已经发展到，卫三通过主力队机甲师和指挥，将下线发展到三个机甲单兵身上。

偷袭南帕西校队总兵是因为吃醋，所以先对人家学姐下手，还阴阳怪气地嘲讽一番。

卫三："？？？"

这个发展是她万万没有想到的。

"找另一家媒体回复这件事。"应成河道，"今天那个蓝伐媒体名字不错。"

"蓝伐是小媒体，规模不大，影响力不够。"金珂盯着光幕一会儿，"就蓝伐，规模不大我投资。"

"加我一个。"霍宣山道。

"我也投。"廖如宁露出自己的卡，"廖少爷有钱。"

"应大师也有钱。"

卫三："……我也投点？"

第58章

深夜，蓝伐媒体总部。

"投资我们？"蓝伐创始人看着这些眼熟的人，重复问道。

"对，你想不想让蓝伐发展到红杉媒体那种地步，占据市场最大份额？"金珂不信他没有这个想法，名字和图标充满了野心。

"投资这个好说，我们采访有时候需要权限，尤其在帝都，霍家或者应家能不能偶尔施以援手？"

金珂和应成河、霍宣山交换眼神后，道："我们投资之后，也是蓝伐媒体的一分子，自然要出力。"

经过一番交涉后，几人成功入股蓝伐，卫三意思了一下，出了十万星币。

蓝伐创始人："……"这点钱也好意思拿出来投资，不得不佩服此人的厚脸皮。

"低头，你真的丢人。"廖如宁靠在卫三耳边，低声道。

卫三理直气壮："我就这么点钱。"

廖如宁又刷了一次卡，对创始人道："开个玩笑，这才是她的投资额。"

卫三看他，廖如宁凑过去道："分红的时候还我。"

霍宣山也重新刷了一次卡："还有这里。"

紧跟着后面金珂、应成河两人又刷了一次卡。

蓝伐创始人看着重新刷一遍卡的四人："……"这几个人是在玩他吗，一开始全刷出来不行？

不过到底是世家子弟，卡里有这么多钱，蓝伐创始人心想搞机甲的这帮人和他们普通人简直在两个世界，钱对他们来说都不是钱，只是数字。

重新投完后，卫三赫然变成最大的股东。

"现在股东们希望发一条视频，你们发到星网各大平台上去。"金珂签完字道。

蓝伐创始人点头说"好"，反正现在蓝伐背后也算有世家撑着，不过是发条视频而已。

"要不要我帮你们找专业人士过来？"

"不用，我们录完后，你直接发出去便行。"应成河客气地说，"这间办公室能不能借我们用一会儿？"

"好，你们……随意。"蓝伐创始人转身出去，将门关好。

五人坐成一排，打开光脑，简单录了几句话，将视频交给蓝伐，要他们明天一早便发出去。

第二天红杉媒体发的那条谈达摩克利斯军校生关系的视频刚刚爆热，众人还未来得及大面积讨论八卦，便见到一家叫蓝伐的媒体发了当事人回应视频。

大众未点进去便猜当事人肯定要解释事情是个误会，个个抱着看好戏或八卦的心思点进去。

这种事一旦传出来，当事人再怎么回应，其实都已经在大众心中植下印象，桃色绯闻向来是人们最感兴趣的八卦新闻，尤其是发生在那些高高在上的天之骄子身上。

蓝伐媒体给出来的标签是"当事人回应"，众人一点进去，果然出现达摩克利斯军校桃色绯闻的几个主角，随后视频黑下来，打出一行字："敬告红杉媒体。"

视频重新出现五人，从左到右，金珂最先出现在镜头内。

金珂："联邦民众律法第一百五十一条，凡伤害青少年身心健康的人或媒体，将受到律法处理。本人未满十八周岁，属于青少年，且身心健康因为那条新闻受到巨大伤害，不日我向联邦民众法庭申请控诉。"

应成河："联邦军律第七十六条，凡阻碍优秀军校生发展的人或势力，皆为联邦公敌。本人及同伴皆为3S级军校生，属于联邦最重大财富。红杉媒体发布这样的消息，我等有理由怀疑其为反动势力，意图阻碍优秀军校生发展，导致将来战场缺少优秀人才，造成联邦动荡。接下来，我会向联邦军事法庭申请制裁。"

他们两个人警告完，就在众人以为后面还是义正词严的警告时，突然画风一变。

卫三："这么关心我和谁睡觉，我是你妈？"

廖如宁："少爷想干什么，关你屁事？"

霍宣山看着镜头，想了想，平静地说："再发此类消息，踏平红杉总部。"

最后，五人再次对着镜头竖起中指。

"好张狂！我喜欢。"

"呜呜呜，为什么突然觉得达摩克利斯军校这几个我也可以，明明我是帝国粉！"

"支持达摩克利斯军校生告红杉媒体，这狗媒体经常对付和自己不合的人。"

"我在直播现场，当时达摩克利斯军校生出来接受采访，那个叫卫三的，一听是红杉媒体，就冲他们竖起了中指，估计是得罪了红杉。"

"但他们几个人的证据确凿，红杉媒体没说假话吧。"

"你们躲在他们床底下见到还是听到了？总是喜欢拿这种消息来污蔑人。"

"3S级别的军校生，放在往年，哪一个不是珍贵人才，将来都是要走上去的人。红杉媒体一得罪就是四个，也是胆子大。"

"红杉背后有人。"

"说到底，你们见过一个A级和S级混得这么好？这两者之间的差别，就像军校生和普通人的差别那么大。"

S级到了军区都有职位，感知等级越高意味着实力越强，3S级基本可以争军区管理权。而A级说到底只是兵而已，两者差距太大。

但无论怎么说，这几个人和红杉媒体杠上，普通民众喜闻乐见，心甘情愿地当抱着瓜吃的猹。

达摩克利斯军校其他老师和学生也看到了这两条新闻，听完第一条和少校的八卦，便知道红杉媒体在瞎编，在校生哪个不知道卫三翻墙，结果把自己学分翻没了的事。

"随他们去。"黎泽从外面回来，对老师们道，"达摩克利斯军校被压得太久了，偶尔张狂一下，也未尝不可。"

项明化："你有没有看那两所军校的直播视频？"

黎泽点头："姬初雨和宗政越人第一场还看不出什么，但其他人水平差不多。"

他们在讨论几所军校时，金珂几个人也窝在卫三房内看回放。

"你们有病吧，我房间这么小。"卫三被这几个人挤到墙角，靠着边坐，明明他们主力队单间大到抵他们一个套间，偏偏全跑她这儿来。

"房间小才显得温馨。"金珂回头就是一个比心，然后继续看自己视频。

直播回顾放的是帝国军校在终点那一段视频。

五人站在最前方，后面校队应该刚经过一场战斗，有些人机甲狼狈不堪，主力队的机甲却几乎崭新。

实际上主力队在之前动过手了，只不过以极快的速度解决。

"嗷——"

3S级高阶星兽站在山顶上嘶吼，随声波而来的还有精神攻击，借着山势，传播极快，有些感知敏锐的 A 级机甲单兵已经陷入痛苦之中。

　　站在最前方的应星决微微闭眼，抬手，顿时仿佛有什么无形中的屏障以他为中心扩散开来，最终罩住在场所有帝国军校生，所有人恢复正常。

　　"你们谁去？"应星决侧脸问三个机甲单兵。

　　这是一种实力的宣告，无论谁去，都能解决这头 3S 级高阶星兽。

　　"我去。"司徒嘉勾唇笑，"轻型机甲单兵不正适合这种环境？"

　　言罢，他进入机甲。

　　灰蓝色机甲，线条极为流畅完美，骤然展开一双金属翅膀，同样是灰蓝色。羽翼扇动，将机甲带离地面，以奇快的速度朝山顶上的 3S 级高阶星兽冲去。

　　在直播视频中只能看见一道影子闪过，普通人并不能看清，因此直播媒体会用最好的设备来捕捉机甲单兵的动作，右下角有一个慢放键，只有慢放才能看清。

　　当然 S 级的人不需要这个功能。

　　灰蓝色机甲冲过去，带着一道冷光，司徒嘉想要用冰刃直攻星兽脖子，被躲了过去。3S 级高阶星兽眼中闪过一丝激怒，显然无法接受有渺小的人类挑衅它。

　　星兽再次怒吼一声，跳跃而起，不光爪子朝灰蓝色机甲攻去，在其飞起时，它腹部突然飞出两个难看的类翅。

　　"异态星兽！"

　　校队有人惊呼出声。

　　异态星兽是最棘手的星兽，永远不知道它们发生了什么改变，在对战中突然变形，倘若单兵没有心理准备，往往会受到致命打击。

　　比如现在，星兽突然变形，和灰蓝色机甲同时升空，身后尾巴朝机甲狠狠地甩去。

　　司徒嘉连忙极速逃开，到底慢半拍，右大腿被带刺尾巴击中，带出刺耳声音和一串火花。

　　机甲舱内司徒嘉咬紧牙关，死盯着异态星兽。他是一名 3S 级机甲单兵，生来是最骄傲的一员，区区异态星兽，怎么能、怎么敢赢过他！

　　控制面板的手已经看不清，只剩下一道道残影，灰蓝色机甲羽翼扇动频率快到一定境界，机甲肩部升起两道射击口，不断朝异态星兽眼睛、头部射去。

　　异态星兽被干扰视线，仰头吼叫一声，扇动类翅，快速转身，试图回到自己的安全区。

　　只是司徒嘉不可能放过它，肩部架起的粒子炮不断朝其扫射过去，灰蓝色机甲快速接近异态星兽，手中握着碳素光剑，直击异兽背部。

异兽被砍中一剑，挥手一爪，拍在灰蓝色机甲胸部。

机甲舱内的司徒嘉被震得吐血，顿时头部仿佛被铁锤敲打过。

"左移三米，反手挽剑，砍下它一根类翅。"

司徒嘉脑海中突然出现一道清晰的声音，一瞬间那些震荡变得遥远，他心中只有这一个目标。

灰蓝色机甲在空中一顿，骤起，拔高升空，反手挽剑，直接砍下异态星兽半边类翅。

"吼——"

异兽吼声中充满悲鸣，难以置信自己失去一根类翅，进而狂化，试图疯狂攻击司徒嘉。

"霍剑。"应星决瞥向不远处的一人一机甲，淡淡地说，"杀了它，我们该走了。"

第 59 章

"旋风系列机甲攻击力会随着速度提升而增加，司徒嘉刚才那一剑伤害值至少增强一倍。"应成河看着直播镜头内司徒嘉的机甲刃风解释。

"没记错的话，平通院用的也是旋风系列。"金珂转头对应成河道。

应成河"嗯"了一声："银面，在小酒井武藏手里，同系列机甲不知道谁更强一点。"

"总有一天会在后面的比赛中碰上。"金珂望着镜头中霍剑解决异态星兽，"希望下一场比赛我们能接触到 3S 级星兽。"

第一场比赛只有帝国军校和平通院斩杀过 3S 级星兽，他们没有经验，在后面的比赛中多少会吃亏。

"放平通院斩杀 3S 级星兽的视频出来看看。"廖如宁想看其他军校动手的视频。

"让我换个频道。"金珂低头按了按自己的光脑。

他们在看回放，其他军校也在看回放作分析。

"除了校队，达摩克利斯军校主力队基本没有动过手。"公仪觉皱眉看着光幕，"他们想隐藏实力？"

"能有什么实力隐藏？"司徒嘉毫不在意地说，"达摩克利斯军校常年和塞缪尔争第三，不是我们关注的对象。"

公仪觉提醒："他们有四位 3S 级，南帕西今年也不算弱。"

"再不弱，我们也能解决，现下最关键的是如何对付平通院。"从主力队员名单确认那一刻起，司徒嘉便已经期待和平通院对上。

姬初雨低头转着食指上的戒指："所有军校都将是我们的对手，时间早晚而已。"

他们继续看各军校的直播回放，应星决靠在窗户旁边，低头看着光脑上蓝伐媒体发的那条视频。

很奇怪。

应星决看着视频中五个人，早在比赛前，他便预测过帝国军校卫冕的可能性，高达百分之九十，剩下百分之十的意外基本在平通院那边。

达摩克利斯军校除了指挥金珂让他稍微注意过后，其他人便无须记住。

应星决盯着视频中的几个人看，过了会儿终于找到一抹违和感：他们太自信了。

达摩克利斯军校生向来稳重隐忍，而不是现在张扬的样子，似乎冠军一定是他们的。

但——

应星决抬手遮住视频中那个叫卫三的脸，主力成员还差一个申屠坤，偏偏申屠坤一如既往地稳重，和其他四人看起来并不搭。

他松开手，长睫微垂，若有所思：如果将这个校队总兵换上呢？

"星决，明天有场晚宴，你记得过来。"姬初雨起身提醒他。

应星决关了光脑："邀请所有军校？"

"帝都几个世家共同为五大军校举办的晚宴。"姬初雨点头，"所有人都去。"

这么多人，场地极其大，也只有帝都有能力提供。

"这是请柬，明天晚宴不要闹事。"项明化语重心长地嘱咐，这还是他第一次对学生说这些话，以前哪要管这个，大家都是好学生，现在一个个……都变鬼了。

"他们可真讲究。"廖如宁接过请柬，"发个电子的不行？还用纸。"

"人家有钱。"项明化看着这几个主力成员就莫名来气，"天天不知道乐什么，你们不担心比赛？"

"担心什么？"廖如宁诧异，"我们不是争第三吗？搞掉塞缪尔和南帕西就行了。"

项明化："？"

"金珂，你没信心带着我们拿总排名第三？"廖如宁杵了杵旁边的金珂道。

"项老师放心，第三我们一定会拿到手。"金珂拍了拍自己的胸膛，"塞缪尔一定会被我们踢下去。"

此刻被应星决怀疑想拿冠军的达摩克利斯主成员，个个信心爆棚。

"一定拿第三！"应成河捏着请柬，认真地说。

"第三！"霍宣山紧跟其后。

申屠坤犹豫道："拿到第三，我们学校能暂时稳定一点。"只要不是第四、第五就好。

项明化："……没想到你们志向如此'远大'。"

还一定？

虽然学校也没期待他们拿冠军，但这么明目张胆说出来就为第三，项明化想一脚把人踹回沙都星，一个两个都是3S级，怎么一点斗志都没有？

"晚宴？"卫三接过金珂手中的请柬，"那要准备礼服？"

要准备，她就不去了。

"穿屁的礼服，所有人都穿军装。"廖如宁从门口挤进来。

后面应成河和霍宣山也跟着挤进来。

"你们都跑过来有事？"卫三问这几个人。他们一进来，客厅立刻变小了，而且这儿还有她小队四个人。

"我们来送请柬。"廖如宁理直气壮地说，"金珂是指挥，单兵要随时和他在一起。"

应成河见卫三看过来，立刻道："机甲师要和单兵在一起。"其实他就是下意识跟了过来。

沙发上的聂昊齐扭头："可刚才我还看见南帕西的指挥一个人在训练场。"

"你看错了。"金珂拿起茶几上的糕点塞到聂昊齐嘴里，堵住他嘴，不让他说话。

"晚宴上会开出第二赛场位置，所有人都必须到场，不能迟到。"霍宣山解释，"赛场确认后，晚宴才算开始。"

他往年都在帝都，对这些事了解得比较清楚。

卫三带着他们进自己房间，他们过来应该不只是说这些。

一进去，金珂便道："晚宴开始，你不要乱走，最好跟着我。"

卫三不太明白："发生了什么？"

"没有，只是警惕一点，防止主指挥动手。"金珂不想冒任何风险，以前这种主指挥对付总兵的事也发生过。

尤其卫三之前不光在港口打了肖·伊莱，后面还让塞缪尔校队总兵出局，以塞缪尔经常下黑手的风气，还是小心为上。

卫三点头答应，瞥了一眼廖如宁在慢吞吞地朝他靠近。

"过几天，黑厂的比赛要开始，我们去玩一把。"果然，廖如宁趁金珂和应成河没注意，悄声道。

对面霍宣山正看向这儿，显然和廖如宁一样等着回复。

"你们 S 级和 A 级打有什么乐趣？"卫三回他。

"我们 3S 级用 A 级机甲又发挥不出 S 级的能力，可以感受一下 A 级的作战方式。"

两个人凑在一起说悄悄话时间长了，被金珂发现："你们俩在小声说什么不可告人的事？"

"没事。"卫三和廖如宁齐声道。

晚宴。

在一个可容纳上万人的场所举办，虽然空间这么大，但该有的都有，且无一不精致。

卫三看着长桌上摆满的食物和酒水，摇头感叹，这些世家未免太奢靡了。

"欢迎各位来到帝都参加第一场比赛。"一位穿着唐装的四十多岁男子站在高台上，语气温和地说，"在大家尽情享受晚宴之前，我们要先确定第二赛场在哪个星。"

"他是你们应家人？"卫三看着男子的长发，问应成河。

"主家第一人，应家有很多层级，结构复杂。"应成河解释，"应清道是应家目前的代表人，基本上需要应家发言的场合，都是他出席，不过他是 B 级。"

"B 级？"廖如宁震惊，"B 级在应家当代表人？"

B 级和普通民众的区别也只是能用机甲而已，换作任何一个普通世家都不可能让 B 级来当代表人，更何况这是应家——全联邦最有名的世家。

应成河肯定地说："他手段一直很高，而且最关键的是应清道儿子叫应星决。"

廖如宁一听，顿时失去了兴趣："这样啊，难怪。"

他们都一副了然的样子，唯独卫三想不通："应星决不是和你们一样是 3S 级指挥？"

怎么好像全联邦只有他一个 3S 级指挥一样？

"我堂哥自小测的是 3S 级，但几年前的星夜之战，仅凭一个 3S 级做不到那种程度。"应成河朝某处看了一眼，"测试感知的仪器是鱼青飞发明的，他一开始研发出来的仪器只能测到 A 级，后面将仪器改了之后，便能测出 S 级。S 级之上的划分，双 S 级、3S 级是公仪柳进行第三次改进后才测出来的。

"近百年来，不少人感觉 3S 级之间有优劣差别，但这种差别并不明显，通过训练或者其他手段可以弥补，所以一直沿用公仪柳改进的仪器。"应成河顿了顿道，"星夜之战结束后，一直有私下消息流传我堂哥等级不止 3S 级，但没有人能证明。"

几位大师创造出来的辉煌历史，这么多年趋于稳定，虽有杰出机甲师出现，却不足以颠覆理论体系。测试仪器也一直没有人能进行第四次改进。

卫三恍然大悟，却总觉得自己似乎忘记了一件事，一时半会儿没想起来，正好那边台上正在滚动选择第二赛场，她把注意力放在了那上面。

滚动屏幕停止，应清道侧身读出来："本届第二赛场在……沙都星。"

赛场出来后，五大军校神色各异。

沙都星地处沙漠，赛场环境一定是沙漠。

沙漠比山丘棘手太多。

"我们的优势终于来了。"廖如宁乐了。他们来比赛前，每周都在沙漠训练，比其他军校主力队要熟练。

金珂没有多高兴，朝平通院那边看去，心下掠过几个想法。

"赛场已出，诸位可以开始享受晚宴了。"应清道说完便下台离开。

卫三对酒水不感兴趣，从桌上装了满满一碟糕点，一转身，金珂他们几个全被喊走了。

军区那边来人，想要见五大军校的主力成员。

不关她的事，卫三端着碟子，找了个清静的地方，慢慢吃她的东西。

"卫三？"一道清越的声音在她背后响起。

卫三一回头便看见应星决站在那儿："有事？"

帝国之火来找她？

Weekly plan

Mon. 训练 ✓

Tue. 比赛 ☆☆☆

Wed.

Thur.

Fri.

Sat.

Sun. 赢了到底发不发钱？？？！！！

第三章

沙漠赛场

第 60 章

晚宴的灯光照在长桌琉璃杯上细碎又潋滟，乌发少年……或许用青年来形容他更为贴切，从他身上已经找不到任何稚气。

如果不是卫三现在咬着一块糕点，恐怕要情不自禁吹声口哨，别的不说，帝国之火相貌确实一流。

应星决看向懒散靠在墙角的卫三，从他出现开始，她似乎没有任何特别的情绪，要么她过于无知，要么……是她过于相信自己的实力。

他上前一步，垂落在身侧的手微动。

"应同学，你怎么还在这儿？"金珂突然冒出来，挡在卫三面前，冲应星决笑着说，"将军他们都在等，一起过去？"

"你会飞？"卫三震惊得捏碎一块点心，刚才还看见他在那头，怎么突然蹿了过来？

金珂还在看应星决，听到背后卫三的话，抬脚往后踩了她鞋子。

脚趾被踩中的卫三在心中倒吸一口气："！！！"

她疼得碟子都差点松手。

金珂目光直视应星决，侧手请他："应指挥？"

应星决垂眸，缓缓退后一步，朝金珂点了点头，转身往军区那边走。

来日方长。

他一走，金珂便回头警告卫三："不要和其他主指挥单独在一起。"

金珂下意识地提防塞缪尔军校指挥，未料到在晚宴上想要动手的人是应星决，明明他和卫三压根没有交集。

卫三后知后觉反应过来金珂的意思，想了想道："他刚才叫了我的名字。"

要动手直接动手，没必要多喊一声。

"我刚才看见他手要抬起来，指挥的感知不是说着玩的。"金珂皱眉，"这件事待会儿再说，我先过去了，你不要待在人少的地方。"

看着金珂返回去，卫三低头动了动自己的脚，不得不说刚才他那一脚踩得真的扎实。

晚宴中心站着的分别是第一军区和第二军区的人，来人有姬元德将军和二区的上将和中将数人，都是来见各军校的主力成员。

"已经很久没有见到这么多优秀的学生，期待四年后你们能为联邦真正战斗。"姬元德站在最中心，感慨道，"赫菲斯托斯大赛只是考验你们的第一道关，星决面对过真正的战争，应该知道战争有多残酷，大家要努力。"

姬元德将军曾经带领第一区赢得赫赫战功，受万人敬仰，他这么平易近人对大家推心置腹，主力成员皆听得认真。

"以后大家毕业，有可能会成为战友，所以你们互相之间友善些。"

一般而言，选择了哪所军校，基本等于选择这所军校背后的势力，但有些学生毕业后，并不想去，也可以迁到其他军区，只要对方愿意接收。

不过姬元德将军的话显然还有另一层意思，各军区之间有时也会合作对付棘手的星兽潮，那时候所有人便是统一战线的战友。

姬元德扫视一圈，将老师中间的黎泽点了出来："听说你机甲毁了，新机甲做好了吗？"

黎泽出列，立正敬了个礼。

"不用这么拘谨，现在是晚宴。"姬元德抬手朝下压，示意黎泽放松。

"已经差不多。"黎泽放下敬礼的手，"目前正在调试。"

"那就好。"

现在以姬元德为中心，散开的一圈，基本上便是现在及未来军区的重要人物。

"你就是金珂？今年带着达摩克利斯好好打。"姬元德特别点出金珂。

这一圈人，背靠的都是大世家，只有金珂是突然从小星冒出来的，据说出生在无名星。

在这种场合，其他军校的主力成员也不敢造次，听见姬元德点出金珂，个个脸上都带着客套的笑，至于心中想什么，只有他们自己知道了。

这届优秀的军校生太多，每一个放在往年都是举足轻重的苗子，因而姬元德将军两次特地推了军务赶过来。

短暂交谈结束，姬初雨和应星决被姬元德叫走。

"刚才怎么回事？"应成河问金珂。

刚才大家都往这边走，金珂突然疾步往回走，他转头便看见堂哥和卫三在那边。

"不知道，我只看见应星决站在卫三面前，手已经抬了起来。"金珂眉眼带着冷漠，"你知道指挥抬手意味着什么。"

指挥抬手除了能设屏障，还可以摧毁一个低级机甲单兵的精神。

卫三不过超 A 级，连 S 级都不是，金珂都可以随便攻击她，更何况应星决感知在 3S 级之上。

"可是……应星决为什么要对付卫三？"申屠坤不太理解，"他们没有交集，况且帝国军校也不需要使用这种手段。"

即便不愿承认，帝国军校的实力也足够他们不将任何人放在眼里。

"卫三呢？去问问她说了什么。"廖如宁转身去找人，霍宣山跟在后面一起过去。

卫三正在和自己小队一起比赛吃东西，一对四。

"你肚子一定是无底洞。"丁和美再一次确定道，哪有人吃这么多都没有反应的？这长桌上的东西都快被她吃完了。

"这场晚宴不错，可以再举办几次。"卫三摸着半饱的肚子。

"想太多，这么大的晚宴只有在帝都才有。"廖如宁站在她背后道，"刚才应星决找你说了什么？"

卫三扭头，见他们全过来了，下巴朝金珂点了点："叫了我一声，后面没来得及说话，他突然冒出来，就走了。"

"应星决抬手可能想让你变傻。"廖如宁一脸深沉道。

卫三不明就里："他不是要和我握手？"

金珂："……他一个 3S 级指挥为什么要和你一个 A 级总兵握手？"

卫三放下碟子，犹疑："我明明看见他口型好像是要说'你好'，然后你突然冒出来，还踩我一脚。"

众人齐齐看向金珂。

廖如宁："你踩她脚干什么？"

应成河："我堂哥和我都只点头算是打招呼，他很少和人有肢体接触。"

"抱歉。"金珂道歉，"我刚才有点着急，不过应星决做任何事都有他的理由，绝无可能莫名其妙和你握手打招呼。"

"可能想认识卫三？"霍宣山一派正经，"男生认识女生应该不需要理由。"

"得了吧，看上她黑眼圈了？"

"小胖子，我已经没有黑眼圈了。"

"你！"金珂听见这称呼，顿时气得直跳脚。

"小胖子是什么称号？"廖如宁好奇，其他人也都看过来。

卫三正要和他们科普，被金珂一把捂住嘴。

几个人撑来撑去，站在旁边的聂昊齐觉得有点奇怪："为什么他们五个人看起来像一个队？"难道都是新生的缘故？

丁和美笑了笑，拍拍他肩膀，示意他去看其他军校主力队，并不亲密。

战斗的默契并不等于玩得好，能在一起打闹。

会议室内，姬元德坐在最上位，看着应星决："幻夜星那边最近似乎又有异动，星决，你有经验又有能力，等毕业后，去第五军区，守着幻夜星。"

"是，将军。"

"初雨，这届大赛拿到冠军后，休息几个月，你跟我去第一军区。"姬元德光脑响了一声，他无视，"第一军区关系复杂，你跟我先熟悉熟悉。"

"我去第五军区。"姬初雨看了一眼身旁的应星决，"幻夜之战我也参与过，有经验。帝国双星在一起，定能守卫联邦，不让一头星兽越过防线。"

姬元德神色逐渐严肃，手"咚""咚"敲了两次桌面："姬初雨，你已经快成年了，我们有三个军区，不可能让你们俩待在一起。星决在后方帮你守住幻夜星，你才能统领其他军区。"

见姬初雨还想说什么，他挥手："不必再多言，此事已定，你们出去。"

一出来，姬初雨便朝墙踢了一脚："将军什么意思，幻夜星那么重要的地方，只要你一个人去？"

"将军想要你接手他的位置。"应星决淡淡地说。

姬初雨脸色并没有好转："他的位置那么多人可以坐，不缺我一个。幻夜星防线常年失守，你我联手，一定能护住。"

"现在不缺 3S 级机甲单兵。"

"你是说那些人？"姬初雨指着晚宴方向，嗤笑一声，"除了宗政越人有两分本事，其他人不值一提。"

"毕业的事还早。"应星决低头看了一眼自己右手，"现在重心放在大赛上。"

说起这个，姬初雨问他："之前你去找达摩克利斯那个校队总兵干什么？他们主指挥脸色都吓白了。"

姬初雨不由得在心中冷笑：真当我们帝国军校是塞缪尔军校，什么手段都用？

"没什么。"应星决垂下手，"只是有些事想不明白。"

"你也有事想不明白的时候？"姬初雨身上的冷郁散开，眉眼间带上些许少年意气。

廖如宁看看手中的请柬，再抬头看帝都星黑厂紧闭的大门："这是倒闭了？"

"应该不是。"卫三低头登上沙都星黑厂论坛，"他们那边很正常。"

霍宣山翻着请柬，指着右下角那一行小字："这里有联系方式。"

廖如宁闻言，先拨打过去，和对面的人说了几句，挂断："他们说帝都星黑厂在维修，暂时关闭。"

"那我们只能回沙都星，再参加。"霍宣山把自己的请柬放好道。

卫三有点失望："原本还想看看这边和沙都星有什么不同。"

三人只能打道回府。

第二赛场确定，五大军校不日便动身赶往沙都星。

"来时和现在回去的氛围不一样了。"解语曼站在星舰内透明窗前，望着外面的太空道。

"拿了第三，可不把那群兔崽子乐坏了。"项明化说起这件事，就气得心口疼，校队就算了，他们主力队成天一副胸有成竹的样子，谁看了都以为对总冠军有把握的样子，结果只想争第三。

解语曼笑了笑："去年第一场我们也拿了第三，当时也没有多高兴，学生们心情都沉重得很，现在……"

"现在都阴阳怪气得很。"黎泽走出来补充。

"少校……现在该改口了。"解语曼转身，"上校。"

"名称而已，现在我只是领队老师之一。"黎泽心情不错，朋友帮他重新构建了一架机甲。

"这段时间适应机甲怎么样？"项明化问。

"已经在熟悉。"黎泽朝学生那边看了一眼，"第二赛场在我们沙都星，让他们做好心理准备，沙漠星兽各异，性情凶残，和山丘环境不同。"

帝都星和沙都星距离遥远，要几天才能到，这期间各大军校皆在己方星舰内训练。

卫三则窝在自己房间内，登录魔方论坛和那个"我有钱"聊天，更确切地说，是从他那边打探有关S级机甲的信息。

第61章

抵达沙都星时，有不少民众主动拉横幅欢迎达摩克利斯军校生回来，但因为是军用港口，他们不得入内，只好站在港口外面。

"达摩克利斯加油！"

"你们最厉害！"

五大军校并不走出港口，而是有专用飞行器来接，其他军校在等飞行器，没有出去。项明化则带着达摩克利斯军校的学生往外走了几步，和民众打个招呼。

其实往年无论输赢，沙都星民众都会过来迎接达摩克利斯军校生，今年也不例外。

一见到他们出来，沙都星民众更激动了。

"你们一定能赢！加油啊！"

"达摩克利斯军校就是最强的。"

塞缪尔人听见外面的声音，嘲笑："拿个第三就是最强的，别人拿个第一岂不是要上天？"

附近要上天的帝国军校生闻言，不由得冷眼朝塞缪尔人看去。

塞缪尔人顿时尿了："……"

而外面声音喊着喊着就变质了，开始成了粉头 PK。

"申屠坤，你上啊！再也不用当老妈子了！！！"

"金珂快弄死其他军校！"

"应成河，妈妈爱你！"

"廖少爷是最帅的。"

"胡说！霍霍才是最帅的！霍霍乱我心！"

项明化摇着头，示意学生们打完招呼可以进去了，以前怎么没发现沙都星民众也这样……"活泼"？

达摩克利斯军校学生打完招呼，纷纷转身往港口内走，准备上军用飞行器。

这时候人群中突然响起一道撕心裂肺的声音："卫三！！！永远骚下去！"

已经转身半只脚踏进港口的卫三："？？？"

众人回头看去，只见一个男生站在民众中间，被人举起来，穿着一身印着卫三竖中指图像的衣服，还在喊："三三放心骚！大赛没你我不看！！！"

底下还有人一齐大喊："骚粉永相随！"

廖如宁扶着霍宣山的肩膀，终于憋不住笑："哈哈哈哈哈哈！"

连旁边的黎泽眼中都带上了几分笑意。

"你现在也有粉丝了。"应成河对卫三说完，自己也没忍住笑。

卫三："……"

为什么大家都骚，只有她有骚粉？

卫三一脸复杂地上了军用飞行器，这帮人顿时彻底放开笑了起来。

"恭喜，哈哈哈哈！"金珂靠着她，笑完道，"不如我们合作一笔生意，搞个周边，利润你七我三。"

原本卫三内心还充满震惊迷茫，闻言立刻接受骚粉的存在："我八你二。"

"行。"

五大军校去的同样是沙都星的演习场，而不是达摩克利斯军校，和之前帝都星相比，这里则简陋很多，套间面积缩小，且一看便知年久未翻修过，所有设施能用，谈不上多好。

其他军校生多有不满，但无从说起，毕竟达摩克利斯军校自己也住这种。

分配好房间后，卫三溜出来，和霍宣山、廖如宁会合。

他们准备去黑厂看看。

卫三翻着沙都星黑厂论坛的比赛奖品："须弥金是什么？"

霍宣山看她的光幕："是一种顶级材料，需要消耗的感知过大，只可以用在3S级机甲上，其他等级的机甲用不了。"

"沙都星材料就这么好，帝都星应该会比这个更好。"卫三一脸可惜。

"这个，我打听过，比赛那个月第一军区好像在查什么东西，黑厂为了避风头，就把赛场关了。"廖如宁道。

霍宣山觉得不对劲："黑厂背后势力极深，传言和帝都某军区关系匪浅，不会因为一场调查关门。"

廖如宁摊手："那我也不清楚了。"

趁大家都在休息，三个人溜出演习场，往沙都星黑厂那边去。

沙都星黑厂并未受帝都星那边影响，照常营业。三人拿着请柬进入特别区，负责登记的人接过来一看，然后道："今天最后一天，你们不来，请柬就过期了。"

"之前在帝都星看比赛，没想到那边黑厂关门了。"卫三解释，顺便想听对方回应。

"帝都星那边在整顿装修，明年应该可以去。沙都星这边已经比了很久，你们现在入场，基本上只能匹配到厉害的团体。另外在月底期限内，所有参赛者都可以向分区冠军发起挑战，赢了可以将奖品带走。"负责登记的人多解释了一句。

三人登记完，黑厂的 ID 便可以进入特殊随机池，进行匹配比赛。

"月底，我们得比完赛才能过来打。"卫三有点想要见识见识所谓的须弥金，能不能用是一回事，但看看摸摸也值。

"那就第二赛场结束再来。"廖如宁毫不在意地说，"我们抽中的是哪支队伍？"

"打翻黑厂 vs 苍龙团"

"咦，怎么现在还有 A 级入场？"

"还以为苍龙团是最后一支 A 级团队呢。"

"两支队伍注定要被淘汰，也不知道他们哪儿来的信心参加比赛。"

"别这么说，他们都是有请柬的，要怪只能怪地下四层管事那边把守不严，什么人都给。"

三人一入场，观众便开始议论纷纷，且这些观众都不是以往普通人，绝大部分人是各分区来的 A 级单兵。

"时隔这么久，我还真有点想念黑厂的擂台。"廖如宁转了转手腕，瞬间进入机甲内。

卫三和霍宣山也依次进去机甲，三架机甲从入口进去，苍龙团已经站在擂台上。

"我要中间那架机甲。"卫三第一个出声。

"不行，我也想要。"廖如宁对卫三道。

卫三："你重型对重型，我中型对中型不好吗？"虽然见识过 3S 级机甲长什么样，但她对一些新奇的 A 级机甲依然抱有极大的兴趣。

"不，我觉得那架重型机甲太丑。"廖如宁振振有词，"不想和丑机甲对上，辣眼睛。"

卫三："……"她怀疑廖如宁在内涵自己。

两人还想争论，下一秒霍宣山第一个动手，径直朝中间的机甲奔去。

廖如宁一次又一次被先下手为强的霍宣山震惊了。

"起岸西才是最骚的。"卫三说着话，挑了个轻型机甲对付，重型机甲最后还是留给廖如宁。

"你们！"廖少爷愤然将怒气发泄在对手机甲身上。

卫三对手驾驶一架轻型机甲，没有用羽翅，而是仅凭内推力行动，轻盈得不像一架机甲。

卫三试图追上她，每每快追上时，对方又能蹿出一大段距离，仿佛在耍人。

卫三干脆不追了，手中双链弯刀脱出手，直接伸长砍去。

对方躲避两把弯刀攻击，速度不自觉慢下来，卫三要的就是这短暂的时间差，将机甲速度提升到极致，拉近两人距离，变成近战。

这时对方抽出带钩光鞭，"啪"的一声打在卫三机甲上，金属机甲被光鞭上的钩子击中，带起一阵火花。

旁边正在逗对手的廖如宁听见声音，扭头看去，吹了声口哨，在心中默默祝福此人。

击打过后，卫三机甲上顿时留下一道深深的疤痕。

她操控机甲低头，透过视窗见到自己机甲上的损伤。

而此时对手趁机再甩一鞭子，还想攻击卫三。

卫三抬手紧握住她的鞭子，一字一句道："你、今、天、完、了。"

对手自然不会在意她的威胁，擂台上会威胁的人又不是她一个。

卫三捏着她的鞭子，也不在意机甲手掌受损，用力一扯，对手差点让她扯了一个跟跄，一下子惊了，立刻用了十成的力将自己鞭子抽回来，卫三由着她，一松手，对方便往后倒。

卫三双链弯刀已经别在腰间，几步跨去，移到对手面前，武器也不用，直接靠着一双手，一拳一拳地打在对方机甲身上。

对方在机甲舱内被震得头晕眼花，甚至连操控都没办法动手。

好不容易感到这个"向生活低头"有停顿，她刚想操控机甲躲开，结果这个人直接双手拦腰将她抱了起来，更确切地说是举了起来，举过头顶，转了一圈，随后狠狠抢在擂台上，擂台都被这力度震得摇晃了两下。

擂台上其他四个人："……"

"感觉她暴躁了很多。"霍宣山明明记得以前卫三还没这么狂躁，最多速战速决。

"这架丑机甲，低头有多爱惜，你又不是不知道。"廖如宁说完，极速骤停，重剑砍掉对手半边机甲。

苍龙团只剩下一人。

霍宣山看着对手，展开破云翅，用卫三改造的武器，秒杀对方。

"你破云翅怎么能这样？"廖如宁见到，顿时好奇地问，"找哪位大师改的？连破云翅这种都能改。"

越是热门通用的武器，参数越固定，基本上很难做出什么调整。

破云翅便属于 A 级轻型机甲中通用的热门武器。

"卫三以前帮我找的。"霍宣山收了机甲，和廖如宁一起走到卫三旁边。

她已经从机甲里出来了，但机甲没收进去。

"我的机甲外壳破了一道。"卫三仰头看着自己机甲胸口位置，"这么长一道疤痕。"

廖如宁往后看了一眼被抢在擂台地面，深深凹陷下去的苍龙团机甲，最后还是决定安慰卫三："她实在太过分了！"

"我也觉得。"卫三心疼地摸了摸自己机甲手掌，"这里也破了。"

霍宣山握拳咳了一声："收机甲，我们该回去了，解老师准备带我们训练。"

"你们俩先回去。"卫三把机甲收回项链中，恢复正常，"我有点事处理。"

"你有什么事？"廖如宁好奇，"买吃的，不要忘记带我一份。"

"我回学校借书。"

三人分两条路走，卫三没有立刻回校，而是去了一趟黑厂一层。

第62章

卫三去地下一层，不光是修机甲，还为了之前"我有钱"寄过来的材料。上次匆匆离开沙都星去比赛，她还没来得及看S级材料。

"好长时间没见你。"店主将东西拉出来给她，"去看大赛了？"

"是去大赛了。"卫三将引擎搬运到操作台。

"这是S级材料，你能用？"店主问她。

卫三双手撑在操作台，认真看着店主，朝门点了一下头。

"……"

店主退出去，"啪"的一声带上门，声音中似乎带着一点泄愤。

这还不算完，店主走到透明玻璃面前，唰的一下拉上窗帘。

卫三："？"外面什么时候也装上了窗帘？

她重新将目光放在S级引擎上，这些零件只要不去构建机甲，光看看并不会受到伤害。

和A级机甲引擎相比，S级的机甲引擎是一体的，乍一看无法拆卸，流畅线条外金属包裹着内部零件，每一处起伏都恰如其分，只看表面更像是艺术品。

研究了半天，卫三发现确实没有工具可以打开引擎看里面的结构，她发消息给应成河，问他平时怎么用工具修理S级引擎。

成河大师："感知，机甲师的感知可以当作工具，只要控制能力够精准，机甲单兵和指挥一般做不到。"

原来如此，卫三看着操作台的引擎，手微动。

成河大师："不过A级机甲师最好别碰，即便是S级零件。你在哪儿？为什么问这个问题？"

演习场内的应成河看着自己的光脑，发消息过去，卫三一个A级机甲单兵，自学改造A级机甲已经够了，越级只会让自己受到伤害。

暗中讨饭："出来玩，突然想起来问问。"

卫三关了光脑，看着操作台上的引擎，双手搭在台面上，不自觉轻轻点着。

这种感觉就像一个饥饿的人，面前放着一道美味佳肴，但被玻璃罩封住，完全打不开。

她想看里面的结构。

"呜！"

卫三捂住自己鼻子，这熟悉糟糕的感觉。

她还没有动手，只是想想都不可以？

引擎也不看了，卫三捂着一鼻子的血出去，单手抱住它出去，找店主要纸。

"你这是火气太大？"店主抽纸给她，"还是情绪过于激动？"

卫三塞住自己鼻子："感知低，肖想 S 级。"

她将引擎交给店主保管："先放在你这儿。"

等她走远，半天店主才反应过来刚才那句话的意思，一脸迷惑："这是想强行打开 S 级引擎？"

卫三从黑厂出来后，往达摩克利斯军校走去，实物不能拆不能碰，看书总可以。

学校已经开学了，卫三一进去便被其他学生认出来，她一路打招呼过去，最后来到收藏鱼青飞书籍的地方。

从书架上挑了十几本书，全部塞在自己包内，卫三这才往演习场赶。

沙都星环境干燥，周围许多地方靠近无边沙漠，演习场便设立在沙漠附近，经常有风沙，对机甲视野和性能都有极大的影响。各大军校目前除去单兵在进行体能训练外，机甲师也在日夜修改自己小队的机甲。

"防尘罩少了。"小队机甲师蹲在改造室发愁。

"现在有多少人手里没有防尘罩？"卫三问。

"上一场比赛拿到的资源兑换完主力队的材料，校队只拿到三分之二，还有三分之一的小队没有。"

防尘罩的设计是为了防尘沙，装在机甲的各关节，尤其是膝盖处。否则进入沙漠，随着机甲行动，沙砾渗透进机甲内部，极易引起损坏，严重的可以干扰机甲后续一切战斗。

"我们手里的防尘罩最少。指挥和机甲师的机甲可以不用管，但单兵必须要这个。"指挥叹气，"四大军校前几届积累的优势，很难一下超越。"

机甲师和指挥的机甲在最初的设计中便已经考虑各种极限环境，而机甲单兵为了战斗便利，很多东西不能堆积在机甲上面，所以才需要机甲师根据作战环境来做调整。

卫三看着自己小队的机甲，若有所思："那只能抢了。"

"又抢？"机甲师惊了，难道他们真的要一路抢过去？

卫三出去拿来三套防尘罩，扔给机甲师："试试，看看你装完这些要多长时间。"

说罢，她抬手开始计时。

机甲师一愣，立刻拿上防尘罩开始动手。

改造室内只有机甲师咔嗒咔嗒装防尘罩的声音，小队所有人都在看着他。

"好、好了。"机甲师抹了一把汗。

"16分32秒，时间太长了。"卫三指着机甲，"现在拆下来。"

她再一次开始计时。

机甲师气都没喘匀，立马爬到机甲身上，开始拆防尘罩。

"13分09秒。"卫三"啧"了一声，"你们平时在学校都学什么？"

机甲师："装卸三套防尘罩平均时间每套不到十分钟，我的速度是校队最快的。"

能和校队总兵组小队，机甲师无疑是A级中最优秀的那个。

卫三伸出两根手指："三套装卸总时长压缩到二十分钟。"

"不可能，这些天最多可以将时间缩短到二十五分钟。"机甲师看卫三，有种外行瞎指挥的感觉。

卫三收回一根手指，摇了摇食指："我一个外行都可以用不到二十分钟的时间装卸好，你一定可以。"

机甲师刚想讲她在胡扯，便见卫三弯腰捡起那三套防尘罩，跳上机甲，开始动手。

装上、卸下……卫三从最后一架机甲身上跳下，低头看了一眼计时表："嗯，十分钟。"

小队其余四人："？？？"

机甲师目瞪口呆，跑去看刚才连接机甲的数据面板，参数完全正确，没有任何差错。

"你、你怎么做到的？"

卫三十分无辜："刚才看你装的时候，学会的。"

机甲师脑袋要炸了："这不可能，你一个机甲单兵……"

"刚才你说不可能二十分钟装卸好，我做到了，没什么不可能。"卫三上前拍了拍他，"就二十分钟，到时候抢完装上我们就跑。"

机甲师："我十分钟也能装好。"不能让一个机甲单兵把机甲师的尊严踩在地上！

从这天开始，达摩克利斯校队机甲师纷纷开始练手速，一旦有人说不可能，这位机甲师便开始拿出卫三的数据装 ×。

"我们校队有人能做到这个地步，为什么你们不能？"

机甲师都是单细胞生物，脑子里只有机甲，被这么一激，纷纷立志要超过十分钟。

机甲师在努力，机甲单兵也没有落后，除了必要的模拟舱战斗配合，皆在努力训练体能。

"左、右、右、左……"丁和美手拿着两块挡板，卫三戴着拳套小范围攻击。

过了一会儿丁和美撑不住："换人，聂学弟，你过来。"

聂昊齐心情沉重地拿起挡板，卫三手劲太大，每次被她打完，两条手臂都麻了。

"你们不行。"卫三打了一会儿见聂昊齐也撑不住，摇头放弃，转战沙袋。

随手一拳，沙袋突然破了。

卫三："……"

"你吃了大力丸吗？"丁和美吐槽，"手劲收着点。"

"算了，我去速跑。"卫三摘下拳套，换地方。

在训练室跑腻了，卫三穿上外套，走出去，想要去外面溜达一圈。

也许是在自己学校所在星比赛，她罕见地有些紧张。

卫三沿着演习场边缘慢慢跑着，见到不远处媒体记者过来，算算日子，才发现已经到了媒体记者探视采访时间。

"塞缪尔对上次赛场发生的事有什么想说的吗？"

"没有什么好说的，只是某所军校，某些人小心点，这次我们不会再轻易放过你们。"肖·伊莱冷声道。

"请问习乌通对沙都星这次比赛有什么计划呢？可否稍微提一提？"

习乌通目光扫过远处的卫三，带着煞气道："塞缪尔军校不会任由同一个人在头上踩两次。入场后，校队总兵会第一个死。"

"在自己主场率先出局，相信会给她留下极其深刻的印象。"高学林接过话筒，轻描淡写地补充。

卫三看着那群塞缪尔人发言，掉头走开，一个个比她还能装。

媒体记者主要的关注点都在五大军校的主力队员身上，这几天的采访也大多围绕着主力队员训练。但卫三被塞缪尔针对，话题热度有了，媒体记者自然也不会放过，所以准备在采访完五大军校的主力成员后，再去找卫三。

往届参赛军校生一般只接受媒体采访，且主流媒体只有红杉一家，但因前段时间的事，金珂和应成河将红杉媒体分别告上民众法庭和军事法庭后，红杉媒体股价大跌，影响力有所下降。

这届由于 3S 级的参赛军校生太多，各大媒体联合军校，想策划一档节目，直播每一场比赛前各选手的训练视频，既能满足观众的好奇心，也能让大家了解军校生的辛苦。

各军校答应的缘由，很大一部分也想看其他军校训练日常。

媒体选了几家，红杉由于其公司能力设备在线，经过讨论，军校还是让他们进来，剩下的还有蓝伐和别的排名在前的媒体。

"各位观众，我们当前正在帝国军校训练场，据说这里和帝都星演习场不同，可以分为五块训练场。"记者倒退进去，示意镜头跟上，然后转身，"呃……"

帝国军校正在进行体能训练，三名单兵穿着短袖长裤，双手戴着黑色护套，脚上一双黑色皮靴，背部明显被汗打湿，随着单兵动作，映出肌肉动向。

"哇！这画面我喜欢！！"

"满屏的荷尔蒙，大长腿，爱了爱了，我宣布我就是帝国粉！"

"镜头搞快点！我要看帝国双星！！"

机甲师公仪觉不在，只有应星决坐在旁边，手中握着本子和笔，低头在记录什么。

三位单兵听见记者进来的声音，皆停下动作，司徒嘉上前捂住镜头："你们在干什么？这是军校训练场。"

镜头被捂住，一片漆黑，直播间内，观众只听得见交谈的声音。

"嗷嗷，司徒嘉凑近的那一秒，我突然可了，帅！"

"感知这么高，很难有长得丑的人吧。"

"我们和五大军校签了协议，做一档直播节目，这是我们的许可证。"记者并不比直播间内的观众冷静多少，尤其直面训练中的 3S 级机甲单兵。

司徒嘉接过她的许可证，低头看了一眼，扔向姬初雨。

"让她拍。"姬初雨看完后，将许可证扔了回去，"保持安静，不要打扰我们训练。"

"知道，知道。"记者收好许可证，将镜头对着三位机甲单兵。

她倒也不是不想拍摄坐在旁边的应星决，但刚才镜头移过去，他抬眼看过来，那一瞬间，记者说不清为什么。总之，不敢再将镜头对准他。

直播间内。

"……刚才是帝国双星之一的应星决？"

289

"他抬眼看过来，我心跳好像停止了。"

"虽然但是，我能说他长得过分好看了吗？光冲这颜值，也能征服全联邦了吧。"

"唉，完全想象不到以后他会和谁在一起。"

"应家主脉独子，3S级指挥，年少成名，幻夜之战多少指挥都做不到的事，他做到了。联邦好像真找不到能和他门当户对的女孩子。"

帝国军校三名机甲单兵继续训练，司徒嘉带了点炫耀意味，进入机甲，和旁边的霍剑对战。

两架机甲在训练场上发出轰鸣声，每一招式都带着浓烈的杀气，招招致命，却总能被对方化解。

直播间的人都看呆了。

如果说机甲对上星兽有种惨烈的美感，那机甲对机甲总能调动人精神兴奋，金属与金属的对碰，像极了人与人贴身肉搏，每一次对碰都能产生火花，引人注目。

在媒体直播帝国军校时，卫三正在和小队训练。

"前天塞缪尔军校的主力成员放话要对付你。"丁和美满头大汗地坐下，"看了新闻没？"

"没有。"卫三盘腿坐在地上，背靠休息长椅，"不过那天现场采访我看到了。"

丁和美仰头喝完一瓶水，擦了擦汗："要我说，他们太掉价，主力成员和你一个校队总兵计较。"

对付她怎么就掉价了？

卫三扭头看丁和美："我觉得你在内涵我。"

"没有，你的错觉。"丁和美弯腰伸手翻动她腿上的书，"你干什么？一天兴奋一天萎靡的，现在还看起了什么……机甲师的书？"

今天卫三不想训练，抽了本书坐在训练室看，也不否认："累了，休息一天。"

聂昊齐过来："卫三，你装卸防尘罩的技术从书里学的？"

"我，一个兵师双修的军校生。"卫三懒散地说。

"看了鱼青飞的书，你就能兵师双修？"丁和美摇头，"不是学姐打击你，这种速成书，一听名字就是骗人的，说不定压根就是打着大师的名头来骗钱的。"

丁和美和聂昊齐休息了一会儿，转战去模拟舱训练，让卫三调整好过去找他们。

"下午去。"卫三今天没什么精神，特别不想训练。

"所以你们平时训练痛感要提到百分之九十？"

金珂点头解释："3S级机甲单兵和其他等级不同，这种程度刚好可以让他们达到更真实的作战效果，也不会对感知造成伤害。"

旁边应成河在记录数据，指尖不停在光脑上滑动，不断在调整虚拟机甲数据，找到一个最好的平衡点。

直播间观众看着他们有条不紊的进程，弹幕也不断在飞快闪过。

"达摩克利斯军校主力队员这时候看着还挺正经，怎么比赛的时候总感觉贱贱的？"

"哈哈哈，我喜欢这样的达摩克利斯军校生，以前太严肃了，看着压抑。"

"不压抑才怪，差点掉出五大军校排名，军区都要被人分走。"

"说起这个，当初那届大赛南帕西眼睁睁看着塞缪尔和达摩克利斯斗，自己抢得总排名第三，才稳住现在的位子。"

"十二、十三两个军区，几个军校背后分割，经手都能拿到一点油水。南帕西不落井下石都算好的，还帮忙？你们以为九、十军区不想分一杯羹？"

"我看过那年的直播，没人料到达摩克利斯军校生那么狠。讲真的，没有那届学生，达摩克利斯军校能不能再参加大赛都不一定。"

"还是挺佩服他们的，希望今年达摩克利斯军校能走得更远。"

负责直播达摩克利斯军校的镜头不断切换，记者说应大众要求去看看校队总兵卫三是怎么训练的，尤其是在塞缪尔军校主力成员放出狠话后。

记者从主力队员训练室走出来，一路朝校队训练区走去，镜头不小心掠过南帕西主力成员在演习场的试练机甲。

"那架机甲是青袖？"

"对，游鱼系列的机甲，山宫波刃用它和山宫勇男绿将配合，可以发挥出3S级别的攻击效果。"

演习场内，青袖握着一条绿色鞭子，每一鞭甩在障碍物上，都造成极大的伤害。

"这要是打在机甲身上……S级以上的机甲都太可怕了。"

"突然想看比赛了，我发现沙漠赛场可能比山丘赛场要更激烈，第一场他们好像没怎么显现出实力。"

"第一场都是试探，当然不可能全力以赴。"

"各位，我们现在已经到了校队区，前面就是达摩克利斯校队训练室。"记者低头看了一眼光脑，"我们已经提前问到卫三训练室在哪儿，现在我们过去看看。"

直播间观众一听，来了精神。

要说最近的八卦消息就数卫三最多，其他军校主力成员十分低调，媒体也挖不出什么猛料，反倒让一个校队总兵抢了风头。

观众都想知道，在塞缪尔军校主力成员公开表明要对付达摩克利斯军校总兵后，这位叫卫三的总兵，该有什么反应。

"她应该在拼命训练。"

"再怎么拼命训练，主力成员要对付她，还不是分分钟的事。"

"真惨，当初就不要去惹人家啊，现在后悔了吧。"

"据说，在帝都星港口，卫三甩了主力成员肖·伊莱耳光。"

"真的假的？她怎么敢？不对，她怎么打得到？"

"打完后，肖·伊莱被达摩克利斯军校其他主力队员拦住了，你们也知道帝都星港口规定，他们不能闹事，后面不了了之，这仇肯定要报回来。"

"这么说，第一赛场时，塞缪尔校队留在入口附近，就是为了报复？结果被卫三又搞了一次？哈哈哈哈。"

在直播间观众火热讨论时，记者已经带着摄像机推开训练室门，映入眼帘的便是卫三盘腿低头翻书，动作透着懒散，但这一幕落在观众眼中，便成了有气无力地翻着书。

"那个卫三在看什么书啊？这时候看书，寻求平静吗？"

"这是彻底放弃了吗？被塞缪尔吓破了胆吧。"

"你好，我是来直播的记者，这是我的许可证。"记者一上来便说明意图。

卫三合上书，看了一眼熟悉的蓝色图标："蓝伐的记者？"

记者点头："对，我们最近在负责直播达摩克利斯军校的训练情况。请问你们小队……"

"他们在模拟舱训练。"

"《青飞教您二十一天成为机甲师》？"

"这书的名字一听就是那种骗钱的商业书，提醒大家，但凡沾了这种多少天学会的速成书，都是骗钱的。"

"笑死，鱼青飞一代大师，怎么可能会写这种书？被大师知道，怕是棺材板都压不住了。"

"卫三不会是因为被塞缪尔军校主力成员的话吓破胆之后，不堪重负，所以想转行成为机甲师吧？"

"卫三脸都吓白了呢，可怜，当时别逞能不就行了？现在晚了。"

"哈哈哈哈！达摩克利斯军校这个总兵当时还挺狂的，现在看来不过如此，不过机甲师是这么好当的吗，说转行就转行？"

蓝伐媒体的直播，没有拿卫三做文章，毕竟卫三目前是最大的投资股东。

但红衫媒体不甘心，截取蓝伐的直播视频，第二天全网推送，将做成的消息打造成星网头条。

3212 星。

李皮和江文英一直都在关注赫菲斯托斯大赛，现在有一档新直播节目出现，二话不说订阅。

在李皮看来，卫三的一切行为都很正常。

在 3212 星卫三就有这个臭毛病，有时候对训练特别无感加抵触，只想看书或者蹲在某个角落对家用电器动手动脚，拆了装，装了拆。

结果第二天起来，全星网都在推送一条消息——

"某军校生训练期间不堪重负，精神失常，试图转行。"

这标题极度吸引观众眼球，连江文英乍一看这新闻题目，都说："这是哪家军校生？太可怜了。"

说话间点进去，卫三盘腿靠在长椅上，有气无力翻书的照片，映入眼帘。

这张照片扩大几倍，几乎占据版面的三分之二，生怕没人知道某军校生是谁。

江文英："……"

小卫精神失常是不可能的，只有她让别人精神失常的可能。

师娘一看就知道是媒体胡编乱造的，啪地将页面关了。

他们知道，但联邦的人并不知道。

尤其加上塞缪尔放言在先，这照片顿时成了卫三害怕的铁证。

星网上嘲笑达摩克利斯军校、嘲笑卫三的帖子层出不穷。

"要不要回应？"金珂问旁边还在看书的卫三。

"没兴趣。"卫三趴在桌上翻过一页书，"他们笑他们的。"

"你放心。进去有我们牵制，塞缪尔主成员不可能腾出手对付你。"廖如宁道，"他们总兵又打不过你。"

第63章

沙漠赛场在十五号正式开启，五大军校按照上场名次排队，达摩克利斯军校站在第三位，落在平通院后面。

这次抽战备包的人换成成河，金珂看着他抽到的东西本来还挺高兴，再一看其他军校，发现他们战备包资源只能说一般。

"我们什么破手气，还能不能行了？"金珂忌妒地朝前面平通院看了一眼，怎么人家战备包里要能源有能源，要材料有材料，再不济像塞缪尔一样，有食物也行。

"下次，少爷来抽，绝对拿到最丰富的战备包。"廖如宁双手抱臂，自信地说。

五大军校抽完战备包后，全部就位，等候入场。

"帝国军校入。"

过了二十分钟，广播传来第二声："平通院入。"

入场间隔时间并不是完全按照排名均匀分配，还要用提前出来的时间换算。

上一场，前两名提前很长时间出来，轮到第三名的达摩克利斯军校，足足又等了一个小时。

"达摩克利斯军校入。"

霍宣山打头，带着队伍进入沙漠赛场，一进去，迎面而来的风沙、靴子踩在沙漠上从脚底传来的热度，无一不在提醒所有人：他们已经进入真正的沙漠，随时随地会有星兽出现。

十分钟后，校队呈"米"字形，放出机甲，进入机甲的单兵需时刻警惕周围环境，而南帕西军校这时候也从入口进来。

"各位直播镜头前的观众，想必一定有许多人好奇，在沙漠赛场内，一望无垠，除了起伏的沙漠外，没有任何遮挡物，救助员和镜头在哪儿。"蓝伐媒体记者将镜头对准高空，示意观众往上看，"沙漠上空悬浮着五辆大型飞行器，飞行器内是等候观察的救助员和兑换处的人，底部搭载最新技术镜头，可以透过云层，清晰拍摄到下方的情景，所以大家不用担心直播镜头的问题，接下来让我们期待达摩克利斯军校的表现。"

"一起走？"金珂看着进来的南帕西军校指挥高唐银，礼貌侧身道。

两所军校在上个赛场进行过谈判，这次达摩克利斯军校提前十分钟进来，没有立刻走，而是待在入口等南帕西军校的人。

高唐银朝达摩克利斯军校的总兵看了一眼，意味不明地说："你该感谢我们。"

金珂面不改色："各取所需。"

两人将地图拿出来，这次达摩克利斯抽到的地图还算详细，和南帕西的地图是一对，能合成一张完整的地图。

高唐银手指落在一处："往前五十里，有星兽群，我们一人一半。"

金珂摇头拒绝："我们按斩杀数量来分，谁也不占谁便宜。"

高唐银点头表示同意。

"沙漠中绿洲极少，补给站不多，要尽快到达，这两个地方我们会过去。"金珂指了指地图上用两个绿色三角形标记的地方。

294

"那我们在第一个补给站分开。"高唐银毫不犹豫地说，"我们走另一条路。"

"好。"

两人虽谈合作，却并不想一起走到终点。

两所军校开始往前行，离得很近，但都有所提防。

在他们行进一段距离后，塞缪尔军校的人终于进入沙漠赛场。

他们进来时，所有军校行进的痕迹早已被风沙掩盖，只剩下茫茫沙漠。

"达摩克利斯军校应该和南帕西联手了。"高学林俯身抓了一把沙子，抬手微微松开，看着沙子一点点从指缝中落下，"他们打了一手好算盘，可惜……"

沙漠中，达摩克利斯军校和南帕西朝一个方向快速前行，风沙刺眼，空气炽热，但两千多人行进时没有发出一点声音，只有身后不断被沙子掩盖的大小脚印，验证他们曾经到来过。

"停。"

两所军校齐齐停住，所有动作保持在同一节奏，诡异的是没有任何人出声，便统一停下。

"这是主指挥下达了命令，现在应该快到地图上标注的星兽群的地点。"鱼天荷在直播现场解说台道，"像这种星兽群，主力成员一般不会动手，除非有高阶星兽出现。不过这个地点不像有什么高阶星兽的样子，正好我们可以看看两所军校的校队配合如何，以及指挥的统一能力。"

"如果我没记错的话，达摩克利斯军校的防尘罩并不多。"习浩天提了一句。

鱼天荷点头："是，在沙漠中机甲没有防尘罩，不光会对机甲单兵的战斗能力产生影响，而且之后机甲师还要花时间及时清除机甲内部的沙子，否则沙尘积累，机甲很容易出问题。"

"如果他们斩杀完这些星兽后，全部兑换成防尘罩，便能增加一部分校队成员的机甲防护。"应月容看着镜头内的达摩克利斯军校指挥，但任何一个有理智的指挥都不会将所有筹码兑换出来，谁知道后面会遇到什么。

在众人迅速停下后，两所军校的主力成员互相对视，最后申屠坤站出来，操控机甲升起，只见他腾空拔剑，随后猛然向下，单膝跪地，一把宽剑直插沙中，剑身深深陷入。与此同时，申屠坤紧握剑柄，用力转动。

那一片沙漠仿佛被什么无形中的东西影响，沙砾开始不断往外涌动，众人感受到脚底一种有节奏的奇异频率。

是星兽！

大量巨型土黄色蜈蚣从沙漠中翻出来。

申屠坤收起宽剑，起身回到队伍中，主力成员全部退后，将这些巨型蜈蚣留给校队对付。

达摩克利斯校队和南帕西校队全部进入战斗状态，卫三和丁和美站在指挥和机甲师最前方，聂昊齐则站在后面。二百支小队化整为零，以五人为一个单位，对付从沙漠中出现的巨型蜈蚣。

巨型蜈蚣表面土黄色，隐蔽在沙漠中，几乎看不出来，但头部微微发青，腹部呈淡蓝色，大概有二十对步足，一对颚足，长高皆超过六米。

"小心它们第一对颚足，钩端的腺口有毒，带腐蚀性，会伤害机甲。"

卫三"听"见小队指挥的声音，和丁和美齐齐动手。

丁和美飞上天空，用火力吸引巨型蜈蚣的注意力，而卫三则驾驶血滴朝蜈蚣奔去，操控机甲跃到巨型蜈蚣身侧，拔出光刀，朝其头部砍去。

"锵——"

光刀砍在巨型蜈蚣头部发出一道刺耳的声音，却没有对其造成伤害，只留下一道浅浅的痕迹。

同一时间，其他小队也遇到了类似的情况，巨型蜈蚣头部极其坚硬，无论是光刀或者剑，还是炮弹，一时间都无法伤害它们，反而激怒了这些蜈蚣。

巨型蜈蚣被卫三砍了一刀，也不顾空中丁和美的攻击，颚足朝卫三攻击过来，试图刺穿她的机甲。

卫三朝后折腰，躲过它的攻击，然而下一秒迎来的是巨型蜈蚣数只步足。她目光一凝，就地滚开，右臂放出枪口，一连子弹打中巨型蜈蚣步足，它疼得往旁边躲闪。

丁和美俯冲下来，肩膀上两道炮弹口不断攻击着蜈蚣背部，让它无处可躲。

巨型蜈蚣不堪其扰，发出"咝咝"声，仰头抬起上半身，颚足和步足齐齐攻击丁和美。

丁和美往旁边瞬移，躲开蜈蚣的攻击，而此刻它扬起的上半身给了卫三极佳的攻击角度。

机甲舱内的卫三，手指在操控面板飞速移动，驾驶机甲靠近蜈蚣，紧握光刀，直击它腹部。

"扑哧——"

刀入腹部，巨型蜈蚣身体一僵，很快开始狂暴化，想要将腹部这架机甲撕碎。

卫三一招得手，自然不可能再给它机会，趁其要摔落下来时，机甲两脚极速前进，双手握住光刀柄，用力往后拉。

巨型蜈蚣被划成两半，原本狂暴化的攻击顿时消散，轰然倒地。

卫三和丁和美没有停顿，转而去斩杀其他巨型蜈蚣，聂昊齐则留在后方，和其他重型机甲单兵一同构建起火力防线。

"这应该是两所军校第一次遇见星兽群，开始有点乱，习惯节奏后，默契就上来了。"鱼天荷点评，"山丘赛道内的星兽，因为前几年发生的事数量大减，加上军方有意减少高阶星兽，上场显得过于轻松了。这次沙漠赛场不同，事先完全不知道里面星兽群的规模。"

"达摩克利斯校队总兵表现不错，虽然没有经验，但掌控时机够准。相比之下，以前参加过大赛的南帕西校队总兵表现稍逊一筹。"习浩天看着直播镜头内的卫三，"看来也不只是会偷袭。"

听着主解员特地点出来，在场达摩克利斯军校老师并没有特别激动，卫三本身在学校便出名，担任校队总兵的同时，还肩负射击者任务，至少 A 级内实力没问题。

直播镜头内，那道血红色机甲行动极其迅速，且随着动作越来越熟练，速度还在加快，最后已然和丁和美分开，各自斩杀星兽。

一个小时之后。

机甲血滴站立，双脚浅浅地陷在沙砾内，左手握着的光刀沾着巨型蜈蚣体内淡蓝色血液，顺着刀身滴答滴答地往下落，打湿脚下的沙子。

卫三坐在机甲舱内走了会儿神，这才跳出来。

"达摩克利斯军校斩杀 A 级星兽二百四十三头，南帕西军校斩杀 A 级星兽二百零一头。"

广播从高空传遍沙漠赛场。与此同时，他们所在方向被光束暴露。

"收工。"金珂松开环臂的双手，"所有人原地休整，时间三十分钟。"

在校队机甲师帮助机甲单兵清理修复机甲时，金珂和高唐银去兑换奖励。

负责兑换的工作人员也在高空的大型飞行器内，在播报第一遍时便已经驾驶着小型飞行器，朝这边赶来，里面有能源和材料以及食物。

金珂果然没有兑换防护罩，而是兑换机甲材料。

防护罩对环境有特定要求，这次比赛之后，基本很少用，换了很浪费。

在这方面，金珂和卫三的想法不谋而合：抢！

"有七架机甲受损严重，另外五架机甲膝盖关节进了沙子，混进发动机内，刚才战斗时烧了。"卫三清点完过来，对金珂道，"其他小队机甲已经清理完毕。"

金珂朝后面看了一眼："时间一到，我们继续往前走，到达第一个补给站，停留埋伏塞缪尔，把防护罩抢到手。"

这时高唐银走过来："说好了，第一补给站我们分开，你记得自己的承诺。"

金珂在上一场和高唐银谈判，在后面两场比赛中，但凡塞缪尔阻拦南帕西，达摩克利斯军校必须出手，代价是上一次的能源，以及这一场两所军校的共同前行，用来威慑后方塞缪尔军校。

"当然。"金珂笑了笑，"只是你们这么早分开，不怕塞缪尔专程找南帕西，到时候万一我们赶不到……"

"这是我们的考量。"高唐银看向远方灰黄沙漠，"两所军校一直在一起，分割星兽群总要吃亏。"

等她走后，金珂脸上的笑淡了淡，绝不可能是这么简单的理由，才让高唐银在第一个补给站要和他们分开。

所以是……什么原因？

两所军校一路往前走，同时双方不断在试探，主指挥一来一往。

卫三在旁边看得头疼，烦这种算计来算计去的感觉，回到自己小队，和丁和美他们一起走。

"帝国军校斩杀五头双 S 级星兽。"

中途，一道广播响起，众人下意识地朝远处看去。

这是主力队动手了。

相隔距离并不近，两所军校的人抬头看过后，便继续往前走。

补给站是一座简陋的绿色房子，里面分别放有五份食物补给，同样有数量多少之分。

主力成员进去，校队留下守着外面。

金珂进去之后，毫不犹豫地拿了第三个补给包，落后一步的高唐银只能拿第四个补给包。

"你们达摩克利斯军校生未免太过分了。"直播现场一名南帕西老师气道，补给包相差数量不大，往年其他军校看在南帕西女生多，总会让一让。

项明化道："南帕西军校同为军校，为什么要别人让？所有比赛公平竞争，各凭本事。里面的主力成员都没有不满，老师，你在外面却有些侮辱了他们。"

南帕西那位老师涨红了脸，本意并非如此，只是在这事上往年一直如此，他们达摩克利斯军校也会让，都已经习惯了，被骤然打破，才心生不满。

高唐银拿完补给包："我们就在此分开。"

金珂："好，再见。"

南帕西主力成员出去后，带着校队变换阵形，快速往另一个方向无声离开。

金珂出来盯着他们消失的方向看了会儿，最后突然道："不对，我们走。"

第 64 章

前两个补给包已经被拿走，显然是帝国军校和平通院，然而在帝国军校斩杀双 S 级星兽，达摩克利斯和南帕西皆有收获的情况下，平通院没有任何动静，无法定位。

同样最后入场的塞缪尔军校也没有消息，仿佛消失了一般。

结合南帕西三番两次强调要在第一补给站分开，金珂不得不多想。

他要求所有人立即整顿离开。

直播现场。

塞缪尔领队老师手摸着下巴，带着莫名的笑："现在才想明白，晚了。"

镜头内，平通院和正在赶来的塞缪尔军校将补给站内的达摩克利斯军校前后都堵住了。

他们走了不过两公里路，平通院便突然出现。

五名平通院主力成员站在最前方，背后是一千名校队成员，肃静无声地出现在达摩克利斯军校生面前。

金珂示意所有人停下，看着平通院的主指挥路时白，笃定："你们和塞缪尔军校合作。"

他以为平通院当前会将目光放在和帝国军校争夺第一上，而不是将时间浪费在他们身上，未料到平通院现在便和塞缪尔合作。

路时白推了推左眼单镜："今时不同以往，平通院很乐意和其他军校合作，共同进步。"

廖如宁操控机甲，往前迈步，抽出三环刀："要战便战，本少爷奉陪。"

"我们暂时不想和你们打。"路时白立在沙丘上，两位单兵站在旁边，隐隐有护卫的意思，"刚入赛场，大动干戈对谁都不好。"

金珂让廖如宁回来，看向路时白："所以你们想如何？"

路时白并不说话，而是往达摩克利斯军校后面望去。

——塞缪尔军校到了。

前后夹击，上一赛场的情景重现，只不过这次轮到达摩克利斯军校孤立无援。

高学林站在后方："塞缪尔说出的话从不收回。"

"说过进来第一件事，就是弄死你们总兵。"肖·伊莱到现在还记得那一巴掌的耻辱，"现在该兑现我们的承诺了。"

突然被提，卫三撩起眼皮朝塞缪尔军校看去，罕见地没出声。

她这副样子更让肖·伊莱认为卫三吓破了胆，有些得意地说："给你一个机会，我们主力成员不动手，你再打一场，和塞缪尔校队总兵。"

见到达摩克利斯军校有些人松了口气，肖·伊莱赶忙补充："以及平通院总兵。"

他话音刚落，前面平通院校队便走出一人，目光锐利，身材精瘦，带着不可言说的肃沉。

二打一，且是两个S级操控A级机甲。

达摩克利斯军校不少人脸色都难看起来，这是明晃晃地欺负人。

"你们合作就为了对付我们一个校队总兵？"金珂看着路时白，"这好像没什么意思，不如换主力成员来。"

路时白摇头微笑："我觉得这样的合作很好，失去一个校队总兵而已，对谁都无害。"

不得不说，平通院相当会诛心，校队总兵不重要，是相对主力成员不重要，但对校队有着重大意义。

现在当着校队所有人的面，在主力成员在的情况下，如果本校总兵还被其他军校弄出局，校队成员信心将严重受挫。

这时候直播镜头对准达摩克利斯军校的主力成员，拍摄特写。

金珂表面依旧和平常没什么区别，毕竟是指挥，无论发生什么都要控制好自己的情绪。而应成河和申屠坤则不时朝卫三看去，眼中难掩焦虑。而霍宣山和廖如宁完全没反应，尤其是廖如宁，刚才分明冲动行事，现在低头玩自己的手指。

项明化和解语曼对视一眼，都从对方眼中看出异样，廖如宁相貌白净，平日不说话就像个安静的人，一开口就知道是个炮仗，什么都不能忍；加之上个月和卫三很亲近，分明是朋友，虽然不知道为什么卫三可以和他走得近，但大家只当卫三擅长交友。

按理说这时候廖如宁不应该这么平静。

但这几位主力成员神色在外人看来十分正常，校队总兵虽占了一个"总"字头衔，但说到底也不过是A级单兵而已。

赛场内。

卫三仰头散漫地朝天望了一眼，随后问路时白："平通院校队也掺和这件事？"

路时白微笑道："平通院只出一个校队总兵，其他人都只是围观。"

"我答应。"卫三转了转手腕，"你们两个一起上。"

"还有点气性。"肖·伊莱"啧"了一声，让自己校队总兵过去。

卫三朝达摩克利斯校队做了一个手势。

所有军校将中间位置空出来，留给三名校队总兵。

卫三进入机甲，血红色身影立在沙漠之上，左边是塞缪尔总兵机甲，右边是平通院总兵机甲。

与此同时，达摩克利斯军校校队突然暴起，攻击塞缪尔校队。

众人吃了一惊，塞缪尔主力成员下意识动手，被廖如宁几人过来挡住。

"想动手？"廖如宁冷笑反问。

高学林示意主力成员退后，他们和平通院私下达成的协议中，现在只出一个总兵，其他所有人都不会插手。

入场才一天，谁也不想起大纷争，否则后面无法继续。

两所军校校队开始缠斗，中间还有达摩克利斯校队的机甲师见缝插针，趁火打劫卸下塞缪尔的防尘罩，再以极快的速度装在自己小队成员机甲上，速度之快，让直播现场的鱼天荷都为之惊叹。

"达摩克利斯军校机甲师这一手技术，实在……"鱼天荷琢磨词语半天，终于夸道，"出神入化。"

本身有主场优势，达摩克利斯军校校队更适应沙漠作战，利用风沙和下陷的地面，几乎一面压制塞缪尔校队，塞缪尔主力成员就站在原地，眼睁睁地看着自己校队光明正大被打劫，心中骂娘。

肖·伊莱看不下去，只好去看中间的总兵打斗，想从中找到安慰。

平通院和塞缪尔两个总兵战斗时，自然没有默契，但二对一，又是 S 级，对节奏把握得十分准确，两架机甲一个用粒子剑，另一个用重武器，远近攻击。

卫三躲得很匆忙。

平通院总兵驾驶的黑色机甲，落在不远不近的地方，肩膀上驾起两个炮口，对准卫三射去。

卫三一跃而起，右臂反向对平通院总兵射去，子弹在空中交会，炸开。

而此时塞缪尔总兵骤然逼近，粒子剑直直砍来。

卫三左手抬起，用光刀抵住他的剑，且右臂也未放下，一时间竟和两人暂时持平。

显然两人也未料到卫三左右手运用得如此顺畅，平通院那位总兵收起炮口，缓缓从腿部抽出一支长枪。

改战术了，两人皆选近战。

卫三一顿，试图拉开距离，然而两人时刻逼近，不给她机会。

一剑一枪，以极度凌厉的攻势逼来，卫三前后路皆被封死。

机甲舱内的卫三眉眼闪过一丝烦躁，光刀单手反砍，挡住背后平通院总兵一枪，枪口朝塞缪尔总兵握着粒子剑的手腕射击而去，下一秒脚踹在塞缪尔总兵胸口上，左臂收力，上半身弯曲，躲过平通院总兵的枪锋。

她抓住塞缪尔总兵退开的时机，拉远和平通院总兵之间的距离，硬生生破出一条生路。

站在远处的应成河为她狠狠捏了一把汗，他看 3S 级别的战斗都没这么紧张过。

一次两次被卫三破开，平通院总兵和塞缪尔总兵打出真火，一个一个感知提到最高，将机甲所有结构印在心中，随后发动攻势。

每一次的速度都能达到机甲最高值，这便是高一级感知的人操控低级机甲的好处，可以长时间保持机甲最佳状态。

塞缪尔总兵粒子剑挽过，剑锋直指卫三机甲胸口，卫三躲闪不及，将光刀挡在胸口处，粒子剑刺在光刀刀身上，发出刺耳的声音，卫三被他压着连退几步。这时塞缪尔总兵突然展开金属羽翅，扇动羽翅猛力朝血滴拍过来。

卫三目光一凝，咬牙迅速抽出光刀，同时就地一滚，躲过塞缪尔总兵的攻击。

她没有防尘罩，这么一滚，机甲各关节难免进入沙子。

比起他人，卫三更快察觉到机甲的数据开始发生细微到不可见的变化。

她操控血滴迅速起身，结果迎来的是塞缪尔总兵的一剑，划过沙面，带起弥漫的黄沙。

视线有短暂的模糊，卫三连续朝后退去，想要避开黄沙，却未料平通院已然在后方等着自己。

平通院总兵一枪刺来，未中，继续攻击，枪枪往致命位置刺。

而此时塞缪尔总兵再一次靠近她，粒子剑紧跟其后，这两人的速度和力度比之前提升一倍不止。

卫三勉强躲过塞缪尔那把剑的攻击，光刀正要抵御平通院总兵的枪，结果平通院总兵虚晃一枪，下一秒绕过她的光刀，由下至上，刺中她的大腿。

卫三一僵。

"啊！"观战的廖如宁突然爆出一声大叫，随后抬手挡住自己眼睛，低头看着脚下的黄沙。

霍宣山此刻也不再往中间看，而是仰头看天，仿佛天上的云很有意思的样子。

金珂几人朝这两人看了一眼，以为霍宣山和廖如宁是不忍心看卫三受伤。

由机身神经通过感知瞬间传达到卫三脑中，仿佛她大腿也被长枪刺中。

但卫三此刻满脑子不是疼痛，而是自己机甲破了，破——了！

原本心情就谈不上好的卫三，一瞬间炸了。

居然有人敢伤她机甲！

平通院总兵还没有察觉到有什么变化，用力抽出长枪，还想继续朝卫三刺来。

卫三根本不躲，眼看着长枪要刺中自己，伸手直接握住他的长枪，手掌用力，机甲手臂甚至发出咯吱的声音。

"啪——"

平通院总兵的长枪被折断，在他愣神之际，卫三上前就是两脚，一脚踢在他膝盖上，致使其单膝跪地，另一脚横劈他机甲头颈连接处。

被后一脚劈完后，机甲舱内的平通院总兵先是吐出一大口血，随即昏迷过去。

即便如此，卫三也没有放过他，一拳一拳地将他捶入黄沙之中。

血红色机甲宛如狂暴化，失去理智，对平通院总兵机下狠手，一直到机甲损坏彻底，自动出局，救助员往这边赶来。

在众人以为这便算结束，卫三居然又将其拉出来，拆断了他机甲的手臂、大腿，挖出能源和防尘罩，连发动机都没放过。

她示意自己小队的机甲师过来收走，又一把将机甲舱内的总兵扯出来，直接扔到平通院主力成员面前。

随后卫三转身正对塞缪尔总兵，偏了偏头，语气散漫中透着暴躁："你就是学不乖。"

第 65 章

在看到卫三两脚将平通院总兵打败时，塞缪尔总兵后背便陡然生出寒意，想起上场自己被削断翅膀，抢在地上的惨状，一时间竟然愣在原地，等回过神又见卫三狂暴的一幕，人都麻了一半。

她怎么每次都突然爆发？

到现在听见卫三的话，塞缪尔总兵下意识地往后退了一步。

直播现场。

"塞缪尔校队总兵要输了。"习浩天淡声道。

在一个机甲单兵失去斗志的那一刻，就注定败了。

"卫三突然狂暴化，两个总兵居然压不住她，据说她只是超 A 级单兵。"鱼天荷若有所思。

应月容靠在椅子上："她有自己的目的，从一开始问路时白平通院其他人插不插手，后面让校队和塞缪尔校队对上，就是为了抢防尘罩，恐怕一开始是想拖延时间。"

作为指挥的应月容想法总要比其他人深一点。

旁边习浩天补充："还有试探平通院总兵的意思，上一场她和塞缪尔总兵对过手，但对另一个并不清楚底细。"

"是吗？"鱼天荷总觉得哪里不对，卫三狂暴动手时，达摩克利斯军校还在和塞缪尔军校胶着在一起，时机并不好。

而且……

鱼天荷看向镜头内达摩克利斯一个望天一个看地的主力机甲单兵，这两个人的表现有点奇怪。

但另外两位主解员都有了明确的解释，她也不好再发表什么疑问。

赛场内。

卫三握着光刀，刀尖指地，一步一步地慢慢朝塞缪尔总兵走去，刀尖划过沙面，落下一道浅浅凹陷，很快又被风沙吹平。

"你想打我吗？"卫三问他。

机甲舱内的塞缪尔总兵嘴里发苦，他这是造的什么孽，两场比赛什么星兽都没机会碰，现在要全折在这个卫三手里？

卫三扬刀，塞缪尔总兵控制不住地往后退，但下一秒她把刀收了起来。

"做人要讲道理。"卫三每说一句便往前走一步，"你们两个人打我一个，脸皮都不要了，那……我扒了你脸皮好不好？"

塞缪尔总兵心理防线崩塌，反而有了力气朝卫三攻击过来。

卫三侧身躲开他这胡乱刺出的一剑，伸手握住他的手腕，用力一拧，对方粒子剑居然直接脱手。

她另一只手迅速捞过粒子剑，塞缪尔总兵手腕被拧断，忍痛想要飞腿踢向卫三，却被她踢了回来。

卫三握着他的粒子剑，径直削断他大腿。

塞缪尔总兵顾不得那瞬间传进脑中的痛苦，连忙操控机甲逃开，一路逃往塞缪尔主力成员方向。

卫三弯腰将他那只腿捡起来，扯出防尘罩往后面小队扔，又追上去，在他逃出范围内，一把将人扯回来。

"逃什么？"卫三将其机甲直掼在地，"之前不是打得很欢？"

"你们说出的话从不收回。"她脚踩在塞缪尔总兵的胸口上，正面对着塞缪尔主指挥高学林，"我卫三踩出的脚也从来不收回。"说罢，单脚用力，直接踩穿塞缪尔校队总兵的机甲胸口，致使其机甲舱暴露出来。

那一瞬间高学林脸色极为阴沉。

直播间。

"啊啊！绝了，达摩克利斯军校这个总兵我粉了！"

"只有我念念不忘刚才他们两个主力单兵的表情吗？开始以为他们不忍心看自己总兵出局，现在怎么有点像是同情其他总兵？"

"到现在他们还一个望天一个看地呢。"

"老实说，这个卫三还挺能打的，而且现在拉了多少仇恨值？感觉达摩克利斯军校身上的仇恨值都是她拉过来的。"

"除了没和帝国军校总兵打，好像其他三所军校总兵都被她弄出局过。"

"她对上帝国军校总兵，还真不一定能赢。帝国那边也是一个超 A 级，往年他们总兵都是 S 级。今年超 A 级还能杀出来，实力绝对不低。"

观众在议论纷纷，卫三已经在救助员到来前，将塞缪尔总兵机甲再拆了一遍，且这次是当着塞缪尔主力成员的面拆的。

校队也已经抢得差不多了，皆停下手，机甲师满载而归。

"平通院校队总兵出局，塞缪尔总兵出局。重复……"

广播一响，卫三便从机甲内跳出来，朝平通院路时白看去，漫不经心地说："你回去或许应该改改名字，不然一辈子'又失败'。"

"哈哈哈哈。"廖如宁第一个笑出声，而且笑得肆无忌惮，靠着卫三，幸灾乐祸，"也许他们就想要'又失败'。"

平通院宗政越人看了卫三一眼，转身："走。"

瞬间，平通院所有人便冷静下来，快速离开这里。

塞缪尔进补给站拿上自己的补给包，也迅速离开，只是所有人脸色都极其难看。

二打一都失败了，还被达摩克利斯再次打劫，损失一批防尘罩，简直是……有史以来最大的耻辱。

金珂过来拍了拍卫三肩膀："辛苦了。"

达摩克利斯军校没有离开，就地休整机甲，一些人机甲损坏，卫三机甲也在其中，机甲内部进了沙子，或许对其他人没什么过大的影响，但于她来说是一件十分严重的事。

不过只要清理出来，再装上防尘罩，后面便不会再有这种情况出现。

塞缪尔和平通院各"送"了一副给她呢。

"两个校队总兵？"公仪觉转身朝后方的光束方向看去，"达摩克利斯和南帕西联手，怎么牵扯到平通院？"

应星决放下手，睁开眼："反了。"

"什么？"公仪觉愣住。

应星决拿出笔在地图上做完标记，抬头："平通院和塞缪尔联手对付那个总兵，南帕西置身事外。"

旁边的司徒嘉同样不明白："平通院图什么？浪费时间就为了替塞缪尔出气？"

应星决收起地图和笔，握拳咳了几声，唇色更加苍白："为了后期合作。"

南帕西往年实力没有塞缪尔强，今年实力只能说待定，相比之下塞缪尔更加稳定，平通院要联合他们，在后期比赛中对付帝国军校。

至于达摩克利斯，这所军校往年便是一心往前冲，斩杀星兽，加之各大军校都对其背后的军区虎视眈眈，极少和人合作。

在应星决看来，表面平通院纪律极为严格，最像军人，实则达摩克利斯军校的人更有军人的精神。

——坚定，孤执。

"两个总兵打不过一个，那个叫卫三的总兵有点本事。"司徒嘉"啧"了一声，"不知道我们校队总兵对上她怎么样？"

"只用Ａ级机甲，Ｓ级发挥余地有限，和超Ａ级对上，说不好输赢。"公仪觉是机甲师，更了解其中的差距，"超Ａ本身就处于那种说不清的玄妙状态中。不要忘了我们帝国总兵，打败了用Ａ级机甲的双Ｓ级单兵，卫三绝对不是他的对手。"

"这倒是。"司徒嘉打开机甲，进去前问，"要不要让校队也跟上来，早点到终点？"

应星决垂眸，看着自己的右手，半响："达摩克利斯主力队员和校队不会一直在一起，让帝国校队解决他们校队。"

"现在动手？"姬初雨不解。他倒不是担心帝国校队，而是并不想花时间在达摩克利斯军校身上。

现在帝国军校唯一的目的，便是在前期赛场中，尽可能斩杀高阶星兽，得到更多资源。如此一来，帝国军校后期无论抽到什么战备包，遇到什么恶劣情况，材料、能源、食物皆充足。

他们只需要往前战斗。

应星决仰头，冷白修长的脖颈在大漠中的日光照耀下泛着如玉光泽："我要看她到底有几分本事。"

他要看看她和达摩克利斯军校是否在隐瞒什么。

第 66 章

"伏击达摩克利斯校队？"泰吴德问自己小队指挥。

"是，主指挥要求你让达摩克利斯校队总兵出局，有其他情况，及时向他汇报。"

泰吴德摸了一把自己额头："怎么突然要对付达摩克利斯校队？"

他刚才都听见有两个校队总兵出局，至少有一个是卫三动的手。

泰吴德心里有点慌。

上次赛场，塞缪尔被抢在地面的情景，他可太熟悉了。在 3212 星，卫三一旦烦了，没兴趣继续，便直接暴力抢人。

而他就是那个从小被卫三抢到大的人，卫三抢人的经验，全是从他身上实践得来的。

"主指挥没有说原因。"小队指挥画出一张简陋地图，"这是主指挥给出的路线图，标注了达摩克利斯校队可能会走的方向。"

"主指挥只让达摩克利斯校队总兵出局？不如再加一个南帕西总兵。"小队另外的单兵傲然道。

帝国军校上下等级森严，校队必须无条件遵守主力队的命令，泰吴德深吸一口气："所有人停下，我们去另外一个方向。"

被帝国军校盯上的卫三毫不知情，校队基本全换上防尘罩，行进速度都快了不少。

金珂他们先走一步，去找高阶星兽，卫三带着校队不远不近地跟着，一路上收割小范围的星兽群。

"全体原地驻扎，休息四个小时，轮流值守。"天黑后，在一处沙漠背阴地，卫三示意校队停下。

所有人开始原地搭建帐篷，帐篷属于战备包内的必备资源，夜晚沙漠温度过低，帐篷必不可少。

丁和美出去值守，小队只剩下四个人，卫三第一个躺进帐篷内，丝毫没有领队的自觉性。

小队其他人坐在外面，并没有心思睡觉，沙漠向来危险，夜晚的沙漠更是，更容易遭受星兽攻击。

“沙狼喜欢半夜袭击人，待会儿巡视要注意，不能掉以轻心。”小队指挥嘱咐聂昊齐。

聂昊齐点头表示知道，朝帐篷看去：“卫三状态好像不太好。”

小队指挥打了个呵欠：“可能不太习惯沙漠环境。”

他是沙都星本地人，和后面来上学再训练的人不同，很适应沙漠环境。

“训练的时候，好像也没有这样。”聂昊齐还是觉得卫三比较奇怪，起身往帐篷那边走，撩开布帘进去。

卫三躺在正中央，睁着眼睛看着帐篷顶端。

“你没事吧？”聂昊齐进来之前还以为她睡了，结果她就这么躺下硬睁着眼睛。

卫三抬起食指抵在唇上：“嘘——”

聂昊齐半蹲在帐篷内，另一只脚还在帐篷外，立刻闭嘴安静下来。

卫三目光四散无神，原本想进来休息，但耳朵听着周围不断传来的声音。

校队成员的交谈声、外围机甲巡视走动声以及风沙吹过声……她全部听得一清二楚。

不，还有别的声音。

更远处的细微踩在沙子上的声音和地下深处的嗞嗞声。

卫三猛然起身，转头过去对聂昊齐道：“出去，让所有人进机甲戒备。”

聂昊齐立刻转身出去，通知小队指挥，小队指挥和其他指挥的感知一直勾连在一起，几秒内校队全体便收到戒备的命令。

有人试图收起帐篷，被卫三阻拦：“先进机甲，来不及收了。”

校队内围成员刚进入机甲，外围那些巡视的人突然预警，有大批沙狼接近。

而此刻众人还发现地底有东西冒出来。

“是沙蝎！”有人大喊道。

达摩克利斯校队所有人神情凝重，居然碰上沙蝎和沙狼一起出现。

“夜晚的沙漠，比白天要残酷十倍。”习浩天望着镜头内的达摩克利斯校队，“但他们运气确实差了点。”

“不过达摩克利斯校队反应很快，否则不只运气差，他们这次要折损的人会相当多。"鱼天荷看着都替他们捏一把汗，只要再晚两秒，地下的沙蝎能毁掉大半校队成员。

"沙蝎喜阴，他们校队总兵应该要了解这种将驻扎地落在沙蝎群之上的可能性。"应月容正好过来接两人的班，站在台上看着直播镜头内的达摩克利斯校队，"自己做出的决定便要接受结果。"

"话虽这么说，但这么巧合的事还是少。"鱼天荷起身，将主解员的位子让给她。

两种星兽群来得突然，尤其沙蝎距离最近，就在他们脚下，内圈的机甲单兵开始斩杀这些蝎子，外围巡视的机甲单兵也腾不出手过来，直接迎上奔袭而来的沙狼。

"咝——"

沙蝎尾部高高翘起，不断发出警告攻击的声音。

卫三操控血滴，握着光刀，腾空而起，脚落下踩在沙蝎头上，在它尾部攻来时，光刀直接砍断其尾巴。

带刺的尾针落在黄沙上，原本滴出来的毒液撒在沙子上，顿时腐蚀了沙子。

卫三凭借一把光刀，几招便将沙蝎砍成几段，随后又辗转去砍其他沙蝎。到后面，她几乎一刀一只沙蝎，如同一台不停歇的机器。

内圈的机甲单兵们动作都不自觉慢下来，内圈像是卫三一个人的舞台。

"我还是觉得哪里不对。"聂昊齐对小队指挥道，平时卫三哪里会这么做，打架喜欢拖，能慢慢打就慢慢打，就是有时候拖到后面突然爆发，从来不会像现在这样，整个人带着机甲都透着暴躁感。

"这里交给我，去帮助外面巡视的人。"卫三扭头对内围的人道，透过机甲传导出来的声音，带着失真的哑意。

"是。"

外围巡视的机甲单兵打得很吃力，沙狼太多了。

指挥此刻的作用发挥出来了，所有指挥感知连接启动，无形中像是启动一张大网，将网点内的机甲单兵全部连接起来。

此刻再动手，每位机甲单兵的攻击都带着难以言喻的奇妙律动节奏，仿佛这些单兵是一体的，无形大网上的所有人，每一个动作都会被所有人知晓。

"嗷——"

一头一头沙狼被斩杀，达摩克利斯校队机甲单兵们没有任何多余情绪，只有"出招"这一个念头。

而内圈的卫三还在疯狂输出，沙蝎被她一个人杀得甚至开始退回地下。卫三不知道自己的状态，只想将浑身的燥意发泄出去，斩杀最后一头没来得及回到地下的沙蝎时，甚至有些遗憾。

这就完了？

直播现场和直播间虽注意到卫三这种状态，但附近其他单兵陷入一体化状态，没有察觉出卫三的异样。

第 67 章

夜色很浓，冰冷风拂过细碎黄沙，裹挟着浓重血腥味，浮在空气中。

所有沙蝎重新回到地下，沙狼被校队全部击灭，达摩克利斯校队机甲单兵统一停下动作，周围骤然陷入安静，随着时间流逝，那种奇妙的节奏律动渐渐消散。

卫三站在内圈，清醒得最快，或许说从一开始便没有和校队连在一起，而是游离在外，但其他校队成员没有发现，更不用提通过直播镜头观看的人。

"打扫战场，能用的帐篷全部收好。"卫三从机甲内出来道。

其他校队成员开始动手收拾，这时候上方的广播再一次响起。

"达摩克利斯军校斩杀两头双 S 级红肢巨蛛，校队斩杀四十九只沙蝎、六十七头沙狼。重复……"

两道光束在不同位置亮起。

"主力队终于碰到高阶星兽了。"丁和美仰头看着远处的光束，高兴地说。

"还有时间，希望他们能再找到其他高阶星兽。"聂昊齐说着，将自己的机甲交给机甲师。

机甲师们开始现场修理破损机甲，卫三则带着小队指挥一起去兑换材料和能源。

另一个方向。

帝国军校的指挥指着刚才出现的其中一道光束："达摩克利斯校队应该在那个方向，正是主指挥划出来的可能路线中的一条，我们现在赶过去，大概要到明天下午能碰上他们。"

泰吴德心中叹气，面上还保持帝国总兵的沉着冷静："先休息整顿，明天一早赶路。"

沙漠赛场只有三条路线抵达终点，前面的军校一路往前，速度快的话，后方军校可能抵达终点都不一定能碰上，就像山丘赛道一样。不过前面的军校一般不会直接去终点，会在保证先到达终点的同时，尽可能多地寻找高阶星兽，为后面赛场累积能源材料。

比如现在的帝国校队，从一开始便偏离路线，为的就是多斩杀星兽以换取资源，正好明天回归路线。

"四十一顶帐篷损坏，十一顶修一修还可以用。"负责统计的单兵过来道。

卫三朝内围一片狼藉看去，提前打好招呼："我们还要在里面待几天，没有帐篷不好，接下来碰见哪支校队，就趁机动手抢。"

直播间被战斗铃提醒，醒过来观看的网友们："？？？"

所以其他军校校队在达摩克利斯校队看来都是移动的储物袋吗？

没了帐篷，众人便挤着休息，正好外围要人巡视，校队成员勉强休息了一晚上。

第二天，天微亮，空中便接连响起广播声。

"帝国军校斩杀四头双 S 级黑尾沙狼。"

"南帕西斩杀两头双 S 级巨型蜥蜴。"

"平通院斩杀两条双 S 级金蟒，两头巨型沙蛛。"

"塞缪尔斩杀三只双 S 级巨型沙蝎。"

四道光束从各方向亮起。

卫三站起来听着广播声，发现只有达摩克利斯军校没有动静。

"动身。"无论主力成员怎么样，卫三依然要带着校队赶路。

所有校队成员整顿出发，走了一会儿，十点半方向突然升起一道光束。

"达摩克利斯军校斩杀一头 3S 级巨型斑狼、一条 3S 级双头蝰蛇。"

达摩克利斯校队仰头看着光束，听到广播声，过了一会儿，队伍中猛然响起欢呼声。

两头 3S 级星兽！无出局成员！

达摩克利斯军校终于走运了一回。

"这届参赛学生水平确实不错。"习浩天看着直播镜头内的金珂等人。

金珂他们昨夜便潜伏在周围等候，当时巨型斑狼和双头蝰蛇正争夺地盘，一直到凌晨三点，双头蝰蛇终于赢得胜利，巨型斑狼拖着伤离开，廖如宁去追击它，霍宣山和申屠坤留下负责攻击双头蝰蛇。

金珂则站在附近，感知屏障一分为三，护着三人，防止被高阶星兽精神攻击。

霍宣山和申屠坤虽两人合作，但蝰蛇有双头，攻击性极强，加之在沙漠上行动迅速，十分难对付。

申屠坤靠近双头蝰蛇下腹部，蝰蛇已然反应过来，双头要扭过来攻击他。霍宣山操控蓝海张开翅膀，手中出现一把银弓，每一次拉弓，可射出八支冰箭，八支皆可控制方向，且一旦被刺中，以冰箭为圆心，半米内可被高浓度冰构造出来的箭冻碎。

被霍宣山的冰箭扰乱，双头蝰蛇不得不转过方向对着他，但下一秒，蛇尾曲起，猛力打向还未到达腹部周围的申屠坤。

金珂双手抬起，无形的感知从掌心溢出，左手对着远处的廖如宁，右掌对着附近的霍宣山两人。

在双头蝰蛇蛇尾甩过来时，金珂将自己目之所见，直接用感知传递到霍宣山及申屠坤脑中。

指挥不可以控制同级机甲单兵，也无法控制训练过感知抵抗的下一级机甲单兵，但可以将自己所知所感传进他们脑中，只要他们不抵抗。

申屠坤快速往后折腰，躲过扫来的蛇尾，趁它收回去攻击力减弱时，腾空跃起，用手中的剑朝蛇尾砍去。

双头蝰蛇吃痛，一头还在攻击霍宣山，另一头直接朝申屠坤咬来，原本只占蛇体五分之一的双头，突然分裂开，拉开到三分之一。

几人一惊，这头双头蝰蛇居然开始异化了。

申屠坤躲闪不及，只能硬扛，但抵住蝰蛇一咬，被后面狂甩而来的蛇尾打中，机甲背部直接凹陷一大块。

"差了点，他们主指挥还不能用感知去攻击3S级星兽。"应月容点评。

习浩天笑了笑："除了帝国军校的应星决，目前其他军校指挥谁也不会。"

这种攻击能力需要在实战中不断获取，老师教不了，模拟舱也模拟不出来。

相比机甲单兵和机甲师，指挥更难学。

霍宣山手握银弓，八支冰箭，在离开弓弦后，分四个方向朝双头蝰蛇四只眼睛射去。

"咝、咝——"

双头蝰蛇血红分叉舌吐出来又收回去，发出警告和吃痛声。

霍宣山和申屠坤齐齐发动机甲，同时攻击双头蝰蛇，不给它任何反应时间。

与此同时另外一边，廖如宁则直接很多，炮火远攻巨型斑狼，对方本身受伤严重，他占了一点便宜，但后面经过生死刺激，斑狼实力再次上了一个阶层。

廖如宁也逐渐感到吃力。

他抽出自己的武器——三环刀，刀背镶嵌三个圆环，每一次挥刀，圆环和刀身都发出轻微撞击声，并非普通撞击声，三环刀，刀身内混合特殊材料：凉音蝉翼。

三道圆环每次触及刀身时，发出的声音可迷惑对手，使之精神恍惚，该效果对星兽、机甲单兵皆有效，很像星兽的精神攻击，但三环刀的声音，指挥感知屏蔽不了。

武器排行榜上，曾有人点评三环刀是个 bug，因为三环刀一响，会无差别攻击所有人和星兽，只有挥刀人受到的影响最小。

凉音蝉翼珍稀，市面上基本找不到，更不用提要用其当材料混合进武器内，所以联邦仅此一把三环刀。

廖如宁拿出三环刀后，朝巨型斑狼攻击而去，它果然有一秒的迟疑，就是这短暂迟疑，足够他重伤斑狼。

三环刀一挥，圆环触及刀身。

"丁零"三声，廖如宁已将刀刃深深砍在巨型斑狼背部。

巨型斑狼狂怒嚎叫，双爪拼命朝廖如宁抓去。

廖如宁躲开，再次挥起三环刀。巨型斑狼受伤严重，会加重精神恍惚，他赢定了。

十分钟之后，巨型斑狼被廖如宁斩杀于沙地。

分别斩杀完两头 3S 级星兽后，三位机甲单兵的机甲皆受损不轻，应成河立刻在原地开始修理他们的机甲，这时候机甲材料派上了用场。

"前方有校队。"丁和美勘察回来道。

众人精神一振，聂昊齐率先道："那我们赶上去，请他们送点帐篷！"

丁和美没有靠得太近侦察，不知道是哪所军校，但达摩克利斯校队不在意。

卫三同意，一行人立刻朝前方赶去。

前方的校队正是南帕西军校的人。

大概是因为上场被偷袭留下的印象深刻，这次达摩克利斯校队第一时间就被发现了。

南帕西那边全员猛然加速，跑了。

达摩克利斯校队的成员齐齐愣住，这还没碰面动手呢。

卫三有点可惜："他们胆子这么小？"

达摩克利斯众人也十分遗憾。

直播间观众："……一群强盗在线叹气。"

"按照这个速度，我们赶到终点，应该只要两天时间。"卫三抬手遮住直射过来的阳光，"我们能源够吗？"

小队指挥道："够，不过我们最好跟主力队一起过去，要么等其他军校有人抵达终点拔完旗再赶过去。"

终点附近一定有高阶星兽，校队贸然过去是找死，必须有主力成员在，或者有其他军校主力成员解决高阶星兽。

卫三点头："我们晚上先到达补给站拿食物。"

顶着烈日，踩着黄沙，达摩克利斯校队安静地快速前进，期望在晚上抵达补给站，有食物补充体力。

中间达摩克利斯校队又找到两个星兽群，战斗了两次，体力再一次下降。

太阳渐渐落下，沙漠上的温度开始降低，达摩克利斯校队已经换了好几批人守卫。

"快到了，还有几里路。"丁和美嘴唇干裂。

补给站的食物并不会太多，只能维持基础体能，大赛并不是为了好玩，而是要训练他们，希望他们从实战中汲取经验。最开始赫菲斯托斯大赛没有补给站，一切按照真实战斗环境一比一设置，或者说就是真实的战斗环境，没有进行人为干预，但伤亡率太高，一度导致每年毕业时军区招不满人，后面才逐渐发展到现在的地步。

十五分钟后，达摩克利斯校队抵达补给站，卫三进去拿补给包。

两个补给包已经被拿走了，只剩下三个，第二个补给包上有帝国军校的军旗，第四个补给包插着达摩克利斯的军旗，第五个上面是塞缪尔的军旗，说明各校主力成员都已经来过。

卫三拿走第四个补给包。

小队指挥进来见到第二个补给包，诧异："帝国军校落在平通院后面？"

"也有可能是南帕西主力队。"卫三将补给包递给小队指挥，让他拿出去分了。

达摩克利斯校队开始补充体能，原地休息。

卫三刚喝完一支营养液，便扭头朝后方看去。

夜晚，除了校队内部有灯光，远一点基本是一片漆黑。

卫三起身示意所有人警戒："出来。"

后方的人慢慢走出来，是帝国军校。

达摩克利斯校队成员顿时眼前一亮，仿佛看见了大肥羊主动送上门。

"泰吴德？"卫三脚踩在黄沙上，低头踢了一脚，抬头漫不经心地说，"你们是来拿补给包还是来打架？"

直播现场。

"我期待这两位总兵对上很久了。"鱼天荷扭头看向习浩天，"你觉得谁更有优势？"

"说不准。"习浩天盯着镜头内的两人，"卫三实力在超 A 级算不错，再有血滴的加成，基本 A 级内无对手。帝国校队总兵这位泰……泰吴德，据说打败了操控 A 级机甲的双 S 级机甲单兵，实力同样不容小觑。"

鱼天荷托着腮："我也说不准，两个人好像都是无名星出身，接触他们的机甲时间不到一年，就能有这个实力，确实了不得。"

"这两年无名星的人似乎多了起来。"习浩天若有所思。

"大概是因为联邦不断发展，各无名星的实力也开始增强。"

泰吴德垂在身侧的手条件反射动了动，看着卫三道："单挑。"

"单挑，你？"卫三单纯发出疑问，"泰吴德，你找死？"

泰吴德："……"倒也不必这么直接，全星网的人都看着呢。

"我们主指挥要你出局。"泰吴德装着傲然道，"你今天必须出局！"

听见"主指挥"这三个字，卫三挑眉："单挑当然可以，不过有个条件。"

"什么条件？"泰吴德感觉卫三要抢劫，就像在 3212 星上一样，冠冕堂皇地要他上供！

"我赢了，你们送我们四十一顶帐篷。你赢了，就你赢了。"

帝国校队有人反对："我们赢了，你们得把能源留下来。"

泰吴德心中倒吸一口气，恨不得转身堵住帝国校队出声那个人的嘴。

一激卫三，她战斗力就会直线飙升。

在 3212 星的那些年，泰吴德付出无数鲜血代价，才得出来这条真理。

果不其然，卫三再次开口："那条件再改改，我赢了，你们死定了。你们赢……下辈子吧。"

第 68 章

卫三话一出，便惹来帝国军校其他人大笑，显然不知道为什么一个区区达摩克利斯总兵，敢这么说话。

帝国军校有人嘴快："我们答应，倒要看看你怎么赢。"

泰吴德："……"他没答应！

卫三挑眉看着泰吴德："你们军校有人答应了，你答不答应？"

泰吴德虽然心里怵，但身为帝国军校总兵该拿出来的气势必须要有，输人不输阵，所以傲然自信地说："比就比！"

众人在中间给他们两人留出位置，站在周围观看。

泰吴德的机甲已然换了新的，是一架灰橙色 A 级机甲，他和在 3212 星上的气势都不同了。

　　"信尘，顶级 A 级机甲排行榜第一，血滴排在第二，卫三这次占不到机甲的便宜。"鱼天荷在直播现场解释了一遍两者之前的差距，"信尘也同样是 S 级机甲师做出来的机甲，但和血滴不同，它本身便是为超 A 级机甲单兵量身定做的，更适合超 A 级单兵。"

　　两架机甲相对而立，卫三最先动手，右臂抬起，对准泰吴德手腕处以及膝盖。

　　泰吴德操控机甲侧身，外人看来动作幅度不大，却躲开所有子弹。

　　机甲舱内卫三微微扬眉，看来在帝国军校，他进步不少。

　　在两架机甲分别完成射出子弹，躲开这一系列动作后，他们已然靠近，众人只看得见两架机甲之间刀剑相击发出的光芒，随后卫三和泰吴德皆往后退了一步。

　　两人在机甲舱内统一悄悄抖了抖手腕，震麻了。

　　泰吴德拔出剑，对准卫三上半身砍去，见她躲闪，操控机甲往前移，左腿踢向她腰侧。

　　卫三举起刀挡住他砍来的剑，另一只手挡住并握住机甲扫来的腿，偏了偏头，手下用力一扯。

　　泰吴德被猛力拉扯，下盘不稳，并不惊慌，反而趁势而起，另一只脚飞踹过去。

　　卫三收刀，膝盖弯曲跪地，同时上半身和地面保持平行，躲过了他另外一只脚，并借着滑跪的力度，握着刚才泰吴德开始的那只脚，越过自己，将他摔在地面。

　　泰吴德被摔瞬间，单手撑地，一秒起身，转头，卫三也已经站了起来，且枪口对着他，连续射出子弹。

　　不得已，泰吴德再次躲开，和最开始的悠然，已经产生明显的不同。

　　泰吴德一直想拉开和卫三的距离，不想和她进行近战，当初在 3212 星那么多年，没有机甲，他们靠的全是近身搏斗，他被打怕了。

　　信尘肩膀两边升起炮口，开始朝卫三那边攻击，试图用密集的炮弹攻击，迫使她不能靠近。

　　只不过卫三最擅长这种攻击，在达摩克利斯军校模拟舱死那么多次，不是白死的，加上有个射击奇才陈慈老师的教导，泰吴德这点攻击实在不够看。

　　泰吴德炮弹没少射，偏偏卫三离他越来越近。

　　他克制住自己掉头就跑的冲动，决定直面卫三的近战。

对上驾驶 A 级机甲的双 S 级单兵，泰吴德都没怕过，偏偏是卫三，经过这么多年的"毒打"，他已经形成逃避的条件反射。

眼看着炮弹攻击对她无效，泰吴德干脆收了炮口，咬牙决定正面迎上卫三。

卫三机甲手臂被最后的流弹擦过，划出一道浅痕，她偏头分神去看，泰吴德的拳头已经逼过来。

她抬手抵住，提起膝盖朝他腹部击去。泰吴德移步躲过她的攻击，起脚向下踩她胫骨。

卫三被踩住腿部，顺肩扭腰，甩开泰吴德的脚。与此同时，左手握成拳，疾速朝他面部击去。

泰吴德迅速抬起左小臂向外扛住卫三的拳头，跨步向前，身体发力，同时左手朝前下方，试图击打她脖颈。

操作舱内的卫三并不后退躲闪，而是操控机甲向旁边移，抬腿踢向泰吴德心口处。

泰吴德双手上下握住她踢来的腿，用力一拉，同时伸出脚向下踹卫三的另外一条支撑腿，使其失去平衡。

卫三"啧"了一声，失去平衡倒下时，身体向前，双手拉住泰吴德，用力一拉，让他也跟着倒下。

两人就这么在地上打了起来。

围观众人："……"好像和他们想象中的单挑战斗有些不太一样，有一点点街头流氓打架的味道，但仔细想想，似乎也没什么不对。

两人的机甲在排行榜上分别占据第一、第二，又都是超 A 级机甲单兵，实力和硬件都差不了多少，这么"肉搏"，也在情理之中？

你一拳，我一脚，如果机甲有衣服和头发，早就凌乱不堪了。

卫三一拳砸在他手臂上，他就一脚踢在她腰侧。泰吴德越打越起劲，觉得自己变强了！卫三不过如此，也没把他打死！

"你输了。"

泰吴德突然听见耳边传来这样一声，还未来得及反驳，下一秒自己机甲的发动机处遭到重击，卫三用枪口近距离对着包裹发动机的外壳射一圈，瞬间将发动机拆了出来。

泰吴德眼睁睁地看着自己机甲失去动力："？？？"

原来她不下死手，是为了拆他发动机？！

机甲发动机周围一般会受到严密的防护，机甲单兵也会下意识护住，刚开始泰吴德还记得，后来被卫三东一拳西一拳迷惑，后面满脑子只有卫三不过如此的念头，想着要怎么打败她，一雪前耻。

结果她是趁机直掏他的发动机！

卫三拿着他的发动机，又一把扯出泰吴德机甲的能源，施施然起身："你输了。"

机甲彻底没用了，泰吴德立马自动出局。

泰吴德面无表情地从机甲舱内出来，走之前，踢了一脚卫三的机甲，顺便对她竖起中指："无耻！"

机甲舱内卫三单手操控机甲也竖起一根中指，两人都打了这么多年，泰吴德的毛病她太清楚了，打着打着就容易飘，忘乎所以，这时候不搞点歪脑筋，简直浪费。

泰吴德被救助老师揪上飞行器时，对自己校队投去了隐蔽又怜爱的目光，卫三绝对不会放弃占便宜的机会，待会儿他一走，帝国校队肯定要被打劫。

只能说嘴炮一时爽，事后悔终身！他也拯救不了他们。

"帝国军校校队总兵出局，重复一遍……"

光束在补给站骤然升起，所有人都能看到。

南帕西校队那边看到光束，听见广播声，脸色都不太好看。

平通院总兵、塞缪尔总兵，现在甚至连帝国校队总兵都出局了。

前两所军校总兵毫无疑问是卫三干掉的，当时他们离开，就是为了避免被扯入纠纷。南帕西暂时和达摩克利斯结盟，如果当时在场，势必要留下，可能为了继续合作而出总兵，南帕西并不想和平通院对上，所以提前离开，远离纠纷是最好的选择。

而如今各主力队皆在前方，补给站内传来光束，显然帝国校队总兵也折在达摩克利斯那个总兵手里。

"幸好我们走得快。"南帕西有人感叹。

补给站，泰吴德被救助员带出去。

帝国校队终于回神，准备收拾东西离开。

还没从机甲内出来的卫三，抽出光刀，挡在他们路上："比赛前说好了，我赢了，你们……死定了。"

帝国校队的一人站出来："不要欺人太甚，我们帝国……"

卫三直接一刀斩了他的机甲，慢悠悠地补充："你们帝国就是垃圾。"

她一句话成功激怒在场所有帝国校队成员，他们纷纷进入战斗状态。

卫三也不多言，面无表情地一路杀进他们校队内部，其他达摩克利斯校队成员同一时间出手。

补给站大乱。

一个小时后，帝国半数校队成员逃走，卫三看着留在这里的战备包，没有追。

"帝国校队一百二十一名机甲单兵出局，三十四名指挥出局，二十六名机甲师出局。"

"把帐篷和能源收起来，看看地上还有什么能用上的，别丢了。"卫三嘱咐校队的机甲师们。

直播观众："……"

"达摩克利斯校队像极了蝗虫过境，所到之处寸草不留！"

"四大军校的总兵都被达摩克利斯总兵打败了，这么看来最强总兵是这个卫三了。"

"我感觉第二场比赛可能有主力队要碰在一起了，不知道有没有可能发生争斗。"

因为帝国军校和平通院这次没有直奔终点，一个去找高阶星兽，一个花了时间在达摩克利斯军校总兵身上，五大军校主力队之间的距离并不远，极有可能碰上。

按照往届经验，如果主力队在靠近终点附近碰上，军校之间会爆发机甲战斗。

"帝国总兵也不是她的对手。"应星决仰头看着远处的光束，轻声道。

司徒嘉对他莫名在意达摩克利斯军校一个总兵感到不解："说不定达摩克利斯军校这次校队总兵有点本事，之前说她是陈慈的学生，能赢也不是不可能。"

应星决没有回答他的话，转而淡淡地说："按照目前的速度，明天下午我们和平通院会在终点附近遇上，如果另外几所军校动作快，会在我们交锋一个小时之内赶到。"

"所以我们在一个小时之内决出胜负？"姬初雨问他。

应星决指尖在地图某处点了点："我让剩下的校队引星兽过去，我们去另一边狩猎其他星兽。"

姬初雨瞥去一眼，下意识地皱眉："四头双S级高阶星兽，你要送给平通院？"

原本这几头高阶星兽是他们明天的目标，而另一边只有两头高阶星兽。

按应星决现在的说法，明天他们不仅少了两头高阶星兽，且战斗时间一长，有可能五大军校凑在一起。

五大军校齐聚终点附近，这是在大赛中最忌讳的情况，很容易出现问题，同盟反水，对手互相联合皆有可能在那一瞬间发生。

"两头双S级星兽，拖延不了平通院。"姬初雨想要他们占据多数星兽。

地图上有些地方标示星兽群和高阶星兽，但更多的星兽没有记录在地图上。和其他主指挥相比，应星决的感知几乎覆盖大半赛场，能清晰知道哪里有多少头星兽。

这是其他主指挥暂时做不到的事。

"有件事我需要再验证一次。"应星决侧眼望着自己的右手，现在他确信对方有问题，想亲眼看到达摩克利斯那个总兵，到底是不是如他所想的一样。

直播现场。

"应星决想要验证什么？"鱼天荷问旁边的应月容。

指挥应月容并不清楚，看向镜头内的帝国主力成员："不清楚他想验证什么，但多半和达摩克利斯军校的那个总兵有关。"

之前应星决要求校队去找达摩克利斯校队，便在应月容意料之外，她不知道为什么他要在那个总兵身上花时间。

"项老师，你们学校这位总兵难道有什么特别之处？"鱼天荷笑问下方的项明化。

"她现在还不够特别？"项明化反问。

在场看直播听解说的观众：……确实已经够特别，五大军校中，也只此一人脸皮厚如城墙，光明正大抢劫了。

鱼天荷重新看着直播镜头："如果真同应星决的计划，这样一来，几大军校凑在一起，他是在人为制造冲突。"

应月容不予置评。

各校队开始向主力队会合，偶尔各方向会有光束升起，皆是主力成员在斩杀星兽。帝国校队剩下那半数成员，听从主指挥的命令，引着几头高阶星兽去平通院方向，中途有人机甲受损严重，机甲舱弹出，自动出局。

"卫三！"廖如宁远远见到校队，干脆驾着机甲过来，"帝国校队的总兵是不是被你弄出局了？"

"嗯。"卫三应了一声。这几天她反复陷入散漫和暴躁的情绪中，兴致不高。

廖如宁收了机甲："厉害！"

卫三瞥他一眼："我们现在动身赶去终点？"

"对，金珂说我们现在要赶路，不能再在星兽上花时间了。"

达摩克利斯军校所有人会合，朝着终点赶去。

与此同时，平通院和帝国军校还在前方两侧斩杀高阶星兽，另外三所军校皆按照地图的路线，开始朝终点赶来。

只是双 S 级星兽，两所军校处理起来速度很快，其中平通院的宗政越人对付两头高阶星兽，明明只相差一个等级，且同等级星兽比人攻击力更为强悍。

宗政越人驾驶机甲握着一把佛枪，斩杀速度反而比另外两个机甲单兵还要快。

几乎同一时间两个方向升起光束。

"帝国军校斩杀两头双 S 级星兽。""平通院斩杀四头双 S 级星兽。"

"这个时间点，他们还在动手？"廖如宁抬头看了一眼道。

"我们赶路。"金珂收回目光，"所有人做好战斗准备。"

第 69 章

帝国军校选择离终点更远一点的两头星兽，而平通院遇上被帝国校队引过去数量更多的四头星兽，两所军校抵达终点的时间皆往后移了。

这样一来，两所军校如果碰上要交锋，时间便也往后移，加之后面赶来的其他军校，五所军校便聚集在一起。

场面势必要陷入混乱中。

这正是应星决要的结果。

帝国主力队斩杀完星兽，全员进入机甲，开启飞行模式，直接朝终点飞去。

由于大赛特殊，飞行模式被设置为高耗能模式，五大军校都可以开飞行模式，但要看他们能源存量，一般而言，支撑不起他们从起点飞到终点。各军校只有关键时刻能用，且前面赛场基本见不到，因为他们没有足够的能源，也只有像帝国军校这样的能源大户敢在前期就舍得用。

帝国军校在终点附近停了下来，恢复战斗模式，全员依旧在机甲中。

终点附近有高阶星兽，他们要想拔旗，必须先除去星兽。

霍剑第一个往终点那条道走去，走了两百米，黄沙表面骤然凸起，几条白色蛛丝朝他喷射而来。

他脚步微顿，躲过蛛丝，未击中目标的白色蛛丝黏腻且冲击力极大，砸在沙漠上便是一个极深的洞，溅起的黄沙甚至打在霍剑的机甲之上。

黄沙表面凸起越来越明显，直至有一只土黄色巨型蜘蛛从沙子内钻出，螯肢末呈一圈红色，内有毒腺。

——3S 级高阶星兽，红脚毒蛛。

霍剑拔出武器，他的机甲只有一把剑，名为七杀。

七杀成招，霍剑对战，出手绝不超过七杀，无论遇上人或星兽皆如此。

霍家在联邦属于特殊世家，从来只培养机甲单兵，不和任何军校交好，霍家子弟选军校全看自愿，但没有一人的实力差过。

联邦所有人对霍家人只有一个固定的印象：沉默强悍。

第一杀，霍剑朝红脚蜘蛛踏步奔去，速度快如鬼魅，此刻倘若放大他机甲脚下的画面，便能发现灭世的脚只是贴近地面，实则未曾接触黄沙。

灭世是重型机甲，按理说行动速度上较轻、中型机甲慢，但霍剑此刻的速度并不慢。

"灭世和其他重型机甲有很大的不同。"鱼天荷作为机甲师，对这些参赛学生的机甲都有所了解，"灭世去掉了传统重型机甲的火力装备，减轻机甲重量，速度得到提升。与此同时，加强机甲手臂的力量。"

"霍家人都是重型机甲，搭配他们的剑法，战斗力不容小觑。"习浩天补充一句。

鱼天荷突然笑了一声："不全是，你忘了达摩克利斯军校主力队还有个驾驶轻型机甲，用弓箭的霍家人。"

习浩天一愣，改口："基本上都是驾驶重型机甲，用剑。"

这么说来，达摩克利斯军校内异类不少。

赛场终点附近，霍剑操控机甲躲过红脚蜘蛛的蛛丝攻击，同时逼近毒蛛，双膝微弯，单手朝它螯肢砍去，正中螯肢下方红圈处。

"吱！"

红脚毒蛛口器发出一声尖叫，几对步足飞快支地，另一只螯肢朝霍剑刺来。

霍剑微微闭眼，操控机甲跃然而上，第二杀，直指红脚毒蛛刺来的螯肢。

"啪"。

红脚毒蛛的螯肢断了一截，落在黄沙上发出轻微的声音。

高阶星兽生性狡诈，即便断了螯肢，也没有疯狂攻击，反而在同时，张开口器，试图咬下灭世的头。

霍剑没有躲闪，任由红脚毒蛛咬来，张大的口器，散发着死亡味道。

他已然握住七杀剑，手腕微动，即将挥出第三杀，由下至上刺穿红脚毒蛛的口器。

高阶星兽敏锐察觉到危险，放弃即将咬住的猎物，步足后撤，迅速逃离。

红脚毒蛛的突然撤离，并没有改变霍剑的招式，他快速朝其奔去，毒蛛腹部纺器的白色蛛丝源源不断地射向追来的霍剑。

霍剑要避开，速度势必慢下来。

"三点钟方向，四百米以后有流沙。"

应星决的声音突然出现在霍剑脑海中。

沙都星地质特殊，沙漠中的流沙表面一经干扰，便会液体化。

机甲一旦陷进去，防尘罩立刻失效，铺天盖地的细沙如同液体渗进机甲内部，可以使机甲失去动力，从而被流沙吞噬。

霍剑脚步放缓，不再追着红脚毒蛛跑。

远处红脚毒蛛见猎物不上当，停在流沙前方，眼中闪过恶毒的光芒。

螯肢对它而言可以再生，但这个猎物它一定要吃了。

红脚毒蛛的精神攻击不断增强，对霍剑却产生不了丝毫影响。

有应星决在，即便是3S级星兽的精神攻击也毫无用处。

一人一蛛在流沙附近僵持，红脚毒蛛并不受流沙影响，所以一直试图让霍剑在攻击时掉入流沙中。

第五杀，霍剑斩去红脚毒蛛两对步足。

红脚毒蛛终于明白过来这个猎物不是它所能掌控的，迅速转身，这次是真的逃窜，想利用流沙逃过一劫。

然而霍剑并不想放任它逃第二次。

第六杀，霍剑点在沙面上，借力跃起，剑指红脚毒蛛腹部。

七杀剑横斩在它腹壳上，难以继续，红脚毒蛛头部已经靠近流沙，却因被霍剑砍住腹部而动弹不得。

霍剑双手用力，操控机甲缓缓降落，七杀剑再一次向下，这一次腹壳表面产生裂纹。

红脚毒蛛未被斩断的步足疯狂挣扎，口器中也连续不断地发出刺耳的尖叫声。

"吱——吱！"

尖叫声中带着红脚毒蛛最后拼命的精神攻击，霍剑手一轻，毒蛛以为成功攻击他，兴奋地往前爬。

下一秒，霍剑更加用力，直接拦腰斩断红脚毒蛛的腹部，将其一分为二。

红脚毒蛛头部挣扎几下，便再也不动了。

霍剑收回七杀，朝自己队员看去，随后靠近流沙附近，想要将红脚毒蛛的头部挑起。

高阶星兽越完整，能兑换的材料才越多。

霍剑刚一靠近红脚毒蛛的头部，原本已经死去的毒蛛突然蹦起，张大口器朝他咬来。

距离太近，霍剑来不及拔剑，下一秒红脚毒蛛口器大张着便重新倒地。

直播现场。

事发突然，在场观众还有些没能反应过来。

"是应星决的感知攻击。"习浩天示意众人去看镜头内应星决微抬的右手，"他距离霍剑和红脚毒蛛差不多有八百米。"

鱼天荷有些感叹："他这个年纪，做出感知攻击似乎完全不吃力。"

而其他军校的主指挥，目前还无法用感知攻击。

"帝国军校，除了司徒嘉没有进过军区训练，其他人都实战过。"习浩天道，"这也是其他军校队员没有的经验。"

直播现场主解员还在讨论，那边赛场终点附近出现了第二支军校队伍。

——平通院。

两所军校终于碰面，平通院宗政越人从机甲内下来，手握一把短枪，在他落地后，微微松手，短枪便成为一把长缨枪。

据说宗政越人平时操控机甲只用一只手，另一只手会握着这把枪，而他的机甲所用武器也仅是一把佛枪。

机甲等级越是高，武器越多用冷兵器，因为热兵器有时候的速度甚至快不过高等级机甲。

"你们来晚了。"应星决看向平通院主指挥路时白。

按他预测，霍剑和红脚毒蛛对战半途，平通院应该抵达这里。

路时白轻轻推了推自己单片眼镜，也像和朋友交谈一般："中途耽误点时间。"

应星决目光微垂，中途没有任何星兽，平通院更不会浪费争夺名次的时间在清除帝国校队上，能耽误的只有兑换材料。

由于每次下一个赛场需要比完赛通过抽签决定，所以所有军校在比赛中都不清楚下个赛场的环境，但兑换材料需要在本赛场决定好，这些全部需要主指挥来统筹。

赫菲斯托斯大赛中，方方面面都设有限制，为的便是应对模拟战场上的各种情况。无论是指挥、机甲师还是机甲单兵，在大赛中都会受到一定的限制。

"还要感谢帝国军校帮忙清理星兽。"路时白客气地说，至于心里是怎么想的，不得而知。全藏在他客气微笑的表情下面。

直播现场。

"他们要动手了？"鱼天荷有一点兴奋，太早了，往届至少要在五场之后才能看到第一、第二名相遇，前几场都忙着积累各种资源。

"暂时打不起来，其他军校过来了。"应月容看着其他直播镜头，另外三所军校队伍赶来的速度格外快。

鱼天荷看去，果然三所军校队伍已经快接近终点。

最先出现在这两所军校主力队面前的并不是其他军校队伍，而是帝国校队，只不过队伍只剩下小半人。

任谁也未想到帝国校队出局人数竟然是五大军校之最。

这么想着，平通院的主指挥路时白莫名释然了，虽然他们二对一，还失去了各自的总兵，但人家帝国校队四舍五入，等于没人了呢。

第二个出现的队伍是塞缪尔军校，紧随其后的队伍是达摩克利斯军校，两者几乎同时出现。

南帕西也在两分钟后出现在终点附近。

场面一时间僵持住。

五大军校站在不同方向，没有人出声，过了一会儿，塞缪尔军校最先动，他们的主力队带着校队往平通院那边走去，最后站定在平通院旁边。

立场分明。

沙漠赛场，他们要帮平通院。

南帕西军校和达摩克利斯军校依然没有动。

"既然如此，不如我们先解决这两所军校？"路时白指着南帕西和达摩克利斯军校方向，对应星决道。

赛场上没有人出声。

只有卫三突然抬手捏了捏脖子，对旁边霍宣山道："我觉得有人在偷看我。"

第70章

在所有军校都没人出声，暗中交锋时，卫三这一句不算大声的话几乎被全场人都听得一清二楚。

众人："……"谁吃饱了撑的会偷看你？

丁和美站在第二排，默默收回脚，躲开周围看来的目光。

不得不说，卫三拥有将一切氛围毁得一干二净的本事。

"哪个方向？"霍宣山侧脸问她。

"不知道。"卫三也直接道。

廖如宁加入"群聊"："可能谁之前见到你英姿，被迷住了，所以在偷看你。"

达摩克利斯军校成员光明正大插科打诨，导致旁边南帕西主力成员的脸有点扭曲。

现在赛场很明显分了几股势力，平通院和塞缪尔绑在一起，帝国军校作为万年老大，是所有人的目标，但没有人敢率先出头。南帕西和达摩克利斯军校也不想站队，只要平通院和塞缪尔对站帝国军校，他们便有机可乘。

也可以说如今表面上看南帕西和达摩克利斯军校是一个立场，但他们现在的行为……一言难尽。

南帕西主指挥高唐银看着金珂，用眼神示意，让他管好自己的成员。

结果金珂朝卫三那边扭头："被偷窥的感觉？"

"差不多。"卫三也只是模模糊糊察觉到那种一闪而过的感受。

高唐银皱眉，一时间不知道达摩克利斯军校的人是不是故意的。

五大军校的人因为刚才卫三突然说的一句话，都向达摩克利斯这边看过来，无人注意从听见卫三说话后，应星决自始至终没有露出任何讶异的神情。

"南帕西不插手任何军校斗争，我们只要第三位。"高唐银率先道。

"抱歉，第三位我们赛前已经预定。"高学林笑了一声，"刚才路指挥说了，先解决你们南帕西和达摩克利斯。"

两人明明都是高家出身，却在赛场上针锋相对。

不过高家一直都有很多分支，倒是霍家全部从帝都星出来，甚至霍剑和平通院的霍子安是一起长大的兄弟。

"南帕西和达摩克利斯可以对付平通院和塞缪尔。"高唐银看向应星决，"帝国军校可以先行一步。"

她不仅直接将达摩克利斯军校拖下水，还暗示平通院，如果和塞缪尔联手，一定会失去第一位。

路时白还在等应星决回复，没有看高唐银。

而作为所有人焦点的应星决只是垂眸看着地面，半晌后抬眼："帝国不接受任何人的要挟及指挥。"

几大主指挥脸色不约而同一变。

只有卫三突然进入机甲，恢复战斗状态，转身朝侧后方奔去，侧后方是一片沙漠。

众人还未反应过来，为什么达摩克利斯军校这个校队总兵突然做出这么令人匪夷所思的动作？

只有应星决捏住指尖，预料到她要干什么。

他直接给主力成员下命令，做好战斗准备。

卫三光刀已出，直接朝空无一物的沙漠地劈去，同时子弹齐发，绕着那片地射击。

在她动完手，各校队成员便见到自己军校主力成员齐齐进入战斗状态。

"咝——"

一条双头蝰蛇从沙漠中冒出，看品种和之前达摩克利斯主力队斩杀的双头蝰蛇一样，只是这条双头蝰蛇体形更大，且是条雌蛇。

直播现场几位主解员也都惊住了。

"又一条双头蝰蛇？"鱼天荷皱眉，"看它的体形，之前达摩克利斯主力队碰上的应该只是幼态星兽。"

"是一条幼态异化双头蝰蛇，看样子应该是雌蛇养的。"应月容眯眼看着镜头内那条雌蛇，"既然如此，还有一条雄蛇才对。"

"异化 3S 级星兽往往战斗力会比同级强，相当于超 3S 级，而成年雌蛇无论战斗力还是体形都要超出幼态和雄蛇。"鱼天荷有些同情达摩克利斯军校的运气，好不容易才斩杀两头 3S 级高阶星兽，结果碰上了真正的难题。

这种异化星兽，又是蛇类，极为记仇，雌蛇大概是嗅到了达摩克利斯主力成员霍宣山身上的气味。

"为什么只有卫三察觉到雌蛇？"习浩天拧眉，"她一个校队总兵，先于主力成员发现？"

现在反过来看，卫三之前说有人偷窥，分明是已经察觉到暗处的雌蛇，只是并不确定是什么情况。

直播现场有一瞬间的沉默。

习浩天的话点醒了他们，为什么卫三可以提前感知到其他人没有感知到的越级星兽？

底下其他军校的领队老师都朝项明化看去，想要从他脸上看出什么。

此刻项明化虽然心中一片茫然加震惊，面上却装着老神在在的样子，好像十分淡定。

众人只好再去看直播内的赛场状况。

从卫三拔刀，同时用枪攻击时，五大军校的反应各不相同。

达摩克利斯军校的两个主力单兵朝卫三这边赶来，申屠坤留在原地护着校队。南帕西被塞缪尔军校主力拦住，帝国军校径直朝终点奔去，平通院主力三个单兵试图对上帝国军校。

然而帝国主指挥应星决悬在空中，朝达摩克利斯方向伸手，那个方向突然蹿出另外一条双头蝰蛇，是直播现场主解员应月容想问的那条雄蛇。

应星决微微偏头，原本因脑部被刺激到翻滚的双头雄蝰蛇突然一顿，径直朝平通院指挥和机甲师方向奔去。

虽然他们有机甲护着，但异化星兽很厉害，平通院三位机甲单兵不敢冒险，只能返回去和这条双头雄蝰蛇缠斗。

在四所军校队伍都陷入僵持缠斗状态时，帝国军校主力队带着剩下的校队直接朝终点赶去。

"这一切……是不是都在应星决掌控中？"鱼天荷有点呆住。

从换高阶星兽那一刻开始，他已经知道帝国军校会完美脱身？

不，完美脱身还建立在一个条件下：应星决能控制异化星兽。

应月容难得脸上带上笑，看来应星决又突破了，可以控制异化星兽这个能力，纵观历史，也没有几个指挥能做到。

不过很快应月容看着直播镜头内达摩克利斯军校那个总兵后，笑容又淡了下来。

可能是 3S 级吗？

达摩克利斯军校今年胆子未免太大了，敢将这个级别的单兵放在总兵位置上。

如今看来，如果卫三真如她所料。达摩克利斯军校便是全员 3S 级，其中一个单兵 3S 级，甚至可以和平通院实力相抗衡，那之后赛场上达摩克利斯军校绝对是对手。

抵达终点的帝国队伍，姬初雨上去拔旗，应星决站在旁边，目光移向远处，听着那边传来的战斗声。

她果然是……超 3S 级。

第 71 章

帝国军校率先拔得旗子，离开赛场，领队老师都在出口处等着，只是这一次老师们神色十分复杂。

没有给守在出口处的媒体记者采访的机会，领队老师伸手挡住他们的镜头："今天暂不接受采访，我们的学生需要休息。"

说罢，老师们带着主力成员往会议室走。

除去应星决，其他主力成员也处于一种恍惚状态，这一切发生得太突然。

老师和主力成员相继进入会议室，领队拿出一个屏蔽器放在会议桌上，这才看向应星决，问出此刻所有人心中的疑问："达摩克利斯军校那个总兵怎么回事？"

应星决垂眸："一开始猜测她是 3S 级单兵，所以在赛场上试探了一次。"

他试探完却发现她和自己一样可能不止 3S 级。

在帝都星时，达摩克利斯军校的人自信异常，且和一个校队总兵关系过近，应星决便有所怀疑。

当时晚宴上所有主指挥都在，如果贸然在远处释放感知，会被其他主指挥察觉，所以应星决便想和她握手试探。3S级机甲单兵，除非经过训练，在战斗中愿意对主指挥开放领域，否则两人接触，他释放感知，一旦触及卫三的领域，会立刻受到抵御，只是未料到金珂会将她看得那么紧，但这也加重了应星决的疑心。

应星决感知广度比其他军校主指挥强，从一开始进入沙漠赛场便在不断扩大感知，以查探周围环境。因此在达摩克利斯主力队斩杀那条幼态双头蝰蛇时，他便已经知道还有两条成年双头蝰蛇。

达摩克利斯军校一到达终点附近，势必会受到两条成年双头蝰蛇的攻击。

直播镜头虽用的是联邦最新捕捉技术，但有些细微东西只看回放并不能看出来，且在场他能掌控，至少逼得卫三出手。所以应星决绕弯留下来，便是为了亲眼见到卫三的反应，验证她感知等级是否为3S。

唯一有件事出乎意料，沙漠赛场这三条双头蝰蛇皆为异化星兽，幼态双头蝰蛇不显，但成年雌雄双头蝰蛇等级超3S。

从达摩克利斯军校抵达终点附近，两条成年双头蝰蛇便已经接近窥探，除了他，在场所有人皆未发现，只有卫三一人有所察觉。

思考到这儿，应星决搭在膝盖上的指尖不由得动了动，他想不通那时候卫三的反应。

既然他知道两条雄雌双头蝰蛇离他们有一段距离，卫三应该也能知道，即便骤然发起攻击，主力成员也不会受伤。

假设达摩克利斯军校有意隐藏卫三这张王牌，为什么她会轻而易举暴露自己的感知敏锐度？

"没想到今年达摩克利斯军校心思这么多。"领队老师冷嗤一声后，朝应星决点头，"好在他们的意图现在暴露了，星决，你做得不错。"

应星决不语，他在思考自己有什么遗漏的地方。

赛场内，四所军校的学生纷纷进入战斗状态。

南帕西和塞缪尔两所军校对立而站，达摩克利斯和平通院都在和双头蝰蛇缠斗。

卫三发现那条成年雌性双头蝰蛇后，霍宣山和廖如宁皆在第一时间赶了过来。而平通院那边宗政越人和小酒井武藏一起对付雄性双头蝰蛇。

平通院的霍子安空了出来，朝终点赶去，被申屠坤上前拦住。

虽然目标是第三，但有争第二位的机会谁也不愿意放弃。

不过申屠坤只是双S级，而霍子安是3S级，两者差距显而易见。

南帕西总兵被塞缪尔主力单兵借机斩出局，只有达摩克利斯目前唯一比其他军校多出来一个校队总兵，卫三选择去帮申屠学长，拖住平通院的霍子安。

指挥在护着机甲单兵对付异化双头蝰蛇，几个机甲师的机甲大多是防御型，出手无益，只能各自观望，现下没有主力成员挣脱出来，已然变成平通院和达摩克利斯校队之争。

霍子安和帝国军校的霍剑一样，驾驶重型机甲，但他用的是刀。

——黄泉泣。

申屠坤参加过三届赫菲斯托斯大赛，对上过3S级机甲单兵，但卫三没有。她只对付过驾驶A级机甲的人，即便对方是S级，用的也只是A级机甲。

这是卫三第一次亲眼见证S级之间的战斗，现在还要加入战斗。

她驾驶血滴在不远处，试图用子弹攻击，惯常标准射击于霍子安而言，完全无用。对方轻而易举便躲开，线性子弹照样无用，反倒躲不过他的刀。

霍子安只需要轻轻一斩，刀身甚至没有碰到子弹，不过是刀划过的煞气而已，那些子弹便全部在空中自行炸开。

卫三："……"3S级了不起？

看着自己所有子弹全炸完了，要不是躲得快，她还得被炸开的子弹碎片划伤，卫三不得不承认：3S级就是了不起。

现在时间拖延不得，一旦平通院主力或者校队有人得空，去终点拔下旗子，第二位就没了。

申屠坤和卫三联手，共同抵抗霍子安，堵住通往终点的路。

霍子安和霍剑同样沉默寡言，每一招都不会失手，短短一分钟，申屠坤的机甲已经被砍出一道深口。卫三靠着自己出色的敏锐度，堪堪躲过霍子安的刀，但没能挡住他的路。

两人联手，霍子安依然朝终点前进一百米。

见申屠坤和卫三再一次挡在他的去路前，霍子安操控机甲悬空而停，握住黄泉泣，竖起在自己眼前。突然，他动了。

卫三甚至没有看清他的动作，只是下意识察觉身体右侧有危险，迅速转身，然而右臂还是被砍出深痕，几乎断了一半。而另一半的申屠坤则被霍子安踢飞，狠狠砸在黄沙之上。

卫三机甲被破，甚至来不及生气，因为霍子安一招破开他们俩后，又开始往前走。

她迅速操控机甲，朝他后背袭去。

霍子安瞬间转身，黄泉泣朝卫三砍来。这时候卫三已经有准备，侧身躲开。霍子安看她的目光，像看着扰人的苍蝇，停下来，吐出两个字："找死。"

不管这个达摩克利斯总兵什么情况，现在阻碍他拔旗的人都得出局。

那头的申屠坤见状，想要朝终点跑去，霍子安将自己的黄泉泣朝后扔去，径直刺向申屠坤的后背。

申屠坤无法，只能躲开。

卫三在原地还未反应过来，只感到一阵天旋地转。

原来是霍子安在扔自己的那把黄泉泣时，极速靠近卫三，且转身一脚将她踢向申屠坤方向。

卫三被震得吐血，来不及擦拭，立刻操控血滴起身，这时候霍子安朝他们两人走来。

离终点越来越近了，卫三扭头朝后方看了一眼，那些旗子仿佛触手可及。

"学长，你一定要拖住霍子安。"卫三在机甲舱内低声道。

卫三操控血滴以机甲极限速度奔向霍子安，拔出光刀，砍向霍子安的头颈处。

"不自量力。"霍子安冷冷道，随后挥起黄泉泣抵挡。

卫三早已预料他的刀要砍过来，一把A级光刀，一把有名字的3S级武器，对上的结果可想而知。

所以她挥刀一半，便收了势，压低往霍子安的胸口戳去。

3S级机甲岂是A级武器能刺穿的，霍子安心想，达摩克利斯向来出不自量力的人。

然而下一秒察觉到一丝异样，霍子安低头朝自己胸口看去，不由得一愣：这个卫三的刀从中间裂开一半，突然冒出一个电钻头，高速旋转。

"……"

武器对他无用，但丑得诡异。

霍子安难得愣神，卫三抓住这个机会，拉近两人的距离，让他的黄泉泣无法发挥。

"说了……"霍子安回神，冷声道，"不自量力！"

他膝盖往上屈起，想要顶开卫三。

卫三同样屈起膝盖，似乎要和他硬碰硬。

"扑哧——"

霍子安感觉自己膝盖被插进了什么东西。

机甲舱内卫三笑了，她往两个膝盖上装了两把改造碳素小刀，改造的光刀也是想着对付总兵，谁知道四所军校的总兵都这么没用，一直都没派上用场。

按理说她用碳素小刀根本刺不穿3S级机甲，但反过来，3S级机甲自己撞上来就不一样了。霍子安用的力度太大，腿踢过来，碰上她膝盖弹出来的碳素小刀，直接插了进去。

这不算完，一旦插进去，三秒之内碳素刀刃就会炸开。

霍子安皱眉，不愿再和她纠缠，拉开两人距离，朝卫三腰部横砍过去。

卫三用力一躲，光刀脱手扔向霍子安。霍子安见她还想反抗，直接飞起一脚，踢在血滴胸口上。

血滴已经接近拦腰斩断的状态，再加上他一脚，霍子安确信卫三机甲报废。

从卫三奔向霍子安，到她的机甲以几乎断为两截的状态飞出去，这期间不过眨眼的工夫。申屠坤来不及朝终点那边查看卫三如何，只能硬着头皮继续拖住霍子安，只期望达摩克利斯军校有人能空出来拔旗。

清除一个烦人的达摩克利斯总兵，还剩一个双S级主力单兵，霍子安微闭双目，下一秒睁开眼，握紧黄泉泣。

那是……

霍子安的气势消失，盯着终点台，瞳孔一缩，下意识地想要飞奔终点，但膝盖处突然炸开。

"恭喜达摩克利斯军校成功抵达终点，完成任务。"

广播一出，无论是直播现场还是四大军校队伍的人皆愣住了。

宗政越人听见这条广播，目光一厉，直接飞起斩断双头蝰蛇一头，转身奔向终点。

而此刻达摩克利斯也成功解决了雌性双头蝰蛇。

直播场内外和赛场内，所有人的目光都放在终点台上站着的那个人身上。

卫三脸上、训练服胸口处全是血，但手里紧紧握着达摩克利斯军旗。

"第二位是我们达摩克利斯的。"卫三对不远处的霍子安道，脸上斑驳血迹丝毫掩盖不了她的笑容。

第72章

平通院的宗政越人赶到，旁边霍子安脸色难看，盯着终点台上的卫三："系统计算出错，你的机甲已经报废。"

按照大赛规则，一旦机甲报废，立刻出局。

她既然出局，拔下的旗子便不算。

卫三眉目在落日余晖下显得极为耀眼，她启唇："你怎么知道我机甲报废了？"

宗政越人掀起地上快断成两截，埋在黄沙中的血滴，能源灯还亮着。

霍子安看到能源灯，瞳孔一缩，他明明……不对，在被踢飞的那一瞬间，血滴径直面朝下倒地，他没有看见能源灯熄灭。

"阁主……"

宗政越人抬手示意他不必开口，驾驶机甲飞上终点台，拔下平通院军旗，拿下沙漠赛场第三位。

"恭喜平通院成功抵达终点，完成任务。"

大赛中规定，一旦拔旗，完成任务的军校成员，必须立刻停下，除非在和星兽对战，但拔完旗再斩杀的星兽便不能计入成果，无法兑换资源。

"你很好。"宗政越人从机甲内出来，握着长枪，冰冷道。

卫三克制不住咳出一口血，有点支撑不住，直接靠在终点台坐了下来，不过她从来不在气势上输人，仰头道："我也觉得我很好，谢谢这位……兄弟夸奖。"

宗政越人不和人耍嘴皮子，带着平通院其他人坐上飞行器，出赛场。

直播现场。

"你刚才有没有注意到卫三怎么过去的？"习浩天问鱼天荷。

"没有，我刚刚在看宗政越人那边。"鱼天荷盯着镜头内回来的达摩克利斯军校队伍，"霍子安动手确实利落，但是卫三刚才尽力避开了能源那块，至少可以拖延一分钟。"

这一分钟严格意义上对血滴而言没有差别，它已经没有任何作战能力，一分钟之后便会自动报废。

机甲单兵这个时候基本上会等着它报废，谁能想到卫三会从机甲舱逃出来，冲向终点台。

机甲单兵越和机甲契合，越会觉得机甲是自己，那一分钟内机甲破损，被拦腰斩断，感知会给单兵造成错觉，自己的身体如同机甲一样被斩断，加之霍子安那一脚正中胸口，踢的地方是机甲舱所在位置。

卫三精神及身体绝对受到重创。

在这样的情况下，霍子安随意放任卫三摔在离终点台五十米以内，简直再正常不过。

谁能料到卫三居然还能够在那一分钟之内从机甲舱里爬出来，甚至有力气去终点台拔旗。

不得不说，到目前为止，两场赛事中，给人留下最深印象的参赛成员，非她莫属。

"之前还有点怀疑，现在看来卫三确实是达摩克利斯军校手里的一张王牌。"习浩天朝达摩克利斯军校那边看去。

虽然不清楚为什么卫三要暴露这么早，不过见其他主力成员并未有多惊讶，领队老师项明化也一脸优哉的样子，达摩克利斯军校应该规划好了。

"走走走，我们去接他们。"项明化喊着其他老师一起往出口处走，谁能想到这场比赛达摩克利斯军校可以拿到第二呢？

哈哈哈哈哈！

项明化心中大笑，但表面上还保持着冷静人设。

等卫三回来，他一定要拉着她去做彻底检查，这刺头什么情况，一直瞒着学校还是怎么着？

出来的队伍必须按照名次来，达摩克利斯军校队伍走在平通院前面。他们一出来，项明化已经迫不及待朝金珂、卫三他们招手："这里，这里。"

卫三手里拿着支营养液，被应成河扶着一只手，霍宣山和廖如宁也受了伤，至于金珂，刚才情急之下，试着用感知攻击雌蛇，感知使用过度，脸色也好看不到哪里去，和申屠坤站在一起。

明明拿了第二位，达摩克利斯军校队伍里却个个精神都不太好，受伤的受伤，感知用过度的用过度，唯独机甲师们稍微好一点。

媒体记者一窝蜂挤过来，想要采访第二位的达摩克利斯军校生。

"请问卫三你现在什么感受？"

"卫三，你是达摩克利斯军校藏着的王牌吗？那为什么不低调行事？"

"卫三。""卫三！"……

各路媒体记者的夹击和灯光闪眼，让原本精神不好的卫三更加烦躁。她瞥向各个媒体记者，接过蓝伐媒体记者的话筒："我现在想回去洗澡睡觉吃东西，至于为什么不低调行事……"

卫三看着那个之前在星网讽刺达摩克利斯军校的男记者，微微一笑："关你红杉什么事？"

在她说话时，平通院从出口处转弯离开，同样不接受任何采访。

这次沙漠赛场一结束，除了达摩克利斯军校开心，其他军校没一个心情好的。

负责直播达摩克利斯军校的蓝伐媒体，第二天发现他们直播的订阅数据不断攀升，已经逼近帝国军校。

直播回放量更是达到不可思议的数字，一点进去，如果不屏蔽弹幕，压根看不到直播内容。

"来回在帝国军校和达摩克利斯军校镜头跳，就想问应星决把一切都算好了吗？"

"他算好了也不奇怪，应星决将来是联邦最强指挥，不然为什么救助员里那么多少校，人数也翻了一倍，全是从各军区内抽调出来的。"

"难道只有我对卫三感兴趣？我从来没见过这么骚的总兵！突然有点粉上她了，呜呜呜，我不对劲。"

"两场比赛，卫三从头骚到尾，这次还能让平通院吃亏，实属牛 ×。"

"我听直播现场知情人说卫三好像是达摩克利斯校方藏的王牌，他们达摩克利斯军校也是全员 3S 级。"

"这样一来，南帕西和塞缪尔几乎没了机会，前三只能在这三所军校之中。"

"不一定，还要看主指挥怎么样。"

"早知道总冠军我押达摩克利斯军校好了，卫三这么骚，已经让塞缪尔和平通院都吃亏了，感觉下一个目标就是帝国军校。"

"惊，我押了帝国，到时候不会输吧？"

"不可能，有应星决在，帝国军校绝对卫冕总冠军。"

沙都星某军区医院。

"你有没有下注押本届大赛总冠军？"金珂悄悄问坐在长椅上的卫三。

总冠军下注只在大赛开始前有，后期都是每次分赛前下注。

卫三理所当然道："押了，我们达摩克利斯军校。"

"我也押了我们学校。"靠着墙的廖如宁抱着手臂道。

金珂面无表情地扭头看廖如宁，悄声问卫三，就是不想让周围来往的人听见，这位倒好，直接高声说了出来。

"我没问你！"

廖如宁抖着小腿："本少爷就想说。"

"我押了达摩克利斯。"靠在另一边墙的霍宣山冒出一句。

坐在卫三左边的应成河勉强从光脑直播上移开目光："不押自己学校，押谁？"

"有人可能押了别人的学校。"卫三瞥向右边的金珂。

金珂："……我五个军校都押了，这叫分散风险。"

"哪所军校你押得最多？"卫三问他。

金珂支支吾吾，抬头望着医院走廊天花板："帝……国军校。"

卫三："啧。"

应成河："啧。"

对上金珂目光的廖如宁立刻朝他竖起一个大拇指，随后翻转一百八十度朝下："不是本少爷说，我们押注图的不是钱，是一种信念，像你这种人简直……"

霍宣山插进来："如果帝国赢了，分了钱记得请我们吃饭。"

廖如宁重新转回大拇指："鸡蛋不能放在一个篮子里，你这么做是正确的。"

卫三立刻改口："指挥就是不一样，考虑得比我们周全。"

应成河点头："对，不然为什么他是指挥？"

金珂："……"刚才的骨气呢？

对面的门打开，穿着白色大褂的医生示意卫三进来。

卫三走到门口，扭头朝对面走廊看去，四个人都站在那边望着她。

"不用太久，只是重新测感知。"医生安慰道，"我看过你比赛，不像胆小的人。"

卫三跟着医生进检测室，确定走廊四个人都听不见，这才道："我只是想敲竹杠，待会儿出去他们一定会请我吃饭。"

医生："……"看来她赛内赛外都一个样。

"站在这个橙色圆圈内，眼睛看着这块仪表，手搭在水平台下方，释放出你自己所有的感知，就像操控机甲时一样。"医生仔细讲了一遍。

这台测试感知的仪器和当初3212星看起来十分不一样，唯一相同的大概是颜色以及测试时都要戴上头盔。

卫三依言照做，仪器的橙色开始自动上升，从最低等级一路蹿高，最后在医生的目光下，成功越过S级，然后……停住不动了。

医生："这是你平时释放感知的极限？"

卫三想了想，点头。

医生眼中闪过一丝疑惑，最后让她下来，再站上去重新测试一遍，结果照样是S级。

不对啊，学校不是说她是3S级吗？

医生让卫三在这里等着，自己出去喊外面陪同的两个单兵过来。

"你们站上去试试。"

廖如宁和霍宣山站上去，仪器橙色光点都升到最高处3S级。

"仪器没问题，你确定自己用了全部感知？"医生问卫三，"你能不能让这些光点升上去？"

卫三自己站上去又试了一遍："不行。"

医生皱眉："这样，我去开个单子，申请全身体检，你的情况有点奇怪。"

卫三只能和他们一起出来，站在走廊重新等。

而那边收到消息的黎泽和项明化也赶了过来。

"做全身体检？"黎泽问医生，"她还要训练。"

医生点头："不用担心，现在联邦开发了新技术，不会耽误她后期训练。"

第73章

医生说的体检需要一整天，而不是简单的测试感知，其他人则被项明化喊回去训练。

卫三按照医生说的躺下，被送进一个类似扫描脑 ct 的地方，不过医生就在旁边，黎泽和项明化站在外面看。

"一般情况下，仪器不会有问题。"医生前面竖着一块透明面板，他在上面点了几下，卫三便被送了进去，她只能看见白色圆弧状的金属顶，"我听你们老师说你可能是 3S 级单兵，仪器现在检测不出来，那只可能是你身体的问题。"

卫三盯着金属顶，忽然左侧伸出一个圆东西，悬空盖在她眼睛上。

"别紧张，只是测试你视力，放轻松看着上面就行。"医生正在调试仪器，"A 级、无名星……你测试时仪器应该不是和今天的仪器一样吧？"

卫三眨了眨眼睛，"嗯"了一声。

"无名星设备落后，你们那台仪器上最高刻度是什么等级？"医生问。

"A 级。"卫三回道。

"A 级……那就是第一代测试仪器了。"医生对这种事情司空见惯，无名星用淘汰测试仪器的情况多得很，不过一般也不会出什么问题，无名星出 A 级的概率不高，用二代淘汰仪器已经足够，只是没想到现在居然还有用一代淘汰仪器的无名星。

"你们星看起来比其他无名星还要穷。"医生摇头，在面板上点了几下，躺在里面的卫三顿时感觉自己的四肢被固定住。

光这一套检查程序便要两个小时，其间医生站在外面一直不停叨叨，卫三每次一想睡过去，对方的魔音便传了过来，她只能强行睁开眼睛。

卫三："……你是不是工作期间很少有机会和人说话？"

医生拿着杯子，站在外面道："那倒不是，是你现在不能睡。"

他伸手按下外面的红色按钮，卫三便被拉了出来。

卫三起身，指着自己手指上各种线："这些东西可以拔了吗？"

"可以。"医生正在等面板生成结果，仰头喝了口水，润润嗓子，然后一看身体检测结果，立马被未咽下的水呛住，"喀——"

黎泽站在外室，见状拿起耳式话筒，伸手敲了敲玻璃："什么结果？"

医生放下水杯，让卫三跟自己出去。

"数据还需要对比，进一步测试，但身体检测结果已经出来了。"医生神情诡异，朝卫三看了一眼，"长期营养不良。"

项明化："？"

"什么叫长期营养不良？"项明化根本不理解这个词为什么会出现在一个联邦军校学生身上。现在的营养液便宜，普通人不吃饭只喝营养液也能补充基础元素。

"就是身体长期得不到足够的营养，这是她这些年的身体数据。"医生将光脑数据调出来，透明面板立刻浮现出曲线图，"这条黑色曲线是她的，蓝色曲线是正常人的。横轴是年龄，竖轴是营养百分比。"

黑色曲线从一开始就低于常人，七岁曲线凹下去，接着上升一点，到发育期十二至十四岁又低到不可思议，后面慢慢上升，但到现在依旧低于常人。

项明化看着堪称"触目惊心"的曲线，扭头看着卫三："你这些年怎么过的？都去干什么了？"

他不是世家人，也去过各种无名星，但现在联邦发展良好，无名星上的人就和普通人一样，至少活得正常，吃得饱。

"就那样过的。"卫三无所谓地说，"挣钱上学。"

黎泽伸手指着七岁那段几乎没有营养摄入的时间："这一年，你生病了还是？"

医生率先否认："生病躺在医院会有营养补充，反而不会营养不良。"

卫三朝那个时间段看去，那时她刚来到这个世界，在垃圾场捡垃圾活下来，喝着某家公司报废的问题营养液，现在回忆起来甚至有点恍惚。

"……没生病，上学。"

黎泽皱眉："检测仪器有没有问题？"

医生知道他们对检测结果有疑问，但还是耐心道："这里的仪器不会有问题，上周还用过。"

"按道理说这么严重的营养不良，父母应该能察觉。"医生问卫三，"你们平时都摄入什么？"

项明化和黎泽看向卫三，都在等她回答。

卫三："我没有父母，平时喝营养液。"

听到她前半句，项明化和黎泽皆愣住，他们并不知道这件事。

军校入学机制很简单，提交入学信息表以及背景表，入学信息表是学生自己填的，关注点主要是学生姓名、性别、出生地以及附送学院提供的感知证明。背景表由当地星政府提交，一般会进行封档，主要内容是家世背景。

联邦有名有姓的世家就那么一些，且达摩克利斯军校不看学生背景，除非特意调出档案，才能知道这个学生的家庭信息。

上学期调查团过来时，黎泽曾经问过旁边老师，那位老师调出过卫三背景表看她的家庭关系，当时黎泽的注意力放在飞行器内的调查团身上，并没有关注一个 A 级学生的背景表。

即便到现在，他们也没有调出卫三的背景表。达摩克利斯军校信奉实力，会尽可能避免背景干扰，所以赛场出来后项明化下意识只翻过她的入学信息表附件，确定 3212 星提供的感知证明就是 A 级后，又问了一遍卫三，才安排医院重新检测。

"你是孤儿？"黎泽率先回神。

卫三点头。

旁边的医生想了想，觉得不对："如果你七岁喝了营养液，数据不会低到这个地步。"

"嗯……营养液大概只有糖分。"卫三想起以前自己第一次进城在广告屏听见的新闻，是说那批被倾倒销毁的营养液没有对人体有益的微量元素。

黎泽反应极快："你七岁那年，通选公司的营养液已经尽数销毁，市面上所有营养液有三方检测，不可能有问题营养液。"

卫三"哦"了一声："他们倒在垃圾场，我捡回来喝了。"

"……"

她这么轻而易举说出这种话，一时间走廊里三个人皆陷入沉默。

"根据联邦民法，星政府有强制收养孤儿的机构，那里免费提供衣食住行。"项明化第一个出声。

卫三想了想，还是没能想出来 3212 星有这个政策，至少她那个时候没有。

"3212 星没有这个政策。"3312 星倒是有低价提供住宿的政策。

黎泽低头打开光脑查了查，发现 3212 星处于几个军区间，属于多方不管地带，政策经常变动。

"这样你都能上学？"项明化已经不知道自己该用什么心情面对卫三。

光看表面，他们只知道她是个嚣张自信的刺头，而同样是无名星系出来的聂昊齐，甚至有钱自己定制机甲，但来到军校后依然有着无名星出身的自卑。

谁能料到卫三出身这么差？

"我先带她去测试其他项目。"医生打断道。

"去吧。"项明化让出路。

当事人卫三没什么异样，她都熬过来了，对以前没什么特别的感受。

"营养液事件闹得很大？"卫三好奇，刚才她只是说了一句，黎泽便能立刻反应她是在说她七岁那年发生的事。

医生带着卫三进入一间白色封闭室，关上门道："通选事件很有名，通选公司掌控全联邦的营养液，上到世家专用，下到普通民众通用。那年之所以被扒出来，是因为他们胆子大到在世家专用的营养液里动手脚，克扣微量元素。"

"所以被发现了？"

医生递给卫三一对拳套，上面布满线，连着旁边的仪器："算是，很多人不清楚事情缘由。不过我师姐就在帝都星医院，所以我知道。"

"知道什么？"卫三戴好拳套，双手试着握了握。

"通选公司这么多年做得隐蔽，除了内部获利人员，没人清楚。但是应家出了个百年难遇的天才，体质特殊，那时候需要补充能量，应家人专门定制营养液，一支营养液造价昂贵，其他人身体承受不了，只有他能用。人家吃了好几年，结果出事了，身体得不到足够元素，崩溃了。"医生一边说一边摇头，"我师姐是他的医生，到处查原因，最后查到是营养液出了问题。"

"所以才牵扯出其他营养液问题。"卫三明白了。

"对，现在别看通选公司还是这个名字，其实已经大洗牌，被应家人掌控了。"医生有点感慨，"主家目前管事那位应清道，虽然感知低，但手段一流，不然也不会坐上主事人位置，当选主事人时他儿子还没出生呢。你参加大赛，应该知道他儿子。"

"知道。"应星决。

医生示意卫三走远一点："现在你照着光幕上的动作一起动，我要测试你的力量和体能极致。"

卫三看着光幕，指了指墙："我直接砸过去？"

"砸。"医生低头看着连接机器的光脑面板，"这墙是高强度特殊金属，不会……"

"砰——"

卫三一拳砸过去，收手，墙上出现一个大坑。

医生抬头，补充完刚才的话："……破。"

他呆在原地，过了片刻道："你再打一拳，用刚才的力度。"

卫三再打一拳，留下的只有一个浅痕。

医生从口袋拿出一把量尺，比较这两拳，扭头看卫三："要和刚才一样的力度。"

"是和刚才一样的力度。"卫三肯定地说。

医生指着这两块痕迹:"你觉得可能吗?"

"我确定刚才用了同样的力度。"卫三看着痕迹也觉得奇怪。

"你继续砸,别断。"

卫三依言照做,结果墙上的痕迹深深浅浅。

医生:……情况更复杂了。

第74章

力量训练测试,体能极限训练……各种测试检查。

医生带着卫三将方方面面检测了一整天,从开始的惊异到后面的平淡无波,最后他将所有数据上传,进行汇总。

"明天就能出来结果,你们可以先回去。"医生领着卫三出来,又从白大褂口袋里摸出一把东西递给她,"这几天可以先喝着。"

卫三接过来,看着试管内白色的液体,摇晃两下:"这是什么味的?"

"没有味道,这是营养补充剂,适合发育中的机甲单兵用,你还没有满十八,身体还救得回来。"医生解释,"补充好了,应该不会留下后遗症。"

"什么叫应该?"项明化有点不满,"你不是沙都星最厉害的医生?说话这么不准确。"

医生摊手:"你们说她是3S级,但现在情况未定。如果真是3S级,一两个月就能补回来,但不是……就有点麻烦了。"

旁边黎泽皱眉:"她能抢在其他3S级之前发现星兽,绝对不可能是3S以下。"

医生叹气:"为什么你们目光不能看远一点?不是3S级,还有可能是超3S级呢。"

黎泽和项明化顿时看向卫三的眼神都变得诡异。

超3S级这个情况很复杂,不能说比其他3S级敏锐就是超3S级。

目前联邦公认最高级是3S级,但3S级机甲单兵的感知特长有差异,这就是为什么机甲会有轻、中、重型之分,且3S级机甲单兵之间的实力也会有高低之分。联邦到目前为止,也只有帝国军校的应星决是公认的超3S级。

否则有足够多的样本,仪器早该有第四代了。

医生口中可能超3S级的卫三没有注意他们的眼神,已经低头打开一支营养补充剂,仰头直接倒进口中,喝完仔细回味了一下:"确实没有味道。"

黎泽："……"这么严肃的时刻，为什么她总能岔到其他地方去？

三人坐黎泽的飞行器回基地，途中气氛有点尴尬，主要是黎泽和项明化两个人，卫三靠着椅子，自在得很。

"之前你……"黎泽咳了一声，"翻墙去酒吧是不是去兼职打工？"

卫三转着营养补充剂的手一顿，抬头："是的。"

黑厂的事还是不说了，葫芦一揪一连串，到时候可能把霍宣山和廖如宁暴露出来。

"我为当时扣你学分的事道歉。"黎泽认真地说。

"违反校规受到惩罚没错。"卫三已经快忘记这件事了，被抓住当典型，也是她违反规定在先。

项明化看着这个入学就是自己带的学生："不管测出来是不是3S级，你都不用有压力。"

卫三点完头，她对自己是不是3S级不感兴趣，但对能否接触S级机甲感兴趣。

既然现在她测出来是S级，是不是可以设计制作S级机甲了？

一回到演习场，卫三就想溜过去找霍宣山和廖如宁，黑厂的比赛还没完，她惦记那里的奖品。

卫三一去，发现主力成员都在一起。

"检测结果怎么样？"应成河问她。

"明天出来。"卫三坐下，顺走他们桌子上的苹果。

廖如宁抢过她手里的苹果："先说说什么情况，重新测个感知这么麻烦。"

"就那样。"卫三大致说了一遍。

站在对面的金珂从她话中迅速提取一系列关键词，长期营养不良、孤儿、捡营养液，他惊道："那你背后的高人呢？"

卫三不明就里："什么高人？"

"之前来沙都星玩的老师。"

卫三皱眉："不是和你说了，他是3212学院的预备单兵系老师？早想问你，当初离开时就说些有的没的什么意思？"

"……"

金珂脑中多年对卫三背景构建的想象，顿时轰然倒塌，碎了一地："原来卖给我的三轮真是你自己做的。"

"他们指挥都有一个乱想的毛病。"廖如宁将手中的苹果扔还给卫三，"之前不知道你们是一个无名星出来的。"

"对，3212星，帝国校队总兵也是我们那地方的。"卫三咬了一口手中的苹果。

除了金珂，其他几个人齐刷刷地看过来。

应成河："帝国校队总兵，那个泰吴德？难怪今天看回放，他机甲还好好的。"

只有霍宣山关注另外一个点："什么三轮？"

"三轮车，用脚踩的，可移动跑步机。"卫三随口就来，"你要吗？我可以做一辆给你，只要五……"

"不要。"霍宣山直接拒绝，"我可以蹭金珂的。"

旁边的申屠坤："……"他依稀记得霍宣山是一个有君子风度的世家子，对钱财丝毫不在意，为什么现在还会用"蹭"这个字？

卫三坐在廖如宁旁边，低声问："黑厂比赛你们还去不去？"

"去。"廖如宁立刻道。

"你们俩凑在一起说什么？"金珂终于回神。

卫三和廖如宁齐声："没什么。"

回自己寝室，卫三倒头就睡，反倒是达摩克利斯军校的老师们和医生一夜未眠。

第二天，黎泽和项明化亲自去军区医院拿检测报告。

医生领着他们进去，关上门："检测结果出来了。"

"什么级别？"黎泽问道。

"超 3S 级。"医生点开检测报告最后一页，让他们看结果。

黎泽和项明化对视一眼，皆见到对方眼中的复杂情绪。

高兴当然高兴，超 3S 级意味着达摩克利斯军校有能力和帝国军校抗衡，但随之而来的问题也会更多。

医生翻到前面检测数据汇总："但是现在情况很复杂，身体数值显示她甚至没有普通 A 级健康。超 3S 级目前还无法界定，且联邦唯一知道的超 3S 级只有应星决，指挥感知力过强，需要大量营养成分维持身体机能正常，因为前期营养液问题，应星决身体已经受到损害，帝都星那边一直在研发新型专用营养液，试图弥补回来。"

"所以卫三也需要这种营养液？"黎泽问道。

医生摇头："卫三是机甲单兵，和应星决又不完全相同。而且有件事比较奇怪，按理说她感知超 3S 级，幼年没有像应星决一样补充专用营养液，身体应该承受不了。骨骼检测显示，她到七岁那年，身体摄入营养成分到了低点，反而将感知压了回去，从而适应身体，我猜测这么多年卫三的感知一直在维系她正常活动，所以表面看起来她和常人无异。昨天我问过，她曾经出现多次流鼻血的情况，大概是感知突然升起，进入和应星决类似的状态，身体容器无法接纳导致。但目前我们样本太少，不能完全分析清楚她的情况。"

项明化："我们需要做什么？"

"先调整她身体状况，补充足够的营养。"医生坐下，"你们要向外公布她是超 3S 级吗？"

黎泽沉默半晌后，道："外界现在都以为她是 3S 级，是我们隐藏的王牌，那这次我们便隐藏卫三真正的级别。"

医生表示明白："那后续计划要改一改了，原本我想联系我师姐一起研究，不过大赛结束前，卫三先由我负责。"

"应星决需要特殊营养液，卫三呢？"项明化问医生。

"当年应星决营养液问题这个案例我师姐曾经带着我一起研究过，他后面摄入的营养液的成分，我都清楚。"医生道，"还有一段时间，等下一个赛场出来后，你们先别急着走，我会尽可能调配适合卫三的特殊营养液。"

"麻烦了。"黎泽拿着桌面上的纸质检测报告和项明化一起出去。

"她等级这么高，机甲怎么办？联邦也没超 3S 级的机甲师啊。"项明化发愁，一个超 3S 级指挥，背后有应家支撑，到现在身体也没调养好。

卫三……

"先用 3S 级机甲。"黎泽一边低头向军区那边汇报，一边道，"你带她回学校挑机甲，我们留在沙都星这段时间，务必让她选出适合自己的机甲。"

大世家的 3S 级单兵的机甲皆是量身定做的，但各学校都有存放从军区流下来的 3S 级机甲，这里面的来源比较复杂，有些是 3S 级机甲师研制出来的，但无人能用，有些是前辈过世之后，将机甲捐献出来，等待可以用的后人。

"行，我待会儿去找卫三。"

一到演习场，项明化便找到卫三，她旁边还有几个主力成员，看样子都是在等候消息。

"老师，怎么样？"廖如宁手搭在卫三肩膀上，"她一定是 3S 级。"

项明化看着卫三："超 3S 级。"

在场六个人："……"

最后应成河先出声："和我堂哥一样？"

项明化点头："超 3S 级的事，大赛结束前，先别说出去，你们只当卫三感知是 3S 级。"

"我是超 3S 级。"卫三终于反应过来，缓缓地说，"是不是意味着我们有机会看到帝国之火升起？"

项明化皱眉："什么帝国之火？"

"没什么。"金珂插话，"老师，卫三的机甲怎么办？"

"时间上来不及，卫三，你只能先回学校挑 3S 级机甲，到时候让应成河帮你改。"项明化道，"我现在带你去。"

霍宣山挡在卫三前面："老师，挑机甲要好几天，我和廖如宁陪她去，顺便练手。"

"这……也行。"项明化将虚拟钥匙 ID 卡传到霍宣山的光脑上，"你们都是 3S 级机甲单兵，应该更好。"

卫三悄悄对霍宣山竖起大拇指，反应太快了，正好他们可以一起去黑厂比赛。

项明化交代完事，便回去和其他军校老师扯皮，五大军校，无论哪个角落都充满了钩心斗角。

"他们是不是有事瞒着我们？"金珂眯眼看着卫三和霍宣山及廖如宁的背影忽然道。

第 75 章

"卫三已经回达摩克利斯军校，去了机甲存放室。"姬初雨抬手将光幕转向对面的应星决，"看样子他们不打算隐瞒了。"

"达摩克利斯主力队的双 S 级单兵三场之后毕业，不能再参加大赛。"应星决抬眸望着光幕上的卫三几人，"第三场换上她，双 S 级单兵去当校队总兵，五大军校瞬间洗牌。"

"一个无名星居然能出 3S 级机甲单兵。"姬初雨口吻中带着几分复杂。

"金珂同样出身于无名星，这些人只要抓到一点资源，会立刻往上爬。"应星决敛眉，他没有纠正关于卫三感知级别的话。

实际上自沙漠赛场出来以后，应星决从未明确告诉任何人，卫三是超 3S 级机甲单兵。

近些年，尤其这两年联邦暗流涌动，有一股力量夹杂其中，超 3S 级机甲单兵的出现，势必会遭到疯狂扑杀。

至少在大赛之后，超 3S 级机甲单兵实战训练过，有一定的自保能力，这个消息才能放出去，或许能起到震慑的力量。

应星决垂眼看着桌面，达摩克利斯军校背后军区那边……或许该联系了。

"这些都是3S级机甲？"卫三看着各种机甲戒指和机甲项链，心怦怦多跳了几下，幸福来得太突然，她有点接受不了。

"对。"廖如宁趴在透明柜上看，"老师说要给你几天时间试，我们趁这个时候换机甲，去拿黑厂冠军怎么样？"

"打翻黑厂"小队要是不打翻所有人，这名字就白取了。

"先替卫三找到合适的机甲，之后我们从没面世的机甲中挑三架出来去黑厂比赛。"霍宣山想得更全面。

存放室有专门的试练场地，卫三一架一架机甲试过去，人兴奋得都快昏厥过去。

廖如宁双手抱臂，一脸嫌弃地看着正对各种机甲动手动脚的卫三："我怎么觉得她现在的样子和我们当初挑机甲不太像呢？"

世家子弟定制机甲前，会先试一些机甲，那也算是他们第一次真正接触机甲，都会兴奋。但他们会兴奋地跳进机甲舱，操控机甲，而不是现在卫三这样，对着机甲摸来摸去，像个猥琐的机甲师。

想起那些机甲师猥琐地摸着自己的机甲，廖如宁不自觉打了一个寒战，太可怕了。

"卫三，你快进去试。"廖如宁喊道。

"马上。"

放出一架3S级机甲，卫三跳进机甲舱内，先是被里面豪华设备震惊，随后开始到处摸摸碰碰，最后才坐好，戴上仿生头盔。

启动的那一刻，卫三的大脑立刻接收整架机甲的结构，她的感知通过仿生头盔蔓延到机甲每一个角落。那一刻，这架机甲仿佛就是她自己。

点开操控面板，卫三开始慢慢移动，却发现A级机甲和3S级机甲之间差距太大。

现在的她就像平白得了几十年内功的练武人，随随便便一步就滑了出去，每一个动作都做得轻而易举。

这种可以掌控天地的澎湃力量感，无怪乎那些3S级机甲单兵个个眼高于顶，不轻易和A级来往，两者确实不是一个世界的感觉。

卫三将这架机甲的基本性能试一遍后，便出了机甲舱。

霍宣山见到她，不由得皱眉："卫三？"

卫三望向他，不知道什么意思。

"你鼻子。"廖如宁从口袋拿出纸，抽出来上前堵在卫三鼻子下方，"什么情况？"

卫三从兜里掏出一支营养补充剂，一边堵着鼻子，一边把手里的营养补充剂喝干净："医生说我感知正在恢复，身体会承受不了，流鼻血是正常情况，没事。"

卫三一架一架试过去，比廖如宁和霍宣山想象得要快，每次每架机甲动作只试一次，就不会再试。

"就这架。"卫三从早试到晚，最后选中一架和血滴一样颜色的机甲，"各方面都不错，应该是最适合我的。"

"朱绛，是达摩克利斯军校以前学长用的。"霍宣山记得这架机甲，"学长曾经驾着它，站在大赛领奖台上拿冠军杯。"

廖如宁只对重型机甲感兴趣，对其他联邦史上的中型机甲记得不清楚，但听完霍宣山的话后，道："那得多少年前了。"

达摩克利斯军校太多年没拿过冠军了。

霍宣山："……解老师在这里，可能会被你气死。"

卫三收了机甲："我们挑三架其他的，晚上溜去黑厂比赛。"

达摩克利斯军校的学生都在关注他们，要光明正大走出去肯定会被发现。好在这边在北望楼，除了护卫队，没有什么学生会过来。

翻墙特别好翻。

"这就是翻墙的感觉？"廖如宁骑在墙上，一只脚在墙内，一只脚在墙外，"感觉不错。"

"赶紧下来。"卫三站在墙外，仰头，"骚不骚？待会儿被人撞见。"

廖如宁单手撑墙顶，跳下来："采访一下，当初你在墙上被少校当场捉住是什么感觉？"

霍宣山纠正："现在是黎泽上校。"

卫三："？？？"

"我是在课堂上被上校认出来的，谁和你说我是当场被捉住的？"这都是哪里来的谣言？

"当初知道你是低头后，我去论坛翻你的消息，他们都说你是在晚上爬墙的时候被少校发现的，而且你还把少校当成了护卫队的学长。"廖如宁说得有鼻子有眼儿的，"据说你为了逃避惩罚，谎称自己是小绵羊，在寻找网恋对象夜北哥。"

"你的夜北哥现在找到了吗？"霍宣山插刀。

卫三："……去你们的。"

往事不堪回首。

三人重新回到黑厂，再一次进行登记。

"又是你们三个？"负责登记的人一抬头，下意识道，"沙都星黑厂的决赛都快结束了，现在才来？"

"之前你说过所有参赛者都可以对分区冠军进行挑战。"卫三还记得他说的规则。

负责登记的人只能开始登记，抱怨："前天分区冠军已经比出来了，今天是报名挑战最后一天的最后一个小时。我都快下班了，为什么你们总是要赶到最后来？人家达摩克利斯主力队都没你们这么忙。"

这里还真有两个主力队员。

三人沉默不语，安静地等着他登记完。

"拿好你们的比赛卡，明天开始挑战分区冠军，你们应该排在后天。"登记员撇嘴，"希望你们能挑战成功，也不枉耽误我下班时间。"

黑厂地下五层。

"这是截至目前所有挑战队伍的名单。"

厉雀抬眼看着那些队伍名字，轻轻吹了吹自己指尖刚涂好的指甲油："这些队伍没有半点自知之明，还妄图有那么一丝机会。"

话刚说完，目光停在最后一个团队的名字上，厉雀放下手，声音冰冷："打翻黑厂？那个有起岸西和向生活低头的队伍？"

同伴点开队伍成员详情表，起岸西和向生活低头赫然在内。

"找死！"厉雀抬手猛地拍在桌上，大理石桌面顿时裂开无数细痕，"我没有找他们算我弟弟的账，他们反倒自己送上门了。"

死神是厉雀的弟弟，本身是个 S 级，后来输了比赛，掉了积分，落到地下三层，他便开始在地下三层以虐杀为乐。

不过经过和向生活低头以及起岸西两次擂台赛后，死神彻底毁了，心神受到打击，恢复不过来，连一个普通人都不如。

"既然他们要挑战，到时候直接在台上弄死就行。"同伴无所谓地说。

厉雀冷笑："自己送上门，我就不手软了。"

三个人翻墙回达摩克利斯军校，第二天金珂和应成河都回来了。

"成河回来帮我改机甲，你回来干什么？"卫三问金珂。

金珂脑子转得快，万一被他发现怎么办？

"你们都在这儿，我们回来有什么不对？"金珂眯眼看卫三这几个人，"难不成你们有什么不可告人的秘密？"

"申屠学长呢？"霍宣山岔开话题。

"去办军区的事了，申屠学长要去十三区，跟着黎泽上校。"应成河解释。

"挺好的，将来本少爷也去十三区。"

五个人凑在一起，廖如宁又突然想起一件事，看向卫三，一脸严肃："今天晚上，我要享受我的二十万。"

卫三："……"

霍宣山："我的五万。"

卫三感觉霍宣山有时候特别烦，哪里都有他！

"行，今天大家一起睡我寝室。"卫三面无表情，"但要先去买软床。"

最后五个人一同出去逛街，再一次走出了炸街的气势。

这一次穷人依旧只有卫三一个。

第76章

少爷出门逛街挑床，被几个人联合起来蒙，到最后把床上用品买了一遍，等刷完卡才反应过来全是自己付钱。

"你们坑我？"廖如宁质问望天看地的四人。

"朋友之间的事，怎么能叫坑呢？"卫三友好地拍了拍他肩膀，"这样，待会儿让霍宣山请吃饭。"

霍宣山："……"

廖如宁顿时好了："可以。"

这几个人中最会算计的是金珂，但要论腹黑绝对非霍宣山莫属，廖如宁以前也和其他人一样，以为他是君子，现在明白霍宣山是最不要脸的一个。

吃完一顿昂贵的午饭后，金珂他们几个去卫三寝室负责把东西换好，应成河带着卫三去改造机甲。

"你选了什么机甲？"应成河问。

"这个。"卫三在空地上将机甲放出来。

"朱绛。"应成河点头，"我看看哪里还需要改。"

说罢，他上前用光脑连接这架机甲。

卫三没上去，而是问他："我现在是超3S级，能不能看鱼青飞的教学？"

应成河一愣，想起卫三还会改造机甲。

"可以，如果你戴上脑接口，能进去就行。"应成河反应过来，"联邦现在没有超 3S 级机甲师，卫三，我暂时帮你改造机甲，但以后你可能要自己设计出自己的机甲。"

"那你在这里帮我改朱绛，我去看鱼青飞的教学。"卫三当即想要去见识一下鱼大师留下的机甲学。

应成河抬手打开光脑，帮卫三开通权限："进去之后，不要勉强自己，一旦感到不适立刻出来，否则感知可能会受损。"

卫三得了权限，立刻溜了过去。

有脑接口的机器就在之前他们去过的资料室二楼，卫三穿过一楼资料室，走到二楼，上面空空荡荡的，只有中间有个略高的平台，类似头盔的脑接口悬在上面。

她刚一靠近，平台周围便骤然竖起一道淡蓝色的光屏障，进不去。

抬手亮起光脑的权限，屏障重新消失，卫三站上平台，拿下悬空的脑接口。

刚拿到手，她便察觉脑接口在吸纳自己的感知。

卫三想起应成河说的，干脆将自己感知全放出来，接着戴上脑接口。

一戴上，她的视野立刻发生变化，更确切地说像是陷入一片泛着淡蓝色的黑夜中。

"又来一个。"

卫三背后突然传来一道年轻的声音，她扭头看去，是一个身材修长、相貌俊美的年轻男人，和星网上的照片一样。

——鱼青飞。

只不过照片内的鱼青飞端正俊美，加上历史光辉的加持，没有人料到他其实带了点邪气。

年轻男人，即鱼青飞，从后方走过来，站在卫三前面，好像看见了她一样："新来的，你确定要当机甲师？"

卫三没出声，反而上前绕着鱼青飞打量。

这应该是他生前录的，看得出来状态很好，眼底还有藏不住的散漫轻松。

"怎么不说话？"鱼青飞对着空气道，卫三站在他背后。

想来鱼青飞也未料到有人不按常理出牌，一点都不尊重他！

卫三见状伸手拍了拍他："大师，这里。"

鱼青飞的残像立刻转身："别对我动手动脚，是不是来学机甲的？臭毛病。"

卫三："……"

"行了，现在我开始教你。"鱼青飞抬手横拉，"这里是相应等级教学，选吧。"

那一排只有三个选项：S、2S、3S。

卫三犹豫一会儿，直接点了 3S。

画面顿时一变，这次在一个超大工作室，是卫三没见过的豪华工作室。

"不管你是零基础的小屁孩，还是想来我这儿再学习的垃圾机甲师，"鱼青飞手里拿着一把工具刀，在旁边突然出现，"从现在开始，忘掉一切，跟着本大师学。"

这时候的鱼青飞比刚才见到的鱼青飞明显要大上一些，可能有三十岁左右的样子，但身上的散漫傲气依旧在。

"我们先从机甲结构说起，你觉得机甲零件中哪个最重要？"鱼青飞朝卫三看过来，压根没有给她时间回答，"不管你觉得哪个重要，现在我说哪个重要哪个就重要。"

卫三："……"行，你是大师，你说得都对。

"能源、发动机中的引擎、武器，这几样对一架机甲而言，是最重要的东西。"鱼青飞走到工具台，拉过椅子坐下，"这些零件都和材料有着千丝万缕的关系，我们很多材料是从星兽身上得来的。什么等级的机甲，就要用什么等级的材料，即星兽。"

卫三有点明白，又不太明白。她没接触过 S 级材料，之前"我有钱"寄过来的是成品零件，她也没来得及研究，因为流鼻血最后搁置了。

她所接触的全是人工合成的材料，用在 A 级机甲上，没听说 A 级用星兽身上的东西做武器。

"A 级不必用星兽身上的东西做武器。"鱼青飞像是听见卫三心中的话，道，"A 级星兽多为群生群居，力量不足，用来做材料不够好，甚至不如人工仿制材料。如果哪天你要做 A 级机甲玩玩，记住别用 A 级星兽，有机会可以试试将一点点 S 级材料加进去，别太多，否则 A 等级的机甲单兵承受不了，这之间的量和平衡，需要你自己研究。"

卫三突然想起在黑厂中死神那架机甲，关节似乎便是加了 S 级材料，但死神不一样，是 S 级。

这还是后来霍宣山告诉她的。

"今天我就讲讲材料，正好校长那王八蛋弄来一头 3S 级星兽。"鱼青飞起身，推开一道门。

卫三眼前又换了一幅场景，这次是一个只有处理台的空房间，中间放着一头血淋淋的巨型沙狼。

"这是一头巨型沙狼，只有沙都星才有。"鱼青飞蹲在已经死去的沙狼前面，用戴着手套的手掰开它的嘴，"这是一头即将异化的沙狼，虽然等它完全异化再动手，材料的品质会更好一点，不过……星兽这种东西，碰上了就要杀，否则将来不知道会伤害多少人。”

“你注意看它的牙齿，坚硬锋利。”鱼青飞敲着沙狼的犬齿，“但如果要做机甲武器，不太合适。机甲的武器要可以收放自如，这样对机甲的行动有利。所以我一般会选择，取下沙狼的牙齿，经过特殊处理后，加入武器中。”

鱼青飞手脚麻利地处理掉沙狼的四个犬齿，然后画面一转，估计已经过去好几天了，因为卫三发现他换了新衣服，站在工作室内。

“我演示一遍怎样处理沙狼齿。”鱼青飞对着卫三的位置道。

他一边动手，一边像是闲聊：“我前两天听到一个消息，有个机甲师取材料的时候，不杀死星兽，在它们活着的时候取材料，因为这样材料的品质更好。星兽确实只知道攻击人类，害兽无疑。但我希望我教出来的学生，以后不会用这种手段。不是同情星兽，而是这种事情做多了，你们自己心理会出现问题。”

鱼青飞双手抬起，停在空中，不太高兴：“那个机甲师走这种歪门邪道，我希望未来联邦不会再有这种人出现。”

之后他没有再说这些事，单纯地教怎样处理材料混合到武器金属中。

但卫三有预感，这是鱼青飞在留下的教学视频中第一次露出这种复杂加沉重的表情，原先带着的散漫与意气沉淀下来。

她跟着鱼青飞刚学完处理材料，突然眼前所有一切消失，又回到空荡荡的二楼。

“卫三，你在里面待了五个小时。”应成河低头看着自己光脑，他刚刚让卫三强制退出。

目前达摩克利斯军校用这台仪器脑接口学机甲的人中，权限最高的人是应成河。

“是吗？我不记得了。”卫三从平台下来，结果双腿一软。

应成河上前扶住她：“第一次上课怎么样？”

“挺好，从材料学起。”卫三站在原地，又开始流鼻血，但现在她内心已经毫无波澜，熟练地用纸巾堵住自己的鼻子。

医生说过这是感知恢复的征兆。

“材料？”应成河一愣，“不是从机甲发动机讲起？”

这种是大师们在生前已经录好，并设置好参数，导入机器内的教学视频，看起来是一对一，其实所有人学的都是一样的内容。

“不是。”卫三看向应成河，“你没学材料？”

“学了，但你顺序不对。”应成河皱眉回头看了一眼机器，“可能和你是超

3S 级有关。"

"鱼青飞也是超 3S 级？"卫三在星网上看到的资料有限，无非这位是划时代的人物，牛逼的兵师双修。

应成河摇头："不清楚，联邦这些大师等级都是 3S，但近年来有人怀疑那些大师的等级和我们的等级划分不一样。"

"测试感知的仪器不是鱼青飞和那谁发明的，怎么会不一样？"

"公仪柳。"应成河道。

"嗯？"

"是鱼青飞和公仪柳。"应成河解释，"目前用的第三代仪器是公仪柳发明的，公仪柳是帝国军校主力成员公仪觉的祖先。"

卫三点头，模糊有个概念。

"可能因为我们都是兵师双修。"卫三大言不惭地说，"本人也是一个优秀的机甲师。"

应成河笑了笑："有区别。鱼青飞最开始被世人熟知的身份是机甲师，后来好像是有一次刺杀，结果外人才发现他还是个机甲单兵。至于你，目前的身份是机甲单兵。"

卫三若有所思：可惜了，如果我有钱，也一定先当机甲师。

第 77 章

"快点。"廖如宁猫着腰贴着墙走，小声喊着背后的卫三和霍宣山。

廖少爷从来没有翻过墙，上次翻完后，感觉良好，这次十分主动。

卫三落在最后，今天晚上要去黑厂比赛，所以白天她对金珂说要去和应成河一起调试机甲，到了晚上，又对应成河说自己要去和鱼青飞学机甲相关的知识，让他晚上早点睡，不用去找她。

"你们找了什么理由出来的？"卫三看着廖如宁翻过墙，也一跃而上，问他们俩。

"说我们俩出去训练了。"廖如宁无所谓地说。他们俩都是单兵，原先就经常一起行动，不在学校。

卫三稍微安心了一点，只要应成河不去找她，没有人怀疑，自己应该就不会翻车。

三人一齐来到黑厂地下四层，沙都星最后的挑战决赛在这层举办。

"这是真金子。"卫三一下来，便摸上了人家的墙，"有钱。"

墙是黑色的，但走廊两边摆放的个花盆的角磕碰破了墙壁一点，露出里面原来的颜色。

"黑厂灰色交易很多，几乎占据全联邦，有钱不足为奇。"霍宣山之前正是因为听说过黑厂的一些消息，才会过来打黑赛，觉得或许能找到高手对练。

"金珂家搞垃圾都能发财，这种灰色交易全都是高利润的东西，当然有钱。"廖如宁退回来看着里面露出的黄金道。

还在达摩克利斯军校推演的金珂忽然打了一个喷嚏。

廖如宁伸手杵了杵露出来的黄金墙："我们可以抠点回去卖。"

此话一出，地下四层站在走廊一侧的服务生余光顿时扫了过来，盯着廖如宁，眼皮都不眨一下。

"……干干，你出息了。"卫三都没动过这个心思。

"走了。"霍宣山伸手推着两人往前走，再不离开，那个服务生大概要叫人来处理他们了。

卫三看了一眼他们团队的积分："我们积分只能到第三层，不是比赛还来不了这里。"

"上次和那个团队打完，积分不是涨了很多？"廖如宁记得当时翻倍了。

"涨了，还差一点。"卫三摸了摸手指上的戒指，这架机甲她还没怎么用过，只有下午的时候，在训练场和他们俩打了几场。

他们到达比赛现场时，倒数第二支挑战队正在和冠军队打。

霍宣山和廖如宁并没有因为自己是 3S 级而不去看他们比赛，事实上机甲和感知是一回事，战斗经验又是另外一回事，他们还太年轻，没有太多的经验。

当初建立赫菲斯托斯大赛最重要的目的便是要让军校生获得足够的实战经验，在上战场时才不会伤亡太过惨重，让年轻的军校生有心理缓冲期。除去初期及前些年达摩克利斯和塞缪尔发生的那件事外，大赛其实伤亡率并不高，之所以有那么多替补队员，完全是因为在比赛中，有些军校生的心理会崩溃，最后黯然退场。后遗症轻的，自己会调整过来，只要有足够的实力，还能继续参加大赛；但有些人不光从比赛中退出，甚至退出军校，从此当一个普通人。

大赛中，十二场比赛，三系生皆会从中得到经验。机甲师要在有限时间、有限材料的条件下，尽可能恢复单兵的机甲，保证它们能够作战。指挥在和星兽实战中学会感知运用技巧，不仅仅是建立屏障，还能攻击星兽精神力。至于机甲单兵和星兽以及其他军校对战都是主办方想看到的。

"冠军队有一个 3S 级机甲单兵。"霍宣山看着擂台中间的那架浅黄色机甲道。

"她队员下手狠，应该不只打过擂台赛。"廖如宁把注意力放在冠军队的重型机甲上，身上的戾气浓郁，绝对不是善茬。

挑战队伍也不弱，三个人皆是双 S 级，但有致命的弱点——配合不够默契，对面的冠军队显然一起打了不少比赛，甚至不用反应，便知道队员下一步要干什么。

卫三低头调出冠军队的资料，点开那架 3S 级机甲信息："厉雀……"

"他们队伍信息？"廖如宁一扭头便能清清楚楚见到卫三光脑上的内容，"你光脑什么都被人看干净了，不如早点换个有隐私界面的光脑。"

"我这个有送隐私界面功能。"

"哪儿？"

卫三指了指自己 ID："隐私了。"

廖如宁："……"受教。

"厉雀不太行。"卫三盯着擂台上的人看了一会儿道。

"为什么？"霍宣山认为他们团队配合默契，没有多年相处，行动无法这么同步。

卫三看着擂台上的厉雀："她的 3S 级机甲的性能只发挥不到一半。"

廖如宁："可能是新换上的机甲，新机甲都有不适应的问题。"

"大概。"

卫三只是觉得厉雀和自己见过的 3S 级不太一样，很虚，每一次出招势头不错，但是力度不够，控制能力也不够。

从一个机甲师的角度来看，厉雀不适合这架机甲，如果应成河在这里，会发现端倪，但卫三并没有学太多有关 3S 级机甲的内容，说不清自己的感受，不知道其中的差别，再一抬头，那边挑战队全部被打败，机甲全毁。

"恭喜黑厂猎人再次捍卫分区冠军地位。"

厉雀从机甲内出来，站在擂台之上，遥望等候区的卫三和霍宣山，伸出指甲涂得鲜红的手指，抬起往脖子上狠狠一拉。

廖如宁："？"

他偏头："那个女人是在对我示威？本少爷还没这么做，她居然敢对我用这样的手势？！"

廖少爷真真实实生气了，强烈表示厉雀要交给自己对付。

卫三和霍宣山并不知道死神是厉雀的弟弟，两个人来黑厂各有目的，一个想挣钱，另一个想要找对手试练，压根不了解黑厂八卦，自然以为厉雀只是对挑战队示威。

他们是最后一支挑战队，按照规则冠军队会休息一个小时再接着比赛。

卫三他们坐在等候区看冠军队昨天的比赛。

"全是S级及S级以上，联邦的散兵都来黑厂比赛了？"廖如宁看着各种队伍道。

"黑厂猎人配合确实完美，卫三没怎么用过3S级机甲，待会儿要多加小心。"霍宣山嘱咐。

"3S级对付双S级，新手对付老手，还算公平。"卫三没什么感觉，只在乎一件事，"机甲坏了，我要赔吗？"

霍宣山："……应该不用？"

"什么叫应该？"卫三知道大赛中机甲所有维修材料都是从主办方兑换来的，不用机甲单兵操心，只要负责努力打星兽就行，但现在回学校试机甲就不清楚了。

"你说是在试机甲的时候搞坏的就行。"廖如宁完全不担心，"你现在是我们达摩克利斯军校的关键人物，校方不会在意这点钱，等拿了大赛总冠军，军费都能翻好几番。"

说得好像他们一定能拿大赛总冠军一样。

等到一个小时后，负责主持的人站上台："接下来是最后一场挑战赛，挑战队……打呃、打、翻黑厂，PK冠军队黑厂猎人。"

观众席。

"这个主持人怎么说脏话？翻黑厂怎么了？"

"这个挑战队的名字叫打翻黑厂，你抬头看光幕。"

原本以为黑厂猎人已经够嚣张了，居然还来了一个更嚣张的名字。

几个人放出机甲，站成一排，崭新发亮的机甲可谓排面。

可惜黑厂里没人认识这些机甲，且S级以上的机甲，如果机甲外壳没有标识明确等级，外人光看表面看不出来确切的等级，要在对战之后，比较速度等方面，才容易看出来。

而卫三他们挑的机甲全是达摩克利斯军校以前机甲师的练手作，上面并没有标识3S级。

"他们机甲全换了。"VIP包厢内的中年男人站在窗户边道，"果然是S级。"

"当初还以为他们不来参加了。"后面的人微微弯腰道。

"我送请柬给他们，也只是碰个运气。起岸西和那个向生活低头进来后的目标明确，都是升级，对我们黑厂的各势力毫不感兴趣，极可能是世家子弟出身。"中年男子盯着擂台上的两支队伍，"我倒希望向生活低头这支队伍赢，世家子弟不会对我们沙都星黑厂这点势力感兴趣。"

六人各站一边，在主持人下场说开始后，最先动的人是厉雀和廖如宁。

厉雀本想对上卫三，结果半路被廖如宁拦住。

"让开，我饶你一命。"厉雀甩出鞭子，冰冷地说。

廖如宁："？？？"

"你饶我？"廖如宁感到自尊受到了前所未有的挑战，"爷爷都没这么大言不惭说过话，你指甲红了不起？"

正对上另一个双S级的卫三听到廖如宁的话，情不自禁扭头看他：关红指甲什么事？

厉雀已经不耐烦了，鞭子径直朝廖如宁甩去："找死！"

廖如宁躲开，嘴里不输一句："爷爷找的就是你死。"

别的不行，但毒舌嘴炮，在这点上廖如宁从来不会输，毕竟连阴阳怪气的卫三都不是他对手。

卫三对上双S级，用的是惯常逃避手段，一路走来，基本都这么做，在逃避对手攻击的同时，迅速熟练掌控机甲。

另一边的霍宣山对上双S级状况暂时平衡，对方经验老到，他一时间找不到地方下手。

在外人看来，打翻黑厂这支队伍特别散乱，各打各的，完全没有默契可言，但偏偏无人受到攻击。

场面一度十分难看，观众只见到一个全场乱窜的机甲，后面跟着个拼命试图攻击的双S级机甲。两个对骂，最后那个叫干食泥的男机甲单兵居然骂到厉雀不再出声，疯狂攻击干食泥。唯一有点看头的就剩下的两个人。

正在观众看得无语时，厉雀的攻击失效了。

那招几乎是厉雀遇到棘手的人才出的，一出招，对方势必败下阵来。

这个失效的攻击仿佛一个信号，打翻黑厂的三人顿时换了打法。

干食泥一把大刀连续出招，肩部、上臂、右腿……厉雀的机甲伤痕累累，她甚至毫无抵抗之力。

起岸西则拉开和对手的距离，一把黑弓，拉弓搭箭径直朝对方射去，那个双S级散兵只来得及砍断前面两支箭，后面再来的箭直接穿透他的刀，射穿了机甲。随即起岸西疾速靠近他，一脚将人踹下擂台。

直到起岸西踢过来，对方甚至都没办法生出反抗的心，这就是等级压制。

而刚才到处逃窜的向生活低头骤停，手中突然冒出长枪，反手朝对方刺去，挑开他的肩膀防护甲。

渐渐观众席上才有人反应过来："打翻黑厂三架都是3S级别的机甲！"

"三架 3S 级机甲？开玩笑吗？"

观众中不乏有人看赫菲斯托斯大赛，尤其打翻黑厂突然翻身，一个已经站在旁边看戏，另一个还在压着厉雀打，他们不由得关注向生活低头那边，看着看着，有观众突然道："长枪、刀、弓，又都是 3S 级机甲，他们难道是平通院的主力队？"

"不对吧？平通院用枪的是宗政越人，没记错的话，他是个男人，刚才向生活低头看身材像个女的。"

"这你就不知道了，平通院向来神秘，据说有很多秘法，男变女也不是不可能的事。"

"是吗？"大部分人将信将疑。

"当然是，3S 级机甲单兵，谁知道他们的力量有多强，变成女的应该也可以。"

"对，用枪的就只有平通院，刚好这几天大赛结束，在沙都星能用枪的 3S 级机甲单兵，可不就是平通院宗政越人。"

黑厂这种大型比赛，总会暗中买门票，来的观众什么层次都有，普通人最多，对 3S 级的了解只限于星网流传的消息，以及偶尔从各军区传来的消息。

神魔化 3S 级机甲单兵是联邦普遍的事。

至于这场比赛之后，民间流传关于平通院宗政越人其实可以变成女人的小道消息，又是另外一回事了。

此刻黑厂擂台上，卫三脑中正在回忆宗政越人斩杀星兽的动作。

由于 3212 星没有资源，老师们大多训练学生体能技巧，各种武器都有训练过，卫三没什么爱好，都能用，因此所有的武器全学了一遍。加上一直以来，她为了挤时间去学机甲构造，关于机甲单兵方面的技巧，能一遍学会就不再学第二遍。

前两天主力队一起看各军校在沙漠赛场的回放，卫三也跟着看了一遍。因为机甲自带武器是枪，大概是机甲师仿照平通院那边机甲做的，但没有人会用枪，所以机甲便搁置了，她用这架机甲，自然而然学起了宗政越人的招数。

挑开对方的肩部护甲后，卫三手腕轻转，指尖松开，长枪在空中转了一圈，她掌心朝上握住它，朝前再次刺去。

对手以为她要攻击自己机甲胸部，双手交叉做斜十字状，试图挡开她的枪头。

不是胸口！

机甲舱内，对手瞳孔一缩。

"扑哧——"

卫三手握长枪,本该朝上的枪头径直向下刺中对手机甲的膝盖,手用力一转,彻底从膝盖护甲中穿过,随后又猛力拉出来。

长枪头呈三角形,带出来时,两边棱角又对膝盖造成二次伤害。

卫三没有彻底收回长枪,而是紧接着就这个位置偏了偏探进,用枪身敲他的膝盖侧边。

不只如此……

卫三回忆自己观察到的细节,宗政越人这招并不只是简单地敲一下,握住枪身,当时利用佛枪敲过去,枪身的震弹力,连续敲了双头蝰蛇的身体,她看不清,但绝对是高频次。那条双头蝰蛇的半边头下面的身体,动作瞬间慢了,她怀疑蛇身里面的骨头断了。

枪身弹了几次。

卫三这招没学好,心中有点遗憾,决定再搞对方另一条腿的膝盖。

等她重新刺穿对手另一条腿的膝盖后,枪身多弹了几次,但依旧不是高频次。

卫三就这么开始拿对手当实验,不断寻找手感,直到对手撑不住为止。

另一头,廖如宁还在慢慢和厉雀"玩"。

"你老往那边冲干什么?"廖如宁不满,"你的对手是我,难道我满足不了你?"

站在旁边看戏的霍宣山:"……"说的什么话?

厉雀已经被气得胸口郁结,原本自信满满,要弄死起岸西和向生活低头,结果这个干食泥突然冒出来,她都接触不到那两个人,还怎么为自己弟弟报仇?

而且没想到,他们居然……全是3S级。

"我杀了你!"厉雀眼睛赤红,疯狂挥着鞭子攻击廖如宁。

"怎么还是杀来杀去的?"廖如宁"啧"了一声,躲开她的攻击,但被甩中一鞭,机甲手臂顿时有一道深痕。

机甲舱内的霍宣山皱眉,提示廖如宁:"早点结束。"

廖如宁渐渐认真起来,刀身被厉雀鞭子缠住,面无表情用力挣开,一字一顿:"我、也、想!"

厉雀攻击力度陡然大增,他对付起来甚至有点吃力。

霍宣山看不下去,干脆也加入战局,二对一,想早点结束比赛,以防意外发生。

厉雀见到霍宣山也过来,眼睛越发血红,嘴角狞笑:"今天你们全得死!"

廖如宁差点翻白眼,这个女人从一上场,不知道说了几次"死"。

两人联手,厉雀又被压制下去,犹如困兽,疯狂地不停攻击,尤其是对霍宣山。

"你是不是抛弃她的负心汉？"廖如宁抽空问霍宣山，"怎么老往你那边冲？"

霍宣山："……闭嘴。"

他们两个人压制一个厉雀居然还有点棘手。

厉雀已经看不清两个人，只凭着一股力量疯狂攻击他们，最后咧开嘴，无视廖如宁的攻击，径直朝霍宣山袭去。

两人只当还和刚才一样的招数。

"啊……"

厉雀的疯狂叫声只来得及喊一声，便戛然而止。

廖如宁操控机甲弯腰探头，看向厉雀身后：卫三握着一把长枪直接刺中对方机甲的颈部。

将长枪抽出来，厉雀面朝地倒下，始终没有人从机甲舱内出来。

"你……"廖如宁看着那边奄奄一息的双 S 级散兵，"怎么突然蹿过来了？"

卫三收回长枪："下意识。"

刚才不知道为什么，她感觉背后传来一股危险力量，想也不想转身刺了过来。

见厉雀也败了，黑厂猎人的最后一位，自动投降认输。

打翻黑厂最终赢得黑厂分区冠军。

"这是你们的奖品。"刚才还在 VIP 包厢的中年男人示意手下抬着一箱东西过来，和善笑道，"50kg 的须弥金，目前用来做 3S 级机甲的顶级材料。"

卫三直接冲上去打开，想要见识一下顶级的材料是什么样的。

箱子内躺着一大块完整银灰色金属，周围散发着冷气。

"须弥金自带冰凉冷意，如果做成武器，光冷意都能伤人。且最重要的一点是，据说它有可增长性。"中年男人有点自豪地说，"这么大一块完整须弥金极为罕见，是我们黑厂的珍藏品。"

"什么叫可增长性？"卫三伸手摸了一把里面的须弥金，冰凉透骨，不过是轻轻一触，手指顿时失去血色。

"只是传言，倘若能做成武器，可根据使用者的等级上下浮动。"

后面的霍宣山和廖如宁对视一眼：上下浮动？如果给卫三做成武器，是否意味着可以成为超 3S 级的武器？

"谢了。"卫三关上箱子，一个人把大箱子抱起来。

"等等。"中年男人一愣，立刻喊住三人，"你们赢的是分区冠军，全联邦黑厂一共十二处，帝都星关了一处，还有其他地方，你们需要和其他分区冠军比赛，当然奖品比现在还要丰厚。"

"什么时候？"霍宣山问。

"嗯，暂时还不确定，我们会另行通知。"中年男人笑了笑，"你们不用担心，时间至少在大赛之后，不会耽误你们……看大赛。"

三个人分别驾驶轻、重、中型机甲，又恰好是 3S 级机甲单兵，这种巧合，中年男人心中了然，却没有当面揭穿。

"到时候再说。"廖如宁随意道。

中年男人和善地点了点头，转头离开。

这时候擂台上的厉雀被抬了下来，她七窍都流着血，人已经昏迷，但眼睛半睁，里面通红一片。

廖如宁扫到厉雀的状况，用手肘杵了杵卫三道："你下手这么狠？"

卫三皱眉："我只是断了她感知。"

即便和机甲连接的厉雀像是被刺穿喉咙，但也只是精神短暂受损，越是经验老到的机甲单兵，恢复时间越快。

厉雀各方面都表明她是一个老手。

"走了，现在很晚了。"霍宣山指了指箱子，"这个怎么办？"

"我先寄放到一个人那里，等明天下场比赛地点出来，我让他帮忙寄过去。"卫三说的正是地下一层的店主。

三个人一起去那边存放。

店主收了她一笔不菲的佣金："这么重要的玩意儿，你让我帮你寄？牛！"

卫三："临时有事，麻烦老板了。"

"行行行。"老板挥手，"一定帮你寄到。"

了却奖品的事，三人重新翻墙回去，偷偷摸摸回到寝室。

廖如宁和霍宣山挺直腰板先进去，卫三在外面等了半天，没收到信息，最后安心地抬头挺胸走进寝室，一推开门，金珂大马金刀地坐在寝室最中间，应成河坐在旁边，霍宣山和廖如宁蹲在旁边，光脑被缴。

"说吧，你们三个人去做什么勾当了？"金珂踢了一把椅子给卫三，"从实招来。"

卫三："我刚从资料室学习回来，他们干什么了？"她故意指着霍宣山他们。

晚上走之前，她分明和应成河说自己会锁资料室二楼，想要安静学习。

"别扯，我和成河已经看了二楼监控，就你玩的小把戏，还想骗我？"金珂像极了审问犯人。

第78章

寝室内一片安静，卫三坐在椅子上，眼神飘忽。

"卫三这几天正在调整机甲，所以我们三个出去训练了。"廖如宁蹲在旁边解释，"你也知道我和宣山经常外出训练。"

"训练完了，偷偷摸摸翻墙回来？"金珂一脸冷酷，"学校所有的监控，我都有权查看，前天晚上翻墙进出，今天瞒着我们又翻出去，你们训练有什么不可见人的？"

廖如宁："……"这道题他不会了。

"其实是卫三想带我们体验翻墙的快感。"霍宣山认真正经地说。

卫三："？"你丫的。

廖如宁："！"学到了。

霍宣山有理有据："你也不是不知道卫三，她就喜欢半夜偷偷摸摸翻墙，夜北哥的事你们应该还记得，她晚上回来非不走正门，强迫我们跟着她一起翻。"

"……是，我强迫他们的。"卫三虽被霍宣山栽赃陷害的高超水平震惊，但情况紧急，只能背起这口锅。

不过，为什么当初她会认为起岸西是一个天真单纯的富家子弟？

金珂："……真的？"明明知道这三个人串通乱说，但他手里没有证据。

今天晚上应成河回来，金珂原本只是随口一问，两人一对，发现这三个人估计是一起走的，再看监控果然在一起，而且还是从北望楼那边翻墙出去的。

"真的。"廖如宁蹲在旁边举手小声道。

"这次就算了。"金珂起身，将光脑扔还给霍宣山和廖如宁，"睡觉！"

他知道卫三几个在说假话，卫三几个也知道金珂知道他们在说假话，但都装作不知道。

卫三躺在下铺，半晌突然反应过来，猛然起身，问金珂："你为什么要管我们去哪儿？"之前她被他三堂会审的样子弄蒙了。

"大赛还没结束，我身为主指挥，有权力管你们所有人。"金珂义正词严地说，"老师要求我管好你们。"

卫三闭嘴，默默重新躺下。

第二天，五人回到演习场，下午会抽取第三赛场地点。

他们回去的时候，项明化正和申屠坤谈话。

"卫三既然是3S级单兵，主力成员的位置就应该是她的。"申屠坤认真地说，"每一届学校都会重新选拔，一切以实力说话，我退下是最好的选择，况且……我也不在乎少一场比赛。"

他真心为卫三高兴，甚至在得知她是3S级时松了一口气。

申屠坤打了三年比赛，其他同队队员也在努力，但还不够，担子无可避免地压在他身上，太久也太重了。

那段时间，他的世界是灰色的。

今年有四个3S级成员加入，前两场比赛是他从入学起最轻松的时刻，而现在卫三是3S级单兵，能替他再好不过。

"那总兵的位置你来。"项明化宽慰地拍了拍申屠坤的肩膀，"比完下一场就安心去军区，跟着黎泽上校。"

"是。"

看着学生离开的背影，项明化还在发愁，主力成员是勉强能和帝国军校比，但越往后，校队的力量可能不行。

帝国军校S级太多了，和陷入断层的达摩克利斯军校完全不同。

随着比赛往后难度不断加大，校队的名单可能会换一轮，到时候帝国校队中的S级成员至少有三分之一。

任何一个因素都能导致比赛名次的变动。

演习场上，所有军校生零零散散地站着。

"这次负责抽比赛地点的人是他爸。"金珂指着廖如宁道。

每到一个星系比完赛，负责抽下一个地点的人一般是当地世家最有权势的人。

卫三："应家提供晚宴呢，我们下午只能站在演习场内干巴巴地看着。少爷，你家不行。"

"你家才不行，少阴阳怪气。"廖如宁"喊"了一声，"我们沙都星不兴这套奢靡作风，朴实勤奋才是正道之光。"

卫三打开一支营养补充剂，扭头发现应成河和霍宣山在看什么，凑过去一看，是有关3212星的介绍。

3212星是一个无名星，只有编号，即便在星网上也找不到什么有用的信息，只有简单的一段科普，方位坐标以及体积大小。

"你们想看，大赛完去那边走一圈。"卫三叼着营养补充剂。

应成河慢慢道："我只是想看看你说的垃圾场是什么样的。"

廖如宁闻言，看向金珂："3212星的垃圾场不是金珂家开的？他应该知道。"

金珂当初在3212星也是有钱人家，至少比普通人富裕，自然不可能无缘无故去垃圾场。

他弯腰伸手点应成河的光脑："我记得有一张照片，那年倾倒销毁问题营养液，有媒体拍下的照片就是3212星垃圾场。"

金珂搜通选问题营养液的新闻，跳出一大堆消息，往下翻了翻，终于看到那年见到的新闻视频。

"这里。"金珂拉进度条，一直到自己见过的画面暂停，"3212星的垃圾场。"

四个人围过来看，沉默异常：这种恶劣环境是他们这些人完全无法想象的。

霍宣山伸手将照片一角放大："这里有个小孩。"

廖如宁看着照片上脏瘦贴着垃圾场墙壁的小孩，下意识地皱眉："联邦法律在你们3212星不起效？怎么会有小孩待在这里？"卫三难道就是在这样的环境下捡营养液？

"以前没有相关政策，小孩待在那儿捡东西。"卫三解释。

半晌后，应成河晦涩道："这个小孩应该活不到成年。"

"好端端的，你咒我？"卫三扭头反问应成河。

应成河："？"

"我是说这照片里的小孩，得不到足够营养，生活在这种恶劣的环境下。"应成河想想卫三会来垃圾场捡废弃营养液，心里也不太舒服。

卫三："……这个就是我。"

其他四人顿时齐齐看向照片中那个又瘦又小还脏的小孩，又打量现在干干净净，甚至长到一米七八的卫三。

"这个人是你？"廖如宁甚至不知道卫三在这种环境下是怎么活下来的。

"我。"卫三摊手，"以前是脏了点。"

她倒没什么感觉，唯一想起来的便是垃圾场确实臭。

那时候她又脏又小，浑浑噩噩来到这个世界，唯一的目标便是吃上东西，而现在已经走到这里了。

"当时我凌晨去捡垃圾，结果他们飞了几大车营养液往下倒，我捡了不少回去，靠着这些才活了下来。"卫三关掉新闻页面，笑嘻嘻地杵了杵应成河，"谢谢你堂哥。"

应成河没有说话，甚至不知道该说什么。

当年他堂哥出事时，他也七岁，去探望的时候，见到应星决脸色苍白地躺在病床上，一动不动，身上插满各种管子，后来突发病时浑身抽搐，面色由苍白转为淡青色，医生来来回回地换，周围的大人都带着悲痛的情绪，曾给他留下极深印象。

应成河其实一直对他堂哥存有同情之心，因为幼年留下的印象太深。

但他不知道还有人会更惨，生活在垃圾场，以吃垃圾为生。同样的七岁，一个天上一个地下，唯一相同的只有他们的感知等级。

"你们什么表情？"卫三抬头看着四人，"都是小时候的事。"

"我一直以为你和父母住在一起。"金珂很难形容自己的心情，当时卫三虽衣服陈旧，但完全没有穷酸感，甚至比他还要成熟。

他向来心思重，直接认定卫三有特殊背景，才当机立断和她交好。

"啧。"卫三伸手就近揪了一把应成河干枯毛糙的头发，又嫌弃地松开，"为表同情，我以后的吃食你们包了。"

他们说话间，各校领队老师到了，所有人集合。

第79章

五大军校队伍瞬间集齐，分开站好，领队老师站在最前方，廖如宁他爹从外面进来，背后亮起光幕，他转身抬手按了一下，光幕中间的星系名开始不停转动，最后停住。

"本届赫菲斯托斯大赛第三赛场地点为谷雨星。"说完廖如宁他爹转身下去，全程一分钟，四十秒是等光幕上转停的时间。

卫三侧脸对廖如宁道："你爹是被迫参加的？"

"自愿来的，他只是不喜欢说场面话。"廖如宁看着他爹远去的背影，顿时回忆起那些年被他爹直白话伤害的人们。

两个人嘀嘀咕咕，引得不少老师朝他们看过来。

谷雨星常年下雨，且雨中含有腐蚀性物质，该星土壤植物已经适应，但人不做防护，在雨中待久了，皮肤和呼吸道会受到伤害。机甲外壳可以抵御雨的伤害，机甲师只需要对机甲循环系统进行改造，同样需要材料，如果主指挥用资源换了的话。

因此，这个赛场一出来，各军校皆陷入沉思。

这时候还有人吊儿郎当说闲话，自然受到所有老师的注目。

"我觉得哪里有杀气。"廖如宁小声道。

卫三抬眼便见到各军校老师盯着他们，她举起右手向老师们无声问好。

项明化率先移开目光：算了，不能和卫三计较，否则会被气死。

由于没有晚宴，廖如宁他爹又只花了一分钟搞定抽选第三赛场，五大军校解散得异常快。

"我们有没有足够的材料换？"霍宣山问金珂。

"不够。"金珂摇头，沙漠赛场他们好不容易斩杀两头 3S 级星兽，结果惹了大 Boos，临到终点斩杀的成年雌性双头蟒蛇无法计入兑换资源中，唯一得到的安慰便是他们拿到了分赛第二。

金珂解释："我们换了其他赛场环境需要的材料，防止前期棘手赛场会被抽到，谷雨星虽难，但可以先扛着，其他军校也不一定换了谷雨星需要的材料。"

达摩克利斯军校从很多年前开始，每届大赛都处于这种资源紧缺的状况，主指挥只能挖空心思取舍兑换的资源。

"十天比赛期限，人体不做任何防护的情况下最多能待 12 小时，3S 级别的人可以延长到两天。"应成河道，"这次我们拿到第二，有先机，可以较后面的军校提前找到星兽，到时候换材料。"

"要看帝国军校他们是否换了循环系统的材料，假使没有，星兽轮不到我们。"金珂并不知道帝国军校兑换了什么材料，这种兑换资源的镜头并不会直播出来。

确认第三赛场后，其他军校皆启程去谷雨星，那边照样有人居住，只是平常街道不会有太多人来往。

达摩克利斯军校队伍决定再留几天，要等医生那边制好卫三的营养液。

卫三则和应成河到达摩克利斯军校，她去学鱼青飞教程，应成河继续帮她调整机甲参数。

卫三对 3S 级机甲的构造原理还一知半解，没办法自己修整机甲，最好交给专业人士来做。

这几天她待在资料室二楼，营养补充剂一支又一支地喝下去，鼻血一天一天地流，都快成习惯了。

她感知在慢慢稳定，但检测仪器上依旧是 S 级。

反正都能学鱼青飞的课程，正好他从材料讲起，引出武器的制法，卫三没有机甲材料，现在也没有足够的时间去做新机甲。她想抓紧时间多学一点武器制法，到谷雨星把那箱须弥金用了。

"卫三，你在里面待了……"应成河进来关掉脑接口，"七个小时。"

"我搞了点材料，想到谷雨星后将它做成武器。"卫三随意抹掉鼻子下方的血，从平台上下来。

应成河："你哪儿来的钱买材料？"

卫三："……"说漏嘴了。

"上次和宣山、如宁翻出去是为了弄材料？"应成河递给她湿纸巾擦手，"我不会告诉金珂。"

"反正到时候你帮我一起处理。"卫三扯开话题。

"我是主力队甲师，自然有义务帮你处理武器。"应成河问她，"什么材料？"

卫三："等我们到那边你就能知道。"

两人在学校食堂吃完饭，应成河要她去试试朱绛。

卫三一进去见到朱绛，有点吃惊。明明这架机甲还是原来的模样，不知道应成河改了什么地方，机甲好像从沉寂中活了过来。

她跳进机甲，戴好头盔，闭眼释放出感知。每一丝感知开始不断往机甲外延伸，这些只要一瞬间。

卫三操控机甲往前跃起，脚踏在墙上，借力一跳，在空中转身翻滚，随即骤停。

"比之前要顺手。"机甲落地，卫三的声音透过机甲传来。

应成河点头："之前的参数还是前辈用的，他身体数据以及动作习惯和你不一样，没改之前你有不适的感觉很正常。试试武器，前辈用的是大刀，我做了点改动，等到那边，你自己再看要什么武器。"

卫三依言都试了一遍，后面还有小细节需要现场调整，她便出来等应成河处理。

"这里我做了一些防护改动。"应成河指着机甲发动机附近，慢慢解释原理，有要教卫三的意思在里面。

她一开始还十分认真地听着，后面越听越觉得不对劲，总感觉有种熟悉配方的意思。

"这些都是你从鱼青飞那里学来的？"卫三试探问。

应成河扭头："不完全是，有些是以前在帝都星应家请来的老师教的小技巧，还有一个……是我之前在魔方论坛遇见的一个怪人。"

卫三：糟，怎么净是周围的人，连上个论坛认识的网友也在沙都星。

应成河和脸色怪异的卫三对上目光，突然开窍："是你？！"

"穷鬼没钱做机甲"这个 ID 和卫三在学校的 ID "暗中讨饭"有着惊人相似的风格，以前应成河没联想起来，现在本人站在面前，才猛然发现共同之处：ID 皆透着一股寒酸、构建机甲都不要美感，且都透着猥琐感。

应成河到现在还记得那次在帝都星训练室内，卫三突然将改造后的武器亮出来时，一把悍然烈气的大刀突然从中间裂开，冒出一把高速旋转钻头，画风骤变，他多年建立起的机甲美感毁于一旦，只剩下一个感受：世间竟有这么丑的武器。

卫三："……"

原来她早早掉进达摩克利斯军校主力队的窝了。

应成河心情也很复杂，万万没想到"穷鬼没钱做机甲"是卫三，当时他一直把这个 ID 背后的人当成有点实力还养着一个小崽子的中年男人。

"我之前用另外的 ID 账号私聊过你。"应成河想起一件事，"你为什么拉黑我？"

卫三愣住："拉黑的那个人也是你？我以为'她'想勾搭我，骗我的钱。"

应成河："……"

两人互相沉默，都在拼命回忆自己有没有说过什么不该说的话。

"……那你好好学机甲构造，将来设计出适合自己的机甲。"应成河现在认为卫三或许会成为联邦第一个超 3S 级兵师双修的人。

之前应成河对卫三设计出属于她自己的机甲也仅仅是希望而已，毕竟改造武器和完全独立设计出机甲，是两回事。

在各军校已经抵达谷雨星后，医生终于送来专用营养液，当晚达摩克利斯军校队伍登上星舰，启程赶赴第三赛场所在星。

从沙都星赶赴谷雨星要几天的时间，这期间卫三按照医嘱，一天三支营养液，饭前喝。

其他人很快发现一件事，卫三吃饭时不再桌子上堆满菜，变成正常人的两倍。

医生说她身体内得到足够的营养和微量元素，胃便不会再像无底洞一样，到后期恢复得好，应该能和普通人的饭量差不多。

"谷雨星我们怎么训练？"卫三问正在看谷雨星地图的金珂。

"模拟类似的环境，进行体能训练，到时候训练场天花板会下一种试剂，造成皮肤灼烧、呼吸道受损的错觉。"金珂手一边飞快地移动着星图，一边分神道。

"哪位老师带我们？"

金珂手停下，点开放大星图其中一个部位："这次体能训练是解语曼老师，廖如宁被她训练哭过。"

"啪！"

廖如宁扯下一只拖鞋，朝金珂丢去："说了多少遍，那是汗，刚好从眼睛那里滑下来而已。"

卫三盘腿坐了一会儿，蹭到应成河身边，从怀里掏出本子，打开给他看，里面记录的全是她对机甲的疑问："交给你了，记得到谷雨星后还我。"

"什么东西？"廖如宁什么都想插一脚。

应成河合上本子，放了起来，没给他看。

抵达谷雨星时同样是夜晚，那边有人来接学生，他们到谷雨星演习场后，没有立刻休息，主力队去确认场地。

先是大型的机甲训练地和体能训练场，之后五个人往演习场大楼走去，那边有三系学生所需要的个人室，他们需要确认房间和设备。

"这里的空气味道很怪。"霍宣山站在后面道。

"是特意添加的消毒剂，用来区分外界的空气。"金珂解释，"谷雨星的雨沾多了，皮肤会有灼烧感，但外面被污染的空气长期吸入，没有特别反应，直至最后累积到一个点，摧毁人体。"

"我们分头确认房间内的设备。"应成河道。

谷雨星这栋大楼建造得比沙都星还要局促，空间不够，每层的结构分布是三系房间，并非某一层专门是哪个系的学生，所以五大军校的房间全被打乱了。

卫三负责检查九到十六层，一间一间看过去，确认里面设备数量对，没有损坏后才往上一层走。

房间门上贴着分配好的名字和所属军校，卫三从九楼一路上去，一直到十五楼，居然没见到达摩克利斯军校主力队的任何一个人，塞缪尔军校和南帕西的主力队成员名字倒是见到好几个。

卫三漫无目的地想着，走上十六楼。

平通院的人、南帕西、帝国……走完一半，卫三终于见到一间属于达摩克利斯军校的机甲师房间。

她进去检查完，出来继续往前走。

脚步突然停下来，卫三见到了自己的机甲单兵室，正准备推门进去检查里面的设备，忽然想起看两边"邻居"，往左边走去：宗政越人。

啧，居然是平通院的人。卫三其实最讨厌平通院的人，比起塞缪尔军校的张扬和帝国军校的傲气，平通院军校表面沉默，实则个个更为傲气。

帝国军校的人骄傲，卫三多少能理解一点，毕竟拿了这么多年的总冠军，是个人都不可避免带有傲气，更何况他们帝都星背后有那么多大世家，军校S级学生多其他学校数倍。

而平通院的傲，不是源于实力，更像是血脉，排斥外人进入军校，等级森严。

帝国军校会接收和其他军校同数量的无名星学生，但不给予特殊待遇，一切靠实力，有本事便能留下来，如泰吴德一样，甚至能将双 S 级单兵挤下去。由于竞争激烈，所以没有经验和势力的无名星学生淘汰最多。

平通院不同，从一开始入学的无名星学生名额便不多，可以报名，但之后会要求无名星学生出一笔巨款购入校方机甲，美其名曰机甲血脉传承，不能便主动退学，这个不算在淘汰率中。

这些消息是卫三后来才从霍宣山那边了解到的，她该庆幸当年没有选平通院，否则也是主动退学的一员。

她再往右边看去，还未看清，那扇门突然从里面被拉开，一个人走了出来。

卫三下意识地吹了一声口哨，又长又响，整条楼道还回响了一遍。

嗯……当年在 3212 星想做的事，她终于做了出来。

从房间内走出来的应星决静静望着对面的卫三，并未受她口哨声影响，片刻轻声道："即便你是 3S 级，达摩克利斯军校也拿不到总冠军。"

卫三扬眉："你不知道？我们达摩克利斯军校今年的目标是第三位。"

"……"

应星决清俊眉眼一点点皱起："达摩克利斯军校如今全员 3S 级，你们甚至没有争冠军的勇气？"

卫三眯眼，奇怪地看他："既然帝国军校要定了总冠军，我们不争，你生什么气？"

应星决沉默良久，扔下冰冷一句："没有生气。"

看着应星决离开的背影，卫三一头雾水，他什么意思？

刚才难道不是他先宣战，自己阴阳怪气回过去，怎么得到的效果是这个？

总不能是帝国之火希望达摩克利斯军校拿总冠军。

Weekly plan

Mon. 训练 ✓

Tue. 准备 ☆☆

Wed. ''

Thur. ''

Fri. 告白!!!! 我的了哈哈哈哈

Sat.

Sun.

番外

十年之约

（出版独家）

今年轮到十三区在幻夜星防守，卫三会过来。

应星决有半年没见过她，半年前还是卫三过来帮他调整机甲的时候见过一次，她也只是在幻夜星待了一周便离开。

"指挥，所有人到齐。"霍剑站在应星决身后道，"十三区的人一到，我们交接完便能离开。"

应星决抬眸远望："嗯。"

远处黑线是被挡在防守线外的星兽，往上空看，一批军舰正往幻夜星基地赶来，即便隔得远，也能清晰见到军舰最前方映着的"13"，透着张狂肆意。

"十三区近来越发嚣张了。"司徒嘉嘴角都拉了下来，别人都在军舰侧身写上第几区，偏偏现在十三区连军舰头上都要标明。

公仪觉咳了一声，提醒司徒嘉闭嘴，没见到他们指挥都快望眼欲穿了？

"你可以留在这儿一段时间。"姬初雨对应星决道，"队伍我带走，调整的计划之前也已经定好了。"

十三区的军舰已经过来了，悬停在基地上空，为首的军舰舱门打开，率先从里面走出来的是卫三几人。

卫三一眼便见到如今第五区的指挥，扬起光脑，露出上面斩杀星兽的数量，挑衅一笑。

五年前十三区和第五区打了赌，看哪个区在五年之内斩杀星兽最多，输的一方将允诺赢的一方一件事，而现在第五区输了。

应星决对上卫三的眼睛，心跳顿时无端漏了半拍，片刻侧脸回道："有什么问题随时联系我。"

这是要留下的意思了。

姬初雨对他点了点头，便带着人踏上军舰准备离开，走之前勉强对卫三等人点了点头。

"啧啧，多久了，他们怎么还这么别扭？"廖如宁跟自己人感叹完，还特地冲着那边招手打招呼。

两个区交接，人数众多，却没有发出什么喧闹声，基地内只有齐整的步伐声。

应星决看着卫三朝自己走过来，她眉梢都带着笑意，眼中还有一丝得意，他知道为什么。

那个赌约十三区赢了，作为第五区的指挥需要答应他们一件事，只是不知道她想要第五区做什么。

"先别急着走。"卫三喊住姬初雨等人，"十年前的赌约到期了，你们总得留下来见证。"

姬初雨都已经走上舱门，闻言脚步顿了顿，最后还是下来了。

这件事第五区都没太放在心上，斩杀幻夜星的星兽本来是他们的任务，偏偏十三区年年都要发通信过来叨叨这个赌约。

金珂已经跟上前，手里还拿着一张纸，递给卫三，那是十年前签下的赌约，上面有卫三和应星决的签名。

他装模作样地咳了咳："十年前说好的赌约，现在该你们第五区兑现了。"

"你们想要什么？"姬初雨转身走下来，问道。

卫三扬眉："也不是什么过分的要求，就是把你们第五区的指挥给我。"

"你们有指挥，还想要我们第五区的指挥？"司徒嘉一听，没忍住跑下来怒道。

达摩克利斯军校已经因为有卫三而重新崛起，如果应星决也加入十三区，那帝国军校的生源一定会再次遭到截断。

连霍剑也皱眉："我们指挥去十三区，金珂呢？"

一个军区不可能需要两个总指挥。

卫三慢慢将纸摊开："十三区不缺指挥，不过……我缺。"

公仪觉下意识道："十三区不就是你的？"

其他人还未反应过来，应星决已经霍然抬眼对上卫三的目光，她是在……

金珂和廖如宁此时已经开始吹口哨，霍宣山和应成河两人不知道从哪里摸出来一条横幅，拉开举高，上面写着一行简单粗暴的字——

应星决，卫三的。

卫三背后十三区的人仿佛得到了什么信号，开始摇旗呐喊，一时间整个基地像是陷入了什么庆典中。

第五区的人才终于隐隐明白这些人是什么意思。

卫三抽空回头看了一眼横幅，顿时愣住，压低声音对霍宣山和应成河道："你们在上面写的什么？"

她是来求婚的，这搞得好像来强抢第五区指挥一样。

"他们都输了，我们得张狂点，才对得起几年前的辛苦。"廖如宁觉得横幅上的话十分好。

"你们从了吧！"金珂又摸出一个喇叭，对着第五区那边喊，"从今天开始，第五区指挥就是卫三的了。"

从军舰上下来的霍剑几人脸色变了又变，最后齐齐看向前方的应星决。

应星决从卫三说那句"我缺"时，便已经猜到她的意思，听不见十三区人起哄喧闹声，看不见霍宣山应成河准备的横幅，只听得见自己越来越快的心跳声，目光中也仅剩下对面笑看着他的卫三一人。

"第五区输了。"卫三大步朝应星决走去，展开那张签有两人名字的纸，有些得逞地笑道，"从今以后，你得是我的。"

幻夜星五年一轮换，他们这个赌约用了十年。

应星决接过那张纸，垂目看去，右下角不光有他们的签名，还有两人按下的指纹。

他拿出另外一张同样的纸，递给卫三，抬眼望着她，眼中泄出些清亮的笑意："愿赌服输。"

两人交换赌约纸，算是允诺成功。

这一天星网也热闹得很，十年前他们就收到了消息，说是第五区和十三区以斩杀幻夜星星兽数量为赌，这两个军区立赌，谁会不感兴趣？

是以，在十年赌约这一天，各大网站媒体都在猜测赢的一方会要求输的一方做什么。

"我猜十三区此次一定会以赌约来要求第五区从此退出幻夜星。"某台主持人信誓旦旦地说，"毕竟幻夜星就是第五区以前从十三区手中夺取的。"

"可能会要走第五区的资源。虽然十三区如今有卫三，但多年资源空虚，不像第五区背靠应家，资源丰厚。恐怕这次第五区得大出血。"另一个节目主持人肯定地说。

然而争论了一天也没见幻夜星那边传来什么消息，就在所有人以为这个赌约会悄然过去时，深夜蓝伐网站悄然上线一条视频，正是今天两大军区在幻夜星基地交接并实现赌约的视频。

深夜星网上冲浪的人一看，顿时惊住了！

"牛还是你们蓝伐牛，果然背靠大树好乘凉，什么东西都能搞到手。"

"我没看错吧？十年赌约是这个？！这分明是在求婚吧！！"

"骚三名不虚传，哈哈哈哈哈，刚才第五区那些人的脸都绿了，还以为十三区要抢他们总指挥。"

"嗑死了嗑死了，快点同意！"

"他同意了同意了！！！"

整个星网瞬间引爆，网上一片喜气洋洋，奶奶，他们嗑的CP终于要成真了。

"他们达摩克利斯的人每次不骚一下，就活不下去了。"肖·依莱刷着星网上的消息，不由得撇嘴，和旁边的人说卫三几个人的坏话。

吉尔·武德左耳听右耳出，只道："记得准备好贺礼。"

"嗷！"

凡寒星。

宗政越人听到这个消息，不禁摇摇头，到底是卫三，做出来的事总是出乎人意料。

看来他早就准备好的贺礼终于能送出去了。

图书在版编目（CIP）数据

我要上学 / 红刺北著 . — 北京：中国友谊出版公司 , 2022.5（2025.12 重印）

ISBN 978-7-5057-5435-5

Ⅰ . ①我… Ⅱ . ①红… Ⅲ . ①幻想小说－中国－当代 Ⅳ . ① I247.5

中国版本图书馆 CIP 数据核字 (2022) 第 040255 号

书名	我要上学
作者	红刺北
出版	中国友谊出版公司
发行	中国友谊出版公司
经销	新华书店
印刷	嘉业印刷（天津）有限公司
规格	700 毫米 ×980 毫米　16 开
	24 印张　432 千字
版次	2022 年 5 月第 1 版
印次	2025 年 12 月第 9 次印刷
书号	ISBN 978-7-5057-5435-5
定价	49.80 元
地址	北京市朝阳区西坝河南里 17 号楼
邮编	100028
电话	（010）64678009

如发现图书质量问题，可联系调换。质量投诉电话：010-82069336